Na Fortaleza de Espinhos

AYANA GRAY

Tradução
Karine Ribeiro

1ª edição

— Galera —

RIO DE JANEIRO

2024

REVISÃO
Cristina Freixinho

DESIGN DE CAPA
Douglas Lopes

TÍTULO ORIGINAL
Beasts of Ruin

CIP-BRASIL. CATALOGAÇÃO NA PUBLICAÇÃO
SINDICATO NACIONAL DOS EDITORES DE LIVROS, RJ

G82f

Gray, Ayana
    Na fortaleza de espinhos / Ayana Gray ; tradução Karine Ribeiro. - 1. ed. - Rio de Janeiro : Galera Record, 2024. (Feras ; 2)

    Tradução de: Beasts of ruin
    ISBN 978-65-5981-289-9

    1. Ficção americana. I. Ribeiro, Karine. II. Título. III. Sére

24-93680
CDD: 813
CDU:82-3(73)

Gabriela Faray Ferreira Lopes - Bibliotecária - CRB-7/6643

Copyright do texto © 2022 by Ayana Gray
Publicado mediante acordo com G. P. Putnam's Sons, um selo da Penguin Young Readers Group, divisão da Penguim Random House LLC.

Copyright da arte do mapa © 2022 by Virginia Allyn

Todos os direitos reservados.
Proibida a reprodução, no todo ou em parte, através de quaisquer meios.
Os direitos morais da autora foram assegurados.

Texto revisado segundo o novo Acordo Ortográfico da Língua Portuguesa.

Direitos exclusivos de publicação em língua portuguesa somente para o Brasil adquiridos pela
EDITORA GALERA RECORD LTDA.
Rua Argentina, 120 – Rio de Janeiro, RJ – 20921-380 – Tel.: (21) 2585-2000, que se reserva a propriedade literária desta tradução.

Impresso no Brasil

ISBN 978-65-5981-289-9

Seja um leitor preferencial Record.
Cadastre-se no site www.record.com.br
e receba informações sobre nossos lançamentos e nossas promoções.

Atendimento e venda direta ao leitor:
sac@record.com.br

Para vovô Aston,
No silêncio, ainda ouço seu trompete.

AS CINCO ORDENS DARAJA

ORDEM DE MWILI • Ordem do Corpo

ORDEM DE AKILI • Ordem da Mente

ORDEM DE MAISHA • Ordem da Vida

ORDEM DE KUPAMBANA • Ordem do Combate

ORDEM DE UFUNDI • Ordem do Ofício

PARTE UM

A FORMIGA SILENCIOSA SOBREVIVE À HIENA RISONHA

COISAS NÃO DITAS

BINTI

Nas delicadas horas antes do amanhecer, esta cidade pertence aos seus monstros.

Meu peito retumba um ritmo incerto como um tambor de pele de cabra enquanto tateio em busca da adaga embainhada na lateral do meu corpo. Se trata de uma arma modesta, pequena e feita de qualquer jeito, mas me conforta sentir seu peso, seu cabo de madeira entalhado. As nuvens no céu são pintadas de preto e azul, carregadas de chuva e violência. Entre os estrondos, ouço o descontentamento delas. As nuvens sabem o que planejo fazer.

Sob o olhar delas, já estou condenada.

A lama gruda em minhas sandálias enquanto atravesso as estradas de Lkossa, me desafiando a abandoná-las e continuar descalça, mas resisto à vontade. Estas são as únicas sandálias que tenho, e substituí-las é um luxo ao qual não posso me dar. Cada passo empapado é carregado de hesitação, e me pergunto se devo voltar agora antes que eu seja pega e punida, mas, tarde assim da noite, o tempo é uma criatura faminta; consome meus pensamentos e não deixa espaço para dúvidas. Meus passos se tornam mais largos.

Preciso me manter em movimento.

As construções de tijolo de barro me cercam de ambos os lados durante a caminhada, me sufocando com a mistura do fedor de carne podre, fruta fermentada e esterco. Elas se tornam mais degradadas à medida que avanço nas entranhas do Distrito Chafu, e juro que os buracos no formato de janelas me seguem como olhos vazios e vagos, acompanhando meu progresso junto às nuvens. Os picos suaves de pinheiros verdes se erguem acima dos prédios mais altos da cidade, me lembrando de que estou próxima à notória Selva Maior e suas lendas, mas não posso pensar nisso, não agora.

Passo por um gato pulguento e atravesso um dos cruzamentos menos iluminados do distrito até que sinto algo aos meus pés: um pedaço amassado de pergaminho coberto com palavras em cerúleo. A cor é específica, usada apenas em documentos do templo da cidade, um templo onde *meu* povo não tem permissão de exercer sua fé. O instinto me diz para não lê-lo, mas o pego mesmo assim, desenrolando os cantos curvos com dedos hesitantes. A lama deixou manchas em algumas partes, mas ainda assim vejo com nitidez a imagem no centro.

A garotinha que me encara poderia ter oito anos tão facilmente quanto poderia ter doze; é impossível ter certeza. No esboço grosseiro e azul, os olhos dela são escuros e cansados; o restante do rosto está magro demais. Uma única palavra em negrito está legível acima do retrato: Recompensa. Abaixo, há mais palavras, machadas e rabiscadas, escritas às pressas:

FÊMEA DARAJA

Aparência: cabelo preto, olhos castanhos ou pretos
Idade: desconhecida
Altura: aprox. 1,24 metro
Peso: 22 a 27kg
Procurada por: atividade ilícita
Observações adicionais: recompensa de 500 shabas para quem capturá-la viva.

Meus olhos são imediatamente atraídos para o trecho em que se lê *atividade ilícita*, e diversas novas emoções me invadem, gerando um frio na barriga tão intenso que deixo o pergaminho cair de minhas mãos. Eu me forço a identificar cada sentimento, arrancando-os como cada semente esvoaçante de um dente-de-leão. Primeiro, a ansiedade que serpenteia em meus poros, seguida pelo medo, pelo ressentimento e, por fim, pela culpa. Mordo a parte interna da bochecha até sentir o gosto metálico de sangue.

Culpa é mais um luxo ao qual não posso me dar.

Toco a adaga outra vez e deslizo o dedão pelo cabo até me acalmar.

Você precisa fazer isso, diz uma voz imaginária na minha cabeça. Soa como a minha, mas com mais convicção. *Faça essa última coisa e você enfim será livre. Estará segura.* Ela *estará segura*.

Segura. Desembainho essa palavra como uma segunda arma enquanto endireito a postura e adentro mais na escuridão.

Quando chego aos arredores de Lkossa, sinto um arrepio nos ossos.

No fronte do norte, as árvores da Selva Maior se projetam como uma barreira natural contra os ventos sazonais da monção. Aqui na fronteira oeste da cidade, no entanto, há apenas campos de capim-santo que batem na altura da cintura; e não fazem nada para evitar que a brisa gélida atinja minhas bochechas. Minhas narinas queimam quando respiro; a cada passo, as juntas dos meus dedos ficam mais enrijecidas. Puxo o capuz da minha capa marrom esfarrapada para mais perto de mim enquanto os trovões ressoam, e digo a mim mesma que a chuva iminente é o *verdadeiro* motivo de eu estar cobrindo a cabeça, não o medo de ser reconhecida.

O caminho serpenteia até que eu chegue em uma loja abandonada um pouco distante das outras nesta área. Persianas de madeira pendem tortas das janelas, e décadas de grafites desfiguram a humilde fachada, o que pouco importa para mim. Esta loja serve a um único propósito esta noite: ser meu esconderijo.

Abro a porta da frente à força, removendo teias de aranha do meu rosto enquanto entro, e então me abaixo sob um dos parapeitos. De onde estou, vejo todo o caminho, mas me mantenho escondida de qualquer um que possa passar por ele agora. Meu olhar se volta para o céu outra vez. As nuvens ainda estão baixas, mas além delas reconheço os mais sutis indícios do céu de Lkossa com veios pretos mudando de tom. O amanhecer se aproxima depressa, e estou ficando sem tempo. Meus músculos doem conforme os segundos passam em pequeninas eternidades; dentro do espaço de uma delas, ouso torcer para que, apenas talvez, eu a tenha superestimado. Talvez, depois de todo esse tempo, ela não responda às minhas invocações.

Um movimento súbito do lado oposto do caminho da fronteira me faz ficar imóvel.

Minha respiração acelera enquanto as nuvens se dividem e um único raio pálido e brilhante, a luz das estrelas, corta a escuridão como uma lâmina. Ilumina a silhueta curvada de uma idosa que caminha a passos lentos, de pés descalços. A túnica amarelada está manchada e esfarrapada, frouxa em sua figura de espantalho. Pele marrom se estica sobre seu crânio, fazendo o rosto oco parecer desconfortavelmente com o de um cadáver vivo. O cabelo grisalho e crespo sobre a cabeça está curto e muito embaraçado, como se há tempos não fosse lavado ou penteado. Ela passa a língua nos lábios enquanto olha para a direita e para a esquerda, procurando. Mal posso conter um arrepio ao vê-la. Sei quem é esta mulher, e sei do que algumas pessoas a chamam. Na janela da loja, minha mão desliza até a adaga presa ao meu quadril pela terceira e última vez. O metal da lâmina tilinta baixo enquanto eu a removo da bainha e conto os passos apressados da mulher, observando, esperando. Então:

— Se você vai tentar me matar, anda logo. Não tenho a noite toda.

Paraliso, os olhos da idosa se movem para a janela da loja onde me escondo. Tarde demais, eu me abaixo.

— Saia — diz ela em uma voz rouca —, *agora*.

Droga.

Um momento incômodo se passa antes de eu, relutantemente, me levantar e sair da loja. Quando me vê, a idosa me analisa da cabeça aos pés.

— Binti?

Me encolho por uma questão de princípios. Faz anos desde a última vez que atendi pelo meu antigo nome, mas, ainda assim, ouvi-lo em voz alta abre uma velha ferida. Os olhos cansados da mulher se arregalam, e observo uma sucessão de emoções transpassar seu rosto, uma por uma: reconhecimento, confusão e, então, alegria. É a alegria que me deixa com mais raiva. Aprendi a não confiar na Cobra com coisas feito alegria, e sei por experiência própria que o que a deixa alegre quase nunca me faz bem. Ela avança e eu recuo um passo. O gesto parece ofendê-la, mas ignoro o olhar de dor e impaciente que ela me lança. O espaço entre nós é uma precaução necessária, o lugar designado para coisas invisíveis estarem. A Cobra semicerra os olhos para mim.

— Não estou entendendo — confessa ela. — O mensageiro me disse para vir aqui. *Você* que o enviou?

— Sim.

O olhar da Cobra viaja do meu rosto até a adaga ainda na minha mão. Ela não parece assustada nem chateada, apenas decepcionada. De algum jeito, isso é pior.

— Então — diz com certa resignação — foi para *isto* que você me invocou, para me matar? Admito que estou um pouco surpresa.

— Você não me deixou escolha. — Agarro o cabo da adaga com mais força, as ranhuras pressionadas na minha palma. — Eu te disse para nos deixar em paz.

— E eu deixei.

— Viram você outra vez, perto dos muros do Zoológico Noturno — grito. — As pessoas estão começando a fazer perguntas.

A Cobra faz uma pausa, torcendo as mãos.

— Eu só queria garantir... — Ela hesita. — Eu só queria garantir que você estava bem.

Estremeço.

— Estamos bem sem você.

— *Sério?* — A Cobra ergue a sobrancelha. — Então, Baaz Mtombé paga bem a você e a Lesego?

— Não se trata de pagamento. — Não consigo esconder o tom defensivo de minha voz. — Se trata de estabilidade.

— Ah, *sim.* — Há certa amargura no tom da Cobra. — Nada promete mais estabilidade que servidão contratual. Me diga, se você e Lesego estão trabalhando o dia todo, quem está cuidando de...

— Não. — Meus dentes rangem alto. — Deixe o nome da minha filha fora da sua boca.

A Cobra me analisa.

— Sabe, você não pode me manter longe dela para sempre — murmura a Cobra. — O que ela é, o que se tornará... reprimir apenas tornará as coisas mais difíceis para ela. Está no sangue dela, e não há *nada* que você possa fazer para mudar isso.

Percebo uma nota de satisfação na voz da Cobra, e de uma vez meu medo e minha culpa se transformam em algo mais: uma raiva rancorosa e intensa que fecha minha garganta. Não era para isto acontecer; eu não deveria deixá-la me afetar. Um sorriso ameaça tocar os cantos da boca da Cobra, como se ela ouvisse meus pensamentos.

— Foi uma ideia corajosa — diz secamente, olhando de relance para a adaga. — Mas nós duas sabemos que você jamais me mataria. Você não tem o que é preciso.

Mordo o lábio inferior com força, até que a pele fique sensível. Ela tem razão e eu sei. Odeio a Cobra, ela me assusta; a presença dela na minha vida é como um espinho venenoso me cutucando e me deixando mais doente o tempo inteiro, mas nem esta verdade seria suficiente para me dar a coragem de que preciso para acabar com essa história. Não posso matá-la. A expressão da Cobra fica desdenhosa enquanto guardo a adaga, mas a demonstração de vitória dela é prematura. Ela não vê a última arma escondida em meu arsenal.

— Você está certa — murmuro. — Não posso te matar, mas os Filhos dos Seis podem.

Enfim consigo a reação que queria. Sinto uma pontada terrível de satisfação enquanto todo o divertimento deixa o semblante da Cobra de uma vez, como se estivéssemos jogando um jogo e eu tivesse mostrado minhas cartas. Ela fica boquiaberta.

— Você... você não faria isso.

Me endireito enquanto, pela primeira vez em um longo tempo, sinto o doce sabor de poder, de vantagem.

— Vi os pôsteres de recompensa — digo baixinho —, os valores que o Kuhani está disposto a pagar por uma daraja capturada. Quinhentos shabas por uma mera criança. Imagine o que eu posso conseguir por entregar a *Cobra*.

— Você não faria isso — repete ela. — Não comigo.

Ao nosso redor, o ar fica estagnado, como se à espera pelo que virá a seguir.

— Farei o que for preciso para proteger minha família.

Com isso, a Cobra começa a alternar o peso do corpo de um pé ao outro. Ela parece mais frágil, menor e mais velha do que eu me lembrava. As rugas profundas rodeando sua boca enganam; não pertencem a uma mulher da idade dela, nem o cabelo cinza e branco. Observo como ela se move, devagar e rígida quando costumava ser rápida e ágil. Ela me lembra uma árvore linda que apodrece cedo demais, se decompondo de dentro para fora. Os olhos dela brilham ao encontrar os meus.

— Binti, eu...

— *Pare* de me chamar assim.

Ela se encolhe como se eu a tivesse estapeado.

— Sinto muito. Só me diga o que você quer. Se precisa de dinheiro...

— Só fique longe da minha família, de uma vez por todas.

— Ficarei. — A Cobra assente rapidamente. — Você tem minha palavra.

— Não. — Balanço a cabeça. — Quero mais que sua palavra. Quero uma promessa. — Hesito. — Quero uma jura eterna.

A Cobra fica boquiaberta ao mesmo tempo que um trovão ressoa.

17

— Binti, você não pode estar falando de...

— Essa é a minha condição.

Ela franze o cenho.

— Você faz ideia do poder de uma jura dessa? — pergunta ela. — Uma jura eterna é sagrada entre darajas, vincula vidas.

— Exato.

A Cobra olha ao redor, nervosa.

— Não tenho os materiais adequados para fazer o ritual. Preciso de tempo.

Semicerro os olhos.

— Mentirosa.

Um sorriso lento e assustador se espalha pelo rosto dela. Neste instante, não sei como alguém poderia confundir esta mulher por quem ela é, pelo que é: uma cobra encolhida em uma cesta, astuta e perigosa. Para o meu desconforto, uma pitada de orgulho alcança os olhos dela.

— Eu te ensinei bem — comenta ela, com um tom aprovador. — Vamos começar, então.

Do bolso um tanto rasgado da túnica, ela pega uma bolsinha que tilinta ao balançar. Ao incliná-la para o lado, pequenos fragmentos quebrados de algo branco caem de dentro dela. Sei por instinto o que são, e a náusea quente se remexe em meu estômago.

A Cobra fecha a mão, apertando os fragmentos de ossos, em seguida se aproxima de mim com uma velocidade sobrenatural, preenchendo o ar com o cheiro de terra e vinho de palma barato. Me retraio, mas ela puxa minha adaga e eu arfo.

— Me dê a mão — ordena.

— Qual? — Com ela tão perto, manter minha compostura é mais difícil.

— Tanto faz.

Não sei o que me faz oferecer a mão direita. Uma mancha prateada corta o ar, e então sinto uma pontada de dor, seguida por uma linha fina de sangue que surge da minha palma entre o dedão e o indicador.

Antes que eu possa reagir, a Cobra corta a própria mão esquerda com o mesmo movimento rápido antes de agarrar minha mão e juntar nossos ferimentos. A sensação é repugnante — quente, molhada e pegajosa —, mas ela segura como se estivéssemos apenas nos cumprimentando. Quando se inclina para falar, sua voz é baixa.

— Eles estão observando agora, todos eles.

Minha boca fica seca. A Cobra é conhecida por seus truques e mentiras, mas algo me diz que desta vez ela não está me enganando. Ainda estamos sozinhas aqui no caminho da fronteira oeste, mas parece que estamos sendo observadas. Por um. Por vários. Fico inquieta. Fui ensinada que darajas às vezes invocam seus ancestrais durante rituais. Eu não acreditava que era verdade até agora.

— Tem certeza de que quer fazer isso? — Noto as minúcias que envolvem a pergunta da Cobra enquanto seus olhos cansados encontram os meus. — Quando eu começar, não haverá volta.

Sei bem a gravidade do que estou pedindo, e das consequências também. Mas quando olho nos olhos da Cobra, não os vejo mais. Em vez disso, vejo os olhos da minha filha, iluminados com a inocência infantil. Preciso proteger essa inocente, preciso protegê-la. Eu *vou* protegê-la, custe o que custar.

— Tenho certeza.

A Cobra respira fundo, trêmula.

— Então, com todas as minhas ancestrais como testemunha, juro não procurá-la mais nesta vida. — Lágrimas enchem seus olhos. — Com sangue, ossos e alma, fazemos essa jura eterna. — Ela assente para mim. — Repita.

A frase parece estranha na minha língua, como se fosse roubada de um idioma morto há muito tempo. Ainda assim, me forço a repeti-la.

— Com sangue, ossos e alma, fazemos essa jura eterna.

Calor emana do ponto em que nossas mãos cortadas estão unidas assim que as palavras deixam meus lábios. Os pelos do meu braço se arrepiam, mas a Cobra não se mexe nem me solta. Os fragmentos de ossos presos entre nós queimam, suas pontas irregulares afundando na minha pele. Com horror e fascinação, observo um vapor branco luminescente serpentear de nossas mãos. Ele desliza pelo braço da Cobra, subindo, e então se enrola no pescoço dela, com um amuleto circular que não estava lá antes. Meu sangue gela.

— O que é isso?

— Uma marca da jura eterna — responde a Cobra.

Ela me solta de uma vez. A mão coça e pinica, mas ainda assim não a toco. Não há qualquer indício do corte que estava ali segundos atrás, e levo um instante para perceber que os fragmentos de ossos também sumiram. Meus olhos continuam atraídos para o estranho novo amuleto pendurado no pescoço da Cobra, mas ela apenas me devolve a adaga.

— Está feito — sussurra ela. — Adeus, Binti.

Existem mil palavras que eu quero dizer em resposta: palavras feias, palavras bonitas, palavras desesperadas. Escolho apenas uma.

— Adeus.

Um trovão de chacoalhar a terra retumba; ramificações de raios dançam incandescentes pelo céu. Uma costura nas nuvens parece se desfazer; depois dela, um dilúvio repentino encharca minha capa. Abaixo a cabeça, tentando me cobrir, e quando olho para cima outra vez, a Cobra desapareceu.

Outra coisa molha minhas bochechas agora, e não é chuva, mas seco as lágrimas salgadas antes de me virar e correr em direção à cidade. Não me importo mais com as estradas enlameadas ou com a sujeira; eu nem percebo quando a sandália se solta do meu pé. Tenho certeza de que jamais verei este lugar de novo.

Tenho certeza de que jamais verei minha mãe de novo.

CAPÍTULO 1

O SENHOR DA FORTALEZA DE ESPINHOS

Koffi sentiu o cheiro das amoras primeiro.

O aroma adocicado, azedo e nauseante foi o que a trouxe de volta à consciência. Devagar, ela abriu os olhos. Um grunhido baixo começou na garganta dela, quase escapando pelos lábios, mas por instinto ela conteve o som antes que conseguisse escapar. No silêncio, uma percepção pousou na pele dela feito partículas de poeira.

Koffi não sabia onde estava.

A vida retornou à ponta de seus dedos e Koffi os deixou explorar, reconhecendo os arredores com o tato. Assim, ela entendeu que estava deitada em algo macio, uma cama, com lençóis de linho envolvendo sua cintura. Rolou para a esquerda, pressionando a bochecha no travesseiro sob sua cabeça; e pagou por esse pequeno movimento de imediato. Uma pontada de dor latejou na base de seu crânio, causando lágrimas. Segundos se passaram até que a visão embaçada ficasse nítida outra vez. Mesmo assim, Koffi não conseguiu entender o que via.

Ela estava em um quarto grande, um onde não estivera antes. As paredes, pelo menos aquelas visíveis com a pouca luz, eram de uma ardósia fria e cinzenta. Quadrados de luz amarela salpicavam o teto abobadado, o que fez Koffi presumir que era manhã. Um brilho à esquerda chamou a atenção, e ela viu uma mesinha branca como osso ao lado da cama. Havia uma bandeja dourada acima dela, cheia de comida. Koffi observou o pão fatiado, as tigelinhas de geleia, queijo e fruta, e salivou.

Um banquete para um rei, pensou ela. Ainda estava encarando a comida, pensando no assunto, quando ouviu o farfalhar suave de tecido. Ela paralisou.

Não estava sozinha.

A princípio, Koffi não entendeu como não havia percebido de imediato as duas pessoas de pé no outro lado do quarto, diante de uma janela enorme e de costas para ela. Mas conforme os segundos passavam, Koffi compreendeu; ela não as tinha visto porque estavam perfeitamente paradas, duas estátuas contornadas pela luz do sol. O homem era alto, musculoso e esguio, com uma pele como argila torrada de sol e cabelo preto curto. Ao lado dele, a mulher era muito mais baixa, com a pele negra em um tom mais escuro que a dele e o cabelo crespo e preto. O cafetã dele era azul como um rio; o dela, amarelo como uma margarida. Sem aviso, o homem falou:

— Por quanto mais tempo devemos deixá-la dormir? — A voz dele era baixa.

— Vamos acordá-la daqui a pouco — murmurou a mulher. Era como se ela cantasse. — Ele está esperando por ela.

Koffi ficou tensa. Tinha quase certeza de que aquelas pessoas falavam dela.

De repente, o homem começou a caminhar de um lado a outro. Koffi não conseguia ver os detalhes do rosto dele, mas seus movimentos a lembravam de um leão agitado preso em uma gaiola pequena demais.

— Não faz sentido — disse ele entre os passos. — Faz anos desde que ele trouxe alguém novo aqui... Por que ele começaria a fazer isso de novo agora?

— Não sei — respondeu a mulher, que ainda estava virada para a janela.

O homem parou, e Koffi enfim viu o seu rosto na luz. Todos os traços dele eram bonitos e angulares, como se entalhados por um escultor habilidoso. Tinha um nariz longo e reto, olhos ocre que emolduravam sobrancelhas pretas e grossas, e uma mandíbula angulosa. Apenas sua boca debochada parecia não se encaixar.

— Ele não te disse nada? — perguntou a mulher. — Nenhum comentário a respeito de onde ela é, ou a qual ordem pertence?

Enfim a mulher se virou. Mesmo de lado, Koffi soube de pronto que ela também era bonita. Seu rosto era delicado, marcado por lábios rosados e carnudos abaixo de um nariz pequeno e arredondado. Ela franzia o cenho.

— Ele me conta tanto quanto conta a você — retrucou ela. — Só sei que estamos aqui para levá-la ao salão principal. Foi só o que ele mencionou.

Koffi engoliu em seco.

— E como devemos fazer isso? — perguntou o homem. Koffi o observou massagear o dorso do nariz. — Ela ainda está inconsciente.

— Não podemos levá-la até ele sem trocar essas roupas que ela está usando — comentou a mulher. Koffi percebeu que ela agora falava baixo. — Estão sujas. Ela precisa se trocar.

O coração de Koffi disparou. Ela esperava ter mais tempo para pensar em um plano. Seus olhos observaram a sala, desesperados. Os únicos móveis ali perto eram uma penteadeira e um sofá no canto esquerdo, que não podiam ser usados como arma nem escudo. Aquelas pessoas, fossem quem fossem, tinham a vantagem. Ela precisava ser rápida para pegá-los desprevenidos.

Pense. Pense.

Um feixe de luz dourada atraiu o olhar de Koffi de volta à bandeja à esquerda. Bem ao lado dela, havia uma prateada faca de manteiga. Ela inspirou devagar, se preparando, e então fechou os olhos e tentou visualizar o que faria. Só precisava se mover um pouco para alcançar a faca. E se pudesse alcançar a faca...

— Está bem.

Os olhos de Koffi ainda estavam fechados, mas à direita ela ouviu a voz do homem outra vez, mais próxima. Virou-se um pouquinho para a esquerda.

— Kena, talvez você deva…

Koffi disparou, rolando para fora da cama e agarrando a faca de manteiga da bandeja em um movimento desajeitado. Ela se arrependeu quase imediatamente; era como se uma explosão de estrelas irrompesse em sua cabeça, manchando sua visão, mas os dedos apertaram o cabinho da faca com força. Ela focou na sensação, no toque frio do metal na palma de sua mão. A sala se inclinou com violência de um lado a outro feito o convés de um navio desafortunado no mar, e ela cambaleou. Dessa vez, grunhiu. Não conseguia enxergar, mas ouviu um arfar. Em seguida, uma voz masculina.

— Ah. Você está acordada.

Koffi piscou com força, tentando aquietar os batimentos no peito enquanto lutava para permanecer calma. Os ouvidos dela estalavam, e havia pontos brilhantes em sua visão, mas ela viu que o homem e a mulher que estavam à janela se encontravam do outro lado da cama, olhando para ela com preocupação. De perto, Koffi percebeu que ambos eram mais jovens do que ela pensara a princípio; não um homem e uma mulher, mas um garoto e uma garota, de mais ou menos dezesseis anos; da idade de Koffi. Foi o garoto que rompeu o silêncio.

— Então — começou ele, erguendo uma sobrancelha. — Isto significa você *não* gostou do café da manhã de boas-vindas?

Koffi não parou para pensar na pergunta.

— Quem são vocês? — Sua voz estava rouca, como se não falasse havia dias. Isso a assustou. Ela olhou de um para o outro, tentando manter o foco no garoto e na garota ao mesmo tempo, mas o esforço a deixava tonta. Ela apertou a faca com mais força, mas, para sua breve irritação, o garoto lançou um olhar rápido antes de sorrir.

— Isso é mesmo necessário?

— Sim, uma vez que estão tentando tirar minhas roupas.

— Não estamos tentando tirar suas roupas — rebateu o garoto com um tom surpreso. Ele fez uma pausa, e então sorriu. — Bem, quero dizer, tecnicamente falando...

— Você tem cinco segundos. — Koffi não sabia se ficava irritada ou aterrorizada pela tranquilidade do garoto. — Me diga quem você é, onde estou e por que estou aqui.

— Senão o quê? — Os olhos do garoto passaram para a faca outra vez, visivelmente divertido. — Você vai passar manteiga no nosso pão?

— Zain. — Até o momento, a garota não havia falado; naquele instante, ela olhava feio para o garoto. — Acho que seria melhor se você fosse embora.

O garoto, Zain, pensou por um segundo antes de dar de ombros e ir em direção às portas duplas do outro lado da sala. Ele murmurou algo que soava como "faca de manteiga" antes de fechá-las atrás de si.

Koffi soltou o ar.

— Sinto muito — disse a garota. Ela olhava para Koffi como alguém olha para um animal ferido, mas, tal qual o garoto, parecia inabalada pela faca de manteiga.

Koffi soltou o ar, e então deixou a faca cair no chão.

— Sei que essa situação toda deve ser demais — continuou a garota, gentil. — Mas Zain e eu não estamos aqui para te machucar, nós...

— Quem é você?

— Sou Makena — respondeu ela. — E você?

— Koffi.

— Koffi — repetiu Makena. — Sou daraja, como você.

Daraja. Koffi sentiu a palavra atingi-la como uma faísca, puxando outras para a mente. *Daraja. Ponte. Esplendor.* Estavam desconectadas, mas eram familiares; ela só não conseguia se lembrar do motivo.

— De que ordem você é? — perguntou Makena. — Estou em Ufundi.

Koffi a encarou, confusa. Makena parecia estar falando sério, mas não fazia sentido.

— Hum...

— Está tudo bem. — Makena gesticulou, dispensando a pergunta. — Podemos falar disso depois. Mas agora... — Ela fitou as portas duplas antes de lançar a Koffi um olhar de desculpas. — Você precisa mesmo trocar de roupa.

Koffi olhou para o próprio corpo pela primeira vez desde que despertara. Sua túnica de aniagem estava coberta de terra e sujeira, e ela não fazia ideia de como isso acontecera.

Por quê? Por que não consigo me lembrar?

— Tenho algo para você vestir, na verdade — disse Makena. — Se quiser. — Ela cruzou a sala e parou diante do sofá; Koffi percebeu algo dobrado sobre ele. Quando Makena se voltou para ela, estava segurando um vestido sem mangas. Era longo e esvoaçante, com cintura marcada. Um padrão geométrico preto e branco cobria o tecido, e um bordado dourado, a bainha.

— Eu que fiz — murmurou Makena. — Eu... espero que você goste.

— Gostei — disse Koffi. — É muito bonito. — Era bem mais que isso, mas foram as únicas palavras que ela conseguiu colocar para fora. Com certeza, Koffi sabia que estava acordada, e mesmo assim tudo parecia um sonho distorcido. Sentia-se distante, sem foco, como se estivesse puxando memórias finas como teias de aranha e tentando trançá-las em algo lógico.

Makena estendeu o vestido na cama.

— Pedirei que tragam um pano e uma bacia com água para que você possa se limpar — ofereceu ela. — Mas terá que ser rápida, não temos muito tempo.

— Por quê? — Koffi ficou tensa. — Aonde vamos?

Makena deu uma olhada rápida e furtiva por sobre o ombro enquanto ia em direção às portas do quarto.

— Para o salão principal. O senhor da Fortaleza de Espinhos não gosta de esperar.

O coração de Koffi martelava no peito enquanto Makena a conduzia por um corredor estreito.

Como o cômodo onde acordara, tudo ao redor dela era esculpido na mesma ardósia, que não aplacava a friagem no ar. Havia uma escuridão penetrante, interrompida apenas pelos veios de luz fraca que vinham das janelas estreitas. Koffi estava tentada a espiar por cada uma conforme passavam, mas forçou-se a fixar o olhar à frente. A cada passo, mais perguntas preenchiam sua mente, e o fato de não ter respostas para nenhuma a deixava irritada. Como ela chegara naquele lugar? Por que estava ali? E por que não conseguia se lembrar de nada anterior àquela manhã? As palavras de Makena ecoavam em sua cabeça.

O senhor da Fortaleza de Espinhos não gosta de esperar.

Aquele lugar era chamado de Fortaleza de Espinhos, isso ela havia entendido, mas quem era seu senhor, e o que ele queria com ela?

As duas atravessaram um novo corredor, um com uma janela grande à esquerda que permitia que a luz da manhã penetrasse a escuridão. Makena passou por ela sem parar, mas desta vez Koffi deu uma espiada lá fora. E perdeu o ar.

Os jardins do lado de fora eram extremamente verdejantes, uma extensão impecável de grama verde-esmeralda. A cada poucos metros, pequenos lagos cortados em alabastro decoravam o espaço, suas superfícies lisas como vidro refletindo os tons de azul-celeste e índigo à luz do sol. O olhar dela passava da direita à esquerda, tentando em vão contar os milhares de flores distribuídas pelas treliças e gazebos, mas era impossível. Ela reparou que cada flor, apesar do tamanho ou arranjo, era de um tom de azul, refletindo o céu.

— É o jardim leste da Fortaleza de Espinhos — informou Makena. Ela parou ao lado de Koffi. — Também conhecido como Jardim Azul. Há outros por aqui, mas este é o meu favorito.

Koffi assentiu, embora mal tenha ouvido as palavras de Makena. Ainda estava admirando a paisagem. O jardim leste da Fortaleza de Espinhos era, sem dúvida, lindo, porém, quanto mais ela o observava, mais desconfortável ficava. O olhar dela passeou pelos lagos e canteiros de flores, e então parou em uma fileira de árvores plantadas em linha reta, nitidamente para indicar o fim do jardim. Ela reconheceu aquelas árvores na hora, apenas acácias tinham aquela característica torcida e espinhenta, mas não foram elas que prenderam a atenção de Koffi e sim a camada de névoa densa que pairava ao redor delas. Grande parte das copas das acácias estavam obscurecidas pela cortina grossa e imóvel de cor prateado-esbranquiçada. Mesmo de longe, Koffi imaginou sentir o frescor da névoa, a umidade que tomava conta de tudo que tocava. Ela sentiu um arrepio.

— Ali é a Floresta de Névoa — prosseguiu Makena. — Ela marca a fronteira da Fortaleza de Espinhos.

Koffi não respondeu. Não conseguia explicar, mas algo naquela névoa, naquelas árvores, a manteve no lugar, como se a desafiasse a observar por mais um segundo. Um momento se passou até que Makena falasse outra vez.

— Devemos prosseguir — anunciou ela. — O salão principal não fica longe.

Em silêncio, elas deixaram o corredor e seguiram em frente. Quando adentraram na escuridão de novo, Koffi relaxou. Quanto mais se afastava da janela e da visão da névoa, mais ela era tomada pela sensação inexplicável de alívio, mas não sabia por quê.

Makena parou outra vez alguns minutos depois, tão de repente que Koffi quase esbarrou nas costas dela. Quando ergueu o olhar, Koffi percebeu que estavam diante de duas enormes portas de madeira escura com acabamento de tinta dourada fosca. Bem ao lado delas, Zain estava com uma postura atenta. Ele acenou alegremente, e Koffi respondeu franzindo a testa antes que pudesse se interromper. Zain deu uma risadinha.

— Que bom que você veio, Faca de Manteiga.

Koffi nem se dignou a responder e tentou manter os olhos fixos nas portas duplas, mas ficou difícil quando Zain se moveu bem para o seu lado, de um jeito que Koffi se viu presa entre ele e Makena. O rapaz era pelo menos uma cabeça mais alto que ela, e quando se inclinou em sua direção, os ombros do dois se tocaram. Um cheiro que lembrava lençóis recém-lavados preencheu o ar.

— Um conselho — disse Zain baixinho. — Tente não ameaçar mais ninguém com talheres.

O que quer que Koffi estivesse planejando dizer, as palavras sumiram quando as portas se abriram. Makena e Zain se moveram primeiro, passando por elas com graça e facilidade. Koffi respirou fundo antes de entrar na sala. Quase de imediato, ela arfou.

A sala era a maior que ela já vira. O piso era de mármore preto com veios brancos, e uma fileira de janelas altas e arqueadas em duas das paredes permitia que a sala fosse iluminada por luz do sol rosa-dourada. Havia pouca mobília, mas o olhar de Koffi pousou no único objeto diretamente diante de si: uma tapeçaria pendurada na parede. Uma peça imensa, com pelo menos duas vezes sua altura e muitas vezes mais larga, e no centro havia um hipopótamo enorme. A pele da criatura era marrom e brilhante de tão molhada, seus olhinhos eram pretos como um besouro. Parecia encarar Koffi da beira de um pântano desbotado, expondo suas presas brancas, cada uma mais longa que o braço dela. Koffi logo desviou o olhar, perturbada. Algo na tapeçaria, no hipopótamo em específico, provocara outra memória, mas partiu tão rápido quanto chegou.

— Ali. — Makena olhou para trás, sussurrando. — Vi um lugar para ficar.

Koffi a seguiu até que os três pararam perto do centro da sala. Ela se virou e, pela primeira vez desde que entrara, percebeu que não estavam sozinhos. Grupos de pessoas estavam espalhados por todo o lugar, e todas a encaravam. Com olhares furtivos, Koffi observou cada uma delas. À direita, havia um grupo de jovens vestidos num tom de vermelho como sangue escuro; à esquerda, um segundo grupo usava tons de verde. Viu outro grupo de pessoas trajadas em tecidos azuis translúcidos muito similares ao de Zain, e mais um quarto grupo que usava amarelo pálido como Makena. As pessoas mais distantes de Koffi usavam um tom de violeta profundo, e ela tentou não pensar que, além de parecerem as pessoas mais atléticas na sala, também pareciam as mais ameaçadoras. Uma delas nem disfarçava a cara feia que fazia para Koffi, que se encolheu, imediatamente se irritando com a própria reação.

Não demonstre medo, ela ordenou ao corpo. *Não pareça assustada.*

— Está tudo bem — sussurrou Makena. — Ninguém aqui vai machucá-la.

Koffi não ficou calma. Estava ocupada demais e com ainda mais dúvidas. Quem eram todas aquelas pessoas? O senhor da Fortaleza de Espinhos estava entre elas?

De repente, as portas duplas pelas quais ela, Makena e Zain haviam passado se abriram de novo; de uma vez, todos os olhares que estiveram fixados em Koffi dispararam para lá. Ao lado dela, Makena e Zain endireitaram a postura. Até Koffi se viu observando, à espera.

Vários minutos que pareciam nunca terminar passaram até que um homem entrasse sozinho na câmara. Alto, de pele escura e marrom como ocre, e cabelos pretos com corte degradê. Ele parecia ter idade suficiente para ser pai de Koffi. Ela percebeu que, diferentemente das outras pessoas ali, ele não usava vestes coloridas; em vez disso, o dashiki dele era de uma padronagem modesta em preto e branco, parecido com o dela. Ele nada disse enquanto caminhava à frente em passos largos e confiantes. Uma a uma, cada pessoa na sala abaixou a cabeça. Havia uma autoridade implícita naquele homem, usada como um manto que ele estava acostumado a vestir. Até Koffi se pegou abaixando o olhar quando ele se aproximou, seus pés calçados em sandálias pisavam suavemente no mármore. Ela encarava os próprios pés quando ouviu as palavras.

— Bom dia, Koffi.

Calor atravessou o corpo dela, tão súbito quanto um raio. Ela sentiu um puxão no braço, e engoliu em seco com força quando sua cabeça abaixada pareceu se levantar sozinha.

Devagar, Koffi ergueu o olhar e o fixou no do senhor da Fortaleza de Espinhos.

CAPÍTULO 2

RATINHA

Ekon estava contando outra vez.

Uma-duas-três. Uma-duas-três. Uma-duas-três.

Estava sozinho à janela de uma antiga botica, o teto envergado tão baixo que quase roçava na cabeça dele. Óbvio, quando chegara, ele não fazia ideia de que era uma botica, mas já via os indícios por toda parte. Ele contou *quarenta e seis, quarenta e sete... quarenta e oito* jarras empoeiradas e empilhadas nas prateleiras embutidas, seus conteúdos líquidos turvos e agourentos. Em um canto da sala havia uma pequena lareira, em outro uma mesa de madeira com duas cadeiras, do tipo em que um casal poderia ter se sentado muito tempo atrás, depois de um dia árduo de trabalho. Era impossível saber com exatidão quanto tempo antes a botica estivera em funcionamento, mas o cheiro da mistura azeda de pomadas antigas, bálsamos e produtos secos antigos ainda impregnava o ar. Ele inspirou e quase vomitou.

Uma-duas-três. Uma-duas-três. Uma-duas-três.

Ekon tamborilou na lateral do corpo, contou os montinhos de poeira acumulados na moldura da janela de tijolo de barro, as rachaduras pelas paredes, como serpentes fininhas. Só olhou para fora ao terminar, observando a chuva torrencial a poucos metros de onde estava. Ele absorveu o cheiro, o som, tentou encontrar ritmo nos respingos constantes.

Uma-duas-três. Uma-duas-três. Uma-duas-três.

Entre uma gota e outra, Ekon imaginou o rosto de três pessoas, não seis, não nove, mas três. Sempre três.

Uma. Imaginou uma garota de pele marrom. Seu rosto em formato de coração emoldurava um nariz pequeno e achatado e lábios cheios, e havia um brilho travesso nos olhos. Aquela era Koffi, sua amiga. *Duas.* Imaginou um jovem que se parecia muito com ele, mas diferente. O rosto era composto de olhos escuros como o céu noturno, acima de um nariz longo, e um cabelo de corte degradê impecável, adequado a um guerreiro. Aquele era Kamau, seu irmão mais velho.

Três. Imaginou um idoso, com sobrancelhas rebeldes brancas e uma boca enrugada de tanto sorrir. Ekon estremeceu enquanto o rosto se transformava, e o sorriso se tornava perverso e cruel. Aquele era o homem que um dia fora seu mentor, Irmão Ugo.

Não. Ekon se corrigiu. Não havia Irmão Ugo. Irmão Ugo nunca existira.

Uma-duas-três. Uma-duas-três. Uma-duas-três.

Ele tentou reprimir o que sabia que viria a seguir, os fios de novas memórias se amarrando em sua mente. Viu rápidos vislumbres de imagens, fragmentos de palavras que ainda provocavam dor ao ser lembrados.

Sabia que você seria diferente, sabia que você não falharia comigo, sussurrou o idoso. Na cabeça dele, Ekon se viu de pé em um lindo jardim, observando as flores murcharem e morrerem. Com a garganta fechada, se obrigou a contar até que ela abrisse outra vez.

Uma-duas-três. Uma-duas-três. Uma-duas-três.

Você era a combinação perfeita. A voz do idoso sussurrava no ouvido dele. *Interessado, desesperado por aprovação. Foi fácil moldá-lo ao que eu precisava.*

Uma-duas-três. Uma-duas-três. Uma-duas-três.

O Irmão Ugo não tinha sido real.

Ekon fechou os olhos com força e contou mais rápido, focado nos números. Números nunca mudavam, números permaneciam iguais, números faziam sentido; só que agora não faziam. O Irmão Ugo era um impostor; quantos sinais Ekon não enxergou? O idoso estivera por trás de tudo, e quantas pistas estiveram lá desde o princípio? Às vezes, Ekon não identificava nem uma; em outras, identificava três mil. Ele tamborilou mais depressa na coxa. Quando um trovão retumbou nos céus, a respiração dele ficou curta, a visão embaçou.

Uma-duas-três. Uma-duas-três. Uma-duas...

— Você não devia ficar perto da janela.

Ekon se virou, a cabeça girando na direção da voz crocitante que o havia puxado de volta à realidade. Uma idosa estava a alguns metros de distância, observando-o com atenção. Cabelos brancos escapavam de seu turbante, e havia rugas profundas em seu rosto. Mesmo depois de três dias juntos, Ekon ainda não havia se acostumado com a rapidez dos movimentos dela.

— Não é seguro — prosseguiu a idosa, olhando por sobre o ombro. — Alguém pode te ver.

Ekon deu um passo largo para longe da janela.

— Desculpe.

Themba ainda olhava para ele com uma expressão sagaz.

— Tem certeza de que quer ir?

— Sim. — A visão embaçada estava melhorando. Ekon forçou as batidas de seu coração a se acalmarem. — Estou pronto.

Themba ergueu uma sobrancelha grisalha.

— Você se curou rápido do envenenamento de esplendor. — Ela fez *tsc*. — Mas ainda está se recuperando das feridas físicas.

Ekon endireitou a postura. Nos últimos dois dias, a maioria de seus cortes e arranhões havia cicatrizado, perceptivelmente, a pele sensível sob a mandíbula estava quase sem machucados. No entanto, havia outras feridas sob a pele, que não conseguia ver, mas sentia sempre que se mexia.

— Estou bem — mentiu Ekon.

Themba franziu os lábios como se tivesse chupado um limão.

— É arriscado...

— Themba, por favor. Eu quero ir. Posso carregar mais do que você.

Ele queria que tivesse um jeito de explicar como estava se sentindo, mas não sabia como dizer em voz alta que, mais que nunca em sua vida, precisava se sentir capaz, competente, útil. Ele a olhou nos olhos por um segundo, e talvez Themba tenha visto as palavras não ditas nos olhos dele, porque a expressão dela de repente se suavizou em uma resignação relutante.

— Mantenha a cabeça baixa, fique de capuz e leve isto — indicou Themba.

Ela tirou uma bolsinha de moedas do bolso da túnica e a pressionou na palma dele.

— Themba. — Ekon olhou para a própria mão enquanto ela repousava a bolsinha em sua palma. — Não posso aceitar.

— Você pode e vai — rebateu ela de uma vez. — Você não tem como pagar, e não podemos arriscar que você roube ou negocie, não com as coisas tão mudadas.

Ekon engoliu em seco. Havia uma ferocidade no olhar de Themba que ele reconheceu como sendo igual aos olhos de Koffi. *Óbvio que são*, ele se lembrou. *Elas são parentes*. Três dias juntos e ele não tivera tempo suficiente para entender isso.

— Vá com calma e tome cuidado. Esconda-se se for preciso — prosseguiu Themba. — E lembre-se, se você sequer achar que foi visto…

— Não serei — disse Ekon. Ele não a deixou terminar a frase porque sabia o que ela diria: *Se você sequer achar que foi visto, não se preocupe com a comida nem com suprimentos nem comigo. Salve-se.*

Mas aquilo não era uma opção, não mais. *Uma-duas-três*, Ekon contou. Aquele era tecnicamente o terceiro dia com Themba, e sua presença ali havia acabado com toda a comida dela. Eles estavam sem opções, e não havia espaço para errar.

Ele não esperou que Themba dissesse algo a mais e pegou um saco vazio e uma capa com capuz um pouco úmida. Era pequena demais para ele, mas teria que servir.

— Eu vou voltar — anunciou Ekon por sobre o ombro. Então, sem esperar resposta, abriu a porta da loja e disparou para a tempestade.

Ficou encharcado em segundos.

Lama e poças de água que iam até a altura dos tornozelos chapinhavam aos pés de Ekon enquanto ele se juntava ao fluxo constante de pessoas caminhando de propósito na chuva. O céu cinza-prateado com suas veias pretas feito teia de aranha sugeria que era fim de tarde, mas na verdade era apenas o meio do dia, outra consequência da temporada de chuvas. Ekon escorregou na lama e fez uma careta quando sem querer deu uma mordida na língua que tirou sangue. A temporada de chuvas em Lkossa era um problema para os irmãos do Templo de Lkossa, graças ao aumento de pessoas em condição de rua buscando abrigo no templo, mas Ekon esperava a temporada com ansiedade. Tempestades significavam que não seria possível realizar os treinamentos nos jardins do templo, então o tempo era reservado para coisas que ele preferia: horas silenciosas na biblioteca, vez ou outra, corridas de barquinho de papel com o irmão. Agora, esses momentos faziam parte de outra vida, uma que não existia mais.

Ekon virou à direita, entrando de repente em uma das estradas estreitas que levavam aos mercados principais. Tecnicamente, não era o caminho mais fácil de chegar lá, mas era o mais seguro; ele não podia arriscar ser seguido nem no Distrito Chafu. As multidões começaram a ficar mais cheias de pessoas conforme ele se aproximava dos mercados, e teve cuidado de não andar rápido nem devagar demais. Primeiro, ouviu o som característico, as tendas chicoteando com violência por causa do vento, misturado ao som dos comerciantes gritando suas ofertas. Ekon olhou para cima e contou.

Havia dezesseis tendas organizadas para formar um quadrado, quatro de cada lado. Mais cedo, Themba tinha dito a Ekon o que eles precisavam, e ele não perdeu tempo no mercado procurando os itens da lista. Comprou cabaças de segunda mão, dois sacos de aniagem baratos e várias frutas e carnes secas. Ekon se lembrou de que, pouco tempo atrás, Koffi e ele estiveram naquele mercado, preparando-se para a caçada na Selva Maior. Isso também parecia fazer parte de outra vida. Ele havia acabado de pegar os últimos dois itens da lista quando duas vozes soaram mais altas que o burburinho ao redor.

— Pena que não permitiram o apedrejamento. — A primeira voz, cansada, veio de uma mulher que soava como uma idosa. — Tenho um braço bom para isso.

Os ouvidos de Ekon se aguçaram enquanto ele diminuía o ritmo, os olhos buscando na multidão. Por fim, ele viu duas mulheres em uma banca coberta, visivelmente esperando que a chuva passasse. Estivera certo em acreditar que a primeira mulher que ouvira era mais velha; os cabelos brancos rajavam as tranças dela, que batiam na altura da cintura. A mulher ao lado dela parecia um pouquinho mais jovem.

— Acho que foi melhor o Padre Olufemi ter destruído a fera em um local privado — disse ela, abaixando a cabeça em reverência. — Era uma criatura do mal, um *demônio*.

Falavam do Shetani. Ekon desviou o olhar, mas não conseguiu evitar se aproximar para ouvir. As palmas dele ficaram suadas enquanto se lembrava do que acontecera apenas dias antes. Koffi. Irmão Ugo. Adiah. A batalha no jardim do céu.

— Acho que foi — concordou a mais velha. Quando Ekon deu uma olhada rápida na direção dela, viu que ela assentia devagar. — Que os deuses abençoem os Filhos dos Seis. Não sei o que faríamos sem eles...

Ekon se afastou das mulheres, tentando ignorar a nova raiva que crescia em seu peito. *Óbvio* que Padre Olufemi e os Filhos dos Seis haviam encontrado um jeito de acobertar tudo. Ao dizer que o Shetani fora destruído em local privado, a integridade deles fora protegida. Não havia mais um monstro aterrorizando a cidade, e os guerreiros receberiam o crédito pela morte dele. O povo de Lkossa nunca saberia a verdade de que jamais existira um monstro, apenas homens com segredos terríveis.

E você era um deles, sussurrou uma voz na cabeça de Ekon. *Por anos você treinou com eles, viveu com eles. Eles eram a sua família.*

Ekon sentiu aquela raiva agitada se transformar em outra coisa, uma súbita onda de náusea, azeda na língua. Sabia que o gosto de vergonha

36

não era real, mas mesmo assim era difícil de engolir. Ele pensou em todos os anos que passou observando e admirando os Filhos dos Seis, voluntariando-se para limpar seus pratos e suas armas. Quantas noites ele gastara limpando as adagas usadas para ferir crianças, lavando os pratos de assassinos?

Quantos sinais ele havia ignorado?

Na chuva implacável, a respiração ficou acelerada, mais trabalhosa. Havia um aperto familiar no peito que tornava cada vez mais difícil respirar, e a boca ficou seca durante o reconhecimento dos primeiros sinais de um ataque de pânico. As mãos se fecharam em punho conforme a escuridão se esgueirava nos cantos de sua visão, e ele rangeu os dentes, frustrado.

Agora não, agora não, isso não pode estar acontecendo agora.

Ele não conseguia mais respirar, havia a risada de um idoso em sua cabeça, fria e sem piedade, as luzes do mercado ficavam mais fracas, e ele sentiu que estava prestes a desabar...

E então algo chamou sua atenção.

A escuridão nos cantos da visão de Ekon recuou como uma onda e o olhar dele parou em uma garota a alguns metros. A pele dela era da cor da árvore marula, seus olhos pretos eram como os de um corvo, nariz largo e lábios bem delineados. Uma capa cobria grande parte da cabeça dela, embora o capuz estivesse afastado o suficiente para se ver um pouco do cabelo preto e cacheado.

A princípio, Ekon se perguntou o que lhe chamara a atenção, mas então entendeu. Não havia algo em especial na *aparência* da garota que chamara sua atenção, mas sim no jeito como ela se movia. As outras pessoas no mercado estavam caminhando sem pressa, mas essa garota andava com determinação, os olhos fixos à frente. Ela ficou entre dois comerciantes de tecidos, e Ekon percebeu que a moça carregava uma pequena bolsa pendurada no ombro, e parecia decidida a protegê-la da chuva. Ela havia acabado de passar por ele quando Ekon percebeu outra coisa. De repente, ele semicerrou os olhos. Alguns metros atrás dela, longe o suficiente para evitar serem notados, dois homens a seguiam com olhar fixo. Ekon ficou tenso. Ele poderia apostar que tipo de homens eram aqueles e o que planejavam fazer com a garota.

Fique onde pode ser vista, quis dizer à garota.

Ekon sentiu o coração dar um pulo quando a garota fez o contrário, virando em uma das ruas laterais que saíam do mercado e desaparecendo na esquina. Ele observou enquanto os homens apressavam os passos atrás dela.

Não é da sua conta, reclamou a parte prática do cérebro dele, aquela que ainda pensava nas compras. *Você não tem nada a ver com isso. Volte para Themba.*

Aquela voz em sua cabeça estava certa, o melhor que podia fazer, a coisa *inteligente* a ser feita, era dar meia-volta, mas então, de repente, os pés dele começaram a se mover, levando-o na direção da garota. Andou rápido, virou a mesma esquina e parou.

— Vamos lá, menina, não estamos pedindo muito — dizia uma voz séria. — Só nos dê o que está na bolsa e nós vamos embora.

Ekon pressionou o corpo na parede. O beco era sem saída e ele viu que a garota do mercado estava bem no fim, agarrando a alça da bolsa. Os olhos escuros dela estavam determinados, mas o tremor no queixo a denunciava.

— Sai fora. — A voz dela estava aguda demais para surtir qualquer efeito. — Eu disse *não*!

— Ou o quê? — questionou um dos homens. — Você vai fazer o quê, *ratinha*?

Ele tentou agarrar a bolsa e a garota fez um movimento brusco, batendo com força na mão dele para afastá-la. O homem sibilou e o outro deu uma risadinha.

— Ah, nossa ratinha tem o espírito de uma víbora — zombou ele. — Pelo menos isso torna as coisas mais interessantes.

O outro homem não ria. Ele disparou na direção da garota, que deu um pulo para fora do caminho, por pouco mantendo a bolsa fora do alcance dele. Quase de imediato, ela teve que se lançar na direção oposta enquanto o primeiro homem tentava agarrar a bolsa. Eles se revezaram em tentar agarrá-la. Ekon sentiu o coração se apertar. Ele vivera em Lkossa por tempo o suficiente para entender o que eles estavam fazendo. Havia um motivo para homens assim serem chamados de "hienas de rua"; eles agiam como hienas de verdade, brincando com a presa e cansando-a antes de matá-la. Ekon não tinha dúvida de que a garota conseguiria se defender de um deles, mas ela não era páreo para uma boa estratégia. Um deles atacou outra vez, e os olhos escuros dela ficaram selvagens e febris. O coração de Ekon disparou. Cada vez mais, ela se parecia com um animal encurralado.

Ele deixou a própria bolsa cair e deu um passo à frente.

— *Deixem-na em paz!*

Os três, os dois homens e a garota, olharam para ele, surpresos. Foi um dos homens quem falou primeiro.

— Quem é *você*?

Ekon engoliu em seco.

— *Eu disse* para deixá-la em paz.

O segundo homem olhou de Ekon para a garota antes de dar um sorriso cheio de dentes.

— Parece que a ratinha tem um namorado. — Ele observou Ekon, divertido. — Vai ser legal.

— Ele é magrelo, mal é um homem — disse o primeiro atacante. — Vai ser fácil acabar com ele.

Mal é um homem. Eram apenas palavras, mas Ekon sentiu cada uma delas como uma facada entre as costelas. Ele se encolheu diante delas e sentiu algo despertando nos cantinhos mais profundos de seu peito. As palavras ecoavam em sua mente.

Mal é um homem.

Dias antes, Themba havia encontrado uma velha túnica para Ekon vestir. Era limpa, simples, e no geral caiu bem. Mas só agora Ekon se dava conta do que a túnica significava. Ele não estava mais usando o uniforme de um Filho dos Seis; ele não era mais visto como um homem.

Uma-duas-três.

Os músculos da mandíbula doeram e as narinas inflaram enquanto ele observava o sorriso dos homens sumir.

— Calma, garoto — disse um deles, erguendo as mãos. — Não queremos confusão...

Ekon não deu a ele a chance de terminar a frase. Com as duas mãos, empurrou o peito do primeiro homem com o máximo de força possível, observando satisfeito quando ele tropeçou nos próprios pés e então saiu correndo. De canto de olho, Ekon viu o segundo homem disparar em sua direção, mas ele era mais rápido. Anos de treinamento no Templo de Lkossa voltaram para ele como um velho e familiar amigo.

Desvie. Desarme. Desmonte.

Com facilidade, ele desviou da tentativa desajeitada do homem de dar um gancho de direita, fez um movimento para enganá-lo e então contra-atacou com um soco cruzado e vários murros. Ekon ouviu o ar deixar o corpo do homem, o estalo que os nós dos dedos causaram ao encontrar a mandíbula do outro. A dor ricocheteou por sua mão. O homem caiu no chão, gemendo enquanto se encolhia e tentava segurar a lateral da cabeça, mas Ekon caiu sobre ele, pressionando os joelhos no torso do homem para que ele não escapasse.

— Mal é um homem — repetiu Ekon entre dentes. — Você vai ver quem *mal é um homem.*

Ele deu o primeiro soco, e por fim nomeou o monstro tomando vida em seu peito: era fúria, que rugiu sua aprovação enquanto os punhos de Ekon atingiam o homem sem parar, soco após soco.

Eu te treinei bem.

Ekon parou, encolhendo-se ao som da voz que invadiu sua mente. Soava como a voz do Irmão Ugo.

Jovem e forte, inteligente e meticuloso, disse o idoso. *Você era a combinação perfeita... Foi fácil moldá-lo ao que eu precisava.*

Ekon se afastou, a náusea subindo pela garganta. Ele piscou várias vezes, até o rosto do Irmão Ugo desaparecer. Ele observou os arredores, e então olhou para baixo. O homem ainda estava preso debaixo de si; o rosto estava irreconhecível, a respiração, superficial. Ekon encarou as próprias mãos, ensanguentadas e doendo. Uma fina camada de suor cobria sua testa, seguida por um arrepio frio. Na escuridão, o olhar de Ekon vagou. Então parou na garota.

Ela ainda estava no fim do beco, a alguns passos dele, sem se mexer. Ekon esperou ver algum indício de emoção no rosto dela, medo, ou talvez até repulsa, mas não viu coisa alguma; o semblante da garota estava totalmente neutro. Ela puxou o capuz da capa para cobrir o rosto e apertou a bolsa junto ao peito. Vários segundos se passaram até Ekon se levantar devagar. A garota ficou tensa.

— Está tudo bem. — Ekon ergueu as mãos depressa, consciente de que estava ao lado do corpo inconsciente de um homem. — Eu... eu não vou te machucar. Eu só queria ajudar.

Sem aviso, a garota voltou a si, movendo-se mais rápido do que Ekon jamais conseguiria. Em um segundo ela estava encurralada no fim do beco; no outro, tinha dado meia-volta e desaparecido na esquina, deixando Ekon sozinho no escuro.

CAPÍTULO 3

UMA FACA SEM FIO

Palavras se formaram na boca de Koffi, mas ela não conseguiu proferir nenhuma delas.

Os segundos passavam em uma vagareza terrível. Um por um, ela sentiu os olhares de cada pessoa na sala se fixarem nela outra vez, com um foco tão intenso que fez sua pele se arrepiar. Uma antecipação pesava no ar; parecia que todos esperavam que ela dissesse algo. Mas por mais que tentasse, a boca de Koffi se recusava a funcionar. Seu coração disparou enquanto sustentava o olhar do senhor da Fortaleza de Espinhos, dividida entre um medo intenso e um fascínio inegável. Ela havia pensado que estava diante de um homem que parecia ter idade suficiente para ser seu pai, mas... quanto mais o encarava, menos certeza tinha. Não sabia dizer a idade dele. Ela observou os olhos do homem; eram demasiadamente pretos e com uma borda ocre-avermelhada como terra. Lembrava Koffi de brasas apagando em uma lareira. Algo neles parecia perigoso mas atraente, estranho mas também familiar. Ela franziu a testa, frustrada, enquanto aquela mesma pergunta sem resposta a cutucava.

Por que não consigo me lembrar?

— Bem-vinda à Fortaleza de Espinhos — disse o homem, aparentemente inabalável com a pausa desconfortável. — Espero que você goste das acomodações. — Ele inclinou a cabeça. — Me diga, como está se sentindo?

Se sentindo? Koffi não esperava por essa pergunta; foi pega de surpresa. Ela não queria admitir em voz alta, mas na verdade não se sentia nem um pouco bem. A cabeça ainda latejava, o estômago vazio rugia e se revirava. No frescor persistente do ambiente, um suor estranho se grudava à pele dela, umedecendo o tecido sob seus braços e na gola do vestido. Mas nada disso a perturbava mais que a sensação irritante de que ela estava se esquecendo de algo vital, um pedaço esquivo de informação no fundinho de sua mente. Koffi se preparou, e então falou:

— Por que estou aqui? — A voz não estava mais rouca como antes, mas ela ainda odiava quão fraca soou em comparação à dele.

Em resposta à pergunta, uma expressão surpresa tomou conta do rosto do senhor da Fortaleza de Espinhos.

— Você não se lembra. — O tom dele era gentil. Koffi sentiu uma nova inquietação se enrolando no peito dela e apertando. *Você não se lembra.* Ela não entendeu o que ele quis dizer com aquilo. Era uma afirmação, não uma pergunta. Antes que pudesse falar, o senhor da Fortaleza de Espinhos prosseguiu. — Quer saber por que está aqui? — perguntou ele mais alto, desta vez obviamente com intenção de que toda a sala ouvisse. — É justo perguntar, e é provável que você não seja a única tentando adivinhar.

Pela primeira vez desde que entrara na sala, os olhos de Koffi passaram pelos outros ocupantes da câmara. Todos ainda a observavam, mas agora que os olhara mais de perto, ela percebeu que as expressões deles não eram de todo hostis, mas incertas. Em algumas, viu apenas curiosidade. Parecia que todos estavam à espera, assim como ela, para ver o que aconteceria a seguir. De repente, o senhor da Fortaleza de Espinhos se virou de braços abertos e se dirigiu a todos.

— Meus filhos. — As palavras tinham um timbre sonoro. — Alguns de vocês vivem na Fortaleza de Espinhos há tempo suficiente para lembrar que um dia eu a construí com o intuito de que fosse minha residência particular. — Havia ternura no sorriso dele. — No entanto, ela se tornou bem mais que isso. A Fortaleza de Espinhos é agora um lugar de aprendizado, companheirismo, e acima de tudo um abrigo para aqueles cujos dons e talentos poderiam de outra maneira ser destruídos pela ignorância. — Ele fez uma pausa, deixando as palavras pairarem no ar. — A Fortaleza de Espinhos é um farol de esperança para darajas, um santuário, um lugar no qual cada um de vocês sempre pode descansar sabendo que estão seguros.

Koffi olhou para a sala e viu que várias pessoas assentiam, concordando. Algumas até sorriam.

— Porém, faz tempo que me agarro a outra esperança — continuou ele. — Sonhei com um dia ver um mundo no qual nem um daraja tema a perseguição ou o abuso apenas por existir como nasceu. Sonhei com um mundo melhor.

Desta vez, Koffi viu: o efeito das palavras na sala. Mais das pessoas vestidas em tons vibrantes começaram a se aproximar, como se quanto mais perto estivessem das palavras do senhor da Fortaleza de Espinhos, mais perto elas estariam de virarem realidade. Algumas juntaram as mãos em oração, enquanto outras olhavam para ele com o que só poderia ser descrito como reverência. No fundo da mente, Koffi pensou em algo que Makena dissera nos aposentos.

Sou daraja, como você.

Koffi observou a sala com novos olhos, assimilando as pessoas diante de si. *Elas são darajas,* ela se deu conta. *Todas elas.* O senhor da Fortaleza de Espinhos prosseguiu:

— Por anos, pesquisei, convidando darajas do mais alto calibre para morar aqui comigo, na esperança de encontrar alguém entre vocês com a força, com o *poder*, de me ajudar no meu digno serviço. — Devagar, ele se virou para Koffi outra vez. Eles estavam a apenas alguns metros de distância, perto o suficiente para que ela visse que algo mudara em seu rosto. Havia um fervor intenso e animado no olhar dele. Koffi observou seus lábios enquanto ele falava. — Hoje, estou feliz em compartilhar que minha busca terminou. Enfim, encontramos nossa escolhida. O nome dela é... Koffi.

Aplausos retumbantes explodiram na câmara ao mesmo tempo que Koffi sentiu o ar deixar seu corpo de uma vez. O sangue latejava em seus ouvidos, abafando tudo ao redor. Na distância, ela ouviu o som de aplausos, de pés marchando, até um grito animado. Ao seu lado, não viu exatamente, mas sentiu os olhares de Makena e Zain em si, embora não tenha olhado para nenhum deles a fim de conferir que expressões tomavam conta de seus rostos. Ela não conseguia. Sua boca ficara seca como papel; entre cada batida errante de seu coração, ela ouvia o eco das palavras do senhor da Fortaleza de Espinhos em sua cabeça.

Escolhida. Enfim, encontramos nossa escolhida.

Aquelas palavras não faziam sentido para Koffi. Ela não podia ser a "escolhida" para aquelas pessoas; ela sequer sabia quem elas eram. Ainda não sabia como chegara na Fortaleza de Espinhos nem *por que* estava ali. Uma dor intensa tomou conta da garganta dela, tornando respirar cada vez mais difícil. Algo estava muito errado.

As pessoas continuaram aplaudindo enquanto o senhor da Fortaleza de Espinhos gesticulava à sua direita. Koffi observou com cautela crescente enquanto uma garota se destacava do grupo que vestia verde, segurando algo nos braços.

— Um presente para celebrar esta ocasião importante — disse o senhor da Fortaleza de Espinhos.

Koffi viu a garota se aproximar. Parecia ter mais ou menos catorze anos. A pele era do mesmo marrom-escuro que a de Koffi, e fios dourados foram incorporados às suas tranças. A túnica que vestia era verde pálido, e parava um pouco abaixo dos joelhos. A garota fez Koffi se sentir dolorosamente arrumada demais. Quando ela se aproximou, Koffi viu que ela trazia nos braços um buquê de rosas de cabo longo. Eram as maiores e mais vermelhas flores que ela já vira, cada uma maior que seu punho. A garota parou diante de Koffi e as ofereceu, de cabeça baixa.

— Para você — sussurrou ela.

Koffi olhou para elas, não porque quisesse, mas porque não sabia mais o que fazer. A garota fez uma reverência e se afastou para ficar logo atrás do senhor da Fortaleza de Espinhos.

Escolhida. A palavra parecia ficar cada vez maior na mente de Koffi, empurrando todos os outros pensamentos. Aquilo não estava certo, ela não era a escolhida de nada daquele povo, então por que eles a olhavam como se fosse? Cada aplauso era como uma marretada em suas têmporas. A fragrância doce e enjoativa das rosas em seus braços a fez querer vomitar. Era tudo demais, tudo aquilo era demais. Makena e Zain haviam se afastado para dar um pouco de espaço, e de repente Koffi se sentiu mais sozinha do que nunca. Ela olhou para baixo. Os cantos de sua visão estavam começando a escurecer e, enquanto encarava os pés, viu tudo embaçado. Koffi mordeu o interior da bochecha com força, e a dor súbita a ajudou a focar outra vez.

Aqui não, ela disse a si mesma, determinada. *Não desmaie aqui.*

— Koffi.

Ao ouvir seu nome ser chamado com suavidade, ela ergueu o olhar, assustada ao ver que o senhor da Fortaleza de Espinhos havia se aproximado mais. Na câmara cheia de pessoas, ela sentiu como se os dois estivessem a sós.

— Fique calma — disse ele em um tom tranquilizante. — Você está livre agora. Está em casa.

Casa. Desde que acordara naquele lugar estranho, Koffi estivera buscando a coisa que a ajudaria a se lembrar. No fim das contas, era apenas uma palavra. *Casa.* Ela imaginou uma luz penetrando a névoa que preenchera sua mente.

Casa.

Sentiu uma afobação, e então tudo voltou a ela com uma nitidez horrível. Os fios macios e finos como teia de aranha que compunham os pensamentos que Koffi antes tivera dificuldade em alcançar, mas agora se trançavam para repintar imagens em sua mente. *Casa. Lkossa.* Ela se lembrava de tudo: o Zoológico Noturno onde passara grande parte da vida trabalhando com a mãe e Jabir; o incêndio desastroso que mudara tudo. Ela se lembrou do acordo com o dono do Zoológico Noturno, Baaz, e então uma missão e… uma selva. A Selva Maior.

As imagens passavam depressa em sua mente, virando feito páginas de um livro. Quando Koffi fechou os olhos, não estava mais em uma linda sala; estava no topo da torre mais alta do Templo de Lkossa, em um jardim com um alçapão. A dor a atingiu quando Koffi se lembrou dos gritos de Ekon, ouviu o rugido primitivo de uma grande fera correndo. Não, não uma fera, uma garota que fora transformada em fera por um poder que fora forçada a aceitar, uma garota que sacrificara a própria humanidade para salvar uma cidade da devastação. Koffi sabia o nome dela.

Adiah.

Abriu os olhos e os joelhos ameaçaram ceder. Pela sala, as pessoas ainda sorriam para ela, aplaudindo, e Koffi ainda segurava as lindas flores. Ela sentiu um espinho entrando em sua pele, engoliu bile enquanto olhava para o homem diante de si com um novo olhar. Ele era familiar, mas ele não era um homem. Enfim, Koffi encontrou resposta para uma pergunta.

Ela sabia quem o senhor da Fortaleza de Espinhos era de verdade.

— Koffi? — Se Fedu, o deus da morte, sabia o que ela estava pensando, ele não demonstrou enquanto a observava. — Você está bem?

— Não.

De canto de olho, Koffi pensou ter visto a cabeça de Zain virar em sua direção ao mesmo tempo que ouviu Makena arfar. Ela repetiu, mais alto.

— Não.

Desta vez, a voz se propagou, e um silêncio súbito caiu na sala. Fedu inclinou a cabeça, parecendo achar divertido.

— Não? — repetiu ele.

— Não sou sua escolhida — afirmou Koffi. — E jamais serei. O que você está fazendo é errado e não vou ajudá-lo.

Um burburinho baixo dominou a sala, o som das vozes murmurando entre si. Darajas olhavam para ela com preocupação. Fedu ergueu as sobrancelhas, e Koffi odiou quão assustadoramente autêntica a própria confusão dele parecia ser. Ele juntou os dedos.

— Eu quero criar um mundo mais seguro para darajas — disse ele. — Você acha que isso é errado?

— Não é *isso* o que você quer — retrucou Koffi. Ela lutou para que a voz não vacilasse. — Você quer morte e destruição. — Ela gesticulou para a sala. — Estas pessoas sabem o que você fez em nome do seu mundo melhor? Sabem que você forçou homens a assassinar em seu nome, que você caçou uma garota inocente?

Um sorriso divertido tocou os lábios de Fedu.

— Foi o que o meu passarinho te contou, que eu a cacei? — Ele balançou a cabeça, decepcionado. — Antes que Adiah fugisse, não fiz nada além de tentar ajudá-la. Eu só queria vê-la se tornar a melhor versão de si mesma. O poder que mostrei a ela a tornou mais forte, mais linda, mais poderosa. Ela era como uma deusa.

— Não era, não. — Koffi fez uma careta. — Ela se transformou em um monstro por sua causa.

Fedu abriu e fechou a boca. Ele olhava para Koffi como se ela o fascinasse.

— É tão simples assim? — perguntou, de maneira gentil. — Vivi tempo suficiente para saber que a diferença entre o bem e o mal é questão de percepção, e a única distinção entre um deus e um demônio é o ponto de vista.

— Você matou milhões para criar um novo mundo — sussurrou Koffi. — Você acabaria com todo um continente.

Fedu deu de ombros, e a tranquilidade do movimento foi mais assustadora do que qualquer coisa que ele já havia feito.

— Uma lagarta não completa sua metamorfose sem primeiro sair do casulo — ponderou ele, calmo. — Não há progresso sem sacrifício.

— Diga o que quiser. — Koffi falava entre dentes. Sentia tanta raiva que chegava a tremer. — Me mantenha aqui pelo tempo que quiser. Mas saiba que eu jamais vou ajudar você.

Ao dizer essas palavras, Koffi ouviu um arfar coletivo, no entanto, não se importava mais. Manteve o olhar no de Fedu, à espera. Ela esperara fúria, raiva, até frustração. Em vez disso, o que viu na expressão do deus gelou seu sangue. Ele parecia estar se divertindo outra vez.

— É assombroso. — Ele parecia falar mais consigo mesmo do que com ela. — Vocês duas são tão diferentes, e mesmo assim... você se parece tanto com ela.

Fedu alisou o queixo.

Ele se moveu com uma velocidade súbita e sobrenatural, tão rápido que Koffi não teve tempo de entender o que estava acontecendo. Ela ouviu um grito estridente, e então, horrorizada, olhou para a jovem que trouxera as flores. A garota estava nas pontas dos pés, suspensa apenas por suas lindas tranças decoradas, que estavam enroladas com firmeza no pulso de Fedu enquanto ele a segurava no ar. Lágrimas se acumulavam nos olhos da garota enquanto ela balançava.

— Mestre! — A voz dela soava fraca, desesperada. — Por favor...

— Pare! — As flores caíram no chão quando Koffi deu um passo à frente. O olhar dela estava fixo no couro cabeludo da garota; ela via de onde as tranças estavam sendo repuxadas. Koffi imaginou ouvi-las se rompendo. — Pare, solte ela!

Fedu lançou um olhar preguiçoso na direção da garota antes de soltá--la como se fosse um saco de batatas. As mãos dela dispararam até sua cabeça enquanto chorava. Era uma visão de dar dó. Quanto mais Koffi observava, mais enojada ficava.

— Então vocês são parecidas nisso também — murmurou Fedu. Ele se virou em direção a Koffi outra vez e pigarreou. — Sou um simples deus, Koffi. — A voz dele não era mais agradável. — E como Adiah já foi um dia, você é uma garota inteligente. Portanto, não vejo motivo para fazer ameaças veladas. Você fez um acordo comigo. Ofereceu uma troca: sua vida pela de Adiah; sua servidão em vez da dela. Agora, me deixe explicar os termos do nosso contrato. *Você vai me obedecer.* Quando e se você não obedecer, outros pagarão o preço da sua insolência. Estamos entendidos?

Koffi não olhou para Fedu, e sim para a garota no chão, que se embalava e tinha um sentimento explícito no olhar: medo. Koffi reconheceu a expressão; tendo vivido no Zoológico Noturno, ela crescera sob a constante ameaça dele. Nos olhos da garota, Koffi viu sua mãe, viu Jabir, viu Ekon.

Outros pagarão o preço da sua insolência. As palavras eram dúbias. Ela estava nas mãos de Fedu. Devagar, Koffi sentiu algo dentro de si diminuir com a derrota.

— Sim — respondeu ela, com o mínimo de emoção possível. — Estamos entendidos.

A ponta dos dedos dela se afundou na palma das mãos.

— Ótimo — disse Fedu. Ele olhou ao redor, para os darajas que agora o encaravam. Sorriu. — Você pegou o esplendor do corpo de Adiah, mas ele não parece afetar você da maneira como a afetava. Mesmo agora, está adormecido no seu corpo sem destruí-lo ou alterá-lo. É impressionante.

Koffi sentiu o estranho impulso de se cobrir diante da análise faminta do olhar do deus.

— Acredito que você provará ser de grande valor para mim, Koffi — continuou ele —, mas primeiro, você precisa ser treinada, ensinada quando e como usar seu poder. Você é uma faca sem fio. Mas não tema, garantirei que fique afiada.

Koffi engoliu as palavras que queria dizer.

— Makena garantirá que você seja alimentada, e então você começará sua primeira lição — disse Fedu. — Você está dispensada.

Dispensada. Acabou tão de repente quanto começou. Koffi estava muito consciente de que todos a encaravam. Ela queria gritar, surtar, fazer algo além de apenas ficar ali. De repente, ela sentiu um toque gentil em seu cotovelo. Makena estava ao lado dela outra vez, o rosto inescrutável.

— Venha — murmurou ela. — Vou levá-la de volta aos seus aposentos.

Koffi se deixou ser guiada para fora do salão principal. Zain não as acompanhou. O incômodo a seguia a cada passo, mas Koffi ficou calada. Só quando as portas duplas se fecharam atrás das duas que ela soltou o ar. Em sua mente, ouvia a voz de Fedu, as palavras dele.

Você é uma faca sem fio. Mas não tema, garantirei que fique afiada.

Elas viraram uma esquina e entraram no corredor por onde passaram antes, o mesmo que tinha uma vista do jardim leste da Fortaleza de Espinhos. Makena seguiu em frente, mas Koffi parou diante da janela, observando o local outra vez. À luz do sol da manhã, o orvalho na grama do jardim brilhava como muitos diamantes, e nos arredores, as acácias ainda estavam silenciosas e estoicas sem contar qualquer de seus segredos.

A névoa também estava lá.

Koffi observou os tentáculos serpentearem como vinhas pelos troncos cinzentos das árvores, engrossando para cobri-las em um tom de prateado opaco e branco.

Ela estava tão hipnotizada que não percebeu logo de cara o único rosto, pálido e cinzento, que a encarava entre os espinhos.

CAPÍTULO 4

A COBRA E O RATO

Um único raio cruzou as nuvens enquanto Ekon voltava para a botica.

A luz súbita iluminou todo o caminho que ele seguia: a estrada estreita e enlameada, os prédios decrépitos que o ladeavam e caracterizavam o Distrito Chafu. Iluminou também as verdades que Ekon não estava pronto para encarar. Ele prendeu a respiração, se preparando para o inevitável, e desacelerou os passos para sincronizá-los com a contagem enquanto esperava outro raio.

Uma-duas-três. Uma-duas-três. Uma-duas-três.

Na pausa, Ekon se lembrou de um truque que Kamau lhe ensinou quando eram crianças. A distância de uma tempestade podia ser medida em segundos; quanto mais alta a contagem, mais distante estava. Ele se lembrou de uma noite na biblioteca do Templo de Lkossa, quando uma tempestade bastante violenta caíra e ele se escondera debaixo de uma das mesas, agarrando as pernas do móvel com tanta força que seus dedos ficaram dormentes. Ele se lembrou de que Kamau o encontrara ali, se lembrou da certeza no olhar do irmão mais velho.

Está tudo bem, Ekkie, tranquilizara ele gentilmente. *O raio sempre vem primeiro, e em seguida o trovão. Espere só.*

52

Kamau se unira a ele debaixo da mesa e, lado a lado, eles observaram um novo raio iluminar a janela. Juntos, eles contaram.

Um, dois, três, quatro, cinco.

Então soara um trovão retumbante. Ekon se encolhera, mas Kamau segurou sua mão depressa, apertando-a.

Espere pelo trovão, sussurrara ele. *A tempestade vai passar.*

Mais raios e outra contagem.

Um, dois, três, quatro, cinco, seis, sete, oito, nove.

Outro retumbar de trovão, este soando mais suave e distante. Ekon se lembrou do alívio que sentira, do conforto do sorriso de Kamau na escuridão.

A tempestade sempre passará, dissera o irmão dele. *Lembre-se disso.*

Ekon deu um pulo quando o ressoar de um trovão real o despertou de seu devaneio. Praguejou. *Cresça*, pensou, *é só uma tempestade, não há nada a temer.* Ele flexionou os dedos e aumentou o ritmo da caminhada, se encolhendo quando a nova dor disparou por sua mão esquerda. Ele quase esquecera, mas bastou um olhar para seus nós dos dedos inchados para que tudo voltasse em sua mente: as hienas de rua, a garota, a fúria do monstro imaginário em seu peito. Já estava adormecido, mas Ekon ainda o sentia dentro de si, à espera; pelo quê, ele não sabia.

Os músculos relaxaram um pouco enquanto ele virava na rua que levava de volta à botica. Nuvens cobriam o céu, mas, mesmo dali, ele conseguia vê-la, espremida entre outras duas lojas vazia. A mais breve luz brilhava em uma das janelas, e Ekon sentiu seu calor. Ele apertou a alça da bolsa pendurada no ombro, com o estômago rugindo. A visita ao mercado podia até não ter saído como o esperado, mas pelo menos ele conseguira os suprimentos de que precisavam. Com sorte, Themba conseguiria fazer um ensopado. Ekon salivou pensando nas possibilidades.

Estava a poucos metros da botica quando a porta da frente se abriu, fazendo-o parar de repente. Ainda estava longe demais para acreditar que Themba abrira a porta porque havia avistado Ekon, e não tinha outro motivo, principalmente quando ele não estava lá. O instinto fez Ekon se agachar, se escondendo atrás de caixas abandonadas. A ansiedade passava por ele em ondas, pensando em possibilidades terríveis. Será que ele e Themba foram descobertos? Será que naquele momento os Filhos dos Seis estavam dentro da botica procurando por ele? Ekon esperou por um instante, rezando para ver a silhueta de Themba na luz da botica, mas não foi o que viu. Para sua surpresa, um idoso saiu da loja. Ele era baixo, frágil, de pele negra clara e com uma grande cabeça careca que parecia pesada demais para seu pequeno corpo. As roupas dele eram bem simples, e seus movimentos estavam rígidos pela idade, mas algo nele deixou Ekon nervoso. Observou o idoso olhar por sobre o ombro e em seguida fechar a porta da botica com cuidado. Ekon semicerrou os olhos. Quem era aquele homem e por que estava visitando Themba?

De repente, outro raio cruzou o céu. Foi o mais brilhante deles, e sob sua luz a estrada ficou visível. Ekon paralisou. Não fez qualquer barulho, mas, naquele momento iluminado, o olhar do idoso recaiu nele. Por vários segundos, ninguém disse nada; ambos pareciam esperar que o outro tomasse a iniciativa. Devagar, o idoso inclinou a cabeça e sorriu.

— Leste e oeste. — As palavras eram sussurradas, mas dava para ouvir.

Os pelinhos nos braços de Ekon se eriçaram, arrepios percorrendo sua pele. O homem não havia se aproximado, mas ainda encarava Ekon com uma intensidade desconfortável.

— Quem é você? — A pergunta escapou de Ekon antes que ele pudesse se conter. Parecia que eles eram as únicas pessoas na rua, e no vazio, as vozes ecoavam. — O que quer?

Em resposta, o homem sorriu e inclinou a cabeça.

— Um sol nasce no leste — disse ele. — Um sol nasce no oeste.

Ekon franziu a testa. Ao mesmo tempo, o sorriso do idoso se alargou. Ele assentiu, se virou e começou a subir a rua na direção oposta.

— Ei! — Ekon se levantou, gritando. — Pare!

O idoso não hesitou nem se virou enquanto seguia devagar para a escuridão. Ekon observou até o momento exato em que ele não estava mais visível, e então saiu correndo. Quando chegou na botica, a respiração estava acelerada e o coração parecia que ia sair pela boca.

— Ekon? — Themba, que estava de joelhos diante da pequenina lareira da loja, olhou para ele, surpresa. Ekon percebeu que ela estivera enfaixando uma das mãos. Achou ter ouvido impaciência na voz dela.

— Você chegou mais cedo — comentou ela. — Conseguiu comprar tudo no mercado?

Por vários instantes, Ekon ficou imóvel na soleira da porta. Ele arfava, e em algum lugar no peito ele sentiu aquele monstro imaginário erguer a cabeça, farejando. *Não*, disse ele ao monstro, *não*. Ekon engoliu em seco até se acalmar um pouco. Só então voltou a falar.

— Quero saber a verdade — pediu baixinho.

Themba franziu a testa. Devagar, ela se levantou, ainda segurando o pano que estivera usando para enfaixar a outra mão. Sob a luz da lareira, Ekon viu que o pano estava manchado de um vermelho-amarronzado.

— A verdade de quê?

— De tudo. — Por mais que tentasse evitar, as palavras saíram mais ríspidas que o pretendido. — Quero saber como Koffi é sua neta. Passei dias com ela na Selva Maior. Ela falou da família, mas nunca mencionou você.

Algo que se parecia com mágoa cruzou o olhar de Themba. Ela cutucou o amuleto em seu pescoço, aquele que nunca tirava. Depois de uma pausa, respondeu:

— Koffi é filha da minha filha. Ela não me conhece porque a mãe dela e eu não nos falamos, e faz um tempo que é assim.

— Você respondeu uma das perguntas — disse Ekon. — Agora, quero saber quem era aquele homem.

— Homem? — Themba ficou chocada. — Que homem?

— Aquele que acabou de sair daqui.

Ela balançou a cabeça, mas não foi convincente.

— Não havia homem…

— Eu vi! — Ekon não queria falar tão alto, o som surpreendeu até ele, mas não conseguiu evitar. Estava faminto, exausto e, acima de tudo, estava cansado de ouvir mentiras. Kamau mentira para ele. O Kuhani mentira para ele. Irmão Ugo mentira para ele. Ekon não aguentaria mais uma mentira sequer.

Themba o olhou pensativa por algum tempo. No rosto dela, Ekon podia ver as emoções em conflito, decidindo qual venceria. Viu desafio no rosto dela, mas também cansaço. No fim das contas, este último ganhou. Themba suspirou.

— O nome dele é Sigidi — contou ela baixinho.

Sigidi. O nome não tinha qualquer significado para Ekon, mas mesmo assim provocou um arrepio na espinha dele. Ele se lembrou muito bem do jeito como o idoso o olhara, a familiaridade no olhar. *Leste e oeste*, dissera ele, mas aquelas palavras também não significaram nada para Ekon. Ele balançou a cabeça.

— O que ele estava fazendo aqui?

— Me dê as compras — pediu Themba. Quando Ekon ficou tenso, ela revirou os olhos. — Podemos conversar com fome ou podemos conversar de barriga cheia. Você sabe como picar?

— Picar?

Ela lançou a ele um olhar irônico e assentiu para uma faca perto do fogo. Estava um tanto sem fio, e Ekon percebeu outra faca ao lado dela. Não havia como confundir os respingos vermelhos na lâmina. De novo, ele encarou a mão enfaixada de Themba, mas a expressão dela era de impaciência. Depois de um momento, Ekon fechou a porta da frente e os dois se sentaram diante do fogo. Enquanto ele pegava a faca limpa e começava a picar cenouras, Themba colocou água em uma das panelinhas que encontrara no idoso depósito da botica e a pendurou com cuidado sobre o fogo. Ela encarou as chamas por um longo tempo antes de falar outra vez.

— Sigidi é daraja. — Ela pegou um galho e cutucou um carvão. — Um com uma afinidade muito especial.

Daraja. A palavra significava muito para Ekon. Até pouco tempo antes, ele não acreditara que existissem darajas, pessoas com a habilidade de tirar energia da terra e manipulá-la. Então, em apenas duas semanas, ele havia conhecido três, incluindo Themba.

— Qual é a afinidade dele? — perguntou Ekon.

— Ele tem o dom da Visão, a habilidade de ver coisas que a maioria das pessoas não consegue — explicou Themba. — Nos conhecemos há muito tempo, então pedi que ele me ajudasse a encontrar minha neta. — Ela olhou para a faca suja de sangue. — Ele me disse que podia, mas haveria um preço.

Ekon arregalou os olhos.

— Ele fez você se *cortar*? Isso é terrível.

Themba o olhou como se ele tivesse dito algo de mau gosto.

— Tome cuidado com essa língua, garoto, principalmente quando fala de coisas que não conhece direito. — Ela gesticulou para a faca outra vez. — Koffi e eu somos parentes, conectadas por uma linhagem matriarcal direta. Nosso sangue é o mesmo, então Sigidi usou o meu para rastreá-la. Não foi terrível, foi necessário.

Ekon fez uma pausa, reprimido por um momento.

— Então, funcionou?

Themba assentiu.

— Contei a ele o que você me disse a respeito de Fedu e da outra garota daraja que vocês ajudaram.

— Adiah — interrompeu Ekon. Parecia importante nomeá-la. — O nome dela é Adiah.

Themba franziu os lábios.

— Sigidi viu Koffi com o deus da morte, no reino dele.

O coração de Ekon palpitou.

— Onde fica isso?

— Em algum lugar no sul, na Região Kusini. A pé, é uma jornada e tanto — respondeu ela.

De uma vez, Ekon se levantou, a faca e as cenouras foram esquecidas.

— O que estamos esperando? — A boca estava seca, e havia uma energia nervosa nas mãos que não as deixava ficar paradas. Ele tamborilou na perna. — Vamos.

57

— Calma aí, garoto. — Themba não havia se mexido. Ela encarava o fogo outra vez. Devagar, pegou as cenouras que ele cortara e as colocou na água fervendo. — Sou daraja, e você é um homem procurado. Não seria bom sermos capturados por seus irmãos.

Ex-irmãos, pensou Ekon.

— Não conseguiremos simplesmente escapulir para fora desta cidade — prosseguiu ela. — Vamos precisar de ajuda.

Ekon franziu o cenho.

— Você pensou em alguém?

Pela primeira vez desde que ele entrara na botica, Themba sorriu. Ele viu um brilho no olhar dela.

— Na verdade, pensei.

O ar estava gelado quando Ekon saiu da botica horas mais tarde.

Ele observou a rua, feliz por estar vazia. Ele e Themba escolheram esperar até o começo da noite para agir. Por enquanto, parecia que o destino estava ao lado deles; a chuva havia parado, ao menos por ora, deixando apenas o cheiro pesado de ozônio para trás. As nuvens desapareceram, e Ekon quase não conseguia ver no céu as linhas pretas entre as estrelas. Ele engoliu um nó na garganta. Pouco tempo atrás, ele e Koffi haviam olhado para aquelas rachaduras no céu na Selva Maior. Ele chamara as marcas no céu de "cicatrizes", mas se lembrou das palavras dela:

Talvez haja beleza nas cicatrizes. Porque elas são um lembrete do que foi enfrentado e ao que se sobreviveu.

Sobreviveu. Ekon ainda se lembrava da última vez que vira o rosto de Koffi. Ela parecera resoluta, mas também assustada, como alguém tentando ser corajoso, mas sem conseguir direito. Ele não queria pensar no que poderia estar acontecendo com ela naquele momento.

Estamos indo, Koffi. Ekon pensou as palavras, porque era tudo o que podia fazer para torná-las reais. *Estamos indo te buscar. Aguente firme.*

— Está pronto?

Ekon se virou. Atrás dele, Themba saía da botica, com a própria bolsa na mão.

— Estou.

— Ótimo — disse ela. — Agora me siga e fique por perto.

Eles atravessaram as serpenteantes ruas secundárias e becos do Distrito Chafu em silêncio, com Themba à frente. Enquanto seguia, Ekon se obrigou a focar no barulho da terra encharcada sob os pés em vez da maneira como os prédios ali pareciam se inclinar sobre ele. Lkossa era seu lar, a única cidade que conhecera, e mesmo assim lugares como aquele pareciam outro mundo. Ele tentou contar os passos, acalmar a sensação irritante de presságio, mas não conseguiu. Nem mesmo os números estavam ajudando.

Duzentos e seis, duzentos e sete, duzentos e...

Praguejou quando o pé ficou preso em um buraco e o fez tropeçar quase cair. Themba não parou de caminhar.

— Vamos, garoto.

Como uma assombração, ela seguiu em frente, os passos silenciosos enquanto disparava pela rua iluminada por arandelas e então entrava outra vez nas sombras. Ekon imitou o movimento, impressionado. Ele não estivera esperando que a velha caminhasse tão rápido. Os olhos dele se acostumaram à escuridão do beco em que haviam entrado, e ele se deu conta de que Themba havia parado. Ela deixava os dedos roçarem pelas paredes de tijolo de barro que a ladeavam. Ela se virou, e Ekon viu que estava fazendo cara feia. Nervosa, ela tirou do bolso da túnica uma bolsinha de moedas, balançando-a para que o som se propagasse.

— Mwongo. — Ela agitou a bolsinha outra vez. — Apareça — sussurrou. — Sei que está aí.

Ekon quase morreu de susto quando uma figura se descolou da parede, a apenas alguns metros de onde estavam. A criatura se moveu na direção deles e, quando chegou mais perto, Ekon distinguiu um jovem de cabelos cacheados com uma barbicha por fazer. As bochechas eram encovadas, e os olhos, fundos, mas ele sorria.

— Que extraordinário. — A voz dele era fina e seca. — A Cobra e o Rato, juntos no mesmo beco. — Ele deu um passo à frente, como se quisesse ver melhor. — *Que surpresa.*

— Ekon. — Themba deu as costas ao jovem. — Este é... um conhecido meu, Mwongo.

O sorriso do jovem aumentou.

— Meus amigos me chamam de Rato.

Ekon ficou tenso enquanto Mwongo passava por Themba. Quando estava mais perto, ele semicerrou os olhos, analisando.

— É impressão minha ou seu rosto parece familiar?

— Esqueça o rosto dele — retrucou Themba, ríspida. Ela deu uma rápida olhada em Ekon. — Mwongo vai nos ajudar.

— *Vou?* — Mwongo, o Rato, olhou para ela, surpreso. — E por que eu faria isso?

Themba revirou os olhos.

— Porque falamos a mesma língua. — Ela lançou para ele a bolsinha de moedas, que ele pegou no ar e sentiu o peso, considerando.

— Você sempre foi boa com palavras — murmurou Mwongo antes de erguer o olhar. — Do que você precisa?

— Sair de Lkossa esta noite — respondeu Themba. — Sem ser vista.

Mwongo guardou a bolsinha de moedas no bolso e então coçou o queixo, pensativo.

— Há guardas patrulhando toda a área — contou ele. — Estão procurando alguém, um dos deles, segundo boatos. — Ele lançou a Ekon um olhar. — Ouvi dizer que a recompensa é... grande.

— Mwongo. — Themba olhou de cara feia para o homem, e Ekon parou. Algo nos olhos de Themba mudara na escuridão, embora ele não conseguisse dizer exatamente o quê. Mwongo também pareceu sentir e se empertigou.

60

— Tá, tá! — Ele jogou as mãos para o alto. — Os guerreiros estão patrulhando, mas conseguimos passar por eles. Há duas estradas principais para sair da cidade.

— Uma na fronteira oeste — interrompeu Ekon — e outra na sul.

Mwongo assentiu e continuou:

— A estrada do sul leva para fora de Lkossa mais rápido, mas a do oeste é mais próxima daqui. Tenho um amigo que conduz uma carroça de fertilizante, ele transporta o produto para fora da cidade toda noite. — Ele olhou para o céu. — Se formos rápido, conseguiremos alcançá-lo e ele pode levá-los. Não será uma carona *agradável*, mas vai servir.

Ekon olhou para Themba, confuso, mas a expressão dela não mudara. Ela assentiu e então se virou para ele.

— Essa é a nossa saída, garoto. Vamos?

Ekon franziu os lábios e a testa. Não havia como ser discreto no beco, então encarou Themba e foi bem direto.

— Não gosto da ideia — disse, sincero. — E não confio nele.

Se Mwongo se ofendeu, não demonstrou. Sua boca se se abriu em um sorriso desagradável, e Ekon percebeu que ele não tinha vários dentes.

— Descobri que as pessoas não costumam gostar de ratos — respondeu Mwongo —, mas vou te dizer uma coisa. — Ele se inclinou para mais perto, e Ekon sentiu o cheiro de tabaco em seu hálito. — Ratos são ágeis, engenhosos e mais inteligentes do que a maioria das pessoas imagina. Eles conhecem o caminho mesmo nas ruas mais sujas. Você não tem que gostar da ideia nem confiar em mim, garoto, mas esta noite você precisa de mim. Aceite a oferta ou vá embora. Você não encontrará uma melhor por esse preço.

Ekon cerrou os dentes enquanto analisava Mwongo. O jovem tinha o porte físico parecido com o dele, mas era vários centímetros mais baixo. Não aparentava ser muito mais velho que Ekon. Mas mesmo assim, Ekon não podia deixar de sentir estar em desvantagem. Mwongo lançou a ele um olhar malicioso, como se concordasse. A expressão de Themba estava quase perfeitamente ilegível, mas sua máscara caiu por uma fração de segundo e Ekon enxergou o sentimento real por trás dela: havia súplica em seu olhar, desespero. Ele se deu conta, então. Queria encontrar Koffi mais do que qualquer coisa, mas Themba também. Ele reconheceu o desespero porque também o sentia. Foi aquilo, acima de tudo, que definiu sua decisão. Foi aquilo, acima de tudo, que o fez dizer as palavras:

— Está bem. Vamos.

A sorte que os havia favorecido quando saíram da botica pareceu mudar de curso conforme os três saíam do beco e desciam por uma estrada diferente, seguindo as instruções de Mwongo. Ekon olhou para o céu e percebeu que as nuvens estavam de volta, pesadas e cheias com o que com certeza logo mais seria uma tempestade. Se tudo desse certo, já teriam chegado à carroça a essa altura. A ideia de sair de Lkossa junto a sacos de estrume não era exatamente o que ele tinha em mente, mas se os tirasse dali, servia. Era um passo mais perto de Koffi, um passo mais perto de salvá-la.

Estamos indo, Koffi. Aguenta firme.

Mwongo olhou para a esquerda e para a direita, em seguida apontou para uma das ruas do mercado. Não havia ninguém, mas estava cheia de barraquinhas. Ekon inspirou o cheiro de feno e esterco. Penas de galinha e alguns ovos amassados cobriam o chão. Durante o dia, ali era visivelmente uma área para mercadorias vivas. Ele torceu o nariz. A alguns metros de distância, viu um carrinho no meio da estrada. Mwongo também o viu e arfou.

— O tolo deve ter ido lavar a mula — disse ele, balançando a cabeça. — Esperem aqui, vou atrás dele.

Ekon observou Mwongo virar em uma esquina e desaparecer, franzindo a testa. Themba se livrou de sua bolsa, descansando por um momento encostada na parede de uma loja. Antes, ele se impressionara com a velocidade dela, mas agora via o que lhe custara; parecia exausta.

— Não se preocupe comigo. — Quando viu Ekon olhando, Themba o dispensou com um aceno de mão. — Vou recuperar o fôlego quando chegarmos à carroça.

Ekon voltou a olhar para a carroça, ainda no meio da estrada. As nuvens cobriram a luz do luar, o que tornava impossível distinguir os detalhes de longe. Ele se aproximou do veículo, semicerrando os olhos.

— Ekon?

Ele ouviu o sussurro de Themba atrás de si, mas não olhou para ela e deu outro passo na direção da carroça. Percebeu o que havia atraído sua atenção: não havia nada na carroceria. Ekon não conseguia se lembrar do que Mwongo dissera. A carroça ia buscar ou levar fertilizante? Estava a um metro de distância, e deu a volta nela devagar. O coração batia rápido enquanto absorvia os detalhes, as coisas que não conseguira ver de longe. A madeira da carroça estava encharcada, como se fizesse um tempo que estava ali, e não apenas alguns minutos. A barra de metal estava enferrujada, e a madeira, rachada havia muito tempo. Quando olhou para baixo, Ekon percebeu que os raios da roda também estavam quebrados. A carroça não era usada fazia semanas, se não mais tempo. Ekon ergueu o olhar com o súbito medo gelando-o por dentro.

— Themba! — gritou ele. — Corra, é uma...

As palavras morreram quando ele viu que, atrás de Themba, figuras novas emergiam na rua, com adagas hanjari penduradas nos quadris. A boca secou quando viu mais uma figura aparecer atrás deles. Mwongo. Ele cravou o olhar em Ekon e deu de ombros.

— Foi mal, garoto.

Ekon encarou os Filhos dos Seis em silêncio.

UM JOGO DE SOBREVIVÊNCIA

BINTI

Acho que minha mãe é uma semideusa.

Óbvio, não tenho prova concreta, apenas os fios ocasionais da possibilidade que brilham dourados sob a luz certa. Às vezes, quando fico entediada, observo minha mãe de longe e finjo que ela é secretamente uma filha há muito perdida da deusa da água Amakoya, que tem torso de mulher e cauda de peixe de escamas verdes em vez de pernas humanas. Em outros dias, quando ela se irrita, imagino que mamãe poderia ser uma filha de Tyembu, deus e senhor dos grandes desertos a oeste.

Na tarde de hoje, minha mãe equilibra na cabeça um vaso de argila, com um gargalo longo e fino e alças grossas em cada lado, e seu formato parece uma mulher com as mãos no quadril. O calor é insuportável a essa hora do dia; gotículas de suor surgem na testa dela e deslizam por sua pele negra, mas mamãe ainda se move como uma dançarina habilidosa, flexível e graciosa. Quando me vê observando, ela sorri.

— Você está bem, Binti?

Começo a assentir e então paro. Estou tentando equilibrar um vaso na minha cabeça também. É menor que o de mamãe, mas igualmente difícil de carregar. Com cuidado, acelero o passo até não estar mais atrás, mas ao lado dela, e em seguida ajusto meu ritmo para sincronizar com o dela. *Cabeça erguida, ombros para trás.*

Eu só quero ser como ela.

O cheiro de frutas frescas alcança meu nariz conforme seguimos pelas ruas do Distrito Kazi, a pequena área residencial destinada a colhedores e peões. As pessoas daqui são pobres, mas só para quem sabe reconhecê-los. Em uma das esquinas empoeiradas por onde passamos, há um jovem vendendo geleias e conservas, mas apenas uma pessoa bem meticulosa perceberia que alguns dos potes estão lascados. Alguns vendem quinquilharias baratas e lanches, e outros seguram crianças inquietas entre os joelhos enquanto enrolam, penteiam e trançam cabelos de todas as texturas. As trancistas aqui no Distrito Kazi são boas, mas as melhores trabalham no mercado.

Eu adoro o mercado.

O ar muda quando chegamos ao final do Distrito Kazi e nos juntamos às multidões de pessoas indo para o centro da cidade. Lkossa jamais será como era antes da Ruptura, mas ainda é um centro de comércio e economia do leste. Inspiro, e desta vez não apenas sinto o cheiro de temperos misturados e empilhados nas barraquinhas, quase posso sentir o gosto de cominho, iru e cardamomo preto. Seguimos no fluxo natural da multidão até sermos levadas ao centro do mercado. Aqui, há pessoas de todos os tipos, fazendeiros, ceramistas e mercadores, vendendo de tudo. O barulho é como uma canção, um coro de gritos, riso e vida.

Passamos pelas barraquinhas até chegar aos poços da cidade. Há filas de pessoas diante deles, à espera para pegar água. Mamãe dá um suspiro.

— Não vai demorar — promete ela. — Sairemos daqui rapidinho.

Em um movimento gracioso, ela usa a palma da mão para secar mais suor da testa, e minha atenção é atraída pelo bracelete no braço dela. Na verdade, a palavra *bracelete* é um termo exagerado para esta coisa. Não é bonito; a prata barata está enferrujada, e as pontas foram feitas de qualquer jeito, mas acho que não é para ser bonito. O "bracelete" da mamãe não é uma joia; é uma identificação. Pessoas como ela, darajas, são obrigadas a usá-lo o tempo todo. Quando olho para o bracelete, lembro que mamãe não é semideusa alguma. Ela usa sua mortalidade como uma borboleta-cauda-de-andorinha pode usar suas asas. Há algo nela que é totalmente deste mundo, pés no chão. Sou grata por isso. Não consigo imaginar minha vida sem ela.

Não percebo o olhar em mim logo de cara, acontece devagar, como um besourinho subindo pelo braço, mas, quando me viro, vejo: um trio de meninas que parecem ter a minha idade está me observando. Os olhos delas são impossíveis de ler, e quanto mais me encaram, mais incomodada eu fico. Quero me olhar para ver o que elas estão encarando, no entanto, ainda estou com o vaso na cabeça. Será que minhas roupas estão sujas ou pisei em esterco?

Meu coração dispara quando, depois de um momento, uma das garotas começa a vir na minha direção. Ela não parece mais velha que eu enquanto se aproxima, mas algo em seu jeito de andar me faz sentir estranha e infantil. A pele dela é um tom mais clara do que a minha, e seu cabelo curto castanho-avermelhado está preso em coquinhos Bantu que foram divididos e penteados com uma precisão perfeita. Já sei que essa garota não arruma o cabelo no Distrito Kazi. *Ela* não é pobre.

— Quantos anos você tem? — pergunta ela sem rodeios assim que para na minha frente. A expressão dela ainda é difícil de ler.

— Quinze. — Sinto como se tivesse respondendo a um teste surpresa. Segundos se passam antes que a garota me olhe de cima a baixo.

— Onde você comprou seu vestido? — pergunta ela.

Fico tão surpresa que quase me esqueço do vaso na cabeça e olho para baixo, para o meu corpo. O vestido que estou usando é de uma cor roxa desbotada, com florezinhas que eu mesma bordei na bainha. Eu sequer achava que valia a pena olhar para ele.

— Eu... — As palavras tropeçam na minha língua. — Eu que fiz — respondo baixinho.

— Você faz suas próprias roupas. — Não é uma pergunta; ela parece estar falando consigo mesma. — Que interessante. — Depois de outra pausa, ela ergue o olhar. — É bonito.

Minhas bochechas coram apesar do calor matinal.

66

— Obrigada.

Duas outras garotas se aproximam, igualmente intrigadas. Elas fazem as mesmas perguntas, e se apresentam: Nekesa e Chakoya. A primeira garota me diz que se chama Uzoma.

— Temos um tabuleiro oware — diz ela. — Quer brincar com a gente?

Uma coisa estranha acontece, então: pela primeira vez na minha vida toda, sinto um puxão para algo, para alguém, que não é a minha mãe. Quero ser como ela mais que tudo, mas...

Mas também quero ser incluída.

Estou com medo de olhar para mamãe, mas quando o faço, vejo que está sorrindo. Com facilidade, ela retira o vaso da minha cabeça, e embora eu jamais vá admitir, aprecio a leveza de sua ausência. Massageio meu pescoço e mamãe assente.

— Vá, Binti. Estarei aqui.

Ela não sabe o quanto essas palavras significam para mim, quanto poder ela tem com sua mera aprovação. Mais um peso sai dos meus ombros e estou livre. Sem dizer mais nada, corro com Uzoma e as outras garotas pela praça. Nos sentamos em círculo, e uma das garotas, Nekesa, me mostra o tabuleiro oware. É uma tábua pequena e lisa de madeira escura com doze furinhos esculpidos em grupos de dois, seis em cada lado. Em cada extremidade da tábua há grandes recortes, e cada um tem algumas pedras redondas pintadas com cores vibrantes. No lado esquerdo, as pedras são verdes como jade; no direito, azuis como safira.

— Você conhece as regras? — pergunta Nekeza. Ela é mais alta que Uzoma, com feições estreitas e angulares e trancinhas pretas com contas brancas nas pontas.

Meu rosto esquenta de novo. Oware é comum em Lkossa, jogado tanto por crianças quanto por idosos, mas nunca aprendi as regras. Constrangida, balanço a cabeça.

— É fácil — diz ela. — Estes buracos no tabuleiro são chamados de casas, e quatro pedras vão em cada uma delas. — Ela pega um punhado de pedras verdes e as coloca em cada casa em grupos. — Esses buracos maiores nas extremidades do tabuleiro são chamados de entalhes. O objetivo é colocar todas as suas pedras no meu entalhe antes que eu coloque as minhas no seu. É um simples jogo de estratégia.

Na verdade, não pareceu nem um pouco simples, mas todas as garotas me observavam, cheias de expectativa. No olhar delas, percebo que se trata de outro teste, ouço as perguntas silenciosas. Sou como elas ou sou diferente? Ainda sou interessante ou fiquei entediante? Engulo em seco, e quando Nekesa termina de distribuir nossas pedras, assinto.

— Estou pronta.

Ela joga primeiro.

Observo a garota pegar quatro pedras verdes e parar, observando o tabuleiro. Então as deixa cair rapidamente, um-dois-três-quatro, nas novas casas, de forma que a primeira fica vazia. Nekesa assente para mim.

— Sua vez.

Respiro fundo e pego um punhado de pedras safira. Sei, é óbvio, que não são safiras de verdade, devem ser pedras pintadas por um artista local, mas na minha palma o peso delas é precioso, e sinto uma obrigação estranha de posicioná-las com cuidado. Como Nekesa, observo o tabuleiro por um momento, tentando determinar a melhor forma de colocar as pedras para que a quarta não acabe ficando do lado dela. Me mexo, deixando cada uma das pedrinhas deslizar dos meus dedos para suas novas casas. Nekesa franze os lábios.

— Foi… uma boa jogada.

Continuamos, pegando nossas pedras e colocando-as nas novas casas alternadamente. As outras garotas nada dizem enquanto conduzimos nossa guerra silenciosa como generais de batalha. Aos poucos, pego o ritmo. Nekesa tinha razão ao dizer que o oware é um jogo de estratégia, mas é também um jogo de sobrevivência, e *esse* jogo eu conheço bem demais. Mamãe e eu o jogamos todos os dias: quando não temos o dinheiro para o aluguel, ou quando a comida é pouca e a temperatura cai. Estive jogando esse jogo a minha vida toda.

— Você ganhou. — Ouço a descrença na voz de Nekesa enquanto ela se reclina e examina o tabuleiro como se eu a tivesse enganado.

Devagar, o mundo volta ao foco, e vejo que Uzoma e Chakoya ainda estão ao nosso redor. As duas sorriem para mim, batendo palmas, e vejo no olhar delas que a aprovação ganhou um toque de inveja. Meu coração dispara no peito de novo, mas desta vez não é por medo. Não, esse sentimento é novo, e levo vários segundos para encontrar um nome para ele: alegria. Não é a mesma coisa de quando mamãe me surpreende com uma tortinha de frutas do mercado. Não, é diferente. Me alegro em ser, pela primeira vez na vida, uma pessoa invejada. Percebo que ser notada é assim, ser interessante para as outras pessoas por mais que alguns segundos.

Eu adoro a sensação.

Mas a alegria é coisa passageira, aprendi desde cedo. Ela se acumula nas palmas unidas, e então desliza pelos dedos, não importa com quanta força alguém os pressione na esperança de segurá-la.

Sinto o momento exato em que a alegria escapa de mim.

— Pare!

Meus ombros ficam tensos quando uma voz fala mais alto do que o barulho normal do mercado, sonora e aguda como o estalo de um chicote. Ao me virar, vejo que pertence a um homem. Ele veste um cafetã azul-celeste amarrado com um cinto dourado na cintura. As sandálias de couro dele são brilhantes e novas, e o cabelo cacheado e escuro foi cortado em um degradê perfeito. Mesmo sem a adaga hanjari dourada pendurada, sei quem ele é, sei o que ele é. Este homem é um Filho dos Seis, um guerreiro sagrado e fiscal da lei. Apesar do sol forte, um arrepio gelado percorre meu corpo. Não confio nos Filhos dos Seis. Eles se dizem homens de honra e justiça, mas sei a verdade. Ranjo os dentes com força quando vários outros guerreiros entram na praça logo atrás do primeiro, e meu corpo fica dormente. Mas esses guerreiros não estão olhando para mim.

Estão olhando para a minha mãe.

— Pare! — Aquele que suponho ser o líder dos guerreiros repete o comando, embora minha mãe não tenha se mexido. Por toda a praça, ninguém diz nada, e toda a atividade foi interrompida. Nesse silêncio sinistro, tenho um mau pressentimento e meu olhar encontra o de minha mãe. Ela está de pé diante do poço, ainda segurando meu vaso, e com o dela na cabeça. O guerreiro avança em sua direção com um sorriso duro cheio de dentes brancos brilhantes, e me lembro de uma hiena rodeando a presa.

— Senhor. — Não consigo ver o rosto da minha mãe, mas vejo a postura dela mudar. *Cabeça erguida, ombros para trás.* Ela não se encolhe diante do guerreiro, e sei pela careta dele que não gostou disso. — Algum problema? — A voz de mamãe é calma.

O guerreiro empertiga a postura para olhar minha mãe de cima antes de responder.

— Darajas não têm mais permissão para usar os poços centrais da cidade. Você tem que ir buscar água em outro lugar.

Me levanto. Aquela sensação de mau pressentimento de antes agora se transformou em pura ansiedade. Pulsa dentro de mim, e sinto meus batimentos pulsando nas minhas orelhas. Ninguém mais diz nada. Tenho certeza que Uzoma, Nekesa e Chakoya ainda estão agachadas ao redor do tabuleiro oware, mas nem olho para elas. Ainda não consigo ver o rosto de mamãe, mas percebo o medo em sua voz.

— Isso… nunca ouvi falar dessa regra. — A voz de mamãe está trêmula.

— Foi decretada ontem à noite, pelo Kuhani — informa o guerreiro. — Se a sua espécie quiser água, terá que ir buscar nos poços das fronteiras do oeste.

Faço uma careta. O Distrito Chafu fica a oeste de Lkossa; não é um local seguro nem agradável. Também fica bem distante de casa. Enviar darajas lá para pegar água é uma punição.

— Eu-eu… — gagueja mamãe. — Mas isso é…

— Saia logo — ordena o guerreiro. Ele não está mais sorrindo e há um brilho severo nos olhos pretos dele. — A não ser que queira arrumar problema.

Mamãe endireita a postura. Ouço a raiva na voz dela.

— Está bem, então.

Ela se afasta do poço e do guerreiro, mas ele a agarra pelo braço. Com uma lentidão terrível, vejo minha mãe perder o equilíbrio. Sinto meu estômago revirar quando o vaso alto que está em sua cabeça balança uma, duas vezes, e então cai, se estilhaçando em milhões de pedacinhos. Mamãe emite um som baixo, algo entre um arfar e um grito. Ela dá um pulo à frente, como se para tentar salvar aqueles muitos pedaços, mas o guerreiro ainda está segurando o braço dela. Ele a puxa de volta para si.

— Aprenda a respeitar seus superiores, mulher, ou encontrará problemas.

Ainda estou do outro lado da praça observando mamãe, esperando. Sei o que vai acontecer. Minha mãe vai mostrar a esse homem idiota o que ela acha disso. Não seria a primeira vez. Já vi minha mãe espantar homens com o dobro do tamanho dela com apenas um olhar. Eu a vi acabar com garotos com metade da idade dela que cometeram o erro de tentar furtá-la nestas ruas. Vi minha mãe fazer outras coisas também com pessoas que a machucaram, coisas que apenas darajas como ela conseguem fazer. Espero que mamãe faça algo, que faça esse guerreiro desejar nunca ter cruzado seu caminho.

Mas ela não faz nada.

Quando minha mãe enfim se vira, ela não se parece nem um pouquinho com a semideusa que às vezes eu penso que é. Em vez disso, parece dolorosamente pequena, frágil. Ela ainda está segurando meu vaso.

— Binti — sussurra ela, a voz se perde na brisa. — Venha.

Sinto todos os olhares do mercado em mim enquanto obedeço. Antes, quando corri para brincar com Uzoma e as outras, meus pés estavam leves. Agora, todo o meu corpo está pesado. Parece que demoro séculos para cruzar o espaço entre nós, e logo antes de alcançar minha mãe, sinto uma pontada no pé. Quando olho para baixo, vejo que um caco do vaso estilhaçado perfurou a sandália surrada e rasgou a sola do meu pé. Encaro o corte e observo o sangue escuro pingar, se acumulando no meu calçado. Espero pela dor que eu sei que deveria vir, mas não sinto nada.

Mamãe aparece na minha frente, e sem dizer nada pego meu vaso de suas mãos. Não olho para ela, nem tento equilibrá-lo na cabeça outra vez. Este vasinho, com menos da metade do tamanho do outro, é a única coisa que temos para carregar água; não podemos arriscar que algo aconteça com ele esta temporada.

O silêncio permanece enquanto caminhamos juntas para fora da praça, mamãe de cabeça erguida e eu mancando um pouco por causa do corte. Durante a caminhada continuo olhando para baixo, mas, mesmo sem erguer o olhar, consigo perceber toda a atenção em nós: a pena, a cautela. Quando olho para trás, além do que restou do vaso no chão, vejo que Uzoma e as outras garotas me observam. Os rostos delas não estampam curiosidade ou fascínio. Em vez disso, estão enojadas, como se tivessem sentido o cheiro de algo fedido.

Sei que elas não me convidarão para jogar oware de novo.

Assim que saímos dela, a praça volta a ganhar vida. Quando viramos a esquina, ouço os comerciantes anunciando seus produtos outra vez, crianças rindo e gritando após voltarem a brincar de pega-pega. Lkossa segue em frente, como sempre faz. Espero até estarmos distantes o suficiente para fazer a pergunta que está na ponta da língua.

— Mamãe, por que isso está acontecendo? Por que o Kuhani está fazendo darajas pegarem água dos poços do oeste?

Minha mãe leva um longo tempo para responder.

— Porque ele pode.

— Então, não podemos mais pegar água dos poços do centro da cidade? — prossigo.

— Não. — Minha mãe soa mais distante agora. — Não podemos.

Quando as palavras saem dos lábios dela, soam mais reais, mais definitivas. Meus olhos ficam cheios de lágrimas, mas eu não as deixo cair. Mamãe não está chorando, então também não vou chorar. Quero ser como ela.

Um pensamento invade minha mente bem de supetão. A princípio, eu o ignoro, mas ele se retorce e brilha como um único fio solto de uma tapeçaria, começando a se descosturar. É outra pergunta:

72

— Mamãe — começo, devagar. — *Nós duas* não podemos usar o poço?

Pela primeira vez desde que saímos da praça, minha mãe para e me olha.

— Como assim?

— Eu... — Sob o olhar dela, me sinto estranha dizendo as palavras. — Os guerreiros disseram que os darajas não podem usar o poço, mas... *eu* não sou daraja, então ainda posso usá-lo, não é?

Observo algo no rosto da minha mãe mudar aos poucos. A boca se torna uma linha fina, e ela semicerra seus lindos olhos castanhos. Inclina a cabeça e franze a testa, como se fosse a primeira vez que me vê.

— Se você quer continuar indo ao poço no qual não sou bem-vinda, fique à vontade — diz baixinho, mas sob as palavras ouço o tom de desafio, outro teste não dito. Balanço a cabeça depressa.

— Não, mamãe. Não quero. Quero ficar com você.

De uma vez, o rosto da minha mãe relaxa. Ela se parece com uma semideusa outra vez, radiante à luz do sol. Quando ela sorri para mim, também relaxo.

— Venha — diz ela, caminhando outra vez. — Os poços na fronteira oeste não ficam tão longe.

Obedeço, não porque sou obrigada, mas porque quero. Desejo ser como a minha mãe, mas pela primeira vez na vida, entendo que será difícil porque não somos iguais.

É a primeira vez que entendo isso, mas não será a última.

CAPÍTULO 5

AS CINCO NOBRES ORDENS

O sol brilhava, mas Koffi não sentia seu calor.

Ela caminhava devagar pelos corredores da Fortaleza de Espinhos, como se tentasse não despertá-la. À frente, os passos de Makena compensavam os dela, e juntas elas criavam uma cadência perfeita no silêncio. Koffi desejou que houvesse mais barulho. Aquele silêncio lhe dava tempo demais para refletir, uma oportunidade longa demais para revisitar mentalmente tudo o que vira na última hora.

Cada passo a levava para mais longe do salão principal, mas quando ela fechou os olhos, se viu de volta nele, observando todos os detalhes horríveis acontecendo outra vez. Ela viu darajas, reunidos por cores, se lembrou de como eles a olhavam. As emoções nos rostos deles variavam entre medo, cautela e curiosidade; esta última deixando-a um pouquinho desconfortável. Ela se lembrou de uma das darajas, a garota de túnica verde, aquela que lhe dera as terríveis rosas de Fedu. Era fácil demais se lembrar do terror instantâneo que tomou conta dos olhos da garota enquanto Fedu a pendurava pelas tranças simplesmente porque podia. Ele usara a violência com um tipo de apatia sobrenatural, uma calma bem treinada. Ao pensar nisso, Koffi sentia o estômago revirar.

Você é uma faca sem fio. Mas não tema, garantirei que fique afiada.

74

A promessa de Fedu se repetia em sua mente, de novo e de novo como a canção de um rabequista de rua. Quando Koffi pensava naquelas palavras, no sentido por trás delas, um novo arrepio percorria sua pele. Ela viu e ouviu tantas coisas horríveis em uma hora, mas ainda havia mais uma que provocava um novo arrepio pela espinha dela.

Um rosto. Ela viu um *rosto* na Floresta de Névoa.

Pelo menos achou ter visto; o rosto desapareceu tão rápido quanto surgiu. Koffi se esforçou para reconstruir a imagem. Ela pensou ter avistado uma figura alongada entre as árvores retorcidas, uma forma com a mesma cor esbranquiçada da névoa, mas diferente. Da janela, a distância era grande demais para ter certeza, mas ela pensou ter também visto vagamente olhos e um corte grosseiro onde a boca deveria estar. Ficou visível por apenas um segundo, breve demais para que discernisse se pertencia a um homem, uma mulher ou uma criança. Quanto mais Koffi pensava no assunto, menos certeza tinha se era mesmo um rosto. O olhar dela se fixou em Makena outra vez, que ainda caminhava, seguindo alguns passos à frente. Por um momento, Koffi pensou em perguntar à garota se ela também vira o rosto, mas... não. Ela se conteve, decidindo não perguntar. Não havia como provar que vira mesmo um rosto na Floresta de Névoa, não havia como saber se tinha apenas sido por causa da exaustão. Em apenas uma manhã ali, ela já fora transformada em anomalia; Fedu disse aos darajas no salão principal que ela era a "escolhida" deles. Não havia por que botar lenha na fogueira chamando atenção para mais uma coisa que poderia torná-la diferente dos outros.

Quando chegaram aos aposentos, Makena entrou primeiro. Koffi ficou parada na entrada, observando a garota se sentar no sofá do canto, escondendo as pernas sob o vestido amarelo. Ela exalava uma graça natural que Koffi sabia que jamais teria. Em seguida, examinou o resto do quarto. A bandeja de comida ainda estava na mesinha de cabeceira, e desta vez Koffi não conseguiu evitar que o estômago roncasse alto. Makena olhou para ela.

— Você deveria comer.

Koffi pensou em recusar. Ela queria desesperadamente ter algum senso de controle naquele lugar estranho, mesmo quanto ao que e quando comer. Mas seu corpo não tinha mais energia para lutar. A adrenalina que invadira seu corpo no salão principal se esvaíra, deixando para trás fatiga e fome. Koffi se deu conta de que não fazia ideia de quando comera pela última vez. Suspirou, derrotada, e cruzou o quarto para se sentar na beirada da cama. Depois de pensar um pouco, ela pegou um pedaço de pão da bandeja. Devorava-o com a boca salivando e, num momento de vulnerabilidade, fechou os olhos. O rosto na Floresta de Névoa desapareceu para que outros preenchessem sua mente. Koffi viu o rosto da mãe, depois o de Jabir, depois... o de Ekon. Uma onda de dor percorreu o corpo dela ao se lembrar da aparência dele na última vez que o vira, caído no chão e com muita dor. Ela não fazia ideia do que acontecera, não fazia ideia se ele, a mãe dela ou Jabir estavam bem. Os olhos arderam devido às lágrimas, mas Koffi os fechou com força até que a vontade de chorar passasse.

— Koffi?

De imediato, Koffi abriu os olhos. Makena ainda estava sentada no sofá, observando.

— Você... você está bem?

Você está bem? Koffi não sabia como responder à pergunta. Sabia que não estava, mas para dizer isso seria necessário desenrolar um ninho de emoções que ela não queria enfrentar. A ideia de fazer algo assim naquele instante fez a cabeça dela doer, então em vez disso Koffi devolveu outra pergunta.

— Posso te perguntar uma coisa?

Do sofá, Makena endireitou a postura.

— Sim.

— Por que você veio até aqui? — Koffi não teve a intenção de soar brusca, mas as palavras saíram apressadas. — Quero dizer, você, Zain, aqueles darajas no salão principal, certamente vocês sabem que o discurso de Fedu sobre "um mundo melhor" é mentira. Como ele te convenceu a vir para este lugar?

Koffi observou algo se desfazer no rosto da garota, devagar. Quando Makena falou, sua voz estava diferente. A alegria sumira, substituída por algo frágil.

— Fedu não convenceu nenhum de nós a vir aqui — sussurrou ela — e acredite em mim, muitos de nós não apoiam as coisas que ele quer fazer.

Koffi franziu a testa. Ela não estava esperando ouvir aquilo.

— Eu... eu não entendi.

O rosto de Makena mudou de novo. Desta vez, a fragilidade foi substituída pela raiva.

— Ele nos roubou de nossas casas — revelou ela entre dentes, tensa. — Cada um de nós, um por um. Este lugar, a Fortaleza de Espinhos, não é um refúgio. É uma prisão, um local para Fedu manter darajas que têm habilidades que interessam a ele. Todos nós somos parte da coleção dele.

De repente, Koffi se sentiu enojada.

— Ele contou uma verdade no salão principal — prosseguiu Makena, amarga. — Ele testa cada daraja que é trazido; todos fomos avaliados para determinar se somos fortes o suficiente para ajudar. Nenhum de nós foi, até você chegar. — Ela olhou para Koffi de esguelha. — Você deve mesmo ter impressionado ele.

Koffi se obrigou a respirar. De repente, tudo o que acontecera no jardim do céu invadiu sua memória, como um dilúvio.

— Eu não o impressionei — disse ela baixinho. — Mas outra daraja, sim, o nome dela é Adiah. Ele queria muito usar o poder dela. — Dizer isso fez Koffi estremecer. — Mas ela não quis. Ela resistiu por um longo tempo e, no fim, peguei o esplendor que ela tinha no corpo para que ele não pudesse machucá-la mais. — Ela afundou um pouquinho na cama. — Então ele me pegou em vez dela.

Makena arregalou os olhos. Por vários segundos, pareceu estar sem palavras.

— Isso foi... muito generoso da sua parte.

Koffi abaixou o olhar. Para outra pessoa, o que ela fez por Adiah talvez parecesse generosidade, mas a palavra a incomodou. Seria mesmo generosidade se parte dela se arrependia? Ela não tinha certeza. Quando ergueu o olhar, Makena ainda a encarava, porém, com admiração.

— Eu te julguei mal — murmurou Makena depois de um instante. — Sinto muito.

— Está tudo bem, eu também julguei mal — respondeu Koffi. Era surpreendentemente bom dizer em voz alta. — Você, Zain...

Makena revirou os olhos.

— Boa parte do que você presumiu de Zain deve ser verdade — disse ela, com toda a irritação que alguém sente com um irmão travesso. Ela cruzou o quarto e se sentou na cama. — E então, qual é a sua ordem? — perguntou, voltando a ficar alegre. — Quando Fedu traz um daraja novo, ele costuma anunciar a ordem no salão principal, mas ele não disse a sua.

Koffi franziu a testa. Era a segunda vez que Makena perguntava da ordem, e ela continuava sem entender a pergunta. Deu de ombros.

— Eu... não sei o que você quer dizer — Foi sincera.

Makena franziu a testa, uma imitação perfeita da confusão que Koffi tinha certeza que estava expressando.

— Você não sabe a sua ordem?

Koffi balançou a cabeça. Provavelmente não era a intenção de Makena, mas ela fazia Koffi se sentir cada vez mais esquisita.

— Mas como pode você... *Ah.* — Uma expressão de entendimento tomou conta do rosto de Makena. — Agora, sim, faz sentido.

— O quê?

— Quando Fedu me pediu para fazer seu vestido — contou ela, gesticulando para as vestes de Koffi —, ele especificamente me pediu para escolher um tecido sem cores.

Makena parecia estar chegando a algum lugar, mas Koffi estava mais confusa que nunca.

— Por que as cores da minha roupa importariam?

Makena ergueu a sobrancelha.

— Você não percebeu que os darajas no salão principal estavam separados pelas cores das roupas?

Koffi assentiu.

— É porque, tradicionalmente, darajas são agrupados de acordo com suas afinidades. Os grupos são chamados de as Cinco Nobres Ordens. — Ela usou os dedos para listá-las. — Ordem de Akili, Ordem de Mwili, Ordem de Kupambana, Ordem de Maisha...

— De qual ordem você é? — perguntou Koffi, interrompendo.

— Ordem de Ufundi — respondeu Makena, sorrindo. — Darajas como eu fazem coisas, embora nossos talentos possam variar. Por exemplo, minha maior especialidade é criar lindos vestidos. — Ela espanou o próprio ombro. — Mas há darajas na minha ordem que cozinham, pintam, constroem... alguns até sabem fazer armas. — Ela apertou o próprio vestido. — Nós vestimos amarelo. A Ordem de Akili, isto é, a Ordem da Mente, veste azul, a cor que você viu Zain usando.

Koffi assentiu.

— Então, Fedu pediu que você fizesse para mim um vestido sem cor. Por quê? — Ela temia a resposta, mas sabia que precisava perguntar.

Makena hesitou.

— Historicamente, um daraja sem cores não tem uma afinidade específica — disse ela.

Koffi sentiu um frio na barriga, mas manteve a voz firme.

— Isso é comum?

— Não muito. — Makena soava desconfortável. — Geralmente acontece quando um daraja recebe o poder tarde, tipo... quando uma criança cresce mirrada. — Ela lançou a Koffi um olhar se desculpando. — Seus pais não te contaram nada disso?

Koffi olhou para baixo outra vez, satisfeita pelo rubor em suas bochechas não aparecer. Sabia que a súbita onda de vergonha que tomou conta dela não fazia sentido, mas a sentia mesmo assim. Não era a primeira vez que uma única pergunta sem resposta a cutucava. Por que a mãe dela não contara que Koffi era uma daraja? Por que manteve todo esse segredo?

— Não — disse Koffi por fim. — Eles não contaram.

Makena fez uma pausa.

— Tudo bem. Você não é a primeira daraja a não ter uma afinidade oficial. Nem será a última. A natureza específica do seu poder não é tão importante quanto o que você faz com ele.

Eram palavras simples, mas gentis. Koffi olhou para Makena, sentindo-se sobrecarregada de repente. Ela abraçou os joelhos, e Makena pareceu entender que aquele momento em particular requeria silêncio. Nenhuma das duas falou. Koffi deixou o olhar vagar para a janela do quarto. Sem ninguém ali, ela podia ver grande parte do jardim lá embaixo; a maioria das flores eram amarelas. Ela se levantou e se aproximou da janela para ver melhor. O sol estava bem mais alto no céu, emitindo sua luz dourada nas flores e na grama perfeitamente cuidada. Koffi olhou para o ponto onde acabava o gramado e viu a Floresta de Névoa. Estava como antes, uma parede branca opaca de tentáculos retorcidos e neblina, mas naquela luz parecia menos ameaçadora.

— Makena, se a Floresta de Névoa é a única coisa mantendo os darajas na Fortaleza de Espinhos, alguém já tentou sair? — perguntou Koffi.

O olhar de Makena se tornou sombrio.

— *Tentaram*, sim.

Koffi esperou que ela desse mais detalhes, mas Makena se levantou de uma vez.

— Devemos ir — disse ela. — Sua primeira lição é no jardim sul, e não queremos nos atrasar.

Koffi não fez mais perguntas a Makena a respeito da Floresta de Névoa.

A princípio, ela teve toda a intenção de perguntar, tentou encontrar oportunidades para mencionar enquanto elas saíam da Fortaleza de Espinhos até os jardins sul. Mas quando entraram, ela esqueceu a Floresta de Névoa. Koffi se virou e absorveu a Fortaleza de Espinhos em sua totalidade pela primeira vez. Era um tipo de construção extensa e enorme — algo em suas pedras pretas e muitas torres a lembrou de uma mistura de um templo e uma fortaleza. Talvez fosse apropriado. Ela deu vários passos para trás e olhou para cima, tentando absorver tudo. A Fortaleza de Espinhos era maior até que o Templo de Lkossa, e Koffi não pôde deixar de ficar um pouco impressionada.

— Imagine ter um poder cósmico fenomenal e escolher viver assim. — Makena dirigiu um olhar enojado para a construção, como se o prédio tivesse feito algo de mau gosto.

— Você não gosta? — perguntou Koffi.

— É *gauche* — disse Makena. Ela torceu o nariz. — Quero dizer, deuses, você tem os darajas mais talentosos do continente aqui e ninguém ajudou com a decoração? Eu não faria desse jeito.

Koffi riu.

— Tem casas bonitas na sua terra natal?

Makena deu um sorrisinho, como se risse de alguma piada.

— Mais ou menos. Meu povo é viajante, e toda a nossa vida cabe em uma carroça. — Ela assentiu para Koffi. — E você? De onde você é?

— Lkossa — respondeu Koffi, e se surpreendeu com como era doloroso dizer o nome da cidade. — Sinto saudades de lá.

Makena assentiu com certa simpatia antes que prosseguissem. Quando enfim chegaram ao jardim sul, que era identificado pelas flores brancas, Koffi viu que uma garota já estava lá, à espera. Como Makena e Zain, ela parecia ter mais ou menos 16 anos. Era alta, com pele marrom e longas e pretas tranças fulani feitas com precisão. Usava uma túnica roxa sem mangas, e Koffi viu que os braços expostos dela eram musculosos. Cada centímetro da garota exalava poder, força e confiança. Ela assentiu para as duas que se aproximavam.

— Koffi, esta é Njeri — apresentou Makena. — Ela está na Ordem de Kupambana, a Ordem de Combate.

— Prazer em conhecê-la. — Njeri estendeu a mão. A voz grave tinha sotaque, e Koffi o identificou.

— Você é da Região Baridi, no norte.

A surpresa tomou conta do rosto de Njeri.

— Sou. Você já foi lá?

— Há, não. — Koffi se encolheu. — Eu tive uma má experiência com um mercador baridiano e a esposa dele uma vez.

— Sério? — Njeri parecia mesmo interessada.

— Não é uma boa história — disse Koffi rápido. — E terminou em muita confusão.

— Gosto de confusão — disse Njeri com uma piscadela. — Pode ser divertido. — Ela trocou um olhar tímido com Makena, que Koffi não entendeu. — Acho que posso assumir daqui.

— Tenho certeza de que sim. — Makena sorriu para as duas antes de se virar para Koffi. — Voltarei para te buscar daqui a pouco, é só me esperar aqui — disse ela.

— Está bem.

Quando ela partiu, Njeri se voltou para Koffi.

— Então — disse ela, pesarosa. — Você sabe lutar?

— Sei. — Koffi se arrependeu da resposta de imediato. Aprendera exatamente um movimento de Ekon na Selva Maior, e até a execução dele tinha sido falha. Quando treinaram, Badwa tentara mostrar a ela alguns golpes básicos com o esplendor, mas aquilo mal contava como treinamento de verdade. Ela começou a tentar se explicar, mas era tarde demais. Njeri já estava sorrindo.

— Ótimo, então podemos pular a introdução e ir direto para os exercícios de luta. — Ela parecia animada demais enquanto pegava os dois bastões no chão. — Vamos começar com um jogo que gosto de chamar de Peles.

Koffi ficou tensa. *Aquilo* não parecia nem um pouco divertido.

— O objetivo é praticarmos táticas ofensivas e defensivas — explicou ela. — Vamos tentar atingir uma à outra enquanto também tentamos bloquear os ataques. Quem encostar na pele com o bastão primeiro ganha a rodada.

Koffi hesitou.

— Há, sem ofensa, mas como isso me ajuda a descobrir minha afinidade?

Njeri deu um sorriso.

— Quando darajas na minha ordem invocam o esplendor, ele se manifesta enquanto lutamos, em nossas mãos, pés, armas e tudo mais. Enquanto tenta bloquear meus ataques e acertar os seus, tente invocar e direcionar o esplendor para o cajado. Se você estiver na Ordem de Kupambana, deve ser bem natural.

Koffi tentou não fazer careta. Nada daquilo parecia natural.

— Quem vencer três em cinco rodadas ganha, está bem?

Koffi assentiu, pegando o bastão de Njeri. A madeira dele era de um marrom-avermelhado, e era pesado, embora fino.

— Começaremos fácil para aquecer — instruiu Njeri. — No três Um... dois... três.

Koffi arfou quando Njeri disparou para a frente, bem mais rápido do que ela antecipara. Ela baixou o bastão, e Koffi pensou ter visto pequenos pontos de luz, o esplendor, perto da ponta. Ela tentou sair da frente, mas era tarde demais; a ponta do bastão atingiu seu ombro, com força. A dor ricocheteou pelo braço.

— Ganhei — comemorou Njeri, animada. — Vamos de novo.

A segunda e a terceira rodadas acabaram da mesma maneira que a primeira. Koffi rangeu os dentes. Ela tentou invocar o esplendor, tentou emaná-lo do bastão conforme se movia, mas não adiantou. Enquanto isso, Njeri era rápida, forte e parecia especialista em encontrar os pontos fracos do oponente e explorá-los. Koffi duvidou que até um Filho dos Seis fosse ser páreo para ela em uma luta.

— Talvez a gente deva tentar outra coisa — sugeriu Njeri depois da quarta rodada; acabara de fazer Koffi cair de costas, e havia dó na voz dela.

— Não. — Koffi balançou a cabeça. — Temos mais uma rodada, vamos terminar.

Njeri ergueu a sobrancelha, obviamente hesitante, mas depois de um momento ela inclinou a cabeça e deu um passo para trás.

— Está bem. Em posição.

Koffi ignorou a dor nos braços e nas pernas ao se levantar e erguer o bastão. As últimas rodadas não haviam terminado bem para ela, mas

83

não foram um desperdício completo. Ela estivera tomando notas mentais. Njeri era alta, seus longos braços tinham maior alcance. Koffi inspirou fundo enquanto elas se circulavam, e tentou imaginar o que Ekon diria se estivesse ali.

Busque padrões. Busque pontos fracos.

Njeri passou o peso do corpo de um pé a outro, como se dançasse uma música sem som. Ela fizera o mesmo todo início de rodada, e Koffi percebeu que ela estava tentando definir para qual direção se mover. Então teve uma ideia. Não sabia como a executaria, mas podia tentar.

Ela tem pena de você, acha que é fraca, disse a voz imaginária de Ekon. *Essa é uma vantagem que você pode explorar.*

Koffi se inclinou à esquerda e observou o olhar de Njeri seguir o movimento como um gato observando um rato. Desta vez, Koffi se moveu primeiro, dando um passo para a esquerda e então mudando a rota rapidamente. Njeri caiu no truque. Ela disparou bem quando Koffi desviou, de modo que só atingiu o ar. Ao mesmo tempo, Koffi firmou o pé e girou, tentando se lembrar de tudo que Ekon lhe ensinara sobre a duara. A execução não foi perfeita, mas o braço dela cortou o ar em um arco perfeito e atingiu a costela de Njeri com força. A garota gritou, surpresa, e tentou contra-atacar, mas Koffi logo se afastou.

— Minha rodada.

Njeri deu um sorriso largo.

— Bom movimento. — Ela deu um sorrisinho. — Fiquei sabendo que você também é boa com facas de manteiga.

Koffi fez careta, a alegria da vitória se apagou um pouco. Ela não sabia se e quando veria Zain outra vez, mas se lembraria de dar um bom chute nele da próxima vez que o visse.

— Acho que podemos encerrar — disse Njeri.

— O quê? Mas achei que a gente estava só aquecendo. — Koffi se surpreendeu com essas palavras. A verdade é que, embora não tivesse exatamente se divertido lutando com Njeri, se mover lhe dera uma sensação boa, era bom fazer algo que a fizesse sentir no controle de si mesma.

Njeri balançou a cabeça.

— É melhor não se cansar — justificou ela. — Treinaremos de novo depois. — Ela assentiu para a Fortaleza de Espinhos. — Quer que eu a acompanhe de volta?

— Não — disse Koffi rapidamente. — Vou ficar aqui e esperar Makena, talvez eu dê uma olhadinha por aí.

— Está bem. — Njeri assentiu. — Eu te vejo por aí, então. Foi bom conhecê-la.

Koffi observou Njeri seguir por um dos caminhos de pedra do jardim do sul, percebendo então que, pela primeira vez desde que despertara naquele lugar, estava sozinha. Observou o jardim com calma. Viu buquês de margaridas brancas em um canto ou outro perto dos bancos de pedra, dálias em flor e arbustos de véus-de-noiva; todas as flores por ali eram brancas. Ela olhou para além delas e percebeu outra coisa: a Floresta de Névoa. Estava a vários metros de distância, mas ainda que de longe Koffi podia ver que as acácias eram muito mais altas do que ela havia pensado; até a menor delas tinha duas vezes seu tamanho. Koffi observou os troncos, que tinham a cor de cinzas, e os espinhos que saíam de seus galhos retorcidos, brancos como ossos. Até a grama nas raízes das árvores tinha uma aparência frágil e moribunda. As palavras de Makena voltaram para ela.

Tentaram, sim.

Koffi pensou naquelas palavras. Se os darajas haviam tentado sem sucesso sair da Fortaleza de Espinhos, o que os impedira? Ela tornou a olhar em direção à Floresta de Névoa. A neblina parecia menos opaca dali; Koffi podia distinguir as árvores da frente lá dentro. Ela sentiu algo roçar sua orelha e deu um pulo, assustada, mas eram apenas dois pássaros com asas da cor do céu. Eles bateram as asas perto dela, girando juntos no ar, antes de voarem na direção da Floresta de Névoa e desaparecerem na neblina. Koffi se preparou.

Os pés dela pareciam se mover sozinhos conforme se aproximava do começo da floresta. A cada passo, Koffi esperava que alguém a interrompesse, mas o jardim estava vazio. Sentiu expectativa e seu coração disparou ao notar que as árvores altas pareciam ficar ainda maiores diante de seus olhos. Ela parou outra vez, a apenas alguns metros das árvores, e inspirou.

Um silêncio caiu sobre tudo e Koffi estendeu a mão, deixando os tentáculos retorcidos da névoa se enrolarem em seus dedos como fitas brancas. Eram sedosos ao toque, macios enquanto a neblina fria enrolava seu pulso. Um cheiro de frésia tomava conta do ar e Koffi inspirou, sentindo uma estranha calmaria.

— Koffi! — Uma voz estilhaçou o silêncio como o estalar de um galho seco, arrancando Koffi da calma. Ela se virou a tempo de ver Makena correndo em sua direção. Os olhos da garota estavam tomados de terror. — Se afaste daí! — gritou ela. — Se afaste antes que...

Koffi se voltou para a névoa, mas era tarde demais. Os tentáculos de neblina que haviam enrolado seu pulso paralisaram, segurando-a. Ela tentou se soltar, mas, como se fossem dedos, a neblina apertou seus pulsos. Sentiu mãos agarrando seus tornozelos, seu vestido, seu cabelo, cada toque congelando seu sangue. O pânico tomou conta dela enquanto se contorcia, tentando em vão se soltar. Estava óbvio agora: a Floresta de Névoa estava prendendo Koffi.

— Aguente firme! — disse Makena.

Braços cálidos abraçaram a cintura dela com força, puxando-a para longe das árvores. Makena. Koffi ouviu o esforço da garota puxando-a com toda a força, puxava-a até que os braços de Koffi pareceram estar prestes a serem arrancados. Um rugido abafado preencheu a audição dela. O arrepio em seus braços serpenteava por todo o corpo, e ficava cada vez mais difícil lutar contra o puxão da Floresta de Névoa.

— Não! — gritou Makena outra vez, desesperada.

Koffi sentiu que aconteceu de uma só vez, bem lentamente. Makena virou o corpo para que a lateral das duas estivesse virada para a Floresta de Névoa. Koffi fechou os olhos com força quando uma súbita onda de ar frio roçou sua bochecha. Houve uma pausa, e ela sentiu o aperto da névoa em seu braço afrouxar ao mesmo tempo que o de Makena. Abriu os olhos, aliviada por apenas um segundo, antes de ser tomada por um novo horror.

A névoa havia agarrado Makena.

Koffi ordenou que seu corpo se mexesse, mas ele não ouvia. Ela podia apenas observar as cordas sinuosas de um branco translúcido se enrolarem no corpo de Makena, feito vinhas, feito cobras. Viu o medo puro e as lágrimas nos olhos de Makena.

— Koffi! — A voz de Makena saía com dificuldade e estrangulada. — Me ajude!

Koffi tentou agarrá-la, mas era tarde demais. Podia apenas observar a névoa arrastar Makena para a floresta e para fora do campo de visão.

CAPÍTULO 6

TRAIDOR DO SANGUE

Ekon inspirou com força enquanto encarava cada um dos guerreiros.

O olhar dele ia de lado para o outro, dos rostos às lâminas. O pânico se instalou devagar. Ele observou, com certa indiferença, um deles jogar para Mwongo uma bolsinha de moedas com o dobro do tamanho daquela que Themba dera antes. O jovem a pegou e assentiu antes de desaparecer na escuridão. Ekon sentiu a dor distante da raiva e da traição, mas a situação em que estava não permitia que ele se prendesse a nenhuma das emoções por muito tempo. Ele contou os guerreiros — um, dois, três — e percebeu quase de imediato que os conhecia. Chiteno e Fumbe eram dois anos mais velhos que ele; foram iniciados nos Filhos dos Seis no mesmo ano que o irmão de Ekon. Havia visto eles nas prisões do templo, quando ajudara Koffi a escapar debaixo do nariz deles. A julgar pela cara feia dos dois, eles se lembravam bem, mas Ekon não se importava. Ao lado deles, havia outro jovem guerreiro, o menor do trio. Ekon sentiu uma pontada de dor quando olhou para Fahim.

— Ekon?

Um raio disparou no céu quando seu antigo cocandidato deu um passo à frente na escuridão. Naquela noite, ele estava usando o uniforme completo de um Filho dos Seis ungido: um cafetã azul na altura do joelho,

88

cinto dourado e uma capa bordada. A adaga hanjari estava embainhada em seu quadril, e seu coque alto de tranças estava perfeitamente preso. Ele se parecia mesmo com um guerreiro, exceto pelo horror estampando seu rosto.

Ekon reagiu por instinto, levando a mão para a própria adaga, e sentiu o coração palpitar quando não a encontrou. É óbvio. Já fazia dois dias e ele ainda não se acostumara com a ausência da hanjari. Ele a entregara para Koffi, o que significava que estava desarmado.

— Para trás — disse as palavras da maneira mais ameaçadora possível, mas manteve a voz baixa. Chiteno e Fumbe ficaram tensos, mas Fahim arregalou os olhos.

— Ekon, o que você está fazendo?

Ekon abriu e fechou a boca. Estivera preparado para agressão, acusação, mas não para aquilo. Seu velho amigo de fato parecia confuso. Ekon inspirou fundo, se preparando.

— Estou indo embora, Fahim. Para sempre.

— Ekon. — Fahim soava hesitante. — Você foi convocado pelo Kuhani. Ele quer falar com você, quer saber se você tem notícias do Irmão Ugo. Faz dias que ninguém o vê.

Ekon se encolheu ao som do nome do Irmão Ugo e balançou a cabeça.

— Não vou voltar para o templo.

Chiteno e Fumbe riram, mas o rosto de Fahim não mostrava nada além de choque. Ekon entendeu o motivo. Por anos, eles foram treinados para obedecer à autoridade. O Kuhani era a autoridade máxima da cidade, e desafiá-lo era uma transgressão da mais alta ordem.

— Mas… — A voz de Fahim estava baixinha. Ele se parecia menos com um guerreiro naquele momento e mais com um jovem cheio de incertezas. — Ekon, v-você precisa. Você precisa vir para casa.

— Não preciso e não vou. — Ekon rezou para que sua voz saísse tão forte quanto ele se sentia. — Sinto muito, Fahim.

— Chega! — Chiteno se adiantou, a mão no cabo da hanjari. Não havia confusão nem hesitação em seu olhar, apenas irritação. — Se ele não vier por livre e espontânea vontade, virá à força.

Fumbe também avançou, e algo no peito de Ekon doeu quando até Fahim sacou a adaga. Ele balançou a cabeça.

— Por favor, não façam isso. — Ele ergueu as mãos enquanto os três guerreiros se aproximavam. — Não se aproximem ou eu vou...

— Ou você vai o *quê*, Okojo?

Ekon se assustou quando outra voz atravessou a escuridão à sua esquerda, uma voz que ele conhecia bem. Como se invocado, Shomari, seu segundo cocandidato, apareceu das sombras com um olhar malicioso.

— Ou você vai o *quê*? — repetiu ele, com provocação na voz. — Você ergueria a mão contra seus próprios irmãos, homens aos quais você jurou lealdade diante dos deuses? — Ele cuspiu no chão e balançou a cabeça, enojado. — Eu sempre soube que você era um covarde, mas não achei que fosse um *traidor do sangue*.

Ekon estremeceu. O povo Yabahari tinha poucos xingamentos piores que *traidor do sangue*. Significava que alguém havia feito o pior: traído o próprio povo, a própria herança, os próprios *amigos e familiares*. Shomari sentiu o impacto de suas palavras em Ekon e sorriu, embora seus olhos permanecessem sérios. Ekon balançou a cabeça.

— Shomari...

— Tem sorte que o Kuhani e os irmãos do templo ordenaram que você seja levado vivo — falou ele entre dentes. — Porque eu o mataria aqui mesmo, se tivesse permissão. Você merece, e eu não sou o único a achar isso.

Outro raio cruzou o céu, logo depois seguido pelo trovão; o dilúvio que Ekon previra caiu em uma torrente súbita. As gotas borraram sua visão, mas ele manteve o olhar firme em Shomari. De canto de olho, sentiu que Fahim e os outros dois guerreiros se aproximavam. Os dedos dele tamborilavam na coxa, nervosos, tentando formular um plano.

Um-dois-três. Um-dois-três. Um-dois-três.

— Mas não — prosseguiu Shomari, a voz suave. — Acho que, no fim, é melhor deixá-lo viver. Tantas pessoas querem ver você: o Kuhani, os irmãos do templo... — Os olhos dele brilharam. — Kamau.

Ninguém havia tocado nele, mas Ekon sentiu a dor instantânea ao ouvir aquele nome. *Kamau.* Ele se lembrou de tudo: a luta com Kamau de uma maneira que nunca tinha lutado antes, o olhar ensandecido do irmão mais velho por conta da folha alucinógena que o envenenara. Ele se lembrou de nocautear o irmão, deixando o corpo dele inconsciente no templo. A culpa se retorceu no interior de Ekon como uma faca.

Um trovão retumbou, e os olhos de Shomari brilharam com malícia.

— Que bom que faz anos que seu pai morreu — continuou ele, falando baixo para que só Ekon ouvisse. — Que bom que ele não viveu o suficiente para ver a desgraça que você se tornou.

Ele está provocando você. Ele quer que você reaja. Uma parte racional de Ekon entendia isso, mas essa parte parecia cada vez mais distante. A tempestade encharcava as roupas dele, um arrepio serpenteava por seus poros, mas, com a menção ao pai, Ekon sentiu algo incendiar dentro de si. A raiva queimou dentro dele como uma ardência, parando apenas quando chegou ao monstro imaginário em seu peito, aquele que queria sangue. Ele não tentou conter a criatura enquanto ela acordava com um rugido de fúria, e não se importou quando sua visão ficou vermelha.

Acabe com eles. Três palavras. *Acabe com eles.*

Os guerreiros já estavam quase diante dele. Chiteno e Fumbe pela esquerda, e Shomari e Fahim pela direita. Era uma estratégia que Ekon conhecia bem, uma que ele praticara várias vezes. Ele ia ser encurralado. Ao mesmo tempo, os quatro guerreiros deram um passo à frente, diminuindo o espaço. Ekon se preparou, fechando as mãos em punho, se preparando para soltar o monstro imaginário. Ele prendeu o ar e então:

— Parem!

Ekon deu um pulo, e os guerreiros pararam para olhar por sobre o ombro. Themba estava no meio da rua, de mãos erguidas. O turbante estava um tanto torto na cabeça, revelando o cabelo branco por baixo. De roupas molhadas, ela parecia menor que o normal, exausta. Ekon ficou tenso. Havia se distraído e esquecido dela. Pela expressão dos guerreiros, eles também esqueceram.

— Nos deixem ir — gritou ela acima do barulho da chuva — e ninguém vai se machucar.

Houve um momento de silêncio, e depois Fumbe e Chiteno riram dissimuladamente. Fahim olhou para ela, confuso, e Shomari ergueu a sobrancelha.

— Que isso? — A voz dele tremeu quando começou a rir. Ele se virou rápido para encarar Ekon. — Primeiro você foge com aquela garota Gede, e agora contratou uma velha como guarda-costas?

Não era verdade, mas o rosto de Ekon enrubesceu mesmo assim. Ele tentou olhar para Themba, imaginou que veria nela o medo que sentia. Em vez disso, viu uma dureza no olhar, uma determinação que ele percebeu ser familiar. Themba estava com a mesma expressão de Koffi quando ia fazer algo imprudente.

— Última chance — alertou Themba. Ela encarava os guerreiros agora. — Nos. Deixem. Ir.

Shomari fez um gesto de desdém e continuou andando. Estava a poucos metros de Ekon; logo ficaria próximo o bastante para tocá-lo. Ekon contou os passos, planejando exatamente quando dispararia para a frente. Um ataque surpresa era a única opção, mas precisava ser no momento exato. Ele olhou para os pés de Shomari.

Está a doze passos de distância. Onze... dez...

De repente, Shomari parou, a cabeça inclinando para trás como se tivesse sido atingida por algo. Devagar, os olhos dele reviraram. O rosto relaxou. Assustado, Ekon olhou para os outros guerreiros. Estava acontecendo o mesmo com eles, o que quer que fosse; eles pareciam estar paralisados, os olhares sem foco. Ekon sentiu ondas de um novo horror.

— Ekon!

Ele olhou para além dos guerreiros e pestanejou. As mãos de Themba estavam erguidas; ainda estava encharcada de chuva, mas algo nela mudara. Ele estava distante demais para distinguir o quê.

— Ekon! — A voz dela soou aguda quando repetiu o nome dele. Ekon a viu ofegar. — Não consigo segurar os quatro por muito tempo, corra!

Não consegue segurar os quatro? A verdade fez o estômago de Ekon revirar. Ele olhou de Themba para os guerreiros, compreendendo.

É ela. Ela está fazendo isso com eles.

— Corra! — gritou Themba. — Eles querem você, eu te alcanço depois!

Ekon hesitou por mais um segundo e então disparou. Os passos eram desequilibrados na lama, ele estava ofegante. Atrás dela, ouviu alguém gritar, e então mais passos perseguindo-o.

— Vá! — Ele não ousou olhar para trás, mas sabia que era a voz de Themba. — Vire mais à frente!

O olhar de Ekon buscou na escuridão até que visse: um beco estreito cheio de varais vazios. Ele se abaixou sob eles e, quando olhou para trás, Themba fazia o mesmo. Aliviado, eles entraram nas sombras do beco e se agacharam.

— Nos safam…?

Themba tampou a boca dele com a mão. Segundos depois, ouviram passos fora do beco. Ekon ouviu o som de adagas sendo desembainhadas. As batidas do coração retumbavam em seus ouvidos.

— Para onde eles foram? — Ele ouviu Chiteno perguntar.

— Eu não vi — respondeu Fahim.

— Foram para o sul — afirmou Shomari. — Se estão tentando sair da cidade, essa é a direção que devem ter tomado. Informe o Kuhani também.

Ekon ouviu os passos se afastarem. Quase de imediato, Themba se levantou.

— O que você está fazendo? — sussurrou ele.

— Precisamos seguir em frente — disse Themba, mas a voz dela estava fraca.

Ekon olhou de um lado a outro no beco. Até onde podia ver, estavam sozinhos.

— Não. — Ele tentou soar vigoroso, mas quando pegou Themba pelo pulso, ela não resistiu enquanto Ekon a ajudava a se agachar. Ela suspirou. — Você precisa respirar.

— Má sorte. — Themba apoiou cabeça suavemente na parede atrás de si e fechou os olhos. — Faz tempo que não uso tanto esplendor assim. Esqueci como é exaustivo.

Ekon se inquietou, incerto, e então fez a pergunta que estivera em sua mente:

— O que exatamente você fez?

Themba abriu um olho, e o fantasma de um sorriso tocou seus lábios.

— Quando o esplendor se move pelo meu corpo, posso usá-lo para manipular as mentes, e, por consequência, os corpos de outras pessoas. Posso suprimir receptores de dor para que você não sinta nada. Sou muito boa com paralisia temporária. — Ela deu um sorrisinho. — Foi assim que ganhei o apelido de Cobra.

Por um longo momento, Ekon não soube o que dizer.

— Precisamos sair daqui — prosseguiu Themba. — E logo.

— Vamos dar um jeito — tranquilizou Ekon, esperando que a voz soasse mais calma do que ele se sentia. — Sei que estamos… — De repente, ele parou, tenso. A tempestade se tornara um chuvisco, e no silêncio, ele pensou… — Themba — sussurrou ele, se levantando —, está sentindo cheiro de…?

As palavras dele foram interrompidas quando uma lâmina tocou sua garganta.

CAPÍTULO 7

A FLORESTA DE NÉVOA

Por alguns instantes, Koffi permaneceu imóvel.

Imóvel, ela encarou os tentáculos brancos de névoa, observando enquanto espiralavam e se enrolavam em silêncio. Era impossível saber que, apenas segundos antes, Makena fora arrastada para dentro daquela mesma névoa, se contorcendo, gritando. O mundo havia retornado ao silêncio com uma indiferença inquietante.

Koffi! Me ajude!

Quando vira o rosto de Makena, ouvira o apelo dela, uma dor se retorcera entre as costelas de Koffi. Não fazia sentido se sentir assim, se lamentar por alguém que ela conhecera por uma hora mais ou menos. Mas quando foi sincera consigo, Koffi soube por que se sentia assim. Makena fora gentil com ela. Fora paciente, compreensiva, encorajadora. Koffi olhou para o próprio corpo. Makena costurara as roupas que ela vestia.

Koffi tentou se preparar para o único pensamento que surgia em sua consciência, aquele que ela sabia que inevitavelmente viria no momento em que Makena desapareceu, mas isso tornou fácil encará-lo quando as palavras enfim tomaram forma.

Isso é culpa sua. Culpa sua.

Koffi se encolheu diante dessa verdade. Makena se fora, e *era* culpa dela. Pensou em Makena nos aposentos, quando mencionara a Floresta de Névoa pela primeira vez. Makena não estava apenas assustada, parecia aterrorizada. Isso devia ser suficiente para fazer qualquer pessoa se manter longe daquele local, mas não fora. Por quê? Koffi tentou racionalizar sua decisão de se aproximar da Floresta de Névoa. Todo motivo em que pensava parecia totalmente tolo. A resposta mais simples foi breve: ela foi até a Floresta de Névoa porque se sentira atraída por ela, porque estava curiosa.

E agora sua curiosidade custou a vida de Makena.

Outra verdade apareceu em sua mente, mais silenciosa, mais feia. Makena era mais uma pessoa pagando pelos erros de Koffi. Primeiro, foram a mãe e Jabir, quando ela barganhara a liberdade de ambos em uma aposta imprudente, sem o consentimento deles. Depois, Ekon; na Selva Maior, ele pagara pelos erros dela também. Então Makena, que era mais um nome naquela lista.

As pessoas ao seu redor se machucam, disse a voz na cabeça dela. *As pessoas ao seu redor têm destinos terríveis por conhecer você.*

As lágrimas fizeram os olhos de Koffi arderem enquanto as palavras eram absorvidas, tatuando-a com uma dor terrível. Parte dela concordava com aquela voz. Talvez as pessoas ficassem melhor se não a conhecessem. Talvez fosse mais fácil aceitar e desistir.

Não. Ela se surpreendeu ao sentir as palavras reverberarem por seu corpo como um acorde tocado, zumbindo. *Não, não vou aceitar isso.*

Koffi falhara com a mãe e com Jabir, falhara com Ekon, mas desta vez seria diferente. Ela não falharia com Makena. Makena, que fora gentil com ela. Makena, que ela acabara de conhecer.

Não, não vou desistir.

Koffi ergueu o queixo encarando a Floresta de Névoa outra vez. As acácias ainda estavam enroladas na névoa, apenas visíveis a um metro mais ou menos de distância. Ela ouviu. Não havia som ao redor, nenhum sinal de Makena, mas um pensamento invadiu a cabeça dela e ficou.

Koffi não podia mais ficar parada. Precisava fazer algo.

Olhou rápido para trás, cautelosa, enquanto uma ideia começava a tomar forma. Não havia mais ninguém no jardim, estava sozinha, o que significava que ninguém veria o que estava prestes a fazer. Inspirou fundo, se preparando, enquanto se virava para as árvores outra vez.

Você precisa tentar, pensou ela. *Por Makena, você precisa tentar.*

Um arrepio percorreu seu corpo enquanto ela dava um passo em direção às árvores, e então mais um. Koffi esperou que a névoa a alcançasse, como fez antes, mas nada aconteceu quando se aproximou pela segunda vez. O muro de névoa, opaco e branco, estava a centímetros dela, se estendendo em ambas as direções pelo que parecia infinito. Ela arfou e deu mais um passo, e a névoa começou a envolvê-la.

Por Makena. Faça por Makena.

Foi o último pensamento dela antes de entrar na Floresta de Névoa.

De uma vez, um silêncio tomou conta de tudo.

Koffi esperara por isso, mas mesmo assim sentiu um arrepio ao mergulhar na escuridão. Só dera um pequeno passo para entrar na Floresta de Névoa, mas a mudança fora instantânea; o sol desaparecera. Ao seu redor, a névoa se enrolava, fazendo-a pensar em muitas cobras se contorcendo no ar. Estendeu as mãos, tentando sentir o caminho à frente, e de repente uma dor lancinante disparou por uma delas. Koffi a puxou rápido e observou um fio de sangue brilhante e vermelho descer pelas costas da mão. Quando examinou mais de perto, viu que um dos espinhos da acácia perfurara sua pele. As árvores a rodeavam em silêncio e pareciam observar e esperar. Koffi limpou o sangue no vestido e seguiu em frente, tomando mais cuidado. O frio da neblina já a envolvia, provocando arrepios em sua pele.

— Makena?

A voz dela ecoou, estranha, no ar. Ela pensou ter ouvido passos, um movimento diretamente à sua direita, mas quando se virou, viu apenas árvores. Seu pulso acelerou. Era fácil demais pensar no rosto que ela pensou ter visto na janela, o jeito como a névoa se enrolara em Makena e a puxara tão vigorosamente. Ela engoliu em seco.

— Makena?

Não houve resposta.

Koffi acelerou o passo, tentando amenizar o medo que serpenteava por suas pernas. Tentou caminhar em linha reta e manter alguma ideia da direção que estava tomando, mas ficava cada vez mais difícil diferenciar uma árvore da outra. Ouviu um gorjeio vindo de cima e deu um pulo, esperando ver pássaros, mas não viu nada. Suas mãos começaram a tremer. Havia névoa na Selva Maior também, mas era diferente. Aquela estivera confinada em um único espaço, e, quando ficou presa nela, Koffi tinha a companhia de Ekon. Não estivera sozinha, e a gravidade dessa diferença pareceu ficar mais pesada a cada passo.

Você está sozinha aqui, relembrou uma voz na cabeça dela. *Completamente sozinha.*

— Makena? — chamou Koffi pela terceira e desesperada vez, e em resposta algo deu um grito ao longe. O som era estridente, duradouro, sobrenatural. Os pelinhos dos braços de Koffi se arrepiaram, e ela parou de uma vez. O que era aquilo? Não parecia nem um pouco com Makena. Ela acelerou os passos, encolhendo-se quando outro espinho agarrou um dos twists de seu cabelo.

Não pare, pensou ela. *Não pare.*

Outro grito rasgou o ar, mais perto, e Koffi começou a correr. Uma parte distante dela se deu conta de que estava perdida, sem qualquer noção de distância. Outro espinho rasgou a manga de seu vestido, cortando seu antebraço e arrancando sangue. Koffi sentiu a garganta ficar seca e o pânico martelar em seu peito. Novos pensamentos surgiram: e se nunca encontrasse Makena? E se ficasse presa ali? E se...?

Criança.

Koffi parou quando uma nova voz ecoou em sua mente. Levou um momento para reconhecê-la como a de Badwa. A voz da deusa da selva soava firme, mas gentil.

Respire fundo, criança, disse a imaginária Badwa. *Acalme-se.*

Aquele comando parecia impossível, mas Koffi tentou. Inspirou e expirou, uma vez, duas, e então uma terceira. As batidas do coração desaceleraram.

Não fuja de suas emoções, prosseguiu a Badwa imaginária. *Reconheça-as. Reconheça-as.* Koffi respirou pela quarta vez. Na Selva Maior, Badwa tentara ensinar-lhe as regras básicas sobre o uso do esplendor como daraja. Ela aprendera que o esplendor era uma energia, que podia ser canalizada da maneira correta apenas quando a pessoa estava emocionalmente estável. Na época, Koffi usara apenas uma pequena quantidade de esplendor, mas agora... ela fechou os olhos. Já conseguia sentir a diferença. Havia absorvido o esplendor que Adiah guardara no próprio corpo por mais de noventa e nove anos. Essa escolha tinha ido contra a ordem natural; darajas deviam apenas canalizar o esplendor, não mantê-lo dentro do corpo. Koffi sentiu um latejar súbito e intenso na cabeça, uma pressão no peito. Estava fazendo o que Adiah fizera, retendo um poder que não tinha motivo para reter. Para Adiah, tal atitude a transformara no Shetani, em um monstro; Koffi imaginou o que reter essa quantidade de esplendor faria com ela.

Ela se livrou do pensamento, tentando focar na tarefa adiante. Fedu queria que Adiah usasse o esplendor para destruir, e por isso ela o mantivera dentro de si. No entanto, ocorreu a Koffi uma nova ideia. E se ela usasse um pouquinho do esplendor em seu corpo para outra coisa? Havia risco, mas...

Makena. Por Makena, você tem que tentar.

Koffi firmou os pés no chão, tentando se manter ancorada à terra o máximo que conseguisse. Ela sabia o que tinha que fazer, e que não seria fácil. Mais cedo, Makena perguntara se ela estava bem, e Koffi não estivera pronta para falar do assunto. Então ela se obrigou a identificar cada sentimento, um por um.

Não estou bem. Ela se forçou a avaliar essa verdade. *Não estou bem. Estou triste.* Havia uma estranha liberdade naquela palavra. *Sinto saudade do meu lar, da minha mãe. Sinto saudade de Jabir e sinto saudade de Ekon.*

O que mais?, perguntou a Badwa imaginária.

Estou com raiva. Koffi sentiu algo nascer em seus ossos. Estava tentada a contê-lo enquanto o sentia queimar em seu âmago, mas o deixou livre, sentiu sua verdade. *Estou com raiva de Fedu, pelo que fez com Adiah, pelo que fez com os darajas aqui. Estou com raiva de...*

Ela se interrompeu.

Continue.

Estou com raiva por, lá no fundo, estar com medo. Koffi soltou o ar. *Estou com medo do que ele pode fazer comigo, estou com medo do que ele pode fazer com as pessoas com quem me importo. Estou com medo de os planos dele darem certo e eu não conseguir impedi-lo.*

Os olhos de Koffi ainda estavam fechados, mas sob as pálpebras ela sentiu a ardência das lágrimas. Desta vez, não tentou pará-las enquanto caíam. Depois de um momento, a Badwa imaginária falou.

Ótimo. Agora, tente.

Koffi não precisava de mais instruções; tocou o esplendor como por instinto. Abriu as mãos, que estiveram fechadas em punho, enquanto virava as palmas para cima. Um novo calor brotava em seu peito, e ela sentiu que se elevava mesmo que ainda estivesse no chão. No fim das contas, sentiu o esplendor antes de vê-lo. Sentiu a magnitude dele, um novo nível de poder percorrendo seu corpo. Koffi entendia agora. Fedu sempre comparara o esplendor com destruição, um poder para ser capturado e usado como arma. Mas havia uma escolha, uma que Koffi tinha todo o poder para tomar por si só. Não era seguro utilizar todo o esplendor que tinha no corpo, mas ela podia usar um pouquinho, se tomasse cuidado. Era necessário um controle estrondoso. Ela se lembrou da analogia que Badwa usara uma vez para descrevê-lo: era como despejar apenas algumas gotas de água de um vaso cheio até a boca. Koffi deixou o restante da energia retida como uma represa, mas a liberou aos pouquinhos. Devagar, abriu os olhos.

Pontinhos de luz flutuavam ao redor dela, cintilando feito estrelas no céu noturno. Ao vê-los, ela foi tomada por alívio. Os pontinhos de luz não emitiam som, mas ficaram perto dela, como se esperassem.

— Estou tentando encontrar minha amiga. — Desta vez, Koffi falou em voz alta. — Me mostrem onde ela está.

Koffi observou enquanto, no mesmo instante, os pontinhos de luz ficavam mais intensos e subiam mais alto. Com seu brilho, iluminavam tudo e empurravam a névoa para trás. Koffi olhou ao redor. As acácias estavam mais visíveis, e algo na distância chamou a atenção dela. O coração de Koffi acelerou. Várias pessoas estavam reunidas ao redor da base de uma das árvores, de costas para ela, agachadas.

— Ei! — chamou Koffi, dando um passo na direção delas. — Ei, vocês estão...?

Quando uma delas se virou, Koffi ficou calada, um arrepio subindo pelo corpo. O rosto que encarava era humano, mas por pouco. A pele era marrom como a sua, mas com uma coloração acinzentada, translúcida. No lugar onde os olhos deviam estar, havia duas cavidades ocas, e no lugar da boca, um buraco enorme e escancarado. As outras se viraram, e Koffi viu que os rostos delas eram iguais.

— Quem... quem são...?

Ela olhou para a coisa que as figuras rodeavam. O coração dela revirou quando viu um pouco de amarelo, uma cabeça de cabelos pretos cacheados.

— Fiquem longe dela!

A voz de Koffi falhou ao gritar, mas as pessoas, se é que podiam ser chamadas assim, apenas continuaram a encará-la. Os olhos vazios não mostravam qualquer expressão, mas uma delas se levantou devagar e inclinou a cabeça.

— Deixem-na em paz! — A voz de Koffi estava rouca. — Por favor!

Mas as figuras permaneceram paradas, tranquilas. Koffi tornou a olhar para o corpo de Makena. Dali, não sabia se os olhos da garota estavam abertos, se ela estava respirando. Olhou para os pontinhos de luz ainda pairando no alto. Teve outra ideia. Focou naquelas partículas e enviou um pouquinho mais de esplendor em cada uma delas. Elas brilharam mais forte, ficando quase impossíveis de encarar. Koffi ouviu um gemido e olhou para baixo. Mais uma das figuras havia se levantado depressa, erguendo a mão para proteger o rosto do ataque brutal da luz. Koffi fez uma careta e direcionou mais do esplendor nas luzes. Ela sentiu seu calor mesmo de longe enquanto ardiam, sentiu a satisfação quando a terceira figura se levantou e todas começaram a se afastar do corpo de Makena, as bocas sinistras ainda escancaradas.

— Vão embora! — ordenou Koffi. — VÃO EMBORA!

As figuras continuaram a se afastar da luz, emitindo grunhidos e gritos horríveis. Koffi direcionou os pontinhos de luz até elas, que cambalearam para longe. Esperou que não estivessem mais visíveis e então correu para onde Makena estava caída. Viu que a garota estava de lado, abraçando os próprios joelhos e de cabeça baixa, de modo que seu rosto estava nas sombras. Ela ainda estava de olhos abertos, mas não parecia ter visto Koffi.

— Não a machuque — disse Makena baixinho, olhando para o chão. — Por favor, não a machuque. Não, não, não, por favor, por favor, por favor...

— Makena. — Koffi agarrou a garota pelos ombros, tentando fazê-la endireitar a postura. — Makena, acorde. Sou eu.

Mas se Makena a ouviu, não deu qualquer sinal. Ela ergueu a cabeça; estava de olhos abertos, mas eles estavam inexpressivos e sem enxergar.

— Pare com isso — gemeu ela. — Por favor, não machuque ela.

Koffi sentiu um arrepio. Ela? Fosse lá o que fosse que Makena estava vendo, não era real. Ela pressionou a mão na bochecha da garota.

— Makena — chamou baixinho. — Está tudo bem. Você está bem. Volte.

Um segundo se passou e, então, outro. Makena pestanejou. Ela piscou várias vezes antes de balançar a cabeça. Quando olhou para Koffi, estava nitidamente confusa.

— Koffi? O que você está fazendo aqui?

— Vim buscar você. — Novas lágrimas se acumularam nos olhos de Koffi. — Sinto muito. Sinto muito por deixar que eles pegassem você.

— Eu... eu me lembro. — Makena olhou ao redor, para a névoa e as árvores. — Estávamos no jardim, e vi a Floresta de Névoa pegar você. Tentei impedir...

— Você salvou a minha vida, Makena. — Essa verdade soou solene quando Koffi a proferiu em voz alta. — Você me salvou. Agora é minha vez de salvá-la.

Makena ainda arregalava os olhos quando se deu conta de algo.

— Koffi, não devíamos estar aqui. — Ela balançou a cabeça. — Não podemos ficar aqui. Há coisas na Floresta de Névoa, coisas que...

— Vamos encontrar uma saída — garantiu Koffi a ela. — Prometo.

Ela desejou soar mais confiante do que se sentia. Na verdade, não fazia ideia de como iam sair dali.

— Mas...

— Confie em mim. — Enquanto falava, Koffi olhou para as partículas de luz mais uma vez. Rezou com todas as forças para que funcionasse.

Precisamos sair. Ela pensou as palavras em vez de dizê-las desta vez. *Por favor, me ajude. Nos ajude.*

Por um momento longo e terrível, ela se perguntou o que aconteceria se não funcionasse. Enquanto esperava, sua respiração ficou acelerada, e até Makena parou de olhar ao redor. Então Koffi viu os pontinhos de luz caírem devagar outra vez, diminuindo a intensidade até que olhá-los não doía mais. Eles desceram e começaram a se dividir e se multiplicar, de novo e outra vez, até que formaram o que certamente era um caminho iluminado pairando a centímetros do chão.

— Ali! — Koffi se levantou de uma vez. — Precisamos seguir aquela trilha de luzes. — Ela se voltou para Makena. — Você consegue ficar de pé?

Makena assentiu, tentando se levantar. Koffi a ajudou. A garota parecia desconfiada enquanto as duas observavam as partículas de luz se dividirem em partes menores, parecendo desaparecer na névoa.

— Koffi, tem certeza? — A voz de Makena era fraca. — Tem certeza de que isto nos levará de volta?

Não. Essa era a resposta sincera, mas Koffi não disse em voz alta. Em vez disso, ela passou o braço na cintura de Makena para apoiá-la.

— É a nossa única chance. Vamos.

Koffi manteve os olhos nos pontinhos de luz enquanto seguiam pelo labirinto.

A cada segundo, ela tinha certeza de que iam se apagar e abandoná-las. Mas as luzes ficaram firmes como uma vela, apenas tremeluzindo vez ou outra durante a caminhada. Makena falou primeiro.

— Obrigada — sussurrou ela. — Por vir me buscar.

— Não foi nada. — Koffi forçou um sorriso. — Sinceramente, era o mínimo que eu podia fazer. Eu não devia ter chegado tão perto da Floresta de Névoa.

Makena balançou a cabeça.

— Não fui direta quando você me perguntou antes. Eu devia ter contado o que acontece com as pessoas que vêm aqui.

Koffi se mexeu, um tanto desconfortável, mas mesmo assim comentou:

— Quando a encontrei, você estava falando de alguém. Você... você disse "não a machuque".

Makena retesou o maxilar. Ela parecia prestes a chorar de novo.

— Antes de você chegar, eu estava tendo um pesadelo — contou ela baixinho. — Ou pelo menos era o que parecia. Mas eu não estava dormindo. — Ela abaixou o olhar. — Mas era tipo... eu estava presa na minha mente, vendo todas as piores coisas que minha imaginação podia inventar, todas as memórias ruins, todos os meus piores medos. — Ela olhou para Koffi de novo. — Vi minha irmã, Ife. Ela foi a última pessoa da minha família que vi antes que Fedu me roubasse. No pesadelo, Fedu machucava ela. Eu sabia que era impossível, que não era real, mas não conseguia acordar. Senti que estava perdendo a cabeça. Nunca fiquei tão mal.

— Sinto muito — lamentou Koffi baixinho.

— O que *você* viu? — perguntou Makena. — Quando entrou na Floresta de Névoa?

— Como assim?

— Qual foi o seu pesadelo? Como você se libertou dele?

Koffi franziu a testa.

— Eu não tive um pesadelo quando entrei na Floresta de Névoa.

— Mas... — Foi a vez de Makena franzir a testa. — Como isso é possível? Por que a Floresta de Névoa não a afetou como me afetou?

Koffi pensou na pergunta, tentando encontrar uma resposta, mas a verdade é que estava ficando cada vez mais difícil manter o foco. Uma súbita fadiga serpenteava pelo corpo dela e parecia mais intensa a cada passo.

— Koffi? — Ela ouviu a voz de Makena, preocupada. — Koffi, o que foi?

Koffi abriu a boca para falar, mas descobriu que não podia. O latejar fraco em sua cabeça retornou, uma pulsação em sua têmpora.

Demais. Koffi ouviu as palavras, mas elas soavam distantes. *Demais,* disse a voz na cabeça dela. *Você usou esplendor demais.*

— Koffi. — Ouviu a voz de Makena, agitada. — Estou vendo o jardim!

As palavras soavam ainda mais distantes desta vez. Koffi tropeçou e vários dos pontinhos de luz piscaram. À frente, pensou ter visto uma outra luz, uma abertura na neblina. Se pudesse apenas aguentar um pouco mais, seguir aquelas luzes...

— Koffi, estamos quase lá! — instigou Makena. — Aguente firme!

Koffi sentia um tremor nas pernas. As pálpebras ficaram mais pesadas, e havia um peso crescente a cada passo. As partículas de luz estavam apagando, desaparecendo com as últimas reservas de energia dela. Koffi usara esplendor demais. *Demais...*

— Koffi, chegamos! — avisou Makena. — Conseguimos.

Houve uma súbita onda de energia e calor que fez Koffi cair de joelhos; ela levou um momento para perceber que era o sol. Caiu de costas e ouviu um baque suave enquanto Makena também caía, sentindo a grama do jardim pinicando as costas dos braços e as pernas. A distância, ela ouviu de novo pássaros cantando, risadas. Aliviada, soltou o ar. Elas voltaram. Estavam seguras. Por uns segundos, ambas ficaram caladas. Por fim, Makena quebrou o silêncio.

— Koffi, como você invocou aquelas luzes que nos conduziram de volta para cá? — sussurrou ela.

— Não sei. — Koffi ainda tentava recuperar o fôlego. Os cantos de sua visão ainda estavam um pouco borrados, e ela sentia como se tivesse passado a última hora correndo. Todos os músculos do corpo doíam. — Nunca fiz isso antes.

Makena se sentou, apoiando-se no cotovelo. Ela parecia incerta, como se estivesse tentando buscar as palavras certas.

— Koffi, o que você fez nunca foi feito antes. Desafia todas as regras que conhecemos da Floresta de Névoa, devia ter sido…

— *Impossível.*

As duas se viraram ao mesmo tempo. Koffi sentiu o coração na garganta quando seu olhar encontrou o de Zain. Ele estava a vários metros de distância, observando-as. Talvez tivesse estado ali o tempo todo. A expressão dele era impossível de ler, com exceção de seus olhos, que estavam arregalados de horror. Ele deu um passo à frente, o olhar fixo nelas.

— Vocês duas precisam vir comigo. Agora!

CAPÍTULO 8

O EMPREENDIMENTO

— Não se mexa.

Ekon obedeceu, mesmo quando seu coração disparou. Não reconheceu a voz, e não tinha certeza se isso tornava a situação melhor ou pior.

Sentiu a faca em seu pescoço se afastar por um momento, e os olhos dele se fecharam de imediato quando algo áspero, uma tira de aniagem, provavelmente, foi amarrado em sua cabeça, cobrindo seus olhos para que não pudesse enxergar. À esquerda, ele ouviu um arrastar de pés, e então a lâmina retornou, pressionando sua pele. Ele pensou ter sentido algo morno descer pelo pescoço.

— De pé, velha. Ou cortarei a garganta dele.

Ekon não conseguia ver, mas ouviu o som de Themba se levantando devagar. No silêncio, a respiração dela era acelerada e superficial.

— Por favor. — Ekon não ousou se virar. — Ela precisa se sentar, nós acabamos de…

— Quieto, garoto.

Ekon fechou a boca depressa quando a lâmina penetrou ainda mais sua carne. Tentou ficar calmo, mas não adiantou.

— Vocês dois, mãos na cabeça — ordenou o desconhecido. A voz era profunda, um tanto áspera, masculina.

Ekon forçou seus dedos inquietos a ficarem parados enquanto obedecia. Ouviu o farfalhar de tecidos, passos e então sentiu alguém ao seu lado, talvez Themba.

— Vamos dar uma voltinha — disse a voz. — Não tentem nenhuma gracinha.

Ekon engoliu em seco. A ponta da faca desceu para suas costas, e ao seu lado Themba inspirou, trêmula. O pânico retumbou no peito dele.

— Anda logo.

Um empurrão bruto fez Ekon caminhar, e ele ouviu que Themba também andava. Era mais difícil passar vendado pelo terreno acidentado do beco, mas ele se esforçou para não tropeçar. Ao lado dele, a respiração de Themba ainda era pesada, e ele rezou com todas as forças para que ela não desmaiasse. Ela parecera tão exaurida antes, e ele não sabia o que o desconhecido faria se ela caísse.

Ekon mudou o foco, ouvindo e contando os passos na terra.

Um-dois-três. Três.

Havia três pares de passos ali: os dele, os de Themba e os do desconhecido. Em circunstâncias normais, as probabilidades poderiam ser favoráveis, mas não quando dois deles estavam vendados e sem armas decentes.

Maldição.

Ekon tentou acalmar a respiração enquanto eles caminhavam pelo beco, tentou imaginar quem era o desconhecido. Obviamente, não era um Filho dos Seis; Ekon nunca ouvira aquela voz antes, e se o desconhecido fosse um guerreiro, já teria chamado os outros. Ele poderia ser uma hiena de rua, desesperado por dinheiro, mas se fosse o caso, teria pegado as bolsas e fugido. Um súbito pensamento ocorreu a Ekon, e ele se arrepiou.

Um caçador de recompensas.

Fazia sentido. Caçadores de recompensa não eram comuns em Lkossa, mas não era novidade ver um na cidade, principalmente se fosse oferecida uma recompensa alta. Ele pensou no que Mwongo disse, de como o Kuhani estava interessado em pôr as mãos nele. Sem dúvida o velho havia colocado um valor alto como recompensa pela captura. Ele devia ter anunciado que Ekon ainda estava na cidade. Para alguém cujo trabalho era capturar fugitivos, era dinheiro fácil.

— Senhor. — Ekon sabia que não deveria estar falando, mas não conseguia se conter. — Por favor, se você está atrás de dinheiro… — Ele se encolheu quando a faca cortou sua túnica, perfurando a pele.

— Eu disse: *quieto*. — Havia ameaça de verdade na voz do desconhecido. — Você já está encrencado o bastante.

Ele ouviu Themba ofegar e uma nova onda de dor percorreu seu corpo. Ekon não tivera tempo de analisar o beco quando Themba e ele entraram nele, e já não conseguia se lembrar do que havia no final dele. Um nó se formou em sua garganta, tornando impossível engolir.

— Vire à esquerda aqui — instruiu o desconhecido.

Ekon parou de súbito, surpreso. Eles só haviam caminhado alguns metros, então de jeito nenhum haviam saído do beco.

— Agora.

Ele sentiu Themba se afastar enquanto obedecia e, depois de um instante, fez o mesmo. Uma porta rangeu alto, e Ekon tomou um susto quando uma mão grande forçou sua cabeça para baixo. Ele cambaleou um pouco e sentiu o chão macio, e de repente o ar ao seu redor mudou. Um cheiro forte encheu seus pulmões, tão intenso que o fez lacrimejar. Ouviu Themba, ainda ao seu lado, tossir.

O que está acontecendo? A mente dele estava acelerada. *Estamos sendo envenenados?*

Outro empurrão fez Ekon seguir em frente, embora seus passos parecessem bem mais pesados. Ele ficou surpreso em ouvir, não muito longe, o som de pessoas falando e rindo. Apesar da venda, ele franziu a testa. Era óbvio que estavam dentro de algum tipo de prédio, mas por quê?

Ele ouviu o desconhecido pigarrear e passar por ele sem dizer nada. Houve outro som como uma porta se abrindo e, sem aviso, Ekon foi agarrado pela parte da frente da túnica e puxado. De uma vez, o burburinho das conversas que ele ouvira acabou. Fez-se um longo silêncio, e então:

— O que é isto, Thabo?

Ekon virou a cabeça, confuso. A voz que falara era novidade, de uma mulher. Ele estava sem senso de direção, mas acreditou que as palavras vinham da direita. Girou o corpo, mas antes que pudesse fazer algo mais, a voz do desconhecido retumbou:

— São ladrões — vociferou, irritado. — Eu os capturei enquanto entrava. Estavam escondidos, provavelmente planejando invadir e...

— Espera aí! — Ekon ergueu as mãos enquanto se virava. — Espere, isso não é verdade! — Quando ninguém disse nada, ele adicionou: — Não estávamos tentando roubar nada. Estávamos apenas nos escondendo!

Houve um longo silêncio. Então Ekon ouviu a voz da mulher de novo.

— Tire a venda deles.

Ekon ouviu passos atrás de si, sentiu um toque áspero e então a venda foi arrancada de sua cabeça. Piscou várias vezes para os olhos se ajustarem, absorvendo o ambiente. Themba estava ao seu lado, como previra, e os dois se encontravam no centro de uma sala que ele nunca vira antes. As paredes de tijolo de barro o lembraram da botica, mas era um cômodo bem menor e caindo aos pedaços, sem janelas. O chão estava gasto em várias partes, e o teto, remendado no meio. A única luz vinha de uma lâmpada a óleo no canto, que mal iluminava as pessoas sentadas no chão ao redor dele. Todos usavam uma capa com capuz para esconder o rosto. Ekon viu uma mesa frágil no canto. Nela, havia o que parecia ser uma balança, com várias bolsinhas de tecido bem amarradas. Ele franziu o cenho. Aquelas bolsas eram familiares, ele as via o tempo todo nos mercados de Lkossa. Aquelas eram as bolsas que os comerciantes usavam para ervas e temperos, o que explicava o cheiro na sala, mas...

— Podem se explicar.

Ekon e Themba se viraram ao mesmo tempo. Atrás deles estava um homem tão alto que o topo de sua cabeça quase roçava o teto da sala. O cabelo preto dele era um pouco ralo, mas isso de certa forma compensava a barba cheia. Quando ele falou, Ekon sentiu a voz do homem retumbar em seus ossos. Soube de imediato que *aquele* fora quem os capturara.

— É... É o que falei. — Ekon odiou o titubeio na própria voz, mas não conseguia evitar. — Não estávamos tentando roubar vocês, nem sabíamos que vocês estavam aqui. Estávamos nos escondendo.

O homem semicerrou os olhos pretos.

— Se escondendo de *quem*?

— Dos Filhos dos Seis. — Era Themba quem falava. Para a surpresa de Ekon, ela parecia muito irritada. Quando ele a encarou, a atenção dela estava fixada no homem. — Agora, o que *eu* quero saber — disse ela entre dentes — é por que este garoto e eu fomos abordados e perturbados por gente como vocês.

— Sim, eu também gostaria de saber.

Ekon olhou para a mulher sentada no chão. Reconheceu a voz dela como a pessoa que falara antes. Era difícil discernir muita coisa da aparência dela no escuro, mas ele podia ver, mesmo naquela luz, que a pele dela era do mesmo marrom-escuro que a dele. Os olhos pareciam estar delineados com lápis preto, e o cabelo castanho estava preso em um turbante similar ao de Themba, de modo que apenas um pouquinho da linha do cabelo dela era visível. Ela estava olhando para cima agora, para o homem que falava, parecendo descrente.

— Thabo — disse ela baixinho. — Você tem alguma *prova* de que estas pessoas são mesmo ladras?

Ekon olhou para o homem a tempo de vê-lo passar o peso do corpo de um pé ao outro, desconfortável. A cada segundo, ele parecia menos durão.

— Bem, não... mas...

A mulher apertou a ponte do nariz, parecendo cansada.

— Thabo — retrucou ela, exasperada —, eu já falei mil vezes: você precisa ser mais discreto. Esses incidentes são ruins para os negócios, se você continuar fazendo isso, a fama vai se espalhar...

— Espere aí — disse Ekon. — *Negócios?* Vocês *não* são caçadores de recompensas?

Várias das pessoas encapuzadas riram. Até Thabo zombou. A mulher deu um sorrisinho.

— Somos caçadores de recompensas tanto quanto você é ladrão, garoto.

— Mas… — Ekon olhou ao redor. — Se vocês não são caçadores de recompensas, são o quê? — Ele olhou para a balança e as bolsinhas no canto e empalideceu. — Espere, vocês são traficantes?

Desta vez, não houve sutileza; todos, exceto Themba e ele, riram abertamente. Ekon se remexeu, incomodado, tamborilando os dedos na lateral da perna. Ele não gostava daquela sensação, como se estivesse perdendo o ponto de uma piada óbvia. Depois de um momento, Thabo limpou os olhos e sorriu.

— Não somos traficantes, garoto. — Ele soltou uma risadinha. — Nosso negócio é apenas ervas.

— Há… — Ekon dirigiu a ele um olhar duvidoso. — Ervas, como…?

— *Lavanda* — explicou Thabo devagar. — Garra-do-diabo, babosa, de vez em quando rooibos e bergamota.

— Você está falando de ervas de verdade — comentou Themba. Ela parecia estar tão confusa quanto Ekon. Gesticulou para as bolsinhas amarradas no canto. — Dá para conseguir coisas assim no mercado.

— Verdade. — A mulher assentiu.

— Então… — Themba franziu mais a testa. — Por que vocês mantêm os produtos escondidos aqui?

Thabo parecia desconfortável outra vez, mas o olhar da mulher permaneceu contido.

— Geralmente eu não compartilharia esse tipo de informação — disse ela, juntando as mãos. — Mas se vocês estão falando a verdade, então são fugitivos. Podem nos denunciar às autoridades tanto quanto nós podemos denunciar vocês. — Ela se recostou. — Nossas ervas estão dentro da lei, mas nosso meio de transportá-las não é inteiramente honesto.

— Como assim? — quis saber Ekon.

— Nosso negócio não é apenas cultivar e vender ervas e temperos ocidentais. Nós os transportamos também — respondeu Thabo. — Principalmente para o sul, para cidades como Bandari, e às vezes tão longe quanto Chini.

— O lado sul de Eshōza é quase todo um pântano — explicou a mulher. — A maioria das ervas e temperos que crescem bem aqui não crescem no clima de lá. Isso cria uma demanda alta. As pessoas querem ervas e temperos para comidas, remédios e cosméticos.

Ekon balançou a cabeça.

— Ainda não entendo por que vocês estão enfurnados aqui, então. Existem rotas bem estabelecidas por todo o leste de Eshōza. Não há por que contrabandear ervas para o sul.

— Você fala como alguém que nunca pagou os impostos de Lkossa.

Ekon se assustou. Uma figura corpulenta à sua direita havia abaixado o capuz. Era uma mulher. Ela tinha a pele marrom-clara, cabelos presos em coquinhos cinza-escuros e um brilho travesso nos olhos escuros. Ekon percebeu que ela estava rodeada de papéis que pareciam cheios de números.

— O Kuhani cobra um imposto alto de qualquer um que leve produtos de Lkossa para fora da cidade. — Ela fez uma careta. — Ele chama de "imposto de exportação".

Ekon franziu a testa.

— Bem, sim, para garantir que parte do lucro dos produtos de Lkossa sempre fique em Lkossa.

A mulher de coquinhos fez um som de desdém.

— Esse imposto enche os bolsos do templo, e nada mais.

Ekon abriu a boca para discutir, como regra geral, esse tipo de crime o deixava desconfortável, mas… mas… teve um pensamento perturbador. Ele se lembrou dos uniformes que os irmãos do templo e dos Filhos dos Seis tinham permissão de usar, das boas refeições que saboreavam. Quando foi sincero consigo, se deu conta de que nunca havia analisado como essas coisas eram pagas. Sempre imaginara que os dízimos dos fiéis cobriam a maior parte dos custos do templo, mas quanto mais pensava no assunto, menos provável parecia.

— Por sorte, encontramos uma solução alternativa para esse problema — contou a primeira mulher. — A propósito, me chamo Ano. — Ela gesticulou para o restante da sala. — Somos os fundadores do Empreendimento de Comércio do Leste de Eshōza.

— Também conhecido como o Empreendimento — adicionou Thabo.

— Muito interessante — disse Themba, breve. Os braços dela ainda estavam cruzados, os lábios pressionados em uma linha fina.

— Nos desculpamos outra vez pela abordagem — disse Ano. — Com sorte, agora vocês entendem por que somos cautelosos.

— O que *eu* quero saber — interveio a mulher de coquinhos — é por que vocês estavam se escondendo dos Filhos dos Seis no nosso beco, para começo de conversa.

Ekon trocou olhares com Themba. Na verdade, ele não tinha certeza se era seguro compartilhar muitos detalhes. No fim das contas, Themba acabou respondendo.

— Os guerreiros nos interceptaram quando estávamos tentando sair da cidade — respondeu ela. — Estamos indo para o sul.

Ano ergueu as sobrancelhas.

— As pessoas não costumam ir ao sul porque querem, a não ser que seja a negócios. É um terreno ermo.

— Minha neta foi sequestrada — revelou Themba. Ekon percebeu que ela não disse por quem. — Acreditamos que é para onde ela foi levada.

A expressão de Ano mudou, e os olhos de Thabo ficaram sombrios.

— Minhas sinceras desculpas — disse ela, soando honesta. — É raro haver tráfico humano pelas estradas de comércio do leste, mas, infelizmente, não é algo que nunca tenha acontecido. Espero que vocês consigam encontrá-la e trazê-la para casa.

De súbito, Ekon teve uma ideia.

— Podemos pegar uma carona com vocês para o sul? — As palavras deixaram a sua boca de uma só vez.

— Como é?

— Precisamos chegar no sul — explicou ele rapidamente. — Levaremos o dobro do tempo viajando a pé. Mas se pudermos pegar uma carona com vocês…

— Desculpe, garoto. — Ano já estava balançando a cabeça. — Simpatizo com sua luta, mas infelizmente não estamos em condição de ajudar.

114

— Espere aí!

Todos ergueram a cabeça de uma vez. Uma das figuras encapuzadas que estivera sentada nas sombras havia se levantado e ido até a frente. Ela parou a alguns metros de Ekon e, quando tirou o capuz, ele levou um susto. A garota à sua frente parecia ter dezesseis ou dezessete anos. O cabelo preto dela estava praticamente trançado descendo as costas, e ela parecia inquieta. Ele levou alguns segundos para definir por que ela parecia familiar.

O mercado. Ela é a garota do mercado.

— Safiyah? — Ano franziu a testa. — O que foi?

A garota, Safiyah, olhou ao redor antes de falar.

— Hoje, quando eu estava voltando de uma das minhas tarefas, duas hienas de rua me seguiram — contou ela baixinho. — Me encurralaram em um beco e iam pegar as ervas que estavam comigo. — Ela olhou para Ekon. — Este garoto… interveio.

Ekon quase riu. *Interveio* era uma forma educada de explicar o que ele fizera. O burburinho preencheu a sala enquanto algumas das pessoas ainda encapuzadas se entreolhavam, falando baixo. Ano encarou Ekon com um novo olhar.

— Isso é verdade? — perguntou ela a Ekon.

— *Sim*, Ekon — disse Themba baixinho. — *É* verdade?

Ekon de repente sentiu que cada olhar na sala focava nele. Inquietou--se, tamborilando os dedos.

— Bem, eu não quis intervir. — Ele se encolheu quando a garota, que observava, lançou um olhar feio. — Há, quero dizer… — gague-jou. — Eu *quis* ajudar, mas não porque eu sabia quem ela era ou o que estava carregando.

— Mas você a ajudou? — Foi a mulher de coquinhos quem perguntou desta vez. Ela parecia estar calculando algo conforme o encarava. O silên-cio tomou conta da sala enquanto todos esperavam pela resposta de Ekon.

— Sim — confirmou ele baixinho. — Ajudei.

— Como vocês se chamam? — perguntou Thabo.

— Esta é Themba — respondeu Ekon. — Eu sou Ekon Okojo.

Algo brilhou nos olhos de Ano, tão brevemente que ele não teve certeza de que era real. De uma vez, ela se endireitou, com nova cautela no olhar.

— Nós apreciamos de verdade sua ajuda, Ekon. — Ela soava desconfortável. — Mas isso não muda minha resposta. Nossas viagens ao sul são cuidadosamente planejadas. Não temos recursos ou espaço para levar dois...

— Espere.

Ekon olhou a tempo de ver a expressão de Thabo ficar incrédula. Os olhos dele se arregalavam cada vez mais; ele parecia chocado. Para a surpresa de Ekon, ele olhava diretamente para Themba.

— Eu conheço você.

Em resposta, Themba ergueu a cabeça.

— Duvido muito, jovem.

Ekon se perguntou se aquela era a primeira vez que ouvia inquietação na voz dela.

— Não. — Thabo estava balançando a cabeça. — Quero dizer, não conheço você, mas conheço *sua fama*. Levei um tempinho para lembrar, mas então vi o amuleto.

Ekon olhou para a mão de Themba. De fato, ela estava passando o polegar no amuleto pendurado em seu pescoço. Era algo que ela fazia o tempo todo e em que Ekon nunca prestara muita atenção, mas que Thabo encarava com uma expressão de quem compreendia.

— Reconheço esse amuleto — prosseguiu ele. — É usado pela Cobra.

Mais um animado burburinho preencheu a sala, e Ekon não entendeu. Mais pessoas tiravam o capuz, olhando para Themba com interesse. A expressão da idosa permaneceu impossível de ler, mas ela parecia muito desconfortável. Depois de um momento, ela assentiu, resignada.

— Correto. Eu sou a Cobra.

Thabo deu um passo à frente.

— É verdade, então? — perguntou ele. Seu olhar brilhava, como uma criança que acabara de descobrir um tipo de magia secreta. — Ouvi dizer que você pode fazer um homem parar de se mexer, fazer alguém ficar totalmente imóvel.

116

— Ela pode, sim. — Ekon se intrometeu, soltando rapidamente, sem pensar. Themba lançou a ele um olhar fulminante, mas foi ignorada. — Eu a vi fazer isso com meus próprios olhos. Sozinha, ela acabou com quatro Filhos dos Seis treinados, mesmo sem tocar em um fio de cabelo deles.

— Uuh. — Thabo aplaudiu. — Você estaria disposta a tentar em…?

Ele se calou quando Ano ergueu a mão, e Ekon reconheceu o comando naquele gesto simples. A sala ficou em silêncio enquanto, devagar, a mulher se levantava. De pé, ela era mais alta do que Ekon imaginara.

— Themba. — Havia uma nova reverência na voz de Ano, que abaixou a cabeça um pouco. — Seu nome e seus poderes são bem conhecidos dentro de certos círculos desta cidade. É uma honra conhecê-la. No entanto, como mencionei, nossa operação é pequena. Nossas refeições são racionadas certinhas para cada viagem que fazemos ao sul; o espaço em nossas caravanas é limitado. Não estamos equipados para levar pessoas a ma…

— Isso não é verdade, Ano. — A mulher de coquinhos disse. Estava olhando para os papéis diante de si, com uma pena na mão. — Se realocarmos cinco por cento da comida dividida para o café da manhã a cada dia e aumentarmos um pouco a velocidade de nossa viagem, os dois poderiam se juntar a nós por pouco ou nenhum custo extra.

Ekon lançou um olhar de agradecimento a ela. Sempre gostara de pessoas que entendiam a beleza dos números.

— As habilidades da Cobra são diferentes — adicionou Thabo. — Tê-la conosco na viagem para o sul pode ser útil.

— Não sei. — Um homem calvo e magro, que estava no canto da sala e não havia falado antes, balançou a cabeça. — Acho que concordo com Ano nessa. Já estamos arriscando muito com o transporte, e levar dois fugitivos procurados conosco apenas nos daria mais trabalho.

Ano olhou para os membros do Empreendimento.

— Então, se não estamos de acordo, e respeitando as regras da nossa empresa, a questão será levada a voto. Quem for contra levarmos Themba e Ekon conosco, levante a mão agora.

Ekon já esperava, mas ainda sentiu uma pontada de decepção quando Ano ergueu a mão, junto a mais duas pessoas. Automaticamente, ele as contou.

Uma-duas-três.

— Muito bem — disse Ano, abaixando a mão. — Agora, quem for a favor levante a mão.

Ekon sentiu uma onda de gratidão quando a mão de Thabo foi erguida primeiro, seguida pela da mulher de coquinhos. Outro membro do Empreendimento ergueu a mão também. Ekon contou.

Uma-duas-três.

— Três a três, um empate — anunciou Ano. — Precisamos desempatar. — Ela olhou para a garota. — Você não votou.

Todos olharam para Safiyah, que se endireitava.

— Eu... quero me abster.

Ano balançou a cabeça.

— Geralmente isso seria permitido, mas o seu voto é o desempate. Você precisa escolher.

Safiyah olhou ao redor, e Ekon percebeu que ela tomou cuidado para não olhá-lo. Um momento se passou antes que ela falasse.

— Os Filhos dos Seis estarão atrás deles. Não será fácil tirá-los da cidade.

Ekon sentiu o estômago revirar.

— Mas... — Safiyah hesitou. — Acho que *a gente, eu*, deve a eles. Então, voto para que venham conosco.

O coração de Ekon disparou ao mesmo tempo que Ano dirigia a Safiyah um olhar que indicava que fora traída. Vários segundos se passaram antes que voltasse o olhar para Ekon.

— A votação está decidida, então — concluiu ela, resignada. — Parece que vocês dois agora são membros temporários do Empreendimento de Comércio do Leste de Eshōza. Bem-vindos. Partimos de Lkossa amanhã.

PARTE DOIS

QUANDO O LEÃO MATA, OS CHACAIS SE ALEGRAM

UMA LINHAGEM NOBRE

BINTI

Não há nada mais desagradável na boca quanto o gosto da fome.

Fica na barriga, seco e amargo, até se espalhar para tomar conta de todos os sentidos. Não consigo escapar dele nem quando fecho meus olhos à noite para dormir; como um monstro, ele me espera nas extremidades cheias de dentes dos meus sonhos, nos cantos mais sombrios da minha mente.

Hoje em dia, estou sempre faminta.

Esta noite, como tantas outras na temporada de chuvas em Lkossa, o vento expõe todos os seus dentes. Não importa com quanta força eu abrace meus joelhos, não há como aplacar as pontadas implacáveis do frio. Estico meus dedos, desejando que o sangue volte a correr nas minhas veias, mas não adianta. Ao meu lado, mamãe treme.

Nós duas estamos acampadas em um beco a vários quarteirões ao sul dos mercados centrais de Lkossa, observando de longe o fim das celebrações do Dia do Vínculo. Não consigo deixar de perceber a diferença entre os foliões noturnos e eu, mesmo a uma curta distância. Eles estão tomados por uma alegria que não me contagia.

— Mamãe. — Meus dentes batem com tanta força que mal consigo falar. — Está tarde. Devíamos encerrar por hoje.

— Ainda não. — A resposta da minha mãe é imediata, embora ela não me olhe. A atenção dela está fixa à frente. — Só mais um pouquinho.

Fora do beco, as ruas estão tomadas pelos resquícios das festividades: garrafas de vidro vazias e sacolas descartadas de arroz, pedaços rasgados de confete, até bandeirolas esfarrapadas de azul, verde e dourado. Esta manhã, irmãos do templo vagaram pelas ruas, dando sacos de grãos para pedintes e viúvas. Mamãe se recusou a aceitar qualquer coisa deles. Ouvi quando os passos deles se distanciaram, e em seu lugar a melodia alegre de um pandeiro preencheu o ar. Quase o dia todo, crianças correram livres por estas ruas, mas agora o sol se pôs. Esta é uma hora para crianças mais velhas, aquelas que, como eu, estão na tênue linha entre a adolescência e a idade adulta. O céu de veias pretas já está sendo coberto por colunas de fumaça, a consequência das fogueiras. Não consigo vê-las daqui, mas imagino as garotas dançando ao redor delas, os garotos em grupos decidindo qual delas é a mais bonita.

Até mesmo agora, já sei que não participarei de danças esta noite.

— Binti, olha!

Ao som da esperança na voz de minha mãe, ergo o olhar, trazida de volta ao presente. Ela está de olhos arregalados e sorrindo, erguendo uma bolsa de couro pela alça. Sem dúvida, ela a encontrou no chão; as costuras estão gastas, e parece que pelo menos um ou dois ratos já chegaram a fosse lá o que fosse que estava dentro dela. Minha mãe a balança como se fosse um tesouro.

— Mamãe, o que é isto?

— Um achado de sorte! — exclama ela. — Imagine pelo que podemos trocá-la!

— Mamãe. — Sem querer, minha voz sai com aspereza. — Ninguém trocará nada por isto.

Mamãe balança a cabeça enfaticamente. Ainda examina a bolsa, inspecionando suas condições.

— Não conseguiremos muito, é óbvio, mas ainda vale...

— Mamãe, é lixo. Não tem valor.

Minha mãe se encolhe, e vejo mais um pouco de luz se apagar em seu olhar. Por baixo da raiva, sinto a pontada de culpa. Há um ano, eu via minha mãe com outros olhos. Eu ainda pensava nela como uma semideusa. As coisas mudaram. Mamãe ainda é linda, mas o corpo dela está mais magro; refeições puladas e uma vida de mudanças ressaltaram os detalhes de seu rosto. Ela parece um tanto vazia agora. Comemos menos desde que nos mudamos do Distrito Kazi, mas não importa. Na temporada passada, uma criança daraja da nossa antiga rua foi atropelada pela carroça descuidada de um mercador. O Kuhani não prestou queixa contra o mercador e, como resultado, os darajas de Lkossa tomaram as ruas em protesto. Por fim, o mercador em questão foi forçado a pagar uma multa, mas acabou que a comunidade daraja pagou mais caro. Pouco depois do protesto, o Kuhani decretou que nenhum daraja ou seus filhos podiam viver no Distrito Kazi. Estamos no Distrito Chafu desde então.

De repente, meu estômago protesta, enviando pontadas de fome tão fortes pelo meu corpo que quero me encolher e gritar. Sei que mamãe poderia usar sua afinidade para apaziguar a dor, mas não peço; não é um bom uso da energia limitada dela. Inspiro, tentando me acalmar, mas em vez disso sinto o cheiro do lixo do beco. Fede, assim como tudo nesta parte da cidade. Por fim, a dor diminui, mas abre espaço para mais raiva. Hoje em dia, estou sempre com raiva também.

— Devíamos ir embora, mamãe — digo, abraçando meu próprio corpo. — Ninguém mais virá, e é melhor...

— Shhh! — Mamãe leva um dedo aos lábios. — Olha.

Me viro outra vez, esperando ver outro "achado" de minha mãe, mas o que vejo em vez disso é bem diferente. Um homem cambaleia ao se aproximar de nós. É jovem, talvez mais velho que eu apenas alguns anos, e está usando um dashiki vermelho estampado que imediatamente me informa a que tipo de família ele deve pertencer. A pele dele é retinta como carvalho, maçãs do rosto angulosas definem sua face, e seu queixo exibe uma sombra de pelos que me informam que se ele não se barbeasse por alguns dias, teria uma barba formidável. Fico surpresa ao perceber que o acho bonito.

Mamãe fica tensa e eu fecho bem a boca, me preparando. Faz horas que não passa ninguém, então essa deve ser nossa última chance da noite.

— Lembre-se, deixe que eu falo — avisa mamãe entre dentes.

Não nos movemos e o jovem se aproxima. Mamãe espera até que ele esteja a alguns metros antes de usar sua fala costumeira.

— Com licença. O senhor teria comida ou uma moeda?

O jovem para de repente, obviamente assustado, antes que seu olhar pouse em nós na escuridão. Sei em segundos que, embora ele esconda bem, esteve bebendo. O cheiro de cerveja de banana é pungente ao redor dele. Aqueles olhos, aqueles que penso serem atentos sob circunstâncias normais, estão um pouco sem foco.

— Como é? — pergunta ele, franzindo a testa. A fala se arrasta um pouco, mas pelo menos ele consegue ficar de pé sem cambalear.

Ainda ao meu lado no chão, mamãe vira a palma das mãos para cima, o que tem o efeito muito conveniente de fazê-la parecer frágil e indefesa.

— Por favor, gentil senhor — diz ela em uma voz fraca completamente fingida —, nosso Dia do Vínculo não foi muito abençoado. Minha filha e eu estamos com fome, caso tenha comida ou uma moeda.

Não digo nada enquanto esperamos, embora esteja desconfortável no silêncio. Depois de um momento, o franzir de testa confuso do jovem desaparece.

— Ah. — Ele sorri. — Certo, fico feliz em ajudar.

Ele enfia a mão no bolso do dashiki e pega uma bolsinha de moedas, mas não a entrega à mamãe. Em vez disso, se volta para mim, apoiando-se em um joelho para que nossos olhares fiquem no mesmo nível. Coloca a bolsinha nas minhas mãos e inclina a cabeça.

— Para uma linda garota em uma linda noite.

Apesar do frio, um súbito calor queima em minhas bochechas. Não há nada sugestivo ou lascivo no olhar que o jovem dirige a mim, apenas gentileza. Por vários segundos, nem sei o que dizer.

— Vamos — diz ele —, abra.

Devagar, abaixo meu olhar e puxo a cordinha da bolsa. Sinto o olhar de mamãe em mim. Nós duas arfamos quando olho lá dentro e vejo o brilho intenso e dourado de dhabus, a moeda mais valorizada da cidade. Meu coração se revira no peito.

— Senhor! — Até mamãe está sem palavras. Ela pega a bolsinha de mim e testa seu peso. — Isso... isso é generoso.

O jovem se levanta, embora um pouco instável. Um sorrisinho brinca em seu rosto.

— Não é nada. Feliz Dia do Vínculo.

— Qual é o seu nome? — pergunta mamãe. — Não podemos aceitar um presente como este sem saber o nome do homem que o deu.

O jovem inclina a cabeça.

— Sou Asafa. Asafa Okojo.

— Asafa. — Mamãe repete o nome, ainda encarando a bolsinha, descrente. — Nunca conseguiremos retribuir essa bondade.

Asafa indica com um gesto que seria desnecessário.

— Não foi nada — repete ele —, sério.

— Mesmo assim... — De repente, mamãe troca um olhar comigo, um que infelizmente reconheço. — Você deve nos permitir demonstrar nossa gratidão. — É a vez dela de sorrir. — Já leram a sua mão?

De súbito, fico tensa. Mamãe saiu do combinado, e agora não sei o que ela fará. Meu olhar passa de Asafa para ela, e vice-versa. Para o meu desânimo, ele a olha, intrigado.

— Não — responde. — Como funciona?

— Sente-se, sente-se. — Mamãe gesticula para o chão. Asafa pensa por um momento antes de se sentar ao lado dela, tão próximo que seus joelhos quase se tocam. — Sua mão dominante, por favor.

Asafa ergue a mão direita e mamãe a segura. Um ciúme estranho e inexplicável toma conta de mim quando ela segura a mão dele, que é grande e parece um pouco calejada. Mamãe passa o dedo indicador pelas linhas da palma por um momento, e então olha para ele.

— Vê esta linha? — pergunta ela. — É longa, o que significa que você terá filhos homens.

Asafa ergue as sobrancelhas.

— Sério?

Mamãe assente, solene. Na verdade, eu duvido que ela faça ideia de que tipo de crianças Asafa pode ter um dia, mas a atuação dela é convincente. Ela aponta para outra linha.

— E esta significa que você se casará em breve com uma linda mulher.

Não há outra palavra para descrever: Asafa parece um pouco inocente agora.

— Estou cortejando uma moça — admite ele depois de um momento. — Mas ainda não pedi permissão à família dela para nos casarmos.

Mamãe assente sabiamente.

— A hora de agir logo chegará — diz ela. — Mas cuidado: no fim, ela pode partir seu coração.

Asafa se inclina à frente.

— Algo mais? — Há uma avidez na voz dele. — Você vê mais alguma coisa?

O medo se acumula no meu baixo-ventre quando vejo o sorriso da minha mãe mudar. Há um aspecto severo e determinado nele agora, embora eu duvide que Asafa perceba a diferença no escuro. Observo enquanto mamãe traz a mão dele para mais perto de si, traçando pequenos círculos na palma.

— Ah, sim — diz ela baixinho. — Há mais uma coisa. Mas para isso, você terá que *olhar nos meus olhos*.

Apenas um segundo tarde demais percebo o que vai acontecer. Um grito sobe à minha garganta, mas não é rápido o bastante. Observo, horrorizada, enquanto os olhos da minha mãe mudam de castanhos para verdes, as pupilas em fendas. Quando Asafa a encara, os olhos dele reviram para trás. Ele desmorona com um baque pesado e não se move mais.

— Não! — Me levanto de uma vez. — Mamãe, o que você fez?

— Acalme-se. — Mamãe já está guardando a bolsinha de moedas em seu bolso, se levantando. — Ele está apenas inconsciente. — Há uma fome perturbadora em seus olhos agora. — Venha, me ajude a conferir os bolsos dele.

126

Quando não me mexo, ela arfa e se agacha ao lado do corpo frouxo de Asafa. Começa a apalpá-lo, sentindo os tecidos de suas lindas roupas. Estremeço quando ela retira a corrente dourada do pescoço dele, tira um lindo anel de ouro do mindinho. Não consigo evitar pensar se essas coisas são preciosas para Asafa, heranças de família talvez. Quanto mais observo minha mãe, mais enojada fico.

— Não entendo — sussurro. — Ele foi gentil conosco, nos deu dinheiro, e mesmo assim você está roubando dele.

Mamãe permanece agachada ao lado de Asafa. Ela segura um pedacinho do dashiki dele, parecendo quase reflexiva.

— Pela qualidade das roupas, acho que ele ficará bem.

— Mas...

As palavras que quero dizer ficam presas na garganta. Reluto para conciliar os sentimentos correndo soltos no meu coração. Percebo que estou com raiva, triste e... acima de tudo, envergonhada. Devagar, mamãe se levanta e olha diretamente para mim.

— Ele é bonito, mas não seja tola, Binti — censura baixinho. — Ele mudará. É jovem agora, mas crescerá para se tornar mais um que odeia e persegue nosso povo. Existe nós e existem eles, e não há nada no meio. Temos que agarrar nossas vitórias onde e quando pudermos.

Me lembro da primeira vez que ouvi alguém chamar minha mãe pelo outro nome dela, a Cobra. Na época, pareceu muito errado para ela. Eu costumava pensar que minha mãe era uma semideusa, uma mulher com os pés no chão que usava sua mortalidade como uma borboleta-cauda--de-andorinha usa suas asas. Mas vejo outra coisa agora ao olhar para a minha mãe. Há uma parte dela que às vezes parece perigosa, predatória. Me preparo enquanto as palavras que pressionam meus dentes escapam.

— Isso não ajuda a mudar o jeito como as pessoas veem os darajas — retruco, tentando não choramingar. — Eles acham que não somos nada além de criminosos que roubam, enganam e machucam pessoas. Quando você faz isso... — Odeio que haja lágrimas nos meus olhos. — Quando você faz isso, apenas prova que as pessoas estão certas.

— O que você queria que eu fizesse então, Binti? — O olhar de mamãe é severo. — Queria que eu limpasse as casas de homens ricos, que fosse babá dos filhos de quem nos odeia? — Ela cospe no chão, e é um ato estranhamente violento. — Nós viemos da linhagem nobre e poderosa dos darajas. Nossas antepassadas chorariam sangue e arrancariam os cabelos se nos vissem sendo subservientes. Eu não as desonrarei assim.

— Então você as honra como ladra? — Não consigo segurar as palavras conforme deixam meus lábios. — Aposto que elas estão muito orgulhosas.

A expressão de mamãe endurece.

— Não ouse falar comigo assim.

Nos encaramos por vários segundos, com raiva. Sou eu que desvio o olhar primeiro.

— Desculpe, mamãe. — Cubro meus olhos com as mãos, tentando impedir que as lágrimas caiam. — Desculpe.

Quando retiro minhas mãos, a expressão dela suavizou-se também.

— Estou fazendo o melhor que posso, Binti — murmura. — Farei o que for preciso para proteger minha família.

Não é suficiente. Não tenho coragem de dizer as palavras em voz alta, mas isso não as torna menos verdadeiras. *Não importa o quanto você tente, jamais será suficiente.* E sei que é verdade. É isso o que significa ser daraja em Lkossa. A raça de minha mãe foi um dia reverenciada; no entanto, não é mais. Lkossa jamais aceitará pessoas como ela.

O que significa que, por definição, eles jamais me aceitarão.

CAPÍTULO 9

A CHAVE

Koffi caminhava ao lado de Zain pelos corredores da Fortaleza de Espinhos, tentando acompanhar o ritmo dele.

Tudo aconteceu muito rápido. Em um momento, ela e Makena estavam no chão do lado de fora da Floresta de Névoa, encarando Zain com a mesma confusão com a qual ele as encarava. Então, de repente, Zain agarrou Koffi com uma força surpreendente e a puxou para ficar de pé, sem dizer nada enquanto marchava rápido e com pouca gentileza em direção à Fortaleza de Espinhos. Koffi pensou em fugir, em lutar, em até implorar enquanto o rapaz mantinha o olhar fixo à frente, mas cada ideia sumia de sua mente da mesma maneira que chegava.

A verdade a atingiu como um peso morto: ela havia sido capturada.

Estava nítido, da expressão dele até a maneira que ele estava agindo agora, Zain vira *algo*. Talvez tivesse visto tudo, desde a entrada solitária de Koffi na Floresta de Névoa até a saída dela com Makena a tiracolo. Talvez ele tenha pensado ter visto outra coisa. Mesmo assim, para quanto mais longe e mais rápido andavam, mais forte o pânico apertava o peito de Koffi, tornando difícil respirar.

— Zain, pare. — Makena seguia atrás deles, quase sem fôlego, lutando para manter o ritmo. — Para onde você a está levando?

Zain não respondeu. Koffi olhou por sobre o ombro para Makena, grata. Estava feliz por Makena estar ali, feliz por ter alguém lutando por ela, mas a verdade era que sentia medo. Era fácil demais pensar no que acontecera com aquela garotinha no salão principal naquela manhã. Fedu a machucara só para provar um ponto para Koffi; o que ele faria com Makena se pensasse que ela havia ajudado Koffi a fazer algo que o desagradasse?

A cabeça de Zain disparou da esquerda para a direita e, sem aviso, guiou Koffi para outro corredor. Diferentemente de grande parte da Fortaleza de Espinhos, não havia janelas ali e, naquela escuridão, Koffi sentiu uma nova pontada de medo. Ele a levava para Fedu, ela tinha certeza. Talvez eles fossem entrar em um dos aposentos pessoais dele, um local sem plateia. Isso a assustava ainda mais. E se o deus quisesse saber como ela saíra da Floresta de Névoa intacta? Era uma pergunta que Koffi não poderia responder mesmo se quisesse. Talvez ele ficasse com raiva, talvez ele punisse Makena se Koffi não conseguisse responder. Feito aranhas, mais pensamentos subiram pelas paredes da mente dela, cada uma maior e mais assustadora que a anterior. Ela estava com medo do que aconteceria se não conseguisse repetir o que fizera com o esplendor, mas estava com ainda mais medo do que aconteceria se pudesse. Pelo que pareceu a milésima vez, as palavras de Fedu tocaram a mente dela como veneno.

Você é uma faca sem fio. Mas não tema, garantirei que fique afiada.

Koffi tinha que fazer algo, ela decidiu. Do mesmo jeito que não se conformou em deixar Makena desamparada na Floresta de Névoa, ela não se conformaria com fosse lá o que fosse que Zain e Fedu planejaram para seu destino. Ela olhou para o rapaz enquanto caminhavam, tentando invocar o máximo de força que conseguia colocar em sua voz.

— Zain — começou ela, mas parou quase de imediato. Estivera tão perdida em pensamentos, tão distraída pelo medo do que poderia acontecer a seguir, que parara de prestar atenção nos arredores. Percebeu que estavam no fim de um corredor, encarando uma tapeçaria. Como aquela no salão principal, esta tinha um hipopótamo, de uma cor cinza malhada e posicionado entre juncos, de modo que apenas a parte superior de seu corpo era visível. O tecelão o fizera de forma que, não importava a direção para a qual Koffi se movia, a criatura sempre parecia encará-la. Ainda sob o aperto de Zain, ela se inquietou. — Zain, o que você...?

— Fale baixo — interrompeu Zain entre dentes. — Ou seremos pegos.

A mente de Koffi se agitou. Ela não sabia o que a pegara de guarda mais baixa: o fato de Zain ter falado como se não quisesse que Fedu soubesse o que ele estava fazendo ou as palavras que usou para expressar esse desejo.

Seremos pegos. Seremos.

— Não entendo. — Koffi balançou a cabeça. — O que...?

Zain a soltou e deu um passo na direção da tapeçaria. Ele a inspecionou por um momento, fez uma careta e então a puxou um pouco para a esquerda. Koffi se surpreendeu ao ver que atrás dela havia uma portinha de madeira.

— Entra, rápido — incitou ele.

Makena estava ao lado de Koffi, que lançou a ela um olhar questionador, mas a garota parecia tão confusa quanto ela. Zain abriu a porta com um empurrão forte. Ele abaixou a cabeça, dando um passo para dentro, e então olhou para elas.

— Venham, depressa!

Koffi respirou fundo e então o seguiu, com Makena logo atrás. Uma vez lá dentro, Zain fechou a porta atrás delas, deixando-os na completa escuridão.

— Só sigam em frente — instruiu ele. — Vocês logo conseguirão enxergar.

Koffi engoliu em seco. À frente, ouvia os passos de Zain, suaves e cuidadosos na pedra. A antecipação ribombou no peito dela enquanto tentava imitar o movimento, tentava entender o que estava acontecendo. Aonde estavam sendo levadas?

De repente, Koffi ouviu um clique, o som de uma porta sendo destrancada. Protegeu os olhos quando um quadrado de luz apareceu, mas, depois de um momento, eles se acostumaram. Zain estava passando por outra porta. O sangue latejava nos ouvidos de Koffi enquanto o seguia. Ela se endireitou e ficou bem parada.

Estava em algum tipo de cova, não conseguia pensar em outra palavra para descrever. Era uma sala circular e apertada, em geral preenchida com poltronas velhas e divãs desgastados. A princípio, pensou que não havia janelas, mas quando ergueu o olhar, viu que janelas bem estreitas estavam posicionadas vários metros no alto da parede. O teto era abobadado. Ela franziu a testa. Estavam em uma das torres da Fortaleza de Espinhos? Então abaixou o olhar e paralisou-se. Havia outras duas pessoas na sala.

Koffi reconheceu Njeri de primeira; a garota estivera recostada em uma das cadeiras, mas agora se endireitara, seu olhar alerta. Koffi não reconheceu o garoto deitado no divã ao lado dela. Ele era inconvenientemente bonito, tinha uma pele marrom que parecia macia demais e uma boca cheia curvada como um arco. Cabelos ondulados emolduravam seu rosto, e parecia impossível determinar se seus olhos eram verdes ou castanhos.

— Zain. — Njeri olhava de Koffi para Makena. — Que isso? Por que você as trouxe aqui?

— Precisamos conversar — respondeu Zain. Fechou a porta pela qual elas haviam acabado de passar, e Koffi engoliu em seco quando ouviu a tranca. — Agora.

O garoto no divã se endireitou devagar e, para a surpresa de Koffi, deu a ela um sorriso. O coração dela disparou no peito.

— Bem, não pensei que fôssemos nos encontrar assim. — Ele assentiu para Koffi. — Oi, eu sou Amun.

— Koffi.

Amun deu a Makena um assentir familiar, que ela retribuiu apesar de ainda estar tensa. Koffi olhou de volta para Njeri.

— Zain. — A voz da garota estava mais tensa. — O que está acontecendo?

Zain não respondeu de imediato, mas começou a andar em um pequeno círculo. Koffi percebeu que o padrão dos passos dele era igual ao daquela manhã, quando ela o vira pela primeira vez no aposento. Cinco passos em uma direção e então uma virada brusca, seguida por mais outros cinco passos na outra direção. Um minuto se passou antes que ele parasse e olhasse diretamente para Koffi.

— Como você fez aquilo? — questionou ele. Parecia chocado, como se tivesse acabado de despertar de um sonho que não compreendia. — Como você saiu da Floresta de Névoa?

No mesmo instante, Amun e Njeri viraram a cabeça na direção de Koffi, parecendo igualmente chocados. O rosto de Koffi corou enquanto eles a olhavam, boquiabertos.

— Fez o quê?

— Como?

— Foi por minha causa! — Makena ergueu as mãos enquanto ficava na frente de Koffi, protegendo-a. Koffi ficou grata por ela falar primeiro. — Vi Koffi perto da Floresta de Névoa um pouco mais cedo hoje — explicou ela. — Tentei puxá-la para longe, mas a névoa me pegou.

— O quê? — A expressão de Njeri era de horror. — Makena, como você pôde? Sabe que a Floresta de Névoa…

— Koffi acabou de chegar e estava encrencada. — Makena se empertigou, visivelmente tentando manter a cabeça erguida. — Eu queria ajudá-la, e não me arrependo de tentar.

Apesar de tudo, Koffi sentiu uma calidez intensa, uma gratidão por Makena.

— O que aconteceu depois? — Amun não parecia tão alarmado quanto Njeri, mas o olhar dele ainda era preocupado enquanto as olhava. — O que aconteceu depois que a névoa te puxou para dentro?

Makena abraçou o próprio corpo, como se sentisse um frio súbito. Fechou os olhos e inspirou fundo antes de falar outra vez.

— Não lembro muita coisa — disse baixinho. — Estava muito frio, muito escuro; a névoa estava por toda parte. Eu não conseguia distinguir o chão do céu enquanto era puxada, mas por fim acabei caída de costas perto de algumas árvores. Então, eles vieram.

— Quem? — perguntou Zain. Estivera parado como uma estátua enquanto Makena contava a história, mas naquele momento parecia incapaz de se conter. — Quem veio?

— As... pessoas estranhas — respondeu Makena. — Pelo menos era o que pareciam. Eram cinzentas, e não falavam nem tinham olhos, mas... mas me encararam.

— Como a encararam se não tinham olhos? — perguntou Njeri, franzindo a testa.

— Sei o que ela quer dizer — comentou Koffi. — Eu as vi também. Elas não tinham olhos, mas pareciam conseguir enxergar. Elas pareciam mortas, como... como...

— Os Desprendidos — finalizou Zain baixinho. Pareceu perdido nos próprios pensamentos por um instante, e então assentiu para Makena. — Desculpe, pode continuar.

— As pessoas cinzentas não me deixavam em paz — disse Makena. — Ficavam tocando todo o meu corpo, minha pele e meu cabelo e tentando cutucar meus olhos. — Ela estremeceu. — Então eu os fechei e tentei me cobrir. Foi quando os pesadelos começaram.

— Pesadelos? — Amun ergueu as sobrancelhas.

— Comecei a ver todas as minhas piores memórias — explicou Makena. — Era como se todos os meus piores medos se repetissem na minha mente infinitamente. Me senti presa na minha própria mente e tive certeza que iria perder a cabeça. Mas então... então Koffi chegou.

Outra vez, Koffi percebeu que Zain, Amun e Njeri a encararam. Desta vez ela estava preparada para o questionamento em seus olhares.

— Segui Makena para dentro da Floresta de Névoa — explicou ela. — Quando a encontrei, aquelas coisas cinzentas a estavam atacando, então as espantei.

— Como? — perguntou Zain.

— Com o esplendor — respondeu Koffi. — Eu o invoquei e pedi que me mostrasse onde Makena estava. Ele iluminou tudo, como uma luz, então consegui vê-la. Depois, usei a mesma luz para afastar as pessoas cinzentas.

— As luzes eram muito bonitas — comentou Makena. — Como pequenos vaga-lumes.

— Depois que alcancei Makena, pedi ao esplendor para nos mostrar a saída. — Koffi se sentiu ridícula dizendo aquilo em voz alta, mas se forçou a continuar. — Foi quando vimos você.

Zain olhou para Amun e Njeri.

— Agora vocês entendem?

— Não acredito — disse Njeri baixinho. A expressão dela estava presa entre descrença e outra emoção que Koffi não conseguia nomear. — Não consigo acreditar.

— Mas faz sentido. — Amun ainda a observava. — Você não pertence a uma ordem, pertence?

— Não que eu saiba. — Koffi corou outra vez. — Mas...

— Vocês não estão vendo? — perguntou Zain. Seus olhos brilhavam. — Depois de todo esse tempo, toda essa busca, é ela. Ela é a chave, ela poderia...

— Espere! — Koffi ergueu a mão. Ela não tinha planejado dizer as palavras em voz alta, mas atraiu a atenção de todos, então aproveitou. — Um de vocês precisa me explicar. Do que estão falando? Sou a "chave" de quê?

Por um longo momento, Zain apenas a encarou.

— Você é a chave para nos ajudar a sair da Fortaleza de Espinhos, de uma vez por todas.

Koffi piscou. Fosse lá o que fosse que estivera esperando que Zain dissesse, não era aquilo.

— O quê?

— A não ser que você prefira ficar aqui — disse Amun. Alegria brilhava em seu olhar.

— Não. — Koffi balançou a cabeça com um pouco mais de ênfase que o necessário. — Não quero ficar aqui, mas... — Ela olhou para Makena. — Pensei que estávamos todos presos aqui. Pensei que não havia como sair.

Zain e Makena trocaram olhares antes que o rapaz falasse.

— Talvez você queira se sentar agora — disse, com gentileza. — Vai ser complexo.

Koffi não precisava ouvir de novo. Grande parte de seus músculos ainda doíam por conta da passagem pela Floresta de Névoa. Ela pegou uma cadeira que parecia mais confortável e afundou nela, mal contendo um suspiro, e então olhou para Zain outra vez.

— Está bem, estou pronta.

— Você está certa — disse ele. — Não há um jeito natural de sair da Fortaleza de Espinhos, porque ela está cercada pela Floresta de Névoa.

— O que sempre foi a intenção de Fedu — adicionou Njeri. — A Floresta de Névoa serve a dois propósitos: aprisiona a nós, darajas, dentro da Fortaleza de Espinhos e é também onde ele mantém os Desprendidos.

— Os Desprendidos? — repetiu Koffi.

— As almas das pessoas que não fazem a travessia para a terra dos deuses — explicou Zain. — Elas são chamadas de várias maneiras.

Koffi ficou tensa. Quando criança, a mãe havia lhe ensinado todas as tradições Gede. Poucas eram tão importantes quanto as tradições dos enterros. Na cultura Gede, os mortos tinham que ser enterrados com uma moeda em cada mão para pagar pela entrada na terra dos deuses. Ela sempre ouvira que almas que não pagavam estavam condenadas a vagar pela terra como fantasmas errantes, mas se aquilo era verdade... se aquilo era mesmo o que acontecia com os mortos que não podiam pagar...

— Aquelas coisas mal são humanas — sussurrou ela.

Zain assentiu.

— É muito perigoso para qualquer mortal, qualquer pessoa viva, entrar na Floresta de Névoa por causa disso. O que os Desprendidos querem acima de tudo é vida, e eles farão o que puderem para tentar pegá-la daqueles que acreditam que a têm.

Koffi pensou no que Makena acabara de dizer sobre os Desprendidos: *ficavam tocando todo o meu corpo, minha pele e meu cabelo e tentando cutucar meus olhos.* Ela se sentiu enojada.

— Agora você entende o problema que enfrentamos — disse Zain. — Há vários darajas aqui que querem sair da Fortaleza de Espinhos, muitos tentaram, mas todos voltaram ou pereceram.

— É impossível passar pela Floresta de Névoa sem encontrar os Desprendidos — observou Njeri. — Há milhares deles lá, talvez mais, e eles são extremamente sensíveis à presença de mortais.

— Isso sem falar da névoa em si — adicionou Amun. — Que torna quase impossível passar em segurança.

— Alguns darajas tentaram fugir — contou Zain. — Alguns até tentaram mapear possíveis rotas de fuga. Toda tentativa terminou do mesmo jeito. — Ele parecia sombrio.

— E é aí que você entra — acrescentou Amun.

Koffi ergueu as sobrancelhas.

— Eu?

— Se o que você e Makena nos contaram é verdade...

— *É* verdade.

— Então isso significa que sua afinidade com o esplendor é diferente da de qualquer outro daraja na Fortaleza de Espinhos — disse ele. — Significa que você pertence à sexta ordem daraja.

— A *sexta* ordem? — Koffi franziu a testa. — Achei que eram apenas cinco.

— Existe uma sexta — afirmou Amun —, mas é rara, tão rara que acadêmicos darajas que primeiro classificaram as nobres ordens não quiseram incluí-la. É chamada de Ordem de Vivuli, a Ordem das Sombras.

— A... A Ordem das Sombras? — Koffi tentou esconder sua careta. Das seis ordens das quais soubera até agora, essa era, para ela, a que soava mais boba.

— Darajas que pertencem à Ordem das Sombras podem usar o esplendor para fazer coisas inimagináveis — prosseguiu Zain. — Nunca conheci um, mas li muito a respeito deles nos livros. Houve darajas que podiam usar o esplendor para ter vislumbres do futuro, ou falar com as estrelas sobre coisas que já aconteceram. Alguns podem até deixar seus

137

corpos e ocupar a mente de criaturas a centenas de quilômetros de distância. No seu caso — disse ele, inclinando a cabeça —, acho que sua afinidade permite que você use o esplendor como algum tipo de bússola. Ele a obedece, ilumina o caminho para que você encontre o que mais quer.

Uma memória de repente retornou a Koffi, um momento em Lkossa. Ela estivera nos estábulos do templo tentando encontrar Adiah por um período curto, e estivera preocupada de não conseguir. Ela invocara o esplendor, pedira ajuda, e ele a ajudara. Na verdade, o esplendor havia formado uma corrente de luz que a conduzira direto a Adiah. Tudo o que Koffi teve que fazer foi pedir. Ela franziu a testa.

— Pensei... pensei que fosse normal — confessou ela. — Pensei que vários darajas conseguiam fazer isso.

Zain balançou a cabeça.

— Eu garanto, *ninguém* pode fazer o que você fez com o esplendor, Koffi. E o fato de você conseguir comandá-lo, de ele fazer o que você manda, confirma o que Fedu já sabe. Você é mais poderosa que qualquer daraja aqui.

Koffi sentiu o peso daquelas palavras. Estava feliz de estar sentada, porque não tinha certeza de que poderia continuar de pé. *Você é mais poderosa que qualquer daraja aqui.* Ela inspirou fundo enquanto tentava entender, enquanto tentava acreditar naquilo.

— Você está dizendo — disse ela devagar — que isso significa... que há uma maneira de eu sair da Fortaleza de Espinhos, uma maneira de ir para casa?

— Sim — respondeu Zain —, mas não imediatamente. Você precisará treinar, desenvolver a força para garantir que, quando estiver pronta para partir, entenda como sua afinidade funciona. Você e Makena estiveram lá por pouco tempo, e você já ficou exausta. Vai precisar de bem mais resistência...

As palavras dele ficaram distantes enquanto a mente de Koffi disparava. *Casa.* Havia um jeito de ir para casa.

O coração dela disparou outra vez, porém, não mais de medo, mas de alegria. Alegria. Koffi pensara que jamais sentiria isso de novo. Ao pensar nas possibilidades que povoaram sua mente, seus olhos se encheram de lágrimas. Ela podia sair dali, voltar para Lkossa. Podia voltar para a mãe, Jabir e Ekon.

Casa. Havia uma chance. Ela podia voltar para casa.

— Espere. — Era doloroso dizer as palavras, mas Koffi sabia que era preciso. — Há outra coisa, algo que vocês precisam saber a meu respeito.

Os darajas a encararam, imediatamente tensos de novo, mas ela não deu a eles a chance de falar antes que recontasse toda a história de Adiah, do que acontecera com ela, e do que Koffi fizera com o esplendor do corpo da garota. Quando terminou, ela esperou perguntas, mas por vários segundos, os quatro apenas a encararam.

— Está dizendo — disse Njeri devagar — que você está apenas segurando todo aquele esplendor *no seu corpo*?

Koffi passou o peso do corpo de um pé a outro, desconfortável.

— Sim.

— Não machuca? — perguntou Amun. Até ele parecia perturbado.

— Não. — Koffi balançou a cabeça outra vez. — Agora, pelo menos, consigo controlá-lo, de certa forma. Quando o uso, preciso tomar cuidado para segurar a maior parte dele. Mas isso é muito, *muito* exaustivo. Não quero descobrir o que vai acontecer se eu perder esse autocontrole. É o que Fedu quer que eu faça, que eu libere esse esplendor e use-o para subverter o mundo como o conhecemos.

Foi Makena quem falou, depois de uma pausa.

— Você está presa com ele assim para sempre?

Koffi balançou a cabeça.

— Antes que eu pegasse o poder de Adiah, meu amigo Ekon e eu planejávamos levá-la para a Planície Kusonga, para algum lugar longe de todos, para depositar o poder em segurança durante o Vínculo. Agora que tenho o poder dela, suponho que eu poderia fazer isso, se conseguir sair daqui a tempo.

— O próximo Vínculo é em menos de dois meses — disse Amun. — Não tem muito tempo.

Koffi engoliu em seco.

139

— É por isso que eu quero sair daqui — disse ela. — E é por isso que ajudarei todos vocês a saírem também.

Amun, Makena e Njeri ergueram o olhar, uma esperança visível — um desejo — em cada um de seus olhares. Koffi inspirou fundo antes de falar outra vez.

— Vocês são todos darajas treinados — disse ela. — Sabem mais a respeito de ser um do que eu. De jeito nenhum conseguirei aprender como usar essa afinidade sem a ajuda de vocês, então... — As palavras pareceram familiares. — Faremos uma barganha, um acordo. Vocês me treinam, me ensinam como fazer isso da maneira certa e, quando a hora chegar, eu liberto todos nós. Prometo.

Por vários segundos, ninguém disse nada; todo daraja na sala parecia pensar. No fim, foi Njeri quem enfim interrompeu o silêncio.

— Isso é... isso é uma oferta incrivelmente generosa, Koffi. — Ela soava verdadeira. — Mas antes que a faça, quero que você entenda uma coisa. — Os olhos dela estavam cheios de cautela. — Se concordar em fazer isso, em nos ajudar a sair daqui, precisa entender os riscos envolvidos. Será fácil esconder o treinamento de Fedu, afinal é o que ele já quer que você faça, mas quando a hora de ir embora de fato chegar... — ela deixou as palavras morrerem — será perigoso. Você viu o que ele fez com Jiri esta manhã no salão principal, só para provar algo a você. Isso não é nada comparado ao que ele fará se descobrir que você está tentando sair deste lugar, sair do alcance *dele*. Você é a joia mais preciosa da coleção dele, a peça central do justo trabalho dele. Ele a mataria antes de deixá-la partir.

Koffi se preparou enquanto as palavras surgiam em sua garganta.

— Eu preferiria viver um dia em liberdade a um século em reclusão.

Algo brilhou no olhar de Njeri. Koffi viu tristeza no olhar da garota, e então compreensão. Devagar, Njeri sorriu um pouco.

— Temos um acordo.

— Ótimo. — Koffi se levantou enquanto retribuía ao sorriso da garota, o sorriso mais genuíno que sentira em um longo tempo. — Então, quando começamos?

140

CAPÍTULO 10

UMA BREVE AULA DE BOTÂNICA

Ekon não conseguiu adormecer naquela noite.

Ele ouviu a chuva tamborilar no telhado do esconderijo do Empreendimento, imaginando que conseguia contar as gotas conforme caíam. Era, é óbvio, um esforço inútil, um que o deixava mais frustrado que qualquer outra coisa, mas também era um mecanismo de defesa, o único que tinha. Contar as gotas de chuva evitava que ele pensasse no que estava prestes a fazer, no que estava *fazendo*.

Um-dois-três. Um-dois-três. Um-dois-três.

Ano dissera que eles deixariam Lkossa no dia seguinte, mas Ekon ainda não fazia ideia de como o Empreendimento conseguiria isso. Era provável que ele e Themba já fossem os fugitivos mais procurados da cidade. Quando pensava nisso, Ekon era tomado por uma nova onda de ansiedade.

Um-dois-três. Um-dois-três. Um-dois-três.

Ele ficou surpreso ao ver, quando acordou de manhã, que grande parte dos membros do Empreendimento já havia feito as malas. À luz da manhã, uma vez que não estavam mais preocupados em esconder suas identidades sob capuzes, Ekon os viu melhor. A mulher de coquinhos, que Ekon descobrira se chamar Abeke, estava sentada diante dos mesmos papéis organizados, girando uma pena entre os dedos enquanto lia algo baixinho. Thabo estava sentado em um canto da sala contando e recontando saquinhos de ervas e temperos, como se precisasse se ocupar com algo. Ekon ergueu o olhar quando Themba também se levantou de sua esteira de palha, esfregando os olhos.

— Como você está? — perguntou ele.

Ela deu um sorrisinho.

— Já estive melhor. — Mais baixo, adicionou: — Quando Sigidi disse que precisávamos ir para o sul, não foi isso o que imaginei.

— Foi um bom acordo — disse Ekon. — Provavelmente o melhor que conseguiríamos.

Depois do voto na noite anterior, Ano havia adicionado condições ao acordo deles com o Empreendimento. Ekon e Themba teriam permissão de ir ao sul com eles, mas a condição seria que conquistassem seu lugar como todos na caravana. Ekon ainda não sabia em que tipo de trabalho Ano estava pensando.

Como se invocada pelo mero pensamento, a porta do esconderijo do Empreendimento de repente abriu e Ano entrou. Ela se livrou de sua capa de viagem encharcada e tirou um papel de uma das bolsas, erguendo-o para que o grupo visse.

— Estou com os documentos, estamos prontos para ir.

Uma breve salva de palmas ecoou na sala, embora Ekon não entendesse o motivo. Ano apontou para Thabo.

— Traga as mulas do estábulo — ordenou. — E prepare-se para mover os produtos para as nossas caravanas. Já conferi e tudo parece estar em ordem. Partiremos em uma hora.

— Uma hora? — Ekon não conseguiu impedir o pânico repentino que o atravessou. Com a fala dele, Ano voltou-se para ele, franzindo a testa, e questionou:

— Algum problema?

Ela não ergueu o tom de voz, mas havia um desafio na pergunta, uma inflexão na entonação que lembrou Ekon de que ela era a autoridade ali, não ele. Ekon tamborilou na coxa, tentando se acalmar.

— É só que… — Ele hesitou. — A essa hora da manhã. — Ele morava em Lkossa há tempo suficiente para saber os melhores e os piores momentos para tentar sair da cidade. — Não ficaremos presos no tráfego de saída?

Vários membros do Empreendimento riram, incluindo Thabo, que riu mais alto que todos.

— Ainda bem que você não escolheu viver uma vida de crimes, garoto — zombou ele. — *Você* não tem o instinto para a coisa.

Os olhos de Ano estavam mais frios enquanto observaram Ekon.

— Partiremos em uma hora porque o tráfego da manhã é exatamente o melhor para tentarmos ir — justificou ela. — Mais tráfego significa que os Filhos dos Seis estarão mais ocupados, e com sorte não nos analisarão com tanto cuidado quanto teriam se fôssemos uma de poucas caravanas partindo.

— Ah — soltou Ekon. De repente, sentiu-se muito estúpido. *Aquela* era uma estratégia melhor. — Desculpe.

— Se já terminou de tentar me ensinar como conduzir meus negócios — disse Ano —, Safiyah precisa falar com você.

— Safiyah? — Ekon não conseguia explicar a energia que correu seu corpo à menção do nome da garota. — Ela… ela quer falar comigo?

Ano parecia entediada.

— Acho que tenha a ver com o plano dela de contrabandear você e Themba para fora da cidade — disse ela. — Eu a deixei no comando da coordenação.

Ekon assentiu.

— Vou vê-la. Onde ela está?

— Na sala dos fundos, acho.

Ekon se levantou, assentindo para Themba, que pediu que ele a encontrasse quando estivesse pronto. Ano deu as costas sem dizer mais nada. Ekon franziu a testa. Era óbvio que ela não queria que eles se juntassem ao Empreendimento na viagem até o sul, mas não conseguia deixar de perceber que a situação já estava um pouco além do desagrado para ela.

143

Ele balançou a cabeça enquanto entrava na sala dos fundos. De acordo com Thabo, que lhe oferecera uma breve excursão na noite anterior, a sala dos fundos era o espaço para os produtos extras do Empreendimento. Assim que entrou, o cheiro de ervas misturadas invadiu os pulmões de Ekon, que tossiu. Como grande parte do esconderijo do Empreendimento, a sala era pequena e pouco iluminada.

— Há, Safiyah?

— Estou aqui.

Ekon olhou para baixo, surpreso em ver que Safiyah estava, de fato, sentada no chão de pernas cruzadas. Ela havia colocado um pano dobrado diante de si, e fez um gesto de dispensa quando Ekon a encarou.

— Partiremos em uma hora — disse ele. — Ano disse que você tinha um plano para nos levar?

A expressão de Safiyah era difícil de ler.

— Tenho, sim — respondeu ela, assentindo. — Mas... não será confortável.

Ekon ficou tenso.

— Como assim?

Safiyah olhou para o pano. Com muito cuidado, usando apenas as pontas dos dedos, ela agarrou as extremidades para desdobrá-lo. Ekon viu que, dentro das dobras do pano, havia um punhado de pétalas de flores. Estavam secas e um tanto amarronzadas, mas pareciam ter sido de um tom delicado de roxo ou azul. Safiyah olhou para Ekon.

— Já ouviu falar de plumbago?

— Não — respondeu Ekon, sincero. — Mas estou supondo que seja isto aí...

Safiyah assentiu.

— Eu estava olhando nosso inventário extra esta manhã quando as encontrei. E eu tive uma ideia. Você vai receber uma breve aula de botânica.

— Eu gosto de aprender.

— Como você pode ver, plumbagos são muito bonitos, mesmo secos — destacou Safiyah. — Eles também cheiram bem, o que pode torná-los

144

um item de decoração atraente para mulheres nobres sulistas. — Ela ergueu um dedo. — Infelizmente, plumbagos têm outra característica: são muito venenosos, só de tocar um você terá uma alergia na pele que costuma se espalhar pelo corpo todo.

Rapidamente, Ekon recolheu a mão que estivera pairando a centímetros de uma das pétalas da flor.

— Ah, é melhor você tocá-la de uma vez — incentivou Safiyah, sorrindo. — Vai ficar todo coberto delas.

— O quê? — Ekon a encarou. — Você acabou de dizer que dá alergia!

— E manchas — adicionou ela, ainda sorrindo. — Que é exatamente o que estamos querendo. — Quando Ekon continuou boquiaberto e horrorizado, ela prosseguiu. — Você e Themba estarão com um caso severo de catapora do leopardo.

— Catapora do leopardo?

— É uma doença comum nas partes mais rurais da Região Zamani — explicou Safiyah. — Tem esse nome graças às manchas que deixa na pele do infectado, parecidas com as de um leopardo. É conhecida por ser altamente contagiosa.

Ekon comprimiu os lábios em uma linha fina.

— Desculpe, não sei se entendi.

— Depois que passarmos o plumbago em vocês, você e Themba ficarão em uma das carroças de nossa caravana — contou Safiyah. — Nós enrolaremos vocês em bandagens, e quando os Filhos dos Seis vierem investigar, diremos que estão doentes.

Ekon ergueu a sobrancelha.

— E você acha que será suficiente para impedir que eles inspecionem?

O sorriso de Safiyah aumentou.

— Eu não acho. Eu sei.

— Como?

Um brilho maldoso reluziu nos olhos da garota.

— Porque faremos questão de mencionar que, além das manchas, a catapora do leopardo faz coisas bem ruins acontecerem a certas partes do corpo. — Safiyah lançou a ele um olhar significativo. — Partes do corpo que deixariam um homem bem nervoso.

— Ah. *Ah.* — A expressão de Ekon ficou sombria. — Espera, isso é verdade?

— Com sorte, você jamais terá que descobrir — disse ela, animada demais para o gosto de Ekon. — E estou apostando que os Filhos dos Seis também não vão querer pagar para ver.

Ekon se recostou. Estava ao mesmo tempo irritado e impressionado. Verdade, era um bom plano.

— Os Filhos dos Seis valorizam a masculinidade — ponderou ele. — Eles não fariam nada para, há... colocá-la em risco.

— Exatamente.

— Tá. — Ekon suspirou. — Como fazemos isso?

Pouco tempo depois, Themba se juntou a Ekon e Safiyah na sala dos fundos, e a garota explicou a ela o plano. A idosa riu quando Safiyah mencionou os efeitos da catapora do leopardo, mas pareceu gostar da ideia. Quando Thabo apareceu na sala para dizer que as mulas e as carroças da caravana estavam prontas, Ekon ficou tenso.

— Beleza, é melhor passarmos o plumbago em vocês — disse Safiyah. Ela havia pegado as pétalas secas que mostrara a Ekon antes e as macerara no almofariz até que se tornassem uma pasta acinzentada. — Prometo que não será tão ruim assim. Um pouco desconfortável, mas assim que sairmos de Lkossa e passarmos o unguento em vocês, a coceira vai parar.

— Eu primeiro.

Themba arregaçou as mangas da túnica e se sentou diante de Safiyah. Ekon observou a garota mergulhar um pequeno pincel no almofariz e então pintar com cuidado cada um dos pontinhos nos braços, pernas e rosto de Themba.

— Qual é a sensação? — perguntou ele enquanto Safiyah trabalhava.

— Ah, com certeza é desagradável — respondeu Themba, franzindo a testa. — Mas não é insuportável.

Safiyah entregou um pedaço de pano a Themba, e então se voltou para Ekon.

— Sua vez.

Themba saiu para terminar de se aprontar, enquanto Ekon se sentava no lugar que ela deixara vago. Ele tentou ficar parado quando Safiyah começou a aplicar a pasta em seu rosto, mas assim que tocou sua pele, ele quis se contorcer. A descrição de Themba da pasta ser desagradável era um eufemismo; parecia que formigas perambulavam em sua pele.

— Desculpe — disse Safiyah, parecendo não se importar tanto.

— Está tudo bem. — Ekon tamborilou no joelho, tentando focar nos números em vez de no crescente desconforto se espalhando por seu corpo. *Um-dois-três. Um-dois-três. Um-dois-três.*

— Preciso que você fique de pé para que eu passe nas suas pernas — comunicou Safiyah quando terminou de passar no rosto dele.

Ekon se levantou. Os dedos continuaram a tamborilar na coxa enquanto a coceira se intensificava. Safiyah estava adicionado pontos no joelho dele quando ergueu o olhar.

— Você sempre mexe os dedos assim?

Ekon corou.

— Há. Sim. Desculpe.

Safiyah franziu a testa.

— Por que está se desculpando?

— É que... — Ekon precisou de toda a força de vontade para não se remexer, e esse desconforto em nada tinha a ver com o plumbago. — É só que, sei que é estranho.

Safiyah parou o trabalho por um momento para olhar para Ekon. A expressão dela era sagaz.

— Todas as manhãs quando acordo, a primeira coisa que faço é trançar meu cabelo duas vezes. Duas vezes. Não importa se sai perfeito da primeira vez. Eu sempre tenho que refazer. Quando não refaço, me sinto... — Ela não terminou. — A estranheza é relativa, Okojo.

Ekon não tinha uma boa resposta para isso e, quando conseguiu abrir a boca, Safiyah estava pé. Ela entregou a ele um pano como aquele que entregara a Themba.

— Espere alguns minutos e então remova a pasta — disse ela. — Ela vai sair, mas a alergia ficará.

Ekon assentiu. Ainda sentia que devia dizer algo relativo ao que ela contara das tranças, mas não conseguia encontrar as palavras.

— Há, eu...

— Vejo você lá fora.

Sem mais uma palavra, ela partiu.

Ekon nunca sentira tanta coceira na vida.

Quando a caravana do Empreendimento estava pronta, ele estava pronto para arrancar a pele, literalmente. Safiyah tinha razão com relação ao plano, a pasta de plumbago saíra sem problemas, mas a alergia deixada nos pontos onde ela a aplicara era insuportável. Com as ataduras que eles usaram para fazê-lo parecer estar em tratamento, Ekon queria gritar.

— Vamos. — Ano gesticulou para ele, Themba e Abeke. — Vocês ficarão na última carroça da caravana.

Ekon se encolhia a cada passo enquanto seguia Ano para fora. Eles foram para o mesmo beco onde Thabo os encontrara na noite passada, e então viraram em uma rua secundária ligeiramente maior. Três carroças cobertas estavam ali, interligadas e conduzidas por um grupo de quatro grandes mulas.

— Os temperos estão na primeira carroça — explicou ela. — A segunda é para as ervas e a terceira é onde costumamos manter comida, água e itens pessoais. É nessa que vocês ficarão.

Ekon seguiu enquanto Abeke e Themba subiam na terceira carroça, conforme instruídas. Alguns minutos passaram em relativa calma antes que ele ouvisse Ano dar a ordem para começarem a se mexer. Ekon sentiu um frio na barriga quando a caravana deu um tranco para a frente. Tamborilou.

Um-dois-três. Um-dois-três. Um-dois-três.

— Calma, garoto. — Abeke estava sentada diante dele, parecendo se divertir. — Vai ficar tudo bem.

— Como o Empreendimento sai de Lkossa toda vez sem pagar o imposto? — perguntou Ekon, tentando se distrair da coceira. — Três carroças interligadas não passam despercebidas.

— Ano cuida disso — explicou Abeke. — Ela tem contato com um falsificador que produz os documentos de impostos de exportação para as nossas viagens em troca de parte do lucro. Os documentos de hoje dirão que somos um grupo de nove viajantes em vez de sete, que é o normal. Se tudo correr bem, ela mostrará esses documentos às sentinelas no portão sul e seguiremos em frente.

— Parece fácil — comentou Ekon.

Para si mesmo, adicionou: *quase fácil demais.*

A jornada através de Lkossa até os portões principais foi mais confortável do que Ekon pensara, mas não muito. As tempestades haviam parado e enlameado as estradas, o que significava que ele sentira cada buraco enquanto passavam. Espiou por uma fresta na lona quando enfim pararam.

Estava óbvio que haviam alcançado os portões de Lkossa; as estradas estavam lotadas de gente. Ekon já sentia a desagradável mistura de cheiros: legumes velhos, esterco e suor daqueles que estavam de pé ali por um tempo, à espera. Pelo menos deu a ele algo para contar. Começou com as carroças, e momentos depois havia contado até a de número trinta e três, pelo menos as que podia ver. Estava contando as mulas quando percebeu que alguém avançava pela multidão, um homem magro e careca. Diferentemente dos outros, ele se afastava dos portões em vez de ir na direção deles. Ekon percebeu por que o homem lhe chamara a atenção;

era um membro do Empreendimento, indo na direção deles. Teve tempo apenas de se virar antes que Boseda entrasse na carroça.

— Más notícias — anunciou Boseda. — Houve um acidente, duas carroças de fazendeiros bateram bem no portão. Deixou o tráfego uma confusão. Os Filhos estão redirecionando todos para o portão secundário, a um quilômetro daqui.

Ekon se endireitou.

— O que isso significa?

— Com sorte, nada — respondeu Boseda. — Continuaremos com o plano original, mas em uma localização diferente. Por enquanto, viraremos as carroças e iremos naquela direção. Fiquem aqui.

Ele desapareceu sem dizer mais nada e, alguns minutos depois, a carroça começou a se mover de novo. Abeke suspirou e se recostou, mas Ekon trocou um olhar com Themba.

Vai funcionar, pensou ele. *É um bom plano. Vai funcionar. Precisa funcionar.*

Espiou outra vez pela lona da carroça e viu que se aproximavam da segunda entrada da cidade. Mesmo dali Ekon conseguia ver os uniformes de cor azul intensa dos Filhos dos Seis; parecia haver dois parados em cada lado da entrada. A caravana parou outra vez e, ignorando o olhar de cautela que Themba lhe dirigiu, ele se levantou e foi até a frente da carroça, tentando ver o que estava acontecendo. Sentiu a boca ficar seca.

Dois homens se aproximavam da caravana, e Ekon os conhecia bem. Um era rechonchudo e baixo, o outro alto e musculoso; um usava um longo robe azul, o outro a túnica padrão dos Filhos dos Seis. Um medo frio tomou conta do peito de Ekon enquanto ele observava o Kuhani e Kamau, seu irmão mais velho, pararem diante da primeira carroça do Empreendimento. Estava distante demais para ouvi-los acima do burburinho; podia apenas observar enquanto Thabo, não Ano, descia da primeira caravana e entregava os documentos de exportação. Ekon teve que admirar aquela atenção aos detalhes; era bem menos provável que o templo inspecionasse um grupo de viajantes conduzidos por um homem.

Kamau pegou o documento sem muito interesse e deu a ele um olhar superficial antes de assentir. O Kuhani sequer parecia interessado. Ele caminhou com Thabo enquanto este puxava a lona que cobria a primeira carroça, e depois a segunda. Quando ele apontou para a terceira, o rosto de Kamau se contorceu de nojo. Os segundos pareceram se transformar em séculos enquanto Ekon esperava, e então...

Kamau deu um passo para trás e gesticulou para que eles passassem.

O alívio invadiu Ekon e Thabo deu a Kamau e ao Kuhani um aceno de cabeça antes de subir na primeira carroça. Ele incitou as mulas a andarem, e a caravana entrou em movimento.

— Isso foi estranho. — Como Ekon, Abeke havia espiado pela lona. — O Kuhani não costuma vir até os portões da cidade.

Ekon pressionou os lábios em uma linha fina. Ele tinha a sensação de que sabia por que o Kuhani estava ali. *Por mim. Por minha causa.*

Ele sabia que era procurado pelos Filhos dos Seis, mas não havia pensado ser sério o suficiente para o Kuhani ir até os portões da cidade. Kamau os deixou passar sem muito alarde, mas a adrenalina ainda corria nas veias de Ekon. Passaram por um triz.

— Estamos quase nos portões — avisou Abeke. — Graças aos deuses, vocês vão poder tirar a pasta...

— Parem!

Ekon paralisou no mesmo instante em que Themba ficou tensa e Abeke arregalou os olhos. Desta vez, os três abriram frestas na lona para ver o que estava acontecendo. O olhar de Ekon disparava e seu coração martelava.

Parte dele não estava surpresa em ver Shomari de mão erguida na frente da primeira carroça do Empreendimento, e mesmo assim outra parte dele ficou aterrorizada. O cocandidato dele tinha a postura e a confiança de um novo Filho dos Seis, de peito estufado e nariz em pé, enquanto Thabo descia da primeira carroça outra vez. Ekon esforçou-se para ouvir a conversa entre os dois.

— Senhor, algum problema?

— Preciso ver seus documentos. — Havia um brilho severo no olhar de Shomari. — Sua caravana é bem grande, e precisaremos verificar se você tem os documentos certos.

— Está bem.

Mais uma vez, Thabo entregou os papéis de exportação, os mesmos que Ano mostrara naquela manhã. Shomari os examinou com bem mais atenção que Kamau. Ele ergueu o olhar.

— O que há na terceira carroça? Seu documento diz que são "itens diversos".

O sangue de Ekon gelou. *Isso não é nada bom, isso não é nada bom, isso não é nada bom.* Aquilo não era nada bom.

— Alguns membros da nossa comitiva estão ali — mentiu Thabo. — Estão doentes e precisam ficar separados do grupo.

Shomari ergueu a sobrancelha.

— Doentes?

— Catapora do leopardo — respondeu Thabo, baixinho. — Não sei se você já ouviu falar, mas não é nada bonito. Deixa alergias e alguns, há... sintomas menos agradáveis.

Da fresta da lona, Ekon viu Shomari franzir a testa.

— Que pena — disse ele. — Mesmo assim, preciso conferir.

Um pânico intenso fez Ekon estremecer. Eles não tinham para onde ir, não tinham saída exceto pela frente da carroça. Se tentassem naquele momento seriam vistos. Ao lado dele, Themba arfou. As mãos de Abeke desapareceram nas dobras da túnica.

— O que você está fazendo? — sussurrou Ekon.

— Silêncio, garoto.

Ekon voltou a olhar para Shomari, que se aproximava ainda de testa franzida. A alguns passos de distância, ele viu alguém pular da segunda carroça. Safiyah.

— Senhor — disse ela com uma voz artificialmente doce. — Por favor, tenha um pouco de compaixão, essas pessoas estão muito doentes...

Shomari passou por ela. O terror assubiu pela garganta de Ekon. Ainda estava vendo Shomari se aproximar. Três metros, dois...

Alguém agarrou a manga da túnica dele, puxando-o para trás. Themba. Havia ferocidade em seu olhar.

— Deite-se e vire a cabeça para longe da parte da frente da carroça. Agora.

O coração de Ekon martelava no peito enquanto ele obedecia. Sentiu alguém jogar um cobertor sobre suas pernas, ajustar as ataduras de seus braços. Segundos depois, a lona frontal da carroça foi aberta de repente.

Ekon ficou perfeitamente parado, ordenando que seus olhos permanecessem fechados. Não conseguia ver o que estava acontecendo, mas sentiu o olhar de Shomari sobre si. Seu rosto estava bastante coberto pela alergia, mas isso seria suficiente se Shomari o forçasse a virar a cabeça? Ao lado dele, alguém, Themba ou Abeke, deu uma tossida trêmula, um gemido exagerado de dor. Fez-se um silêncio e então:

— Tudo bem.

A lona da carroça foi colocada no lugar; Ekon sentiu a estrutura mergulhar quando alguém pulou dela. Ele se sentou e espiou por uma das frestas. Não conseguia acreditar. Shomari se afastava com as mãos cobrindo o nariz e a boca, indo na direção de Safiyah. O rosto dela não demonstrava emoção.

— Que nojento — disse Shomari.

Safiyah abaixou a cabeça.

— Se você terminou de conferir nossas carroças, vamos partir — disse ela. As palavras em si eram gentis, mas, mesmo de longe, Ekon ouviu a breve impaciência contida nelas. Algo quente se desenrolou em seu peito quando observou como o olhar de Shomari passava pelo corpo da garota. Era malicioso.

— Desculpe, querida — disse ele em uma voz completamente diferente. — Acho que não ouvi o nome de vocês.

Safiyah semicerrou os olhos.

— Ah. — Ele ergueu a mão sem aviso, agarrando o queixo de Safiyah entre o polegar e o indicador. Ele a forçou a olhar para cima, para os olhos dele. — Sabe, você não devia fazer essa cara. Não fica bonita.

A raiva quente queimou em Ekon, mas Safiyah não se mexeu nem falou. Por fim, Shomari a soltou.

— Deem o fora.

Safiyah não precisava de outro comando para dar meia-volta e subir na segunda carroça. Ekon relaxou.

E então várias coisas aconteceram ao mesmo tempo.

A mão de Shomari roçou no traseiro de Safiyah enquanto ela se curvava na beirada da carroça. Ele fez parecer sutil, descuidado, mas ela se virou imediatamente. Shomari ergueu as duas mãos, fingindo inocência.

— Desculpe por...

As palavras foram interrompidas quando Safiyah girou o corpo e deu um tapa tão forte na bochecha dele que o fez cambalear.

Todo mundo nos arredores paralisou.

— Prendam-na! — gritou Shomari, a raiva acesa no olhar enquanto pressionava a bochecha. Em um instante, mais dois Filhos dos Seis emergiam da multidão.

Horrorizado, Ekon os observou agarrem os braços de Safiyah.

— Me soltem! — gritou ela. — Me larguem!

Não adiantou. Ekon sentiu um nó na garganta ao vê-la relutar contra o toque dos guerreiros. Shomari ainda estava com a mão na bochecha, mas, ao vê-la, deu um sorriso malicioso.

— Garota burra — cuspiu ele. — Achou mesmo que podia bater em um Filho dos Seis sem enfrentar as consequências? Você pagará caro por seu erro. — Ele sorriu. — O que você tem a dizer agora?

Ekon observou Safiyah abrir a boca e dizer apenas três palavras.

— Raiz de fogo.

Não houve som em resposta, mas Ekon viu: algo pequeno avançando no ar. A princípio, ele pensou ser um pássaro, mas não... quando semicerrou os olhos, viu que era um saquinho de aniagem, do tamanho do pulso dele. Teve segundos para imaginar por que alguém jogaria algo assim antes que o saquinho atingisse o chão e explodisse em uma nuvem de poeira vermelho-amarronzada.

Um grito soou, e mais um. Ekon sentiu um arrepio na nuca. Tentou se afastar, mas era tarde demais; o ar dentro da carroça estava começando a mudar, a ficar com um cheiro rançoso como molho de pimenta velho. Ao lado dele, Themba e Abeke se curvaram e tossiram sem parar.

— O que aconteceu? — Ekon mal conseguia falar de tanto que arfava.

— Raiz de fogo — respondeu Abeke. — É um... tempero.

Alarme soou na mente de Ekon conforme mais gritos preenchiam o ar do lado de fora da carroça. Abeke e Themba ainda tossiam, mas ele se arrastou apoiado nos cotovelos, tentando permanecer abaixado, até chegar na frente da carroça. Ele forçou a porta de lona a se abrir e perdeu o ar.

A rua se transformara em um pandemônio.

Parecia que vários outros saquinhos de raiz de fogo tinham sido arremessados na multidão; por toda a parte, pessoas gritavam, esfregavam os olhos, estavam de joelhos. Ekon olhava de um lado a outro, tentando sem sucesso encontrar um rosto familiar na confusão. Havia Filhos dos Seis no chão também, tão desorientados quanto as outras pessoas que tiveram contato com a raiz de fogo. Ele olhou na direção da primeira carroça da caravana do Empreendimento e sentiu uma nova onda de pânico. Ninguém mais a conduzia, e por mais que as mulas não parecessem afetadas pelo pó vermelho que ainda se espalhava no ar, elas definitivamente estavam irritadas com todo o caos ao redor. Ekon conseguia prever o que aconteceria se elas ficassem ali por muito mais tempo, sairiam correndo. Ele se voltou para Themba.

— Vou para a primeira carroça.

— O quê? — Os olhos de Themba lacrimejavam quando ela ergueu a cabeça. Ao lado dela, Abeke ainda tossia. — Ekon, não. Nós dois precisamos ficar escondidos, nós...

— As mulas vão sair correndo se ninguém for até lá — explicou ele. — Preciso ir.

Themba abriu a boca como se fosse dizer algo, mas pareceu não conseguir, com o pó ainda em seus pulmões. Ekon lançou mais um olhar para trás antes de sair da carroça.

A situação na rua parecia piorar a cada segundo. Nuvens de tempestade se formavam, trazendo consigo uma brisa que espalhava a poeira vermelho-amarronzada para longe. Ekon olhou outra vez na direção da primeira carroça da caravana. Além dela, viu que todos os guerreiros no portão haviam desaparecido, provavelmente convocados para ajudar a controlar a multidão. Seu coração disparou. Se ele pudesse levar as carroças até o portão, eles teriam o caminho livre.

Ekon correu, tentando ignorar a ardência nos olhos quando outra onda de poeira voou em sua direção. A cada inalação, o pó parecia preencher seus pulmões, tornando respirar mais difícil. As mulas pularam quando ele subiu no banco do condutor. Ekon agarrou as rédeas no mesmo instante e as guiou à frente.

Vamos, implorou quando elas começaram a se mexer. *Mais rápido, mais rápido...*

Ao redor dele, a rua ainda estava em caos; pessoas esbarravam umas nas outras ao correr e tentar tirar a poeira vermelha dos olhos. Ekon conduziu as mulas ao redor delas o mais rápido que conseguiu sem acidentalmente pisotear alguém. Os portões da cidade estavam mais próximos, e a respiração dele acelerou.

Quase lá. Ekon se inclinou à frente, incitando as mulas a continuar. *Quase lá, quase lá...*

— Ekon!

Ekon parou, puxando as rédeas bem a tempo. Uma figura havia entrado na frente da carroça, bloqueando o caminho. Ao ver quem era, o sangue dele gelou.

Ele sabia que as lágrimas nos olhos do irmão deviam ser pelo pó no ar, que tornava difícil enxergar. Ekon encarou Kamau e contou as emoções que viu no rosto dele: confusão, tristeza, raiva. Pior de tudo, viu esperança. Kamau ainda tinha esperança de que tudo fosse um engano. Que Ekon pudesse voltar a ser quem era. A situação era similar demais à última vez que vira o irmão, no Templo de Lkossa. Estivera se esforçando para esquecer aquele momento, mas naquele momento parecia que tinha voltado a ele de novo. Mais uma vez, precisava fugir, e, mais uma vez, o irmão estava em seu caminho.

— Ekon.

Ekon não ouviu o irmão dizer seu nome pela segunda vez, embora tenha visto a boca de Kamau formar a palavra. Por um momento, o tempo pareceu parar, com os dois imóveis. Então a expressão de Kamau mudou. A confusão, o luto e a esperança deixaram seu rosto, substituídas por outra emoção: fúria.

— Ekon!

Desta vez, Ekon ouviu o rugido enquanto Kamau corria em sua direção, já tateando pela adaga hanjari. Percebeu que não conseguia se mexer. Ao redor dele, todo o barulho desapareceu enquanto via Kamau se aproximar. Mediu a distância, observando-a diminuir.

Quatro metros. Dois metros. Um metro.

— ARRGH!

Ekon não entendia o que estava vendo. Kamau parara a alguns passos dele e caiu para trás. Uma mancha vermelha se espalhava na frente de seu cafetã azul. Por um segundo terrível, Ekon pensou que era sangue, mas então... não, o tom de vermelho não estava certo, não estava escurecendo da maneira certa. Na verdade, quanto mais Ekon encarava, mais percebia que o vermelho não estava manchando as roupas dele... era raiz de fogo. Kamau pôs as mãos sobre os olhos enquanto gritava de dor.

— Ekon!

Ekon virou a cabeça para a direita. Safiyah corria em sua direção. Estava com um estilingue dos Filhos dos Seis na mão e outro saquinho de aniagem do pó vermelho na outra. Em um pulo gracioso, ela subiu na segunda carroça.

— Vamos!

E assim Ekon foi trazido de volta ao presente. Apertou as rédeas com mais força enquanto incitava as mulas para a frente, em direção aos portões da cidade. Ele ainda ouvia o burburinho das pessoas, mas acima do barulho a voz de uma pessoa pareceu mais alta que as outras. Kamau. O irmão dele ainda berrava.

— Vamos! — gritou Safiyah. — Vamos!

Eles emergiram do outro lado do portão bem quando um trovão ribombou e estremeceu o chão. As mulas zurraram e, desta vez, Ekon as deixou galopar.

Não olhou para trás enquanto Lkossa desaparecia em uma nuvem de poeira.

CAPÍTULO 11

O CAÇADOR E A LEOA

Quando Koffi acordou na manhã seguinte, sentia-se diferente.

Levou um momento para se lembrar o motivo, para distinguir seus sonhos da realidade do que acontecera no dia anterior. Quando lembrou de tudo, sorriu.

Casa. Estou indo para casa.

Toda vez que pensava naquelas simples palavras, Koffi sentia como se uma parte de si descongelasse, voltasse à vida. Ela tinha, pela primeira vez em um longo tempo, um plano, um caminho a seguir, esperança. Não havia percebido como a esperança podia ser poderosa até quase perdê-la.

Um pouco mais tarde, Makena foi ao quarto dela levando roupas, e depois que Koffi se vestiu, ela a conduziu ao jardim oeste. Elas haviam ficado com Amun, Njeri e Zain por boa parte do dia anterior, decidindo a melhor maneira de conduzir o treinamento daraja de Koffi. Decidiram que o plano mais simples seria fazer exatamente o que Fedu esperava. Koffi continuaria a aprender com os outros darajas da Fortaleza de Espinhos, explorando os melhores usos de sua própria afinidade. Mas teria uma lição secundária acompanhando a primeira.

A forja da Fortaleza de Espinhos ficava no canto mais distante do jardim oeste; Koffi não havia reconhecido de imediato o que era até que ela e Makena se aproximaram do prédio. Era uma estrutura simples: pequena, modesta e esculpida na mesma pedra preta que o resto da Fortaleza. Mesmo a vários metros de distância, Koffi sentiu o calor emanando dela, sentiu o cheiro do carvão e trabalho em metal sulfuroso que preenchia o ar. Makena não bateu na porta. Em vez disso, entrou de uma vez, gesticulando para que Koffi a seguisse.

A sala diante delas era grande e escura. Longas mesas de trabalho feitas de pedra estavam apoiadas em duas das quatro paredes, e ambas as mesas estavam quase todas tomadas de ferramentas, pedaços de madeira e sobras de metal. O local lembrava Koffi da oficina de um idoso, mas ficou surpresa quando uma jovem pequena emergiu da porta nos fundos. Ela tinha braços musculosos, dreads presos da altura do ombro para ficarem distantes do rosto, e bochechas grandes e redondas que a faziam parecer quase sorrir. Ela acenou para Koffi, alegre.

— Esta é a Zola — apresentou Makena. — Zola, essa é a Koffi.

— Oi! — A voz de Zola fez Koffi pensar em uma flauta atenteben ganesa, aguda e musical. — Prazer conhecê-la.

Ela estendeu a mão em cumprimento, e Koffi sentiu os calos em sua palma.

— Igualmente.

— Zola é da Ordem de Ufundi, como eu — explicou Makena. — Mas a afinidade dela é... — Ela deu uma olhada na oficina desorganizada. — Diferente da minha.

Zola riu. Era um som profundo e cálido que Koffi gostou de imediato.

— Dá para descrever assim — disse ela, pensando nas palavras. Virou-se para Koffi. — Sou ferreira. Gosto de fazer coisas com o esplendor.

Koffi se surpreendeu.

— Você consegue fazer isso?

— Sim! — Zola parecia satisfeita. — Venha, vou mostrar algumas peças a você.

Ela gesticulou e então as conduziu a uma das salas dos fundos da oficina. Elas passaram por uma sala grande onde ficava a forja, outra

160

que parecia ser usada como depósito e então pararam em uma pequena bem nos fundos. Tinha apenas uma bancada de trabalho, várias gavetas e uma mesa, mas, assim como no resto do lugar, o chão estava cheio de quinquilharias.

— Cuidado com os pés — alertou Zola.

Makena arregaçou as bainhas de seu vestido e fez uma careta, sem se importar de esconder o desconforto. Koffi mal conteve a risadinha. Não fazia muito tempo que conhecia Makena, mas já estava muito óbvio que aquele tipo de lugar era o pior pesadelo dela. Se Zola percebeu, não deu indícios enquanto se sentava no balcão, balançava as pernas e abaixava a cabeça sob a mesa. Quando emergiu um segundo depois, estava segurando algo.

— Aqui — indicou ela. — Um dos meus primeiros trabalhos.

Koffi abriu a palma da mão e Zola deixou cair nela algo pesado: a estatueta de uma garça, forjada em ferro fundido. As pernas eram longas e o bico, esticado. Cada uma das lindas penas nas costas tinha sido esculpida e ornamentada. Koffi a segurou, maravilhada.

— É incrível — elogiou ela. — Como você fez isto?

— Vou mostrar a você.

Zola procurou no chão por um momento, e então pegou o que parecia ser uma pequena bola de ferro preto. Makena e Koffi observaram enquanto Zola ficava em silêncio, franzindo a testa em concentração. Devagar, o ferro começou a se transformar, a ficar liso em certas partes e tomar uma forma mais afiada. Momentos depois, era um cubo perfeito.

— Uau.

Zola sorriu.

— Quando invoco o esplendor, eu o direciono para as minhas mãos — explicou ela. — A energia então se move para o que estou segurando, e posso manipular o objeto como um ferreiro manipula calor. É lógico que, quanto mais complicada a forma, mais tempo leva.

— Essa é uma afinidade extremamente útil.

Algo brilhou nos olhos de Zola. Ela ergueu o cubo, sorrindo.

— É só um truquezinho. — Com a voz mais baixa, ela disse: — Posso fazer coisas bem mais legais.

— Ela está com a gente — sussurrou Makena ao ver a confusão de Koffi. — Ela também quer sair da Fortaleza de Espinhos.

— Ah. — Koffi sentiu a empolgação percorrer seu corpo. O sorriso de Makena aumentou.

— Zain me procurou ontem, depois que vocês conversaram — contou Zola. Também estava sussurrando. — Preciso trabalhar da maneira certa.

Ela abriu uma das gavetas e a revirou antes de tirar o que parecia ser o cabo de uma espada sem lâmina. Zola a pesou nas mãos enquanto endireitava a postura.

— Quando eu era criança, meu pai me contou histórias de antigos darajas — prosseguiu ela. — E me contou que eles costumavam ter armas feitas do esplendor, lâminas inteiras feitas dele. — Ela girou o cabo com cuidado. — Estive experimentando, tentando descobrir como recriá-las. — Olhou para Koffi. — Imaginei que seria útil tê-las na Floresta de Névoa, caso a gente encontre os Desprendidos.

— Isso é... muito inteligente — disse Koffi.

— Era para você estar em uma aula comigo para tentar determinar sua afinidade — disse Zola. — Mas como já sabemos, é melhor tentarmos outra coisa. — Ela entregou o cabo de metal a Koffi. — Pegue.

Koffi hesitou antes de aceitar. Era mais pesado do que ela imaginava.

— Quero que você tente invocar o esplendor — pediu Zola. — Com cuidado. E tente focar na forma da lâmina. Se fiz certo, seu esplendor criará uma espada.

Koffi engoliu em seco ao olhar para o cabo. Vagamente, lembrou-se de fazer algo similar no Templo de Lkossa quando estava tentando ajudar a libertar Adiah, mas aquilo fora diferente. Ela estivera inserindo o esplendor em uma lâmina que já existia, não criando um do nada. Koffi olhou de uma para a outra, nervosa.

— Está tudo bem, Koffi — encorajou Makena. — Você consegue.

Koffi encarou o cabo por mais um segundo antes de fechar os olhos. Tentou não pensar em sua aparência naquele momento; no escuro, sentia-se muito tola. Em vez disso, tentou replicar as técnicas que Badwa a ensinara na Selva Maior, repetir exatamente o que fizera no dia anterior, na Floresta de Névoa.

Foco. Foco.

Ela não estava triste nem com raiva; não havia bloqueio emocional no meio do caminho. Devagar, atraiu o esplendor descansando em seu corpo e o empurrou para os braços. Sentiu um frio em sua barriga quando o sentiu tomar vida.

Imagine uma lâmina, pensou ela. *Imagine uma lâmina muito longa e pontuda.*

Koffi sentiu o esplendor zumbir em seus ossos. De novo, lembrou-se vagamente do aviso que Badwa um dia lhe dera sobre segurar esse tipo de energia no corpo por muito tempo. Adiah o fizera, e isso a deixara diferente, mas... nada ruim parecia estar acontecendo. Ela se sentiu aquecida, como se estivesse à luz do sol. A ideia de criar uma lâmina não mais parecia difícil. Ela imaginou a forma e empurrou aquele esplendor em direção ao cabo que segurava, imaginando o toque, o peso. Quando abriu os olhos, ficou decepcionada ao ver que não havia nada. Ergueu o olhar bem quando Makena e Zola se entreolharam.

— Não... não entendo. — As palavras escaparam antes que Koffi pudesse contê-las. — Eu senti a lâmina.

— Está tudo bem, Koffi — tranquilizou Makena, gentil. — Foi sua primeira tentativa.

— É um trabalho de esplendor um tanto complexo — adicionou Zola. — E é necessário muito controle. Nem eu dominei ainda.

Koffi tentou ignorar que suas bochechas estavam corando de vergonha. Por apenas um momento, estivera confiante em si, confiante no que podia fazer com o esplendor. Mas sentia que voltara à estaca zero.

— Quero mostrar uma coisa a você — disse Zola. Parecia ansiosa para romper o silêncio desconfortável da sala. — Não mostrei a ninguém, e pode ser que faça você se sentir melhor.

Koffi duvidava, mas estava curiosa por Zola remexer a gaveta outra vez. Depois de um momento, ela tirou uma caixa fina e a segurou no colo. Quando a abriu, o coração de Koffi palpitou. A caixa estava cheia de desenhos.

Alguns eram rascunhos grosseiros, feitos em pedaços de folha do tamanho da mão dela, mas então Zola pegou um papel dobrado que detalhava uma lança que parecia elaborada. Ela ergueu o olhar dos papéis, observou Koffi e sorriu.

— Eu desenho no tempo livre — explicou. — Vários são desenhos de coisas que imaginei ou lembrei da forja do meu pai. Mas... — Ela olhou para os papéis outra vez. — Acho que posso mesmo fazer alguns deles, refazê-los para que sejam armas de esplendor de verdade que possamos usar quando entrarmos na Floresta de Névoa.

Koffi não tinha palavras. Quando conversara com Zain, Njeri e Amun no dia anterior a respeito de sair da Fortaleza de Espinhos, tinha parecido uma ideia, uma hipótese. Mas olhar para os rascunhos de armas de Zola fez tudo parecer real e bem mais viável. Ela se surpreendeu ao sentir um nó se formar na garganta quanto mais pensava no assunto e se envergonhou pelas lágrimas nos olhos.

— Estou trabalhando em uma coisa para você — adicionou Zola. — Não está pronta ainda, então será surpresa.

— Obrigada — disse Koffi, engasgando-se na palavra. — Obrigada por... por fazer isso.

Zola dispensou com um aceno da mão.

— Não, Koffi. *Eu* que agradeço.

— Mas...

— Estou falando sério. — A expressão de Zola mudou, a alegria substituída por algo mais sério. — Obrigada. Por nos ajudar, por se importar conosco, por ser nossa esperança.

Koffi abriu a boca, mas não conseguiu pensar em uma resposta. A verdade de Zola parecia pesada em seus ombros, quase demais. A única esperança. Não muito tempo antes, ela era nada, uma cuidadora de feras por contrato sem nada em seu nome. Naquele momento, aquelas pessoas, aquelas pessoas incríveis, olhavam para ela com uma fé que era quase incômoda.

— Eu... eu não vou decepcioná-los. — A voz de Koffi saiu vazia, mas Makena e Zola pareciam convencidas, porque sorriram.

— Sei que não vai — disse Zola. — Agora sente-se. Você pode não ser da Ordem de Ufundi, mas há algumas coisas que ainda posso mostrar.

Kofi e Makena passaram o restante da manhã na oficina de Zola. Koffi tentou conduzir o esplendor na lâmina mais algumas vezes, mas desistiu depois de um tempo. Quando ela e Makena foram embora, Koffi estava suada e dolorida, mas pela primeira vez em um longo tempo, sentiu que havia mesmo trabalhado em algo útil, algo que a deixava feliz. Makena deixou Koffi sozinha quando elas voltaram para a Fortaleza de Espinhos e, realmente, Koffi ficou satisfeita pelo tempo a sós. Depois que concordara em ajudá-los no dia anterior, Zain mencionara que havia alguns livros sobre as ordens daraja na biblioteca da Fortaleza. Então decidiu ir até lá. Makena indicara o caminho antes, e Koffi esperou estar no lugar certo ao refazer os passos para encontrá-la. Ficou aliviada ao chegar a portas duplas, não tão grandes quanto as que levavam ao salão principal. Um pergaminho estava pendurado acima delas, mas Koffi não conseguia ler as palavras, não eram em uma língua que ela conhecesse. Ela cruzou os dedos, torcendo para que não houvesse ninguém na biblioteca enquanto abria as portas com cuidado, e suspirou aliviada pela sorte.

A biblioteca da Fortaleza era pequena, mas organizada. Livros de todos os tamanhos ocupavam suas paredes curvas, e pela forma da sala Koffi imaginou que era uma das torres que vira lá de fora. Estava vazia e ela tirou vantagem disso, agachando-se para ler as lombadas antigas dos livros. Encontrou almanaques, enciclopédias, um livro especialmente esfarrapado coberto com mais palavras que Koffi não conseguia decifrar.

O coração dela disparou, mas não entendeu o motivo. O que esperava encontrar naqueles livros? Uma parte dela sabia, mesmo que não admitisse para si mesma: ela queria mais informação sobre a sexta ordem, aquela que Zain mencionara na noite anterior, aquela à qual dissera que Koffi provavelmente pertence.

A Ordem de Vivuli, a Ordem das Sombras.

Ela estava tentando se acostumar ao nome, à ideia dele. Descobrir-se daraja já era perturbador; descobrir que pertencia a uma ordem tão rara de darajas que acadêmicos discutiam se devia ser nomeada era como ser informada de que usara o nome errado a vida toda.

Koffi passou o dedo nas lombadas dos livros, examinando os títulos brevemente. Havia livros sobre as variações da Ordem de Ufundi, vários livros sobre a história da Ordem de Kupambana, mas ela não viu nenhum que mencionasse a Ordem de Vivuli. Um livro bastante velho chamou sua atenção quando...

— Procurando algo?

Koffi se virou, o coração indo parar na boca. Não ouvira Fedu entrar na biblioteca, não o havia percebido até que ele estivesse bem diante de si. Talvez isso fora de propósito. O deus da morte usava um dashiki simples de linho branco, imaculadamente passado, e uma única corrente de ouro no pescoço. Se Koffi não soubesse a verdade, poderia tê-lo confundido com um mercador rico.

— Eu... estou — confirmou ela. Sutilmente, se moveu em direção a uma prateleira de livros sobre a história dos tecidos e para longe dos livros sobre as ordens daraja. Fedu não pareceu perceber.

— Soube que você passou a manhã com Zola, na forja — disse ele, o tom suave. — A aula foi boa?

Ele não consegue ler mentes, Koffi se lembrou. *Ele não sabe o que você conversou com Zola. Ele não sabe nada exceto onde você esteve. Minta.*

— Sim. — Koffi manteve o tom neutro, nem muito alegre nem muito perturbado. — Zola é uma daraja talentosa.

— Ela é. — Fedu inclinou a cabeça, concordando.

Um silêncio incômodo recaiu entre eles, e Koffi se inquietou. Para rompê-lo, acrescentou:

— Ainda estou longe de descobrir minha afinidade.

Sim. Ótimo. Melhor deixá-lo pensar que ela ainda não fazia ideia de a qual ordem pertencia. Quanto mais tempo conseguisse, melhor. — Você vai chegar lá — garantiu Fedu, despreocupado. Olhou para as prateleiras. — Descobri que, por vezes, as melhores coisas levam tempo.

— Certo.

Koffi cruzou os braços e ficou em silêncio.

Fedu esfregou as mãos, ainda olhando para os livros ao redor. Depois de um momento, falou outra vez.

— Este é um dos meus lugares favoritos na Fortaleza — revelou baixinho. — Sempre gostei de bibliotecas, de lugares onde podemos aprender.

Koffi quase não conteve a vontade de fazer uma careta. Fedu deu um passo à frente e então assentiu em direção a uma das poltronas.

— Você se importa se eu me sentar?

— É a sua casa. — Koffi se fez soar o mais despreocupada possível. — Faça o que quiser.

Fedu lançou a ela um olhar indulgente antes de se sentar, suspirando. Cruzou as pernas e juntou os dedos das mãos, observando-a por um segundo além do que era confortável. Então disse:

— Vamos direto ao ponto, mesmo que só por um momento, Koffi. Sei que seus sentimentos em relação a mim não são... exatamente calorosos.

Koffi não respondeu, enfiando as unhas nas palmas das mãos. Não havia esperado que a conversa tomasse esse rumo. Tentou pensar no que dizer, mas, por sorte, o deus da morte prosseguiu:

— É decepcionante, mas não surpreendente. Sempre tive dificuldade em me sentir compreendido de verdade, mesmo entre meus irmãos e irmãs imortais. Talvez você se identifique com isso. — Ele ergueu o olhar, encarando-a. — Você acreditaria se eu dissesse que passei décadas refletindo sobre os melhores pontos do meu esforço, e que realmente acho que posso tornar este mundo melhor para os darajas?

Koffi fez uma careta.

— Não acredito em ninguém que machuca crianças inocentes para chegar aonde quer.

Fedu a observou por um momento antes de dar de ombros.

— Mudanças drásticas exigem medidas drásticas — defendeu ele.

— O que você está fazendo não é drástico — retrucou Koffi. — É errado, é maligno.

Fedu ficou em silêncio e Koffi esperou, certa de que ele a repreenderia. Ficou surpresa com o que ouviu.

— Você já ouviu o antigo conto do caçador e da leoa? — perguntou ele.

Koffi não admitiu em voz alta que não o conhecia. Na verdade, não queria ouvir a história. Passar mais tempo com o deus da morte era tão atrativo quanto chupar limão azedo. Ele assentiu.

— A história conta que havia um caçador que se aventurou em uma selva próxima para caçar uma leoa — contou ele. — Ele buscou o dia inteiro, seguindo as pegadas dela por horas. Quando estava prestes a desistir, ele a encontrou, e os dois batalharam. Ele só tinha uma lança, ela só tinha suas garras. A luta foi páreo a páreo, os dois derramaram sangue. No fim das contas, o caçador saiu vitorioso. — Os olhos de Fedu brilhavam. — Ele matou a leoa com um golpe no coração, depois a esfolou e levou a pele dela de volta para a vila. Agora... — Fedu se inclinou à frente — me diga, nessa história, quem é o vilão?

Koffi ficou tensa. A pergunta parecia uma armadilha, mas Fedu a olhava com expectativa, à espera. Ela inspirou fundo antes de responder.

— O caçador. O caçador era o vilão.

— Por quê?

— Ele entrou no lar da leoa — respondeu ela, incapaz conter o tom defensivo. — Ele foi atrás dela e a matou.

Fedu se recostou e assentiu, como se considerasse os méritos do argumento.

— Agora, permita-me alterar um pouco os parâmetros da história — disse ele. — E se eu dissesse que o caçador que entrou naquela selva para caçar a leoa fez isso porque, na noite anterior, ela havia ido até a vila e matado o primogênito dele? Quem você chamaria de vilão da história agora?

Koffi não respondeu. Um nó surgira em sua garganta, e ela não sabia como engoli-lo.

— Ou — prosseguiu Fedu — vou colocar as coisas um pouco mais adiante. Se eu dissesse que o motivo pelo qual a leoa entrou na vila e matou o filho do caçador foi que precisava de comida para seus próprios filhotinhos, ela seria a heroína ou vilã da história?

Koffi permaneceu em silêncio. Fedu deu um sorrisinho.

— Homens velhos e pretenciosos de barbas brancas vão te garantir que as noções de bem e mal são simples — murmurou ele. — Você sabe que esses idosos não são nada além de covardes e tolos. O bem e o mal nunca são simples. São feras inconstantes, sempre mudando de forma, e raramente belas. — Ele deixou o olhar vagar, por tanto tempo que Koffi imaginou se ele havia esquecido da presença dela. Fedu não olhou para ela quando voltou a falar. — Você pode não concordar com meu método agora mas, um dia, minha esperança é que você compreenda. Quando, um dia, Eshōza for uma terra melhor e mais próspera devido ao que faremos, não espero que você me agradeça, mas torço para que, por fim, encontre a prudência para ver a verdade nisso. — Devagar, ele se levantou. — Tenha uma boa tarde, Koffi.

Ele foi em direção às portas duplas da biblioteca sem dizer nada mais. Koffi o observou partir, incapaz de controlar o incômodo se enrolando em seu estômago como uma cobra.

169

CAPÍTULO 12

UMA APOSTA AMIGÁVEL

Ekon tinha certeza de que os Filhos dos Seis o caçariam.

Na primeira hora, enquanto a caravana do Empreendimento se afastava da cidade, ele aguardava o inevitável. Em sua mente, ouviu gritos de guerra, viu as específicas manchas de azul na distância. Mas na terceira hora, quando era quase meio-dia, ele já não tinha certeza de que estavam sendo seguidos. Pouco depois de deixar Lkossa, ele encostara na lateral da estrada principal para deixar Thabo conduzir as mulas, e depois de alguns caminhos estratégicos, Ekon estava começando a se perguntar se talvez, apenas talvez, estavam mesmo à salvo.

As horas se passaram quase em silêncio; parecia que a maioria dos membros do Empreendimento estava mesmo exausta. Vários exibiam cortes e arranhões, e quase todos tinham um restinho de pó de raiz de fogo ainda salpicado nas roupas. Ao meio-dia, Ano pediu que Thabo parasse a caravana para o almoço, e Ekon ficou mais que grato pela chance de esticar as pernas. Os membros do Empreendimento prepararam o almoço com a mesma eficiência com a qual fizeram as malas naquela manhã: cobertores foram estendidos e caixas perfeitamente organizadas foram colocadas no centro, para que todos compartilhassem. Ekon viu, surpreso, as esperadas frutas secas e sementes, mas também queijos

170

cuidadosamente guardados e carnes empacotadas. Ele salivou enquanto Themba se sentava ao seu lado para comer. Ela não tossia mais, mas parecia cansada. Entregou a Ekon a cesta de pães, e quando ele tentou pegar um, percebeu que um dos saquinhos de raiz de fogo caíra lá dentro. Segurando-o com as pontas dos dedos, ele falou com o grupo.

— Então... alguém quer me contar o que este treco realmente é?

Um dos membros do Empreendimento estendeu a mão. Quando Ekon colocou o saquinho na palma dele, o homem o levou até o nariz e cheirou.

— Eca! — Ekon fez cara feia.

— A raiz de fogo é uma combinação de diferentes temperos e vegetais secos moídos juntos — explicou o homem, parecendo não se importar com a reação de Ekon. — É considerado um ingrediente importante em várias receitas sulistas.

— As pessoas colocam isso na comida? — Ekon nem disfarçou o julgamento de seu tom de voz.

— Em quantidades bem menores, sim. — O homem parecia se divertir. — Sozinhos, cada um dos temperos que compõe a raiz de fogo são muito saborosos. — O olhar dele vagou. — Mas quando é embalado e preservado por longos períodos...

— Torna-se uma substância lacrimogênea — terminou Ekon, olhando para o saquinho com interesse renovado. — Então, vocês estão dizendo que basicamente desenvolveram sua própria arma à base de plantas?

Thabo deu de ombros.

— Temos consciência ambiental.

— Tenho uma pergunta. — Ao lado dele, Themba ainda mordiscava o canto do pão, mas assentiu para o primeiro homem, aquele que pegara o saquinho de raiz de fogo de Ekon. — Quanto tempo duram os efeitos?

— A maioria das pessoas atingida naquela rua deve estar bem agora — tranquilizou ele. — A queimação intensa dura apenas uma hora ou duas no máximo, menos se você tiver o senso de usar leite para neutralizá-lo, em vez de água pura.

— Mas os olhos lacrimejando duram bem mais — disse Thabo. — Não é confortável.

Ekon não conseguiu conter o arrepio que passou por seu corpo. Tinha um apreço novo pela palavra *desconfortável*. Assim que parou a caravana para deixar Thabo voltar a conduzi-la, encontrou Safiyah e pegou o antídoto que acabou com a coceira da flor plumbago. A alergia da flor passara, mas de vez em quando Ekon ainda sentia a coceira fantasma na pele e teve que resistir ao desejo de coçá-la com vontade.

— Que bom que a maioria dos Filhos dos Seis foi atingida pela raiz de fogo então — disse ele quando pegou um dos pedaços de maçã e deu uma mordida. — Se eles não tivessem sido desarmados, estaríamos acabados.

Pela primeira vez desde que se sentara, Safiyah ergueu o olhar e zombou.

— Me poupe. Estaríamos bem com ou sem raiz de fogo. Os Filhos dos Seis não conseguem lutar.

Ekon quase se engasgou com o pedaço de maçã.

— Desculpe, como é?

Safiyah dirigiu a ele um olhar de pena.

— Eles andam por aí com roupas chiques e facas reluzentes, mas seriam inúteis em uma briga de verdade, uma sem as tão preciosas regras de conduta deles.

Ekon abriu e fechou a boca. Ficou surpreso com a súbita necessidade de defender seus ex-irmãos.

— Os Filhos dos Seis treinam por anos — disse ele, tentando manter a voz neutra. — Sei, por experiência própria, que o processo de seleção dos candidatos é muito competitivo.

O sorriso de Safiyah era arrogante.

— Sei, por experiência própria que, no combate mano a mano, eu poderia enfrentar um Filho dos Seis e vencer.

— Duvido muito — murmurou Ekon em seu copo de cabaça. Quando a abaixou, viu um brilho perverso nos olhos de Safiyah, que ele não gostou nem um pouco. Ela inclinou a cabeça para ele, em desafio.

— Quer apostar?

— Apostar? — Ekon franziu a testa. — Do que você está falando?

— Só uma aposta amigável — respondeu Safiyah. Ela juntou os dedos e apoiou o queixo neles. — Dez fedhas se eu conseguir vencê-lo em um confronto. Agora.

Ekon esperou que ela dissesse que era brincadeira, mas quando Safiyah não disse, ele arregalou os olhos. Para ele, era mais fácil crescer uma segunda cabeça em Safiyah ou confessar que era na verdade uma árvore.

— Você... quer lutar comigo?

— Não uma luta — corrigiu Safiyah, gentil. — Um confronto. Não é assim que os guerreiros treinam?

— É, mas... — Ele deixou as palavras morrerem. Vários membros do Empreendimento alternavam o olhar entre ele e Safiyah com interesse. Mas com certeza não estavam levando a sério. Com certeza não achavam que era uma boa ideia os dois...

— Você está com *medo* de mim? — perguntou Safiyah no mesmo tom de voz doce.

— Não. — As bochechas de Ekon esquentaram. — Óbvio que não.

— Então por que não aceita o confronto comigo? — pressionou ela. — É só uma aposta boba.

Ekon engoliu em seco.

— Não temos armas. Pelas regras de um confronto adequado, cada participante deve ter...

— Está bem, então nada de armas.

Ekon jogou as mãos para cima.

— Então não é um confronto para valer.

— Tudo bem. — O sorrisinho de Safiyah cresceu. — Podemos ter um combate mano a mano.

— Mano a...? — *Não.* Ekon começou a tamborilar os dedos nos joelhos. *Não. Não. Não.* — Não posso fazer isso.

— Por quê, exatamente? — perguntou Safiyah, erguendo a sobrancelha.

Ekon gaguejou.

— Porque você é uma... e eu sou um... e nós... — Ele suspirou. — Não seria uma disputa justa — disse por fim. — Não para você.

Safiyah deu um sorrisinho e se levantou.

— Tenho certeza de que ficarei bem. Vamos, Okojo, o que você tem a perder?

Muito.

— Vamos. — Ela se voltou para Thabo. — Você seria nosso juiz, né?

— Com certeza — respondeu Thabo. — Estou curioso.

— Acho que todos estamos, mas se Ekon não está *confortável*...

Ekon percebeu o que ela estava fazendo. Estava encurralado. Se lutasse com Safiyah e ganhasse, e ganharia, seria um babaca. Mas se simplesmente se recusasse a...

Eles vão achar que você tem medo dela.

— Está bem. — Ekon também se levantou. — Eu vou.

Então Themba também se levantou. Ela olhou para os dois, balançando a cabeça.

— Bem, vou tirar uma soneca.

— O quê? — Ekon ficou surpreso. — Você não vai ficar e assistir?

— Acho que não — disse Themba, franzindo os lábios. — Minha experiência diz que você vai aprender sozinho.

Ela se virou para ir embora, e Ekon redirecionou a atenção a Safiyah, que ainda sorria.

— Onde será?

Ekon olhou ao redor e apontou para um ponto gramado a alguns metros da caravana.

— Ali.

Ele, Safiyah e Thabo foram ficar no local indicado, seguidos por alguns membros do Empreendimento. Usando um graveto, Thabo desenhou um círculo torto com uma circunferência de mais ou menos três metros e meio.

— As regras de sempre — disse ele —: o primeiro a ser empurrado para fora do círculo ou preso ao chão perde. Fora isso, vale tudo.

Ekon ficou no meio do círculo, flexionando os dedos. Ele já podia sentir o corpo se preparando; firmou os pés e acalmou as batidas do coração. Não conseguia se lembrar da última vez que tivera um combate de fato. Já fazia semanas, bem antes dos ritos finais para se tornar um Filho dos Seis. Ele não queria admitir que um pouquinho de animação percorria seu corpo.

Safiyah não se aqueceu enquanto se juntava a ele no círculo. Em vez disso, olhou Ekon de cima a baixo, divertindo-se.

— Vale tudo — repetiu. — Não vai ser como seus treinozinhos no templo.

Ekon não respondeu. Havia entrado no modo de pensar que os anos de treinamento instilaram nele. Focou em Safiyah, só a via como o alvo. Semicerrou os olhos, focado.

— No três — disse Thabo. Ficou entre eles e ergueu as mãos. — Um, dois...

— Três. — Safiyah disparou em uma velocidade inesperada. Thabo mal havia saído do caminho quando ela correu até Ekon, o rosto cheio de fúria enquanto socava e chutava qualquer parte do rapaz que conseguisse encontrar. A mão esquerda dela girou, pronta para golpear, mas ele desviou com facilidade, e mais uma vez ela tentou dar um soco de direita no queixo. Ela era rápida, isso Ekon precisava admitir, mas era óbvio que também aprendera sozinha. Não havia estratégia nem precisão na maneira de lutar de Safiyah. Ekon deu um sorrisinho.

Ia ser fácil.

Ele se moveu um pouco para trás, de olho na extremidade do círculo. Safiyah viu que ele estava próximo à linha e disparou, mas Ekon deu um passo para o lado, fazendo-a ter que se virar rápido para evitar uma queda. Ela tentou outro soco, e quando ele bloqueou com facilidade, semicerrou os dentes.

— É esse o seu plano? — gritou ela. — Ficar fugindo de mim para não ter que lutar de verdade? Não achei que os Filhos dos Seis fossem covardes.

Ela está provocando você. Ekon quase achou graça. Era uma tática previsível e comum; Safiyah estava torcendo para que ele se descuidasse. Ekon pensou por um momento enquanto se movia pela extremidade do círculo, com Safiyah no lado oposto, imitando os passos dela. Ekon contou, entrando na cadência da dança.

Um-dois-três. Um-dois-três. Um-dois-três.

Ele atacou de repente e ficou satisfeito em ver que a rapidez do movimento pegou Safiyah de guarda baixa. Tomou cuidado para não dar socos nem chutes de verdade, mas os direcionou para que ela fosse forçada a ir para trás. Safiyah olhou para trás quando um de seus calcanhares se aproximou da extremidade do círculo.

— Nada mal para um Filho dos Seis — arfou.

Mas Ekon não havia terminado. Não precisava do monstro em seu peito enquanto empurrava Safiyah para trás. Em seguida, agarrou o tornozelo dela e a desequilibrou. Ela gritou ao cair, mas Ekon agarrou seu braço antes que ela atingisse o chão. Safiyah olhou para ele, o olhar furioso.

— Você esqueceu — murmurou ele, apertando o toque. — Não sou um Filho dos Seis.

A expressão de Safiyah mudou de repente. Ele esperara ver a derrota nos olhos dela, mas em vez disso ela olhou para baixo, deixando que ele contasse seus cílios. Ekon de repente ficou muito consciente da proximidade entre eles. Abaixou o olhar só por um segundo e então…

Vuush.

Sentiu o ar deixar o corpo quando Safiyah deu uma joelhada na parte interna de sua coxa, próxima demais para o seu gosto. Ela girou, e Ekon sentiu que despencava enquanto ela o derrubava. Eles caíram na terra juntos, os joelhos dele ladeando a cintura dela, e quando Safiyah se inclinou para ele, com os peitos a centímetros um do outro, algo se remexeu na barriga dele.

— Eu *não* esqueci.

Ele mal havia entendido o que ela havia dito quando Safiyah se pôs de pé e deu um passo para trás. Tentou falar, mas as palavras estavam engasgadas.

— Eu... você...

— Safiyah ganhou — declarou Thabo, desnecessariamente.

Ekon se assustou. Ele quase havia se esquecido que Thabo e outros membros do Empreendimento tinham assistido. Sentiu as bochechas queimarem.

— Espere aí, você...

Safiyah ergueu a sobrancelha e estendeu a mão.

— Ganhei. Pode me pagar, Okojo.

Os outros membros do Empreendimento riram, e Ekon corou ainda mais. Ele passou o peso do corpo de um pé a outro.

— Há, eu não tenho dinheiro — disse ele. — Desculpe.

Safiyah semicerrou os olhos.

— Quer dizer que você está andando por aí sem dinheiro nenhum?

Ekon deu de ombros.

— Gastei a maior parte do que eu tinha. O que sobrou está no templo. Eu não tive tempo de fazer as malas.

Ela o encarava, confusa.

— Quer dizer que você não tem nem um troco para o assaltante?

— Um troco para o assaltante? — Foi a vez de Ekon franzir a testa. — Que isso?

— Eu... — Safiyah abriu a boca, mas a fechou rapidamente, balançando a cabeça em descrença. — Você tem muito o que aprender sobre sobrevivência, Okojo.

Ekon ficou de mau humor por grande parte da hora seguinte.

Seu cóccix doía pela queda, mas se fosse ser sincero, sabia que o que estava ferido de verdade era seu ego. Podia imaginar o que Shomari e os outros Filhos dos Seis diriam, o que Kamau diria. Pensar no irmão o fez lembrar do jeito que ele o olhou em Lkossa, e se sentiu ainda pior.

— Este lugar está ocupado?

Ekon ergueu o olhar. Abeke estava ao seu lado, carregando uma cesta de ráfia. Ele balançou a cabeça negativamente, e ela se sentou, sorrindo.

— Não fique chateado com Safiyah — disse ela, com deboche. — Aquela garota é ardilosa como um chacal.

— O que é isto? — perguntou Ekon, indicando com a cabeça a cesta. Estava ansioso para trocar de assunto. A cesta de Abeke estava cheia de penas e pergaminhos bem amarrados.

— Ah, são as contas do Empreendimento — explicou ela. — Meu trabalho é conferi-las.

Pegou um dos pergaminhos e mostrou a ele. O documento mostrava uma planilha complicada de figuras, números que indicavam quanto o Empreendimento ganhava por cada um de seus produtos, quanto haviam perdido, quanto dinheiro foi gasto em custos operacionais. Ekon ficou envergonhado em admitir que achava interessante.

— E esse é o seu trabalho? — perguntou. — Mexer com números o dia inteiro?

Abeke sorriu.

— É um pouco mais complicado que isso, mas em essência sim.

Ekon pensou no assunto. Por toda a vida, ele quisera — não, não, *disseram* que ele queria — ser guerreiro, assim como todos os homens de sua família. Nunca considerara fazer algo diferente, mas... ele pensou em algo. E se tivesse um trabalho como o de Abeke, um trabalho em que podia mexer com números o dia inteiro? Para si mesmo, ele balançou a cabeça antes que deixasse a ideia criar asas.

— Se você gosta de números, vai se interessar por isto — disse Abeke, mexendo na cesta. — É um cálculo de...

Ekon soube instantaneamente que algo estava errado. Abeke arregalara os olhos, a boca frouxa.

— Abeke? — Ele franziu a testa. — Você está bem?

Abeke tirou a mão da cesta devagar, devagar demais. Ela encarava a mão, e quando Ekon olhou, levou um susto. Havia um ponto vermelho e brilhante nas costas da mão dela. Ele levou um momento para entender o que estava vendo. Olhou outra vez para a cesta e sentiu um arrepio percorrer seu corpo.

Um escorpião amarelo estava nos fundos da cesta, sua cauda brilhando no sol. O coração de Ekon disparou.

— Abeke!

Ele se virou para a mulher. A respiração dela já estava ficando superficial. Gotas de suor se formavam em sua testa. Ela cambaleou uma, duas vezes, e então tombou para a frente.

— SOCORRO! — gritou Ekon. — Alguém, socorro!

Ele percebeu que os outros membros do Empreendimento corriam em sua direção, cercando-os.

— O que aconteceu? — perguntou Thabo.

— Ela foi picada — contou Ekon. — Me ajude a virá-la. Alguém traga água.

Juntos, ele e Thabo viraram a mulher de lado enquanto alguém corria para buscar água e uma compressa. O coração de Ekon martelava no peito. Os olhos de Abeke lutavam para abrir, e ele mal podia ouvir a respiração dela.

— O que a picou? — perguntou Safiyah. Não havia mais o brilho alegre em seus olhos. Ela parecia à beira de um choro.

— Foi um escorpião amarelo, escondido nos pergaminhos. — Ekon soube assim que viu as cores da criatura. — Li sobre eles. São extremamente venenosos.

Um tremor terrível percorreu todo o corpo de Abeke, em seguida soltou um ruído longo e rouco. As lágrimas que Safiyah estava tentando segurar caíram e mancharam seu rosto.

— Podemos fazer algo?

Não. Ekon não queria dizer em voz alta. Escorpiões amarelos estavam entre as criaturas mais tóxicas na Região Zamani, talvez em toda Eshōza.

— A única coisa que corta o veneno é... — Ele se interrompeu, olhando para uma das carroças. — Espera. Vocês têm eucalipto?

Safiyah olhou para ele.

— Sim.

— Traga, agora!

Safiyah foi sem dizer mais nada, disparando para a carroça e voltando em segundos. Ela tinha uma folha inteira na mão.

— O que eu faço?

Ekon podia sentir os outros membros do Empreendimento ao redor deles, observando.

— Para trás, ela precisa de ar! Safiyah, tente forçá-la a comer o eucalipto. Não precisa ser muito, mas garanta que ela engula.

Safiyah abriu a boca de Abeke e forçou um pouco do eucalipto na boca da mulher. Abeke se engasgou instantaneamente, mas com cuidado Safiyah usou um dedo para empurrar a planta na garganta dela e lhe deu água.

— Vamos, Abeke — implorou ela. — Engula.

Um momento que pareceu uma eternidade passou enquanto eles observavam e esperavam. Então a mandíbula de Abeke começou a se mexer. Ekon ficou olhando para a garganta dela, que se mexia enquanto ela engolia a água e o eucalipto. Mais alguns segundos se passaram e ela abriu os olhos. Então sentou-se e tossiu.

— Abeke! — Safiyah estava ajoelhada ao lado dela, as mãos passando em vão pelo corpo da mulher. — Você está bem?

— Água — arfou Abeke. — Preciso de água.

Safiyah segurou a cabaça enquanto a mulher tomava vários goles ávidos. O corpo dela tremeu outra vez, mas a respiração já desacelerava. Quando terminou, ela deitou na grama.

— Pensei que fosse morrer — disse ela, fraca.

— Você teria morrido — comentou Thabo. Estava a alguns passos de distância, com as mãos na cabeça, descrente —, se Ekon não tivesse salvado você.

Quando Safiyah olhou para ele, Ekon sentiu as bochechas queimarem.

— Como você fez isso?

— O quê?

— Como você sabia que o eucalipto funcionaria?

— É... é teoria de venenos básica — respondeu Ekon. Quando Safiyah semicerrou os olhos, ele prosseguiu: — Geralmente eucalipto é venenoso, então quando combinado ao veneno do escorpião, os dois se neutralizam.

— E você simplesmente sabia?

— Posso até não saber de dinheiro de assaltante, mas eu leio muito.

— Abeke precisa descansar — disse um dos membros do Empreendimento. — Precisamos levá-la para a carroça.

Ekon e Safiyah ajudaram Abeke a se levantar e caminharam com ela até a carroça para que pudesse se deitar. Quando a deixaram dormindo, Safiyah voltou-se para Ekon. Ela parecia desconfortável.

— Essa é a segunda vez que você salva um membro da nossa equipe — disse ela baixinho. — Desculpe a minha indelicadeza de antes.

Ekon não sabia exatamente o que responder. *Desculpe.* Ele não crescera em um lugar onde desculpas eram pedidas tão abertamente.

— Há, está tudo bem — disse ele. — Sério, não é nada de...

— Ekon.

Os dois ergueram o olhar. Ano estava a alguns metros de distância, perto da cesta de Abeke, com os olhos presos nele. No meio de tudo, Ekon se esquecera dela, mas via que a mulher franzia a testa.

— Eu gostaria de falar com você, a sós.

Safiyah olhou de um para o outro, visivelmente surpresa. Mas quando Ano assentiu, ela partiu, indo se juntar a Thabo e aos outros enquanto eles almoçavam. Ekon engoliu em seco e se aproximou de Ano. Olhou para a cesta de Abeke. Queria dizer a Ano que o escorpião ainda podia estar ali, mas não ousou. Houve um longo silêncio antes que ela falasse primeiro.

— Agradeço o que fez por Abeke.

Ekon assentiu.

181

— Mas é curioso — comentou ela em voz fria. — Conduzo o Empreendimento há vários anos sem qualquer tipo de problemas. No dia em que deixo vocês entrarem, vivenciamos o maior azar que já tivemos.

Ekon franziu a testa. Não parecia justo culpá-lo pelo que acontecera em Lkossa, e parecia ainda menos razoável culpá-lo pelo escorpião. Ele abriu a boca para discutir, mas antes que pudesse falar, Ano deu um passo para mais perto, seus olhos escuros semicerrados.

— Eu vi você hesitar — soltou baixinho.

— O quê?

— *Eu vi você hesitar* — repetiu. — Quando estávamos saindo do mercado e aquele guerreiro entrou na sua frente.

Kamau. Ekon não pensara que alguém além de Safiyah vira aquele momento. Saber que ela vira aquele momento rápido e íntimo pareceu estranhamente intrusivo.

— Você o conhecia — prosseguiu Ano. — Não é?

— Sim. — Ekon não viu por que mentir. — Ele é meu irmão.

Uma expressão que Ekon não conseguia ler passou pelo rosto de Ano, tão brevemente que ele não teve certeza se havia mesmo visto. Por vários segundos, a mulher nada disse. Ela o encarou antes de falar outra vez.

— Não podemos escolher nossa família. Mas escolhemos onde depositamos nossa lealdade. — As palavras eram estranhamente suaves.

Ekon levou um momento para entender o que ela estava dizendo.

— Ano. — Ele balançou a cabeça. — Themba e eu somos gratos pelo que você fez para nos levar ao sul. Se acha que vamos trair o Empreendimento…

— O quê? — Ano ergueu a sobrancelha, seu rosto o retrato do ceticismo. — Você fará algum juramento impressionante e prometerá que nunca vai me trair porque nos conhecemos há um dia e meio? Me perdoe se tal voto não me comove, já que você fez o mesmo voto aos Filhos dos Seis antes de deixá-los.

Ele se surpreendeu quando sentiu dor ao ouvir aquelas palavras, mas era verdade. Ele fizera juramentos aos Filhos dos Seis. Jurara defender os princípios de seu povo, agir com coragem, honra e integridade, e obedecer. Em questão de horas depois desse juramento, e em um templo ainda por cima, ele voltara atrás.

— Ano, você não me conhece — disse devagar. — Mas se valer de algo, dou a você minha palavra de que, por minha honra, nunca trairei você ou o Empreendimento. Jamais.

Ano ergueu uma sobrancelha enquanto se agachava ao lado da cesta de Abeke. Ela a encarou por vários segundos, como se buscasse algo. Então, com uma velocidade impressionante, agarrou algo lá dentro. Era o escorpião. As perninhas dele se agitavam no ar, e Ekon observou com uma sensação um pouco nauseante quando o animal flexionou a cauda entre os dedos de Ano. Ela colocou o escorpião no chão, pegou uma pedra e esmagou a criatura. O escorpião não se mexeu mais.

— Um conselho, Ekon? — ofereceu ela, encarando-o. — Cuidado para que sua honra não o faça ser morto.

UM SEGREDO CRESCENDO

BINTI

DNSPA.

Da rua, leio a placa branca malfeita pregada na porta da loja diante de mim.

As extremidades estão curvadas e um tanto rasgadas, mas aquelas cinco letras estão pintadas em tinta grossa e azul do templo. Não há como confundir seu significado ou sua origem.

DNSPA.

Para quem não sabe, pode parecer o nome de uma organização, mas não é. DNSPA. *Darajas Não São Permitidos Aqui*. É um acrônimo eficiente.

Ainda me lembro de quando as primeiras placas apareceram na cidade. Começou com uma e então surgiram muitas, aparecendo entre as barraquinhas de vendedores como ervas-daninhas na noite. Já me acostumei com elas. Óbvio, quem não é daraja não se importa com o que a placa significa para quem é; eles não se importam que temos ainda menos lugares onde comprar coisas hoje em dia. Não, eles só se importam que a linha entre eles e nós seja nítida e visível, que sejamos o mais segregados possível.

— Binti!

Vejo minha mãe acenando. Está ao lado de uma mulher que nunca vi antes e que tem twists finos tingidos de um tom castanho-avermelhado do que parece henna barata. A mulher me dá um sorriso cheio de dentes.

— Binti, esta é Ola — apresenta minha mãe. — Acabei de conhecê-la. Ela também é daraja.

Finjo um sorrisinho.

— Olá, tia. — A mulher com certeza *não* é minha tia, mas, com dezessete anos, sei que não devo contrariar.

— A Ola estava me contando que tem uma menina da sua idade — continua mamãe. — Pensei que seria bom se vocês pudessem fazer amizade.

Quase não resisto à vontade de revirar os olhos. Mamãe ainda acha que pode orquestrar minhas amizades simplesmente me colocando ao lado de alguém da minha idade. Julgando pelo sorriso de Ola, ela concorda com a minha mãe. Eu a observo olhar por sobre o ombro.

— Nyah — chama ela. — Venha aqui, garota!

Arregalo os olhos quando olho por sobre os ombros de Tia Ola a tempo de ver uma jovem se aproximando. Ela está usando um cafetã marrom modesto, não mais chique nem mais caro que o meu, mas algo no jeito como o usa — no jeito como caminha nele — atrai a atenção de todos os jovens no mercado. Leves curvas abraçam o corpo dela sutilmente nos lugares onde minhas roupas ainda são frouxas, e o cabelo está torcido em twists pretos longos e perfeitos que descem pelas costas. Os lábios dela estão até coloridos com o tom específico de vermelho que sei é proveniente da tinta que vendem nas partes mais caras do mercado. Ela para diante de nós e sorri.

— Oi — cumprimenta, acenando alegremente.

— Nyah — diz Tia Ola. — Esta é Binti. A mãe dela também é daraja.

— Ah! — Na hora o olhar de Nyah se ilumina. Ela me abraça, e fico surpresa por o gesto ser genuíno. Atrás dela, vejo que minha mãe está praticamente emocionada. Quando Nyah se afasta, mantém as mãos nos meus ombros. — Que prazer conhecê-la.

— Nyah tem vontade de ter amigos que tenham a mesma herança que a dela — explica Tia Ola.

Com isso, Nyah olha para trás, um tanto exasperada.

— *Mamãe!*

Sorrio. Há algo familiar, até mesmo confortável na forma com Nyah e a mãe dela agem. Me lembra de como mamãe eu somos, mas é a primeira vez que observo a dinâmica em outras pessoas. De repente, me sinto mais normal, como se talvez mamãe e eu não sejamos tão estranhas e diferentes quanto costumo sentir.

— Themba e eu vamos fazer compras — comenta Tia Ola. — Por que vocês não passam um tempo juntas, para se conhecerem?

— Parece uma ótima ideia! — Nyah bate palmas com mais animação do que acho necessária, dada a situação, mas admito, estou contente com a ideia de passar tempo com alguém que não seja a minha mãe, que já parece nervosa.

— Não sei… — Ela franze os lábios. — Não costumo deixar Binti andar pelos mercados sozinha.

— Besteira, Themba! — Tia Ola gesticula como se não fosse nada demais. — Ela não ficará sozinha, Nyah estará com ela. Elas são garotas sensatas, e Nyah conhece este mercado como a palma da mão. Tenho certeza de que Binti também.

— Vou ficar bem, mamãe — adiciono rapidamente. — Prometo.

Mamãe passou o peso do corpo de um pé ao outro mais uma vez, parecendo incerta, antes de dizer:

— Está bem, então, acho que você pode ir por meia hora.

— Você não precisa se preocupar, tia. — Nyah ainda sorri, e me pergunto como uma pessoa pode parecer tão radiante no meio do mercado de fazendeiros. — Vamos encontrar vocês aqui em trinta minutos.

Tia Ola conduz minha mãe para longe, já falando de algum novo imposto que o Kuhani impôs aos darajas. Na ausência de minha mãe, relaxo um pouco, e quando olho para Nyah, me surpreendo com o sorrisinho dela.

— Então, primeira vez? — A voz dela está um pouco baixa e com um olhar compreensivo. Me pega de guarda baixa.

— Como assim?

Nyah ergue uma de suas sobrancelhas perfeitamente pintadas.

— Você já fez compras nos mercados sem sua mãe, Binti?

— Há... — Encaro meus pés. — É, não.

Quando ergo o olhar outra vez, espero ver deboche na expressão de Nyah. Em vez disso, há gentileza.

— Não se preocupe — tranquiliza ela. — Você vai pegar o jeito, e terá uma das melhores da cidade como companhia. Você tem dinheiro?

Enfio as mãos no bolso do cafetã antes de assentir.

— Alguns fedhas que economizei.

Nyah assente.

— Será suficiente. Venha.

Ela começa a ir na direção oposta àquela que nossas mães seguiram, e vou junto.

— Aonde vamos? — pergunto, tentando acompanhar quando ela aumenta o ritmo.

— Para a minha loja favorita. — Nyah diz por sobre o ombro. — Confia em mim, você vai adorar.

Se preciso agradecer minha mãe por algo é por minha amizade com Nyah.

Da primeira vez que passeamos pelos mercados juntas, mamãe foi cuidadosa, mas por fim me acostumei a passar tardes inteiras com Nyah, vagando pelas barraquinhas do mercado e memorizando o trabalho por trás dos truques mais inteligentes dela. Aprendi a encontrar roupas em conta até nas lojas mais caras de Lkossa ao procurar nos itens em promoção nos fundos do lugar; a pedir amostras de tintas e cosméticos vendidos na botica em vez de pagar pelos tamanhos grandes bem mais caros. Aprendi outras coisas com Nyah também.

— Então, você já fez? — Os olhos dela estão travessos quando me pergunta. — Beijou um garoto?

— Eu... — Como sempre, Nyah me pega de guarda baixa. — Bem, não, eu nunca...

— Ou uma garota. — Os olhos dela sorriem. — Se é o que você prefere.

— Não é isso... — Fico inquieta. — Só que... eu não tive a oportunidade...

— Tá vendo aquele garoto ali? — Ela assente sutilmente para um garoto atrás de uma das barraquinhas de frutas. — Ele quer beijar você.

— O quê? — digo um pouco alto demais. — Como você sabe?

— Dá para *saber* — responde ela, sorrindo. — É só prestar atenção em como eles olham para você. Além disso, todo mundo sabe que quando um homem mexe nas calças para ajustá-la, ele está pensando em beijar uma garota.

Dou outra olhada no jovem. Ele *é* bonito. Tem cabelo cacheado e preto, embora esteja precisando de um corte, e tem uma covinha bem discreta na bochecha. Espero um momento, observando, e ele olha para nós e ajusta as calças. Minha barriga doeu de tanto rir com Nyah.

— Eu *falei*. — Nyah ri tão forte que caem lágrimas de seus olhos.

— Você está mentindo — digo entre arfares. — Aquele garoto nem me conhece.

— Ainda. — De repente, Nyah se anima. — Mas talvez possamos resolver isso.

De uma vez, fico tensa.

— Do que você está falando?

— Primeiro, temos que escolher uma roupa para você, sim, e acho que está na hora de uma maquiagem completa. — Ela fala mais consigo mesma do que comigo. — Venha.

Nyah me conduz pela cidade até que chegamos ao Distrito Tajiri, o segundo distrito mais rico, atrás apenas do distrito onde fica o Templo de Lkossa. Sei imediatamente que chegamos nele porque não há terra nas ruas de pedra; os varredores são pagos para manter o lugar imaculado. Nyah não hesita enquanto me conduz pela rua.

— Nyah — sussurro. — Tem certeza que deveríamos estar...

— Relaxe, Binti — diz ela baixinho. — E confie em mim.

Ela caminha até chegarmos a uma loja perto do fim do distrito, uma das maiores da rua. O tamanho chama minha atenção — o prédio deve ter pelo menos três andares —, mas também sou cativada pelo branco brilhante de seus tijolos, pela moldura dourada metálica de suas janelas gigantescas. As mulheres que entram e saem dele estão vestidas com elegância, usam tranças Fulani com contas que descem pelas costas, e vestidos sob medida de estampa de cera que parecem custar mais do que mamãe e eu recebemos em um mês.

— Esta loja tem as joias mais lindas — admira Nyah, sonhadora — e sempre dá para encontrar algo bom na parte da promoção.

Ela tenta subir a escadaria, mas agarro seu braço. Meu olhar está fixado na plaquinha branca apoiada no canto inferior direito da janela da frente. Tem as letras características, a tinta cerúlea.

— Nyah — murmuro. — Ali diz que não somos permitidas.

— Não. — Nyah me lança um olhar travesso. — Diz que *darajas* não são permitidos.

Franzo a testa, confusa.

— Mas você e eu... nossas mães... há leis de herança...

— Não *precisamos* contar a ninguém que nossas mães são darajas, Binti — afirmou Nyah. — Quero dizer, eles não vão pedir para ver documentos.

— Você quer dizer... — Hesito. — Você está dizendo que deveríamos mentir?

— Não mentir. — Nyah faz um gesto de desdém, como se tudo isso fosse a coisa mais simples do mundo. — Vamos só... omitir a verdade completa. Ninguém pergunta, ninguém conta.

Eu a encaro horrorizada até que ela me dirige um olhar de pena.

— Ah, Binti. — Ela pega minha mão e a aperta com gentileza, mas reconheço o olhar travesso dela. — Não me diga que você nunca se passou.

— Me passei? — repito. A palavra soa estranha para mim, como a porta para um segredo que só aumenta.

— Venha. — Nyah puxa minha mão. — Vai ser tranquilo. Além disso, como vamos encontrar uma roupa bonita para você?

— Mas...

Nyah não me dá tempo para discutir; ela já está me conduzindo pela porta da loja. Meu coração martela no peito quando o pequeno sino dourado anuncia nossa entrada. Prendo a respiração no momento em que passamos pela soleira.

O interior da loja é ainda mais bonito que o lado de fora. Pisos de madeira polidos brilham à luz, e as longas mesas junto às paredes estão cheias de vestidos e turbantes de todas as cores e tecidos. Há caixas de madeira cheias de joias brilhantes — brincos, broches e braceletes. Vejo um mostrador de leques enormes pintados à mão, cada um maior que o meu braço. Dou uma olhada na etiqueta de preço e sinto um arrepio.

— Nyah — sussurro tão alto quanto consigo. Ela já está conferindo um vestido seda vermelho. — Vamos embora. Não deveríamos...

— Posso ajudá-las?

Uma onda de puro pânico percorre o meu corpo quando me viro e vejo uma vendedora. Ela parece apenas alguns anos mais velha que eu e está usando um vestido branco modesto, dando um sorrisinho. Ela me olha, aguardando.

— Há... — Não consigo encontrar as palavras. — Eu... nós...

— Boa tarde. — Nyah aparece ao meu lado de repente. — Minha amiga está em busca de um vestido e acessórios. Ela tem um *pretendente*.

Olho feio para Nyah, mas ela apenas sorri em resposta. A vendedora assente, entusiasmada.

— Que bacana — diz ela, gentil —, e posso ver o motivo, você é linda.

Não sei descrever o sentimento que cresce no meu peito. Me dou conta que é a primeira vez que alguém além de minha mãe elogia minha aparência. *Linda*. Não é uma palavra que estou acostumada a ouvir, menos ainda referindo-se a mim. Ela está dizendo isso para que eu me sinta melhor ou será que está falando sério?

— Não é? — Nyah sorri. — Eu estava dizendo que rosa e verde são as cores que mais combinam com ela.

— Concordo — diz a vendedora. — Tenho certeza de que encontraremos algo para você. Como é o seu nome mesmo?

— Há… — De novo, não sei o que dizer, as palavras tropeçam umas nas outras quando tento falar. Por sorte, Nyah me ajuda.

— Esta é Rashida — responde rapidamente. — Sou Daya.

Rashida. O nome reverbera por mim e ouço seu ritmo, memorizo o fluxo e refluxo de suas sílabas. Rashida parece um nome adequado para uma garota rica o suficiente para comprar em lojas assim.

— Prazer em conhecê-las — devolve a vendedora. — Se me seguirem, temos mais opções no segundo andar…

Passamos o restante da tarde na loja, experimentando vestidos e joias que sabemos que jamais poderemos pagar. Toda vez que a vendedora chega com mais coisas para experimentarmos, me preparo para a explosão inevitável, o momento em que ela se dará conta de quem somos de verdade. Imagino o grito, a vergonha de ser expulsa da loja. Ouvi histórias de terror de darajas que foram forçados ao serviço por contrato para pagar os produtos que eles ou seus parentes darajas contaminaram com o toque. Vi darajas serem arrastados pelas ruas por desobedecer às leis DNSPA. Imagino a expressão de minha mãe ao me ver em uma situação dessas, e não consigo cogitar o que a magoaria mais: ver isso acontecer com a filha dela ou entender o motivo de estar acontecendo; porque a filha dela fingiu não ter sangue daraja, porque mentiu sobre quem é.

No fim das contas, meus medos são infundados; a vendedora não percebe nada. Saímos da loja horas depois sem um vestido, e o alívio toma conta de mim quando entramos em ruas mais familiares.

— Desculpe por não termos encontrado algo para você — solta Nyah.

— Tudo bem. — Na verdade, estou feliz de estar fora da loja. — Você tentou.

— Mesmo assim... — Nyah está com aquela expressão de novo, aquela que me deixa nervosa. — Pensei que você merecia um presente.

Ela toca a gola do vestido e tira dela um bracelete dourado. A corrente é prata, e uma preta ametista brilhante está esculpida na forma do coração pendurado nela. Perco o ar.

— Como você...?

— Peguei enquanto você e a vendedora falavam de cores. Eu estava certa, a propósito, verde e rosa *são* as melhores cores em você.

Ela está sorrindo, mas só consigo ficar boquiaberta diante do bracelete. Sob a luz do anoitecer, reluz sempre que se mexe. Eu nem quero pensar quanto vale algo assim. Meus olhos se enchem de lágrimas.

— Ah, não *chore*. — Nyah coloca a joia na minha mão e fecha meus dedos sobre ela. — Chame de bracelete da amizade, um símbolo da minha gratidão por você me aguentar o tempo todo.

Caminhamos juntas pela estrada, sem dizer nada. Não sei no que Nyah está pensando esta noite, mas minha mente só pensa no bracelete. A cada poucos passos, abro a palma e o encaro, maravilhada, deslumbrada e temerosa.

Na mesma hora que me dou conta de que é o meu bem mais querido, sei que nunca, *jamais*, posso mostrar o bracelete à minha mãe.

CAPÍTULO 13

KONGAMATO

Koffi não conseguiu se livrar da inquietação pelo restante do dia.

Os sonhos dela naquela noite estavam cheios de imagens, caçador e leoa batalhando. Ela imaginou as rachaduras reluzentes de raios que vinham sem tempestade, o brilho da lâmina da espada entrando no pelo dourado quente. Em sua mente, viu o rosto de Fedu, ouviu a risada, as palavras dele.

O bem e o mal nunca são simples. São feras inconstantes, sempre mudando de forma, e raramente belas.

Fedu acreditava mesmo que estava fazendo a coisa certa, e isso a assustava. Quando ficou impossível continuar dormindo, Koffi abriu os olhos, remexendo-se na cama enquanto os primeiros raios de luz passavam pelas janelas dos aposentos. Uma pergunta assustadora surgiu em sua mente, não pela primeira vez: e se Fedu descobrisse o que eles estavam fazendo? E se ele já soubesse? Ela balançou a cabeça. Não. Se Fedu já soubesse o que eles estavam planejando, teria colocado um fim na história e certamente não deixaria Koffi continuar o treinamento. Quanto ao que aconteceria se ele descobrisse… Ela estremeceu, sem querer pensar na possibilidade.

Uma hora mais tarde, quando Makena entrou no quarto, parou de repente ao olhar para Koffi.

— Há... você está bem?

— Sim — respondeu Koffi rápido, levantando-se. Depois que conversou com Fedu no dia anterior decidiu imediatamente que não diria nada aos outros darajas a respeito da visita dele. Não adiantaria de nada.

— Tenho uma roupa nova para você — comunicou Makena, sorrindo. — Sou suspeita para falar, mas esta é uma das minhas melhores peças. — Ela desenrolou as vestes que trazia e ergueu um tecido preto e calças combinando, cobertas em uma gama de folhas brancas estampadas em tecido de cera. — Que tal?

Koffi ergueu as sobrancelhas.

— Calças?

— Achei que seriam mais práticas — explicou Makena. — Sua aula hoje é com Amun, nos estábulos.

— Estábulos? — repetiu Koffi. — Há estábulos aqui?

Makena franziu a testa.

— Óbvio que sim. — respondeu ela como se fosse a coisa mais óbvia do mundo. — Ficam no jardim norte. Vista-se rápido, não queremos nos atrasar.

O ar se tornou mais quente quando elas se aproximavam dos estábulos. Koffi não conseguia deixar de fazer as óbvias comparações tanto com o terreno do Zoológico Noturno quanto com o estábulo inferior do Templo de Lkossa. Depois de um momento, ela decidiu que aquilo a fazia lembrar de uma combinação de ambos. Os cheiros de madeira, feno e esterco eram iguais, mas havia também algo inexplicavelmente mágico no lugar. As baias em si eram espaçosas, mesmo para um boi ou cavalo grande, e Koffi se perguntou que criaturas eram abrigadas ali. Ela ouviu gorjeios, roncos, até um rugido distante que a fez virar a cabeça por instinto. Ainda estava analisando a sala quando Amun deu a volta em uma das baias do canto.

— Oi, Koffi! — O sorriso dele era caloroso enquanto acenava, alegre. — Bom te ver.

— Igualmente — respondeu Koffi. Falava sério.

— Vou deixá-los à vontade — disse Makena antes de se afastar.

Koffi fechou os olhos por um momento e inspirou. Quando os abriu, Amun olhava para ela com uma expressão peculiar.

— Essa não é a reação que a maioria das garotas tem nos estábulos.

— Eu costumava trabalhar em um tipo de zoológico com a minha família — revelou ela. — Este é o primeiro lugar aqui que parece familiar para mim, embora o zoológico em que trabalhei não seja tão bonito quanto aqui.

— Ah. — Amun assentiu. — Nesse caso, me deixe te apresentar a tudo.

Amun quase uma hora levando Koffi pelas várias seções dos estábulos da Fortaleza de Espinhos. A princípio, Koffi esperara ver apenas a criação normal — ovelhas, vacas e porcos —, mas foi surpreendida positivamente ao ver que Fedu mantinha outras criaturas também. Para sua surpresa, uma das maiores pastagens tinham algumas impalas de chifres pretos; em uma menor, ela viu duas raposas feneco com pelagem de cor de areia desbotada pelo sol, rolando e brincando juntas. Koffi não conseguiu segurar o sorriso.

— Isto é incrível — disse ela, olhando as infinitas baias e currais.

Amun assentiu.

— Se não fosse toda a questão da prisão, seria legal — retrucou ele. — Fedu realmente tentou tornar aqui o lugar perfeito para um daraja da Ordem de Maisha.

— Maisha — repetiu Koffi. — Essa é a Ordem da Vida.

— Isso — confirmou Amun. — No geral, darajas da minha ordem são divididos em duas categorias: aqueles que lidam com as plantas e os que preferem trabalhar com animais. Obviamente dá para ver pelo estado dos jardins da Fortaleza que há alguns darajas muito talentosos na minha ordem. — Ele sorriu. — Mas prefiro trabalhar com coisas que tenham rostos.

Uma batida repentina os assustou. Koffi olhou por sobre o ombro de Amun e viu uma parte escurecida do estábulo. Não havia animais ali, só uma baia grande. Ouviu outra batida, e a porta tremeu violentamente. Amun pousou a mão no ombro dela e moveu os dois um pouco para longe da porta. Ela ouviu o que soou como um balido baixo de dentro do local, e de madeira sendo partida.

— O que tem lá? — perguntou baixinho.

Amun ficou sério.

— Algo que com sorte você jamais terá que ver.

Koffi encarou por mais um momento antes que Amun os conduzisse por um outro corredor de baias. Aquela estava preenchida principalmente com mamíferos pequenos — suricatos, civetas e um lobo-da-terra.

— Então, como as afinidades funcionam para darajas na Ordem de Maisha? — perguntou Koffi.

— Pode variar — explicou ele. — Os mais inexperientes podem ter o dom de encontrar animais de uma espécie específica. Do outro lado do espectro, algumas lendas dizem que, antigamente, havia darajas na Ordem de Maisha que mudavam seus corpos, se transformando de verdade em animais que escolhessem.

Koffi arregalou os olhos.

— Você poderia fazer isso se quisesse?

— Não. — Amun riu. — Comunicação é a minha especialidade.

Koffi levou vários segundos para entender.

— Você fala com animais?

Ele balançou a cabeça.

— Não exatamente, mas... — Fez uma pausa, pensativo. — Na verdade, é melhor se eu mostrar. Normalmente eu não mostraria, mas como você já trabalhou com animais antes... — Ele parecia estar se convencendo. — Acho que ficará tudo bem.

Amun gesticulou, conduzindo-a para os fundos dos estábulos. Koffi percebeu que havia menos animais ali, e que estava mais silencioso. Duas portas de correr gigantescas cobriam grande parte da parede dos fundos; quando eles se aproximaram, Amun ergueu a mão.

— Vou pedir que fale baixo — sussurrou ele. — E não faça movimentos bruscos.

Koffi foi tomada por medo e antecipação. Amun assentiu e então se virou para as portas de correr. Ele afastou uma delas só um pouquinho e gesticulou. Koffi se espremeu entre elas, e ouviu Amun fazer o mesmo. Ela se virou quando estavam do outro lado, e perdeu o fôlego.

Encarava uma pastagem enorme, a grama de um tom rico de verde-esmeralda. As cercas brancas que delimitava os limites se estendiam por vários metros em todas as direções, e adjacente a si, Koffi viu que uma delas chegava ao que supunha a extremidade mais ao norte da Fortaleza. Os olhos dela tiveram exatamente um segundo para entender isso antes que Koffi ouvisse um grito longo e de arrepiar.

Era diferente de tudo que Koffi já ouvira; fez com que ela rangesse os dentes e se arrepiasse. Logo ficou tensa. Estivera tão chocada pelo tamanho do espaço que não havia questionado o motivo de ser tão grande, mas já tinha a resposta.

As bestas esparramadas pela pastagem tinham um quê reptiliano, e suas escamas reluziam diversas cores à luz do sol. Cada uma delas era gigantesca, facilmente duas vezes o tamanho de qualquer cavalo que Koffi já vira, e espirais de músculo flexionavam por seus corpos fortes quando se mexiam. Koffi teve que se lembrar de respirar. Conhecia apenas uma palavra para descrever criaturas assim.

— São...? — Ela hesitou. — São dragões?

Ao lado dela, Amun deu uma risadinha.

— Não exatamente. — Ele deu um passo cuidadoso à frente. — Se você olhar mais de perto, perceberá algumas diferenças importantes.

Koffi se forçou a piscar várias vezes, embora não quisesse. Parecia que as criaturas iam desaparecer se ela sequer desviasse o olhar por um segundo.

— Como eles são chamados?

— Kongamatos — respondeu Amun, baixinho. — Aqui, olhe. — Ele apontou um kongamato a alguns metros deles, de escamas vermelho-brilhante, que estava se levantando. — Está vendo o bico? Eles são feitos de um metal que não existe em qualquer outro lugar em todo o continente. Pode cortar qualquer coisa.

Koffi se forçou a dar um passo para trás enquanto o kongamato vermelho se virava na direção deles. Amun tinha razão; depois que o choque inicial passara, ela viu que — ao contrário do que pensou a princípio — aquela criatura não era um dragão. O corpo certamente lembrava um lagarto, mas a cabeça era mais como a de um pássaro. Um bico longo e fino saía de sua cabeça, num tom entre cobre e cor-de-rosa dourado. Ela viu o ponto afiado na extremidade do bico e engoliu em seco.

— Eu... nunca tinha ouvido falar de kongamatos.

— É — confirmou Amun, com certa tristeza em sua voz. — Seria estranho se você tivesse ouvido. Kongamatos costumavam viver espalhados pelo continente, embora em diferentes espécies. No início, não eram domesticados, mas quando os governantes perceberam como eles eram poderosos, começaram a criá-los para a guerra.

Koffi olhou para outro kongamato, um que havia se levantado para esticar as pernas. Tinha escamas numa tonalidade azul-esverdeada intensa que a lembrava das penas de um pavão. Ele abriu o bico, e ela percebeu que ele não tinha uma, mas duas fileiras de dentes afiados.

— Dá pra ver por quê — comentou ela. — Eu não ia querer encontrar um deles no campo de batalha.

— Funcionou por um tempo. Mas quando os reis perceberam que podiam simplesmente pegar os bicos dos kongamatos e fazer suas próprias armas, quase os levaram à extinção. Eles só existem porque Fedu trouxe alguns deles para cá.

Uma tristeza inesperada abalou Koffi. Ela olhou para a pastagem. Devia haver menos de trinta kongamatos no total. Perceber que aquilo era o que sobrara de uma espécie que devia ter populado um continente inteiro um dia era devastador.

— A boa notícia é que alguns deles estão se reproduzindo aqui — adicionou Amun. — Está vendo aquela pequena? Nasceu há algumas estações, então não é adulta ainda.

Koffi a viu, uma kongamato notavelmente menor com escamas cinza-perolado. Assustou-se quando a criatura jogou a cabeça, desenrolando asas que estiveram encolhidas nas laterais do corpo.

— Eles voam?

— Eles conseguem, mas raramente voam — respondeu Amun. — Como são criados aqui e não têm senso real do mundo lá fora, costumam gostar de ficar na pastagem. Às vezes voam pelo perímetro da Fortaleza de Espinhos. Com sorte, você vai ver quando um deles voar. Eles são brilhantes no céu.

— Dá para montar neles?

— Tecnicamente, sim, mas eu não tentaria — desencorajou Amun. Ficou sério por um momento. — Kongamatos não são conhecidos por terem um temperamento calmo e previsível, mesmo esses aqui acostumados a ver humanos.

— Você disse que ia me mostrar sua afinidade — relembrou Koffi.

— Ah, sim. — O sorriso dele voltou de imediato. — Vou mostrar. Fique aqui.

Amun se aproximou do kongamato cinza. Alguns dos outros ergueram a cabeça enquanto ele passava, mas a maioria nem se incomodou. Quando chegou perto da criatura, Amun ofereceu a mão.

— Nyeupe — chamou com gentileza. — Como você está se sentindo hoje?

Para a surpresa de Koffi, o kongamato emitiu um som baixinho e entusiasmado — alto, mas não tão agudo quanto ela ouvira antes. Observou o kongamato circular Amun levemente sobre seus pés com garras, quase como se dançasse. Abaixou a cabeça e empurrou Amun gentilmente.

— Quero que você conheça uma pessoa — murmurou ele. Ergueu a cabeça de maneira brusca. — Koffi, venha aqui!

Koffi hesitou. Ela passara a vida inteira trabalhando e cuidando de animais perigosos, o que lhe dera uma dose saudável de cautela quando se tratava de animais com os quais não estava familiarizada.

— Está tudo bem — encorajou Amun. — Prometo que ela não vai machucar você. Só caminhe devagar.

Koffi respirou fundo e começou a cruzar a pastagem. Sua respiração se estabilizou enquanto passava por alguns dos maiores kongamatos, enquanto sentia os olhares amarelos penetrantes em si, seguindo os passos dela com atenção. Ela focou em Amun e não parou de caminhar até estar ao lado dele. De perto, o bebê kongamato parecia bem maior.

— Nyeupe — disse Amun. — Esta é a minha amiga Koffi. Diga olá para ela.

Koffi ficou parada enquanto a criatura voltava toda a atenção para ela. Nyeupe tinha os olhos da cor do laranja profundo de um pôr do sol, e Koffi se viu hipnotizada quando os encarou. Os segundos desaceleraram, e uma coisa peculiar aconteceu: ela viu compreensão nos olhos da criatura. Nyeupe inclinou a cabeça, visivelmente curiosa, e então a abaixou para apoiá-la na de Koffi. A sensação quase fez com que ela perdesse a força nas pernas, mas Koffi se segurou, sorrindo.

— Obrigada — disse ela. — Prazer em conhecê-la.

— Quando canalizo o esplendor, consigo me conectar com Nyeupe de uma maneira especial — explicou Amun. — Não consigo falar com ela, mas ouço seus pensamentos e ela ouve os meus. Desculpe se não faz sentido.

— Não. — Koffi balançou a cabeça. — Faz sentido, sim.

— Obviamente você não está na Ordem de Maisha — prosseguiu ele. — Mas pensei que podíamos tentar algo, se você estiver a fim.

— Vamos.

— Quero que tente invocar o esplendor — disse ele. — Da mesma maneira que fez… antes.

200

Koffi sabia que ele se impedira de dizer *na Floresta de Névoa*.

— Está bem.

Ela se preparou, firmando os pés no chão e respirando. Era estranho fazer aquilo tendo plateia, mas tentou ignorar a presença de Amun e focar nas emoções.

Estou animada. Estou assustada. Estou esperançosa.

Ela sentiu o esplendor adormecido dentro de si ganhar vida, aquecendo seus braços e pernas ao passar por seu corpo. Quanto mais ficava em sua presença, com mais intensidade Koffi sentia a diferença da força do poder. Uma pressão se acumulou atrás de seus olhos enquanto ela se esforçava para contê-lo, para usar apenas a pequena quantidade da qual precisava. Ela abriu as palmas, e um punhado de luzinhas brilhantes apareceu no ar. Elas giravam ao redor dela como uma brisa, e sem falar Koffi as direcionou para que dançassem ao redor de Nyeupe. A kongamato parecia fascinada. Koffi deixou a luz dançar ao redor dela por mais um tempo antes de invocá-la de volta e soltar o ar. Ao lado dela, Amun bateu palmas.

— Foi muito bom.

— Obrigada.

— Como você se sente?

— Sinceramente, estou um pouco cansada.

Ele assentiu.

— É normal. Quanto mais você praticar, mais fácil ficará e menos exaustivo esses pequenos chamados serão.

Eles observaram uma borboleta passar voando por Nyeupe e a kongamato se virar para segui-la depois dar guinchos felizes. Koffi suspirou.

— São criaturas realmente lindas — admirou ela.

— São mesmo — concordou Amun. — Para ser sincero, me sinto mal por elas. As pessoas olham para elas e veem monstros, feras de ruína e destruição, mas os kongamatos são inteligentes, complexos e poderosos.

Outra pontada de dor atingiu Koffi de repente. As palavras de Amun a relembraram de algo que a mãe dissera a ela uma vez no Zoológico Noturno.

Às vezes, coisas que parecem perigosas são só incompreendidas.

Lágrimas encheram os olhos de Koffi. Sua mãe amava animais, e Koffi imaginava o quanto ela adoraria aquele lugar.

— Ei. — Amun ergueu as sobrancelhas. — Você está bem?

— Ah, estou bem. — Koffi limpou as lágrimas, envergonhada. — Eu só...

Os dois se viraram quando as portas de correr do estábulo abriram. Koffi ficou surpresa — e sem saber se estava satisfeita — em ver Zain enfiar a cabeça entre as portas.

— Ah, Faca de Manteiga — disse ele. — Olá.

— Bom dia, Zain.

Zain olhou para Amun.

— Desculpe interromper, mas estou vindo das cozinhas da Fortaleza — anunciou ele. — Estão precisando de você lá, alguma coisa a respeito de um problema com ratos...

— Imagino. — Amun já estava apertando a ponte do nariz. — Desculpe, Koffi, vamos ter que adiar o restante.

— Tudo bem — disse Koffi. — Obrigada pelo que me mostrou.

— Zain vai acompanhá-la até lá fora — disse ele, abrindo bem as portas. — Vejo você depois.

Ele foi embora sem dizer mais nada, deixando Koffi e Zain sozinhos. Ele inclinou a cabeça, e ela respondeu com um franzir de testa.

— Faca de Manteiga?

— Na verdade, eu gosto do seu apelido — disse Zain. O sorriso já aumentava. — É gostoso de falar.

Koffi se lembrou de repente do comentário de Njeri.

— Pare de contar a história para as pessoas.

— Por quê? — Zain entrou na pastagem. Se estava nervoso com os kongamatos, não demonstrou. — Pessoalmente, acho que é uma ótima história...

— Zain.

— Está bem, não vou contar a mais ninguém.

— Obrigada.

Um silêncio incômodo surgiu. Zain esperou um momento antes de rompê-lo.

— Então... — disse devagar. — Como estão indo as suas aulas?

— Estão indo bem. — Koffi ficou aliviada em ter outro assunto para falar. — Esta é tecnicamente a minha terceira, mas Makena está trabalhando comigo também. Acho que estou pegando o jeito. — Ela abaixou o tom. — Acho que conseguirei mesmo tirar a gente daqui.

Zain ergueu as sobrancelhas. Pela primeira vez desde que entrara na pastagem, parecia visivelmente desconfortável.

— Há, como regra, não falamos esse tipo de coisa em locais abertos.

A vergonha queimou as bochechas de Koffi.

— Ah.

— É que existem várias oportunidades para alguém entreouvir.

— Hum, entendi. Está bem. — Ela passou o peso do corpo de um pé a outro, sentindo-se incomodada, mas então franziu a testa. Não. Decidiu bem ali. Não, ela não deixaria Zain, nem outra pessoa, fazê-la se sentir desconfortável. Ergueu a cabeça para ele. — Você sempre segue as regras?

Foi a vez de Zain franzir a testa.

— *Pff.* Não.

Peguei você. Koffi mal conteve um sorriso.

— Hum, não sei. Não estou convencida.

Zain deu um sorrisinho.

— Eu poderia fazê-la mudar de ideia.

— Como?

— Dê uma volta comigo — chamou ele, assentindo. — Em um dos kongamatos.

— O quê? — Enquanto absorvia as palavras, Koffi esqueceu tudo sobre o joguinho que começaram. — Tá falando sério?

— A não ser que você esteja com medo. — Havia um brilho insuportável no olhar de Zain, um tom de prazer em sua voz.

203

— Mas... — Koffi olhou para trás, para os kongamatos ainda na pastagem. Amun dissera que o temperamento das criaturas era imprevisível, que apenas um tolo ousaria montar nelas.

— Vamos — incentivou Zain. Para a surpresa de Koffi, ele quase soava sincero, como se quisesse mesmo que ela fizesse aquilo. — Já montei antes. Se formos respeitosos, eles não vão achar ruim.

— Eu...

Koffi não sabia o que dizer. Por um lado, duvidava muito que montar em uma criatura altamente inteligente com bico de metal que um dia fora criada para a guerra fosse a coisa mais inteligente de se fazer naquele momento, mas por outro lado... Zain sustentava o olhar dela. Ele parecia esperar por uma resposta, desafiando-a. Ele a desafiava a dizer não, talvez ou sim?

— Se, hipoteticamente, fizermos isso, qual kongamato seria?

Zain sorriu.

— Mjane.

Como se tivesse ouvido o nome, outra kongamato se aproximou deles. As escamas dela eram pretas como o céu noturno, e espinhos irregulares, longos e pontudos decoravam sua cabeça. Koffi não sabia dizer o que exatamente, mas algo na criatura exigia respeito. A kongamato parou diante deles e ergueu a cabeça para o céu, imperiosamente.

— Mjane é uma das kongamatos mais antigas da Fortaleza de Espinhos — explicou Zain. — Ela é ótima, não é, velhinha?

Koffi esperara que a criatura virasse seu bico gigantesco para Zain, e ficou surpresa quando, em vez disso, a kongamato abaixou a cabeça da mesma maneira que Nyeupe fizera antes. Zain deu uma batidinha no longo bico de Mjane antes de se voltar para Koffi outra vez.

— O que faremos, Faca de Manteiga? — perguntou. — Daqui a pouco Amun volta. É agora ou nunca.

Koffi pressionou os lábios em uma linha fina.

— Alguém vai nos ver?

Zain balançou a cabeça.

— Mesmo que vejam, ninguém vai parar para ficar olhando. Vamos estar muito alto.

Ela engoliu em seco. A ideia de estar a centenas de metros de altura em uma criatura altamente inteligente de bico de metal que um dia fora criada para a guerra parecia ainda mais tola. Mas ela estaria mentindo se dissesse não estar tentada, que a ideia de fazer algo imprudente não era divertida. Ela fez uma careta, passou o peso do corpo de um pé ao outro, e então disse:

— Está bem.

— Isso! — Zain bateu palmas, embora devagar, para não perturbar os outros kongamatos. — Está bem, vamos lá. Eu ajudo você a subir.

Koffi tentou manter a respiração equilibrada enquanto Zain a conduzia para o outro lado de Mjane. A kongamato parecia entender o que estava acontecendo, porque se abaixou e se deitou de barriga. Mesmo deitada, seu corpo batia no torso de Koffi.

— Aqui.

Uma energia passou por Koffi quando as mãos de Zain encostaram em sua cintura e a içaram para as costas de Mjane. Ela não sabia o que esperar, mas as escamas pretas da kongamato estavam aquecidas pelo sol, pegajosas ao toque. De repente, ficou grata por Makena ter sugerido calças. Zain montou em Mjane e se sentou atrás de Koffi. Novamente, suas mãos foram até a cintura dela.

— Estou segurando você — garantiu ele. Koffi conseguia ouvir sua animação. — Pronta?

— Pronta.

— Mjane, *kapunda!*

Koffi sentiu uma guinada, um puxão em algum lugar perto de seu umbigo, enquanto a kongamato disparava no ar. O corpo dela deslizou para encostar no de Zain enquanto eles subiam cada vez mais alto, mas os braços dele a seguraram e a mantiveram firme.

— Está tudo bem! — gritou ele. Koffi mal podia ouvi-lo com o som do vento. — Você não vai cair!

205

Mjane virou à esquerda, e os joelhos de Koffi instintivamente se apertaram ao redor da cintura da kongamato. Eles se nivelaram, e pela primeira vez ela ousou olhar para baixo. A visão era maravilhosa.

Daquele ponto, estavam alto o suficiente para ver toda a Fortaleza de Espinhos. Koffi viu os contornos de cada jardim principal, o jeito que os cores de cada um criavam blocos coloridos enquanto eles passavam voando. Como a rosa de uma rosa dos ventos, a Fortaleza ficava bem no meio de tudo. Koffi odiara o lugar desde o momento em que acordara nele, mas sendo sincera consigo, admitiu que era lindo do alto.

— Vamos pousar agora! — avisou Zain. — Segure firme!

Koffi quase se ressentiu. Tinham dado apenas uma volta pelo perímetro da Fortaleza. Zain se inclinou só um pouquinho, empurrando os corpos dos dois para a frente, e a kongamato respondeu, mergulhando de repente. Koffi segurou firme enquanto eles deslizavam ainda mais, pressionando os joelhos na junção das asas de Mjane com suas costas. A kongamato voou em direção à grama com uma velocidade que fez o ar bagunçar o cabelo de Koffi. Mjane descia rápido, rápido demais. O toque de Zain ficou mais firme quando se aproximaram do chão, mas eles ainda estavam deslizando. Koffi entendeu o que ia acontecer um segundo tarde demais.

— Zain...

Ela arfou quando os dois deslizaram para fora das costas de Mjane, caindo pelo ar. Por um segundo maravilhoso, Koffi sentiu que voava, e então encontrou o chão com um baque forte. Passou um momento antes que a explosão de estrelas que embaçava sua visão passasse; mesmo assim, ela ficou deitada por um tempo. Nada parecia quebrado, mas algo quente deslizava por seu queixo. Ela se sentou e se encolheu.

— Koffi!

Ela virou a cabeça a tempo de ver Zain correndo em sua direção. Não entendia como ele conseguira se levantar tão rápido. Ele se ajoelhou. Koffi se surpreendeu com o nível de preocupação nos olhos dele, com o pânico.

— Você está bem? Se machucou?

— Estou bem. — Koffi limpou a boca com o braço. Tinha arrebentado o lábio, ao que parecia, mas fora isso se sentia bem. — Sério.

Zain balançou a cabeça.

— Sinto muito mesmo. Pensei que seria tranquilo, mas Mjane...

— Koffi!

Os dois viram Amun e Makena correndo na direção deles, horrorizados. Amun empurrou Zain de lado enquanto se ajoelhava e agarrava os ombros de Koffi para analisá-la.

— Ela não parece ter quebrado nenhum osso — analisou ele, mais para si mesmo. — Só um lábio cortado...

— AI!

Koffi e Amun ergueram o olhar. Zain havia se levantado rápido e Koffi viu o motivo. Makena estava correndo atrás dele pelo gramado, atingindo-o com o que parecia um de seus alfinetes de costura. Ele tentava escapar, mas Makena era rápida, mesmo de vestido.

— NO. QUE. VOCÊ. ESTAVA. PENSANDO?

— Ai! — Zain pulou para longe dela em uma pirueta graciosa. — Pensei que seria divertido!

— Divertido? DIVERTIDO? — Makena parou de persegui-lo. Seus olhos exibiam uma raiva selvagem. — Você achou que seria *divertido* fazer a única pessoa que pode conseguir nos tirar deste lugar voar a centenas de metros no ar e então deixá-la cair?

Para a surpresa de Koffi, Zain parecia mesmo culpado.

Makena lançou a ele mais um olhar enojado antes de se virar para Koffi.

— Vamos — disse gentilmente. — Vou levar você a um curandeiro. Ele vai dar pontos em seu lábio e procurar outros ferimentos.

Koffi não achava ser necessário, mas deixou Amun ajudá-la a levantar e assentiu. Makena passou o braço ao redor dela para ajudá-la a caminhar de volta para a Fortaleza. Koffi foi de bom grado, mas quando olhou para trás, Zain acenou. Ela não conseguiu deixar de sorrir.

CAPÍTULO 14

SANGUE E OURO

Nos dias seguintes, Ekon encontrou seu lugar no Empreendimento surpreendentemente rápido.

Não demorou muito para descobrir o ritmo do grupo, a maneira como viajavam. Os dias começavam e terminavam cedo, o que não era problema para ele, porque significava que estavam sempre prontos para partir ao nascer do sol e preparados para dormir ao pôr do sol. Os cafés da manhã e os jantares eram breves e eficientes, mas Ano permitia que o almoço durasse um pouco mais. Levou vários dias — três, para ser preciso —, mas, aos poucos, Ekon começou a entender a estrutura do grupo. Parecia que cada membro do Empreendimento tinha deveres oficiais e não oficiais.

Safiyah, por exemplo, era a faz-tudo, entregava temperos e coletava dinheiro da clientela, mas também era responsável por cuidar das mulas. Kontar — o homem que explicara a Ekon o que era a raiz de fogo — atuava como um dos especialistas de ervas do grupo, avaliando a qualidade dos temperos e ervas com os quais trabalhavam. Também era um bom cozinheiro. Aos poucos, Ekon e Themba encontraram seus próprios papéis dentro do grupo. O amor dele por contar significou que, várias vezes, ajudou Abeke com o inventário, uma tarefa que ninguém se importou em deixar para ele. Enquanto isso, Themba lavava para o grupo e usava o esplendor para oferecer alívio àqueles com costas e pés cansados. Ekon ficou um tanto surpreso em descobrir que se tratava de uma vida quase agradável. Os dias nunca eram iguais, mas havia uma rotina que dava certo conforto a Ekon.

No templo, a vida era governada hora a hora — patrulhas, estudo das escrituras e então treinamentos. Mas com os membros do Empreendimento, ele teve permissão para fazer as coisas que o deixavam feliz. Às vezes, uma parte mais calma de sua imaginação se permitia ao questionamento, mesmo que apenas por um momento, de como seria viver uma vida assim o tempo todo, na estrada entre pessoas que, em sua maioria, não o julgavam por ser quem era, mas toda vez que pensava nisso, também pensava em outra coisa.

Koffi.

Ela estava presa pelo deus da morte em algum lugar no sul, e Ekon não podia esquecer sua missão, o verdadeiro motivo de estar viajando com o Empreendimento. Foi decidido que quando chegassem a Bandari, uma das maiores cidades portuárias do sul, Ekon e Themba se separariam do Empreendimento. O destino se aproximava a cada dia.

Não há por que criar laços, ele se relembrou. *Você tem trabalho a fazer, mantenha o foco.*

As palavras faziam sentido. Ekon só não sabia o motivo, quanto mais as dizia para si, mais triste ficava.

Eles prosseguiram para o sul, avançando devagar a cada dia.

Ekon pensou sentir o ar esfriando, mas não tinha certeza. Nunca estivera na Região Kusini, o sul de Eshōza, e seu conhecimento a respeito dela se limitava aos livros disponíveis na vasta biblioteca do Templo de Lkossa. Estudiosos haviam escrito que a Região Kusini era composta em sua maioria de pântanos, habitados por pessoas que dependiam muito da pesca como fonte principal para o setor industrial. O clima não era como o da Região Zamani, onde as estações seguiam um padrão. Em vez disso, o sul era mais bem conhecido por névoas imprevisíveis que tomavam a terra, indo para onde queriam. Ekon uma vez lera um conto sobre uma névoa que se apaixonara por uma garota humana, e por isso permaneceu sobre a vila dela por cinquenta anos, esperando por seu amor não correspondido. Na época, ele considerara a história ridícula, mas depois de tudo o que viveu... bem, ele aprendera a examinar os mitos e fábulas com mais cuidado.

Ano pediu que a caravana parasse cedo naquela noite, e ninguém reclamou. Aquela parte da estrada pela qual Thabo conduzira o dia todo não era bem cuidada, o que tornou o trajeto sacolejante e nada agradável. Ekon resistiu à vontade de massagear as costas assim que desceram da carroça. O entardecer se aproximava rápido, e a maioria dos membros do Empreendimento parecia mais que satisfeito em jantar rápido para estender suas camas de palha perto da fogueira. Ekon havia começado a desenrolar a sua quando sentiu um olhar em suas costas. Ano estava atrás dele.

— Vou pedir que você fique de vigília esta noite — murmurou ela. — Esta área em particular pode ser problemática às vezes.

— Problemática? — repetiu Ekon.

Ano indicou com a cabeça o lado direito deles, e Ekon olhou nessa direção. Era difícil ver na pouca luz, mas dava para discernir os contornos de árvores na distância. A Selva Menor. Bem parecida com sua equivalente mais ao norte.

— Você já esteve na selva? — perguntou Ano.

— Infelizmente, sim.

Os olhos de Ano reluziram.

— Então você sabe que pode estar repleta de perigos — adicionou ela. — Daqui em diante, faremos turnos de vigília a cada duas horas. Você ficará com o primeiro esta noite. Safiyah virá substituí-lo.

Ekon suprimiu um resmungo. Depois de um dia de viagem como o que tiveram, ele não queria nada além de dormir. Ano parecia conseguir ler a mente dele, porque ergueu a sobrancelha.

— A não ser que você não esteja com vontade?

— Não, não — negou Ekon rápido. Estava fresca na cabeça a conversa substancial que tiveram sobre lealdade, do jeito perturbador com que ela matara aquele escorpião. — Eu vou.

Ano assentiu.

— Toque o sino se ouvir ou ver algo.

Ekon observou quando, um por um, os membros do Empreendimento foram dormir. Sentiu um pouco de inveja ao vê-los deitarem nas camas de palha e fecharem os olhos, mas também descobriu que, com o espaço quieto, havia paz no mundo ao seu redor. Na distância, ele podia ouvir cigarras nas árvores que balançavam na Selva Menor, cantando enquanto a lua subia mais alto no céu tomado de estrelas. A pequena fogueira do acampamento estalava alegremente ao queimar, e Ekon se viu imaginando, com certa tristeza, outra noite como aquela. Ele pensou em Koffi, no fascínio no olhar dela ao observar as estrelas, admirando as histórias que ele lhe contara sobre as constelações. Ekon se pegou imaginando se, fosse lá onde estivesse, Koffi podia ver as mesmas estrelas.

Os pensamentos dele foram interrompidos por um barulho, fraco mas distinto. A princípio, pensou que podia estar imaginando, mas então teve certeza: passos se aproximavam dele na escuridão. Todos os músculos de seu corpo ficaram tensos. Ele se levantou, agarrando com força uma das faquinhas de cozinha do acampamento. Os passos pareciam estar mais próximos, mais vagarosos. Ekon retesou o maxilar, pronto para um ataque quando...

— *Por favor*, me diga que essa não é a sua posição de batalha.

Safiyah emergiu da escuridão, sorrindo. Ekon franziu a testa.

— O que você está fazendo?

— O que parece que estou fazendo? — sussurrou ela, sentando-se diante dele. — Estou de vigília.

Ekon balançou a cabeça.

— É para você me substituir daqui duas horas.

Safiyah deu de ombros.

— Não consegui dormir.

Ekon abriu a boca para discutir, mas pensou melhor. Se Safiyah queria desperdiçar uma noite de sono sem motivo, era problema dela. Ele se sentou ao lado do fogo, torcendo que pudesse apreciar a quietude da noite quando um som de metal raspando preencheu o ar, e ele olhou para Safiyah. Ela segurava uma pequena lâmina em uma das mãos e uma pedra de amolar na outra.

— *O que você está fazendo?*

Safiyah olhou feio para ele e ergueu a faca.

— Estou amolando minha lâmina.

Ekon sentiu um pouco irritação.

— Estou vendo. Mas precisa fazer isso agora?

Safiyah não ergueu o olhar enquanto continuava o trabalho.

— Não tenho tempo durante o dia.

Ekon não respondeu, mas observou Safiyah afiar a adaga. Odiava admitir para si mesmo, mas estava curioso.

Safiyah afiava a lâmina com a facilidade de alguém que já fizera isso muitas vezes, mesmo assim, era óbvio que a faca já tivera dias melhores. A lâmina em si, embora afiada, tinha pontos de ferrugem perto da base, e parecia que o couro no punhal tinha sido refeito várias vezes. Por fim, a curiosidade venceu.

— Onde você conseguiu esta adaga?

— Não é da sua conta.

A princípio, Ekon pensou em deixar para lá, mas quando os minutos continuaram a passar em um silêncio desconfortável, ele insistiu.

— Vamos, me conte. Você sabe que eu vou continuar perguntando, e temos pelo menos mais algumas horas pela frente.

Safiyah deu a ele um olhar sarcástico.

— Você acha mesmo que pode me encher o saco até eu contar?

— Pode ter certeza de que vou me esforçar.

Quando Safiyah não respondeu, Ekon bocejou e começou:

— Sabe, eu cresci no Templo de Lkossa…

Safiyah olhou feio para ele.

— Parte do meu treinamento para me tornar um Filho dos Seis envolvia um estudo *muito* rigoroso do Livro dos Seis, nosso texto religioso. Para ser elegível à candidatura de guerreiro, precisei memorizar a coisa toda, palavra por palavra. Levo mais ou menos duas horas para recitar do começo ao fim, mas quando estou *cansado*…

— Tá. — Safiyah parou de afiar a lâmina por tempo o bastante para fazer uma carranca. — Meu pai me deu esta faca. Satisfeito?

— Sério? — perguntou Ekon. Estava quase se divertindo. Quase. — E seu pai deu a você porque *quis*, ou…?

— Não me insulte. — Safiyah irritou-se. — Eu jamais roubaria dele. A faca foi um presente, o *último* presente que ele me deu antes que eu fugisse de casa.

Algo na voz dela mudara, havia um tom afiado, e por trás disso uma emoção que Ekon não havia ouvido em Safiyah antes. Ele ergueu as mãos.

— Ei, desculpe — disse, sincero. — Queria saber sobre a faca, mas… não quis ser intrometido.

A expressão de Safiyah suavizou por um instante antes de se fechar de novo. Ela começou a deslizar pedra pela lâmina mais rápido, e Ekon ficou cada vez mais preocupado que ela acabasse arrancando o próprio dedo.

— Não espero que você entenda — disse ela. — Garotos como você são criados para serem guerreiros desde que começam a andar. *Seu pai* provavelmente garantiu que você soubesse tudo o que há para saber sobre como lutar, como se proteger.

Ekon escolheu não mencionar que, na verdade, não fora assim. O pai dele morreu quando Ekon tinha sete anos, e ele foi criado e preparado para ser guerreiro pelo irmão e pelo homem que um dia chamara de mentor. Pensou em contar isso a ela, mas desistiu. Safiyah continuou falando.

— Nem todos nós temos o apoio para fazer o que queremos na vida — prosseguiu ela. — Você devia se considerar sortudo por ter tido essa oportunidade.

Ekon começou a dizer algo, mas tentou uma tática diferente.

— Você não teve?

Safiyah fez uma careta.

— Não. Na minha vila, garotas não tinham permissão para aprender a lutar. Mas meu pai não se importava; ele me ensinou tudo o que pôde e me deu essa faca de aniversário. Só que minha mãe... — A expressão se fechou ainda mais. — Minha mãe só queria que eu arranjasse um bom casamento, que me tornasse uma *dama* adequada. Ela costumava me fazer sentar com ela por horas para não fazer nada além de *ler*...

— Parece perfeito para mim — murmurou Ekon, sem se dar ao trabalho de abaixar o tom de voz.

— Óbvio que sim! — Safiyah jogou a pedra de amolar no chão, frustrada. — Porque não é a sua vida. Você faz ideia de como é ser bom em algo, *muito* bom em algo, e então ouvir que não pode fazer isso por causa de regras arbitrárias que não fazem sentido?

Sim, pensou Ekon, mas não disse.

— Você não faz ideia do que eu daria para ter a infância que você teve — retrucou Safiyah. — Viver em um templo e passar meus dias treinando, aprendendo, *fazendo*.

— Não sei — ponderou Ekon. — Acho que a grama é sempre mais verde do outro lado do templo.

Safiyah revirou os olhos.

— Talvez minha mãe deva adotar você — disse ela. — Então ela pode levar *você* a um casamenteiro mal-educado, e...

— Safiyah. — Ekon se endireitou de repente. — Fique quieta.

214

Safiyah fez cara feia.

— Como é?

Ele ergueu um dedo e viu o exato momento em que Safiyah percebera o mesmo que ele. Não estava mais apenas silencioso no acampamento; não havia som algum. As cigarras nas árvores ficaram imóveis.

Ekon olhou ao redor devagar. Não conseguia ver ninguém, mas não confiava em seus olhos à noite. Com cuidado, levantou-se, e Safiyah imitou os movimentos até estar ao seu lado. Sussurrando o mais baixo possível, ele disse:

— Você vai pela esquerda, e eu vou pela direita. Se ouvir ou ver algo esquisito, faça o máximo de barulho que puder. Mesmo se acabar não sendo nada, é melhor prevenir que remediar.

Safiyah assentiu, segurando a adaga perto do corpo enquanto saía para a escuridão. Ekon foi na direção oposta. Caminhou na ponta dos pés para minimizar os barulhos enquanto passava entre os integrantes adormecidos do Empreendimento. Eles estavam em círculo, com as três carroças no meio. Qualquer um que quisesse os suprimentos teria que passar por eles para consegui-los. Ekon não conseguia mais ver Safiyah, o que significava que ela teria que estar exatamente no lado oposto ao dele, do outro lado do círculo. Mais alguns passos e ele a veria.

De repente, Ekon sentiu a pressão fria do metal na base de sua garganta. Tentou se mexer, mas alguém cobriu a boca dele com a mão e o fez ficar de joelhos antes que pudesse gritar ou fazer qualquer barulho. A alguns passos de distância, ele ouviu uma briga e um resmungo, e soube que Safiyah também fora derrubada. Não conseguia ver o atacante, mas ouviu a risada baixa dele.

— Largue a faca, com cuidado. — Era uma voz masculina que ofegou no ouvido de Ekon; o hálito fedia a tabaco de mascar. — Não tem por que dificultar.

O homem manteve a lâmina no pescoço de Ekon até que o rapaz largasse a faca, então caminhou com ele ao redor das carroças e pela fogueira antes de falar mais alto.

— Atenção, pessoal! Atenção, por favor!

Um por um, os membros do Empreendimento se sentaram, grogues e confusos a princípio, e em seguida horrorizados quando viam a pessoa que Ekon não conseguia ver. Ele viu Themba se sentar, viu quando ela começou a erguer as mãos. Tão sutilmente quanto pôde, ele balançou a cabeça até que ela as abaixou. Eles ainda não sabiam com quem estavam lidando. Naquele momento, não tinham muitas vantagens, mas Ekon pensou que, se o poder de Themba ia ser uma delas, era melhor manter esse segredo pelo máximo de tempo que fosse possível.

— Amarre ele, Rahid — ordenou a Voz Ofegante.

Ekon sentiu outra pessoa se aproximar por trás e amarrar seus pulsos bruscamente com o que parecia ser um cordão de couro. Quando ele estava preso, a faca foi afastada de sua garganta e o viraram um pouco para o lado. Pela primeira vez, olhou para o desconhecido.

A cabeça do homem era totalmente raspada, e as roupas que vestia, embora boas, pareciam usadas. Um único brinco de argola dourado estava pendurado em sua orelha direita, e dançava à luz fraca do fogo. Quando deu um sorriso, Ekon viu que dois de seus dentes da frente foram substituídos por dentes de ouro para combinar, e o homem usava correntes de ouro no pescoço.

— Peço desculpas pelo despertar rude — disse Voz Ofegante. — Mas temo que a questão seja urgente. Vejam bem, vocês não parecem ser daqui, o que significa que não conhecem os perigos da região. Para a sorte de vocês, vim oferecer meus serviços. Sou Damu Kanumba, e comigo está um de meus muitos companheiros, Rahid. — Ele gesticulou por sobre o ombro. — Agora, como empresário, estou comprometido a criar negócios que sirvam a esta comunidade. Fundei a Kanumba e Companhia com o objetivo de oferecer um serviço único para viajantes nesta região.

Pela primeira vez, Ano se levantou. Ekon quase não aguentava olhar para ela, ver a decepção que sabia que encontraria nos olhos da mulher. Mas quando se obrigou a olhar, não viu decepção, apenas cuidado enquanto ela olhava para Damu.

216

— E que *serviço* seria esse? — perguntou, educada. O tom convidativo de sua voz não era transmitido por seu olhar.

— Proteção — respondeu Damu. — Dos... sujeitos menos amistosos desta área. Nossos preços são razoáveis: um mero décimo dos produtos que trouxeram em troca da promessa de que não encontrarão mal algum daqui até Bandari. Vejam bem, sou muito respeitado nestas estradas e, uma vez que vocês tiverem minha amizade, não encontrarão problemas. Para a conveniência de vocês, aceito pagamento na forma de moedas ou produtos valiosos...

— Que oferta generosa — disse Ano. Não devolveu o sorriso dele. — Por sorte, como você pode ver, nosso grupo é numeroso e conseguimos cuidar uns dos outros. Então, eu gostaria muito que você pedisse ao seu *companheiro* para soltar o garoto.

Fez-se uma pausa desconfortavelmente longa antes que Damu olhasse para Ekon. Devagar, ele o circulou, olhando-o de cima a baixo a cada passo. Ainda sorria, mas Ekon não deixou de ver o brilho ríspido em seus olhos castanhos.

— *Tia* — respondeu Damu devagar —, desculpe, talvez eu deva ser mais direto...

— Ela disse *não*. — Ekon tentou reunir o máximo de confiança que conseguiu. Mais do que nunca, ele desejou ter sua adaga hanjari. — Então me solte e dê o fora.

Damu se deteve no meio da segunda volta, parando diante de Ekon. Ele se inclinou, tão perto que a ponta dos narizes deles estavam quase se tocando, antes de falar em uma voz baixa e letal.

— E o que *você* vai fazer se eu me recusar, garotinho?

— Chega. — Não havia mais traço de cordialidade na voz de Ano. — Agradeço mais uma vez pela oferta, mas como eu disse, não precisamos...

— Ah, eu *realmente* não acho que você está me entendendo, Tia. — Como o de Ano, o tom de Damu mudara também. — Nosso serviço é generoso e obrigatório.

Ele sinalizou, e uma tropa de homens emergiram das sombras. Como ele, usavam correntes e anéis dourados, mas tinham uma aparência ríspida e faminta. Cada homem carregava um facão maior que o braço de Ekon. Ele praguejou.

— Todos de pé! — ordenou Damu. — *Afastem-se* das carroças.

O coração de Ekon martelou no peito enquanto os membros do Empreendimento se levantavam. Thabo, que era o maior entre eles, preparou-se, mas vários dos bandidos ergueram as facas até que estivessem apontadas para o peito dele.

— Isso não precisa ser difícil — disse Damu, espantando uma mosca. — Só queremos nossa parte justa aqui. — Ele apontou para Ano. — Ela é a líder. Tragam-na para mim.

Os homens empurraram Ano à frente, mas a mulher manteve a cabeça erguida enquanto encarava Damu.

— Primeiramente — continuou ele. — Nos diga onde você guarda seu ouro.

— Não viajamos com ouro — respondeu Ano. — Somos herboristas, nosso lucro está no nosso produto.

Damu a olhou por um momento antes de assentir para um dos bandidos.

— Chequem as carroças.

Todos esperaram um dos homens subir em cada carroça e revirar cada produto cuidadosamente embalado. A cada segundo que se passava, Ekon ficava com mais raiva, mas ainda não tinha um plano. Themba estava fora de sua linha de visão, de modo que não podia se comunicar com ela e teria que esperar. Todos no acampamento observaram o bandido pular da última carroça, segurando algumas bolsinhas de moedas.

— Eles não têm muito — informou o homem. — Em grande parte são temperos e algumas ervas fedidas. Mas encontrei um pouco de dinheiro... apenas shabas, ao que parece.

— Hum. — Damu não parecia muito impressionado. — Menos do que eu teria esperado de um grupo de nove, mas isso deve servir. Pegue as moedas e o que mais encontrar de valor. — Ele se voltou para Ano, com um olhar bem mais frio. — Você *mentiu* para mim.

— Não menti. — Ano ergueu mais a cabeça. — Eu disse que não viajamos com ouro, e é verdade. Não temos esse dinheiro.

— Eca! — Damu fez um som enojado, espantando outra vez algo no ar. Ele olhou para o homem na última carroça, franzindo a testa. — Perdeu o juízo?

Mas o bandido não pareceu ouvi-lo. Estava olhando para longe com um olhar vazio que Ekon pensou reconhecer; os outros bandidos faziam o mesmo. Na verdade, exceto por Damu e Rahid, parecia que todos os bandidos estavam fora do ar. Ekon se endireitou.

Era o poder de Themba.

— Andem! — gritou Damu. — O que está acontecendo com vocês?

— Senhor — chamou Rahid, esfregando os olhos. — Tem um daraja aqui.

Ekon paralisou, tentando manter a expressão intacta. Como o homem sabia daquilo? Como podia saber?

Damu ficou tenso.

— Tem certeza?

— Faz tempo desde que senti a presença de outro da minha raça — disse Rahid. — Mas estou sentindo. — Ele apontou para os membros do Empreendimento. — Não é o garoto, o que significa que é um dos outros.

Damu pôs a faca na garganta de Ano.

— Seja lá quem de vocês está controlando meus homens tem dez segundos para remover a maldição que colocou neles. Se não fizer isso, cortarei a garganta da líder de vocês. Dez... nove... oito...

Ele não chegou a seis antes que Themba soltasse os homens. Eles piscaram e encararam uns aos outros, confusos. Damu manteve a lâmina na garganta de Ano.

— Agora, quero que você se mostre — ordenou ele. — Dê um passo à frente.

Nem Themba nem qualquer outro membro do Empreendimento se mexeu. Todos apenas encararam Damu. Ele pressionou a lâmina com mais força no pescoço de Ano, e Ekon viu um filete de sangue deslizar na pele dela.

— Sete... seis... cinco...

— Pare!

Ekon arregalou os olhos quando um dos membros do Empreendimento se levantou e deu um passo à frente, uma mulher de meia-idade com as mãos erguidas em rendição. Ekon a conhecia, é óbvio. Obioma era como a língua do Empreendimento; falava múltiplos idiomas e os ajudou a lidar com comerciantes e compradores que não falavam zamani. Era uma mulher corpulenta, com cabelo cacheado curto e grandes olhos castanhos que a faziam parecer uma boneca, mas era possível enxergar determinação em seu olhar.

— Não a machuque — pediu ela baixinho. — *Eu* sou a daraja.

Ekon deu um pulo ao perceber o que a mulher estava fazendo. Estava mentindo, se sacrificando, por Ano.

— Não — disseram Ano e Themba ao mesmo tempo, o horror em seus rostos idêntico. Themba, que estava sentada ao lado de Obioma, levantou-se e repente e tentou puxar a mulher para trás, enquanto Ano se debatia nos braços de Damu.

— Senhor, ela está mentindo — disse Ano rapidamente. — Ela não é daraja, eu sou...

— Parem, vocês duas — protestou Themba. — *Eu* sou a verdadeira daraja. Não machuque mais ninguém, me leve.

Ekon observou enquanto Damu olhava para as três, deliberando desconfortavelmente. Ele limpou algo em seu rosto.

— Peguem a primeira.

— Não! — Os gritos de Ano ficaram mais altos enquanto dois homens de Damu agarravam e arrastavam Obioma até eles e a fizeram ficar de joelhos antes que Damu agarrasse o queixo dela e a forçasse a olhá-lo.

— Ouvi histórias sobre a sua raça — cuspiu ele. — Dizem que alguns darajas podem cantar canções que enlouquecem homens, que outros podem barganhar com as estrelas. — Ele se inclinou mais, até que seus rostos estivessem a centímetros de distância um do outro. — Também ouvi dizer que a pele de alguns darajas sequer queima, o que me faz perguntar se...

Ele se interrompeu de repente, olhando para cima, confuso. Ekon olhou também, assim como todos ali. No céu noturno, havia um movimento. Veio das árvores na Selva Menor, uma pequena nuvem cintilante, mal visível à noite. Por um breve segundo, Ekon pensou serem estrelas, mas... não, eram de outra cor, um laranja avermelhado. Ele pensou no esplendor, o tipo que vira Koffi invocar um dia, mas isso também não parecia certo. Eram insetos, um pouco grandes demais para serem vaga-lumes. Seu zumbido coletivo era baixo, como abelhas. Quando ele olhou mais de perto, achou que podiam ser besouros. Ekon se virou a tempo de ver que a expressão de Damu e dos homens dele havia mudado completamente. Eles pareciam aterrorizados.

— Não — sussurrou Damu. O corpo inteiro dele começou a tremer, como uma folha em uma tempestade.

Ekon não entendia. A nuvem de criaturas que se pareciam com vaga-lumes se aproximava deles devagar, quase preguiçosamente. Um dos homens gritou, virou-se para correr, mas era tarde demais.

De súbito, o enxame avançou.

A cabeça de Ekon se encheu de zumbido quando os besouros mergulharam. Na escuridão, ele não havia percebido quantos deles havia, mas quando desceram, todo o acampamento pareceu tomado; devia ser milhares. Ele caiu de joelhos enquanto os insetos preenchiam o ar, rastejavam em sua pele e voavam em direção ao seu rosto. Era impossível enxergar qualquer coisa; os besouros estavam por toda a parte. Ele ouviu alguém gritar, mas era impossível saber quem. Um tremor profundo tomou conta de seu corpo quando sentiu as muitas perninhas dos besouros rastejando por qualquer pedaço de pele exposto que conseguiam encontrar. Seus braços ainda estavam amarrados, ele não podia fazer nada para espantá-los, então se encolheu o máximo que pôde. Os besouros — fosse o que fossem — pairavam ao redor de seus ouvidos, o zumbido ficando insuportável, e o fez pensar em outro encontro, um que ele tivera com aranhas na selva. Sua respiração ficou mais superficial, a boca seca, e o pânico revirava em seus pulmões enquanto uma nova escuridão preenchia sua visão.

— Garoto!

Alguém chamava o nome dele; Ekon podia ouvir acima do zumbido. Ele sentiu esse mesmo alguém agarrar seu braço, puxando-o para ficar de pé. Piscou várias vezes. Os besouros ainda voavam, mas ele tentou enxergar por entre eles. Themba estava ao seu lado, as mãos cobrindo os olhos.

— Venha! — disse ela, tentando mexer a boca o mínimo possível. Ekon manteve a boca fechada enquanto mais besouros zumbiam perto de seus lábios. Ele ouviu outro grito, um lamento terrível quando Themba puxou uma faca e cortou o que o prendia. Ela gesticulou e eles correram em direção às carroças. Só então Ekon ousou olhar na direção daqueles gritos. Seu coração revirou no peito.

Várias figuras estavam tombadas onde a fogueira estivera. A princípio, Ekon não entendeu o que via, não entendeu a aura vermelha que parecia brilhar ao redor delas. Então compreendeu. Eram os homens de Damu, cobertos da cabeça aos pés por besouros. Eles se debatiam como se queimassem, gritavam para a noite, mas os besouros não os deixavam em paz. Os insetos pareciam se acumular especialmente em certas partes dos corpos dos homens, mãos, pulsos e pescoços. Ekon viu um brilho amarelo em um dos homens, viu quando ele tentou com toda a força puxar algo para fora de seu corpo. Ekon se deu conta, horrorizado.

Ouro, pensou ele. Os besouros queriam ouro. Estavam comendo-o, e comendo a carne dos homens junto. O estômago de Ekon se apertou quando viu manchas de sangue, a carne rosada esfolada e o vislumbre branco de osso.

— Ekon!

Ele virou a cabeça. Themba o puxava na direção das carroças, tentando cobrir o rosto. Através da nuvem de besouros, Ekon viu que Thabo conseguiu atrelar as mulas às carroças e que os membros do Empreendimento estavam subindo, espalmando o ar desesperadamente.

— Vão! — gritou Ekon enquanto corria. Um dos besouros voou para sua boca e ele o cuspiu, lutando contra o nojo enquanto pensava no gosto do sangue. — Vão, nós alcançamos vocês!

Thabo não hesitou. Agarrou as rédeas e incitou as mulas à frente. Ekon e Themba aceleraram os passos.

— Eu ajudo você primeiro — disse ele, cobrindo a boca. Themba assentiu enquanto eles cobriam a distância até a última carroça.

Alguns membros do Empreendimento haviam aberto a cobertura dos fundos e estendiam os braços na direção deles. Themba pulou e Ekon se moveu para ajudá-la a subir. Ela grunhiu quando seu corpo bateu na parte de trás da carroça, mas os membros do Empreendimento a seguraram. Ekon empurrou enquanto eles puxavam, e por fim conseguiram fazê-la subir. Ele se preparou.

— Pule! — gritou Safiyah. Ela estendeu o braço. — Vamos puxar você!

Ekon se preparou por um instante e então pulou. Por um momento terrível ele sentiu que caía, mas então braços o seguraram. Ele se encolheu quando suas costelas bateram na carroça, a dor ricocheteou por seu corpo, mas Safiyah o segurou firme.

— Pegamos você! — disse ela. — Aguenta firme!

Devagar, eles o puxaram. Os besouros pareciam rarear agora. Ekon sentiu mais braços agarrarem a parte de trás de sua túnica quando os membros do Empreendimento tentavam puxá-lo para a carroça da mesma maneira que puxaram Themba, seu joelho arranhava na madeira enquanto ele forçava o corpo para cima.

Ekon sentiu algo quente e pegajoso se enrolar em seu tornozelo. Olhou para trás em direção à coisa que o puxava, e sentiu a bile subir à garganta.

Damu o segurava.

O homem estava quase irreconhecível, os besouros cobriam tudo, exceto seus olhos. Tomavam conta de seu pescoço, de seus dedos, do lugar onde o brinco de argola estivera em sua orelha. A boca estava escancarada, e Ekon viu que eles cobriam até os dois dentes da frente, aqueles de ouro. Damu gemeu.

— Pooor favoooor. — A palavra era confusa. — Me ajuuuuuuude!

Um arrepio percorreu a espinha de Ekon. Os outros ainda tentavam puxá-lo, mas Damu era pesado demais. Ekon podia se sentir deslizando para trás. Vários besouros estavam voltando. Um medo gélido fechou a garganta dele.

— Não! — Safiyah puxava, se inclinando, de um modo que grande parte de seu corpo estava para fora da carroça. — Vamos!

Ekon não entendia como ainda tinha força para segurar. Ele chutou com o máximo de força que pôde, mas Damu apenas se segurou nele, salpicando sangue, ouro e besouros nas roupas de Ekon. Os três iam cair.

— Me ajuuuuuuuuuude!

A carroça passou por um buraco grande na estrada. Ekon sentiu uma guinada terrível quando saiu voando.

Então o mundo escureceu.

CAPÍTULO 15

A COISA MAIS LINDA

Koffi passou os próximos dias treinando com os darajas da Fortaleza de Espinhos.

Primeiro aprendera que havia seis ordens darajas; naquele momento estava descobrindo que dentro dessas ordens havia espaço significativo para a variedade.

Ela passou um dia com um garoto atarracado chamado Izem, um daraja da Ordem de Maisha. Ele mostrou a ela como, com um simples toque, podia fazer uma flor desabrochar ou murchar sob seu comando. Em outro dia, ela conheceu Onyeka, uma daraja alta e magra da Ordem de Mwili, com uma afinidade para curar ossos quebrados. Alguns dos darajas eram o que Makena chamava no privado de "fiéis", aqueles que tinham simpatia por Fedu e apoiavam seus planos, mas descobrira que havia muitos outros que queriam fugir tão desesperadamente quanto ela. Os darajas desse grupo tiravam tempo para ajudá-la com o esplendor quando podiam, inventando exercícios que a ajudavam a praticá-lo em segredo. Koffi percebeu que era a primeira vez na vida em que sentia um senso real de comunidade.

No tempo livre, ela ainda se aventurava na biblioteca, embora seu avanço lá fosse bem mais lento que seu progresso com o esplendor. Ela

225

ainda não havia encontrado quaisquer livros que sequer mencionassem a Ordem de Vivuli, muito menos detalhes sobre os outros darajas nessa ordem. Ela já sabia — das lições com Badwa — que o sangue daraja corria em suas veias, um traço que herdara de um parente direto, mas não fazia ideia quem esse parente poderia ser. Pensou na mãe, se perguntando se ela lhe mostrara algo por engano. A mãe de Koffi era boa com animais; talvez ela fosse da Ordem de Maisha. Se isso fosse verdade, porém, ainda trazia a velha pergunta sem resposta: por que ela não contara nada daquilo a Koffi? Um pensamento doloroso ocorreu a ela: talvez seu sangue daraja não viesse da família da mãe; talvez viesse da do pai. Isso faria muito sentido.

O pai dela morrera anos antes, e a morte dele deixara Koffi e a mãe com muitos pesos que não eram delas para carregar. Talvez a mãe associasse ser daraja com ele, com todas as más escolhas dele. Era plausível, mas Koffi ainda não podia justificar direito em sua cabeça. Ela decidiu então que, quando voltasse para Lkossa, faria a pergunta. Pensar em Lkossa, é óbvio, a fez pensar em Ekon, e Koffi sentiu uma dor quando o rosto dele surgiu em sua mente. Ekon era a pessoa mais difícil na qual pensar durante o tempo dela na Fortaleza de Espinhos, em grande parte por não saber o que havia acontecido a ele após ela ter partido. Ele foi preso? Escapou? Seguiu em frente com a vida? Eram perguntas sem resposta também, mas Koffi não tinha certeza se estava pronta para ouvir as respostas.

Quando Makena foi aos aposentos dela na noite seguinte, Koffi estava vestida e pronta. A lição dela daquela noite era com Zain, e ela estava um pouco mais que curiosa com o que seria. Foi tomada por antecipação enquanto elas caminhavam até o escritório onde combinaram de se encontrar. Mas Koffi não conseguia discernir o motivo.

— Você está bem? — perguntou Makena ao perceber que Koffi caminhava mais rápido que o habitual.

— Sim — respondeu Koffi. — Acho que só estou nervosa.

Makena dirigiu a ela um olhar malicioso.

— Eu diria que, quando se trata de Zain, isso é normal.

Koffi sentiu as bochechas esquentarem.

— Como assim?

— É que a afinidade de Zain é... — Ela parou em busca da palavra certa. — Estranha.

— Estranha?

— Estou suavizando — adicionou Makena.

— Qual é a afinidade dele?

— Acredite em mim, é melhor você ver com os próprios olhos.

Por fim, elas alcançaram uma porta que Koffi nunca vira antes. De madeira escura, como boa parte da Fortaleza. Makena bateu duas vezes e ainda estava de punho erguido quando Zain a abriu. Naquela noite, ele usava uma simples túnica azul.

— Boa noite, senhoras — cumprimentou ele, alegre. — Makena, vejo que está com um humor melhor esta noite.

— Zain — disse Makena, simplesmente. — Trouxe Koffi para a lição com você. Voltarei para buscá-la em uma hora.

— Ótimo! — Zain esfregou as mãos. — Muito bem, então, nesse caso, vou... — Ele parou quando Makena ergueu o dedo indicador, apontando a centímetros do nariz dele.

— Eu não o perdoei por aquela estupidez que fez nos estábulos — anunciou ela, baixinho. — Quero que saiba que se um único fio de cabelo da minha amiga estiver fora do lugar quando eu voltar, se ela tiver um arranhãozinho, vou *pessoalmente* enfiar meu pé na su...

— Não precisa dizer mais nada, Kena — interrompeu Zain, se encolhendo. — Prometo que vou ficar apenas no básico hoje. — Ele olhou por sobre a cabeça dela, para Koffi. — Ela está em boas mãos.

Koffi não sabia por que o jeito Zain a olhou lhe deu um frio na barriga.

— Ah, é melhor ela estar mesmo — ameaçou Makena, provocando.

— Ou você com certeza *não* estará.

Ela lançou a ele mais um olhar reprovador antes de voltar pelo corredor. Zain a observou com um divertimento gentil misturado com um cansaço genuíno.

— Você tem uma boa amiga.

— Sim. — Koffi sorriu porque sabia que era verdade. — Tenho, sim.

— Bem, se só temos uma hora, é melhor começarmos. — Ele se moveu para o lado e manteve a porta aberta. — Damas primeiro.

Koffi entrou no escritório e Zain fechou a porta atrás deles. Como a biblioteca, o local não era exatamente grande, mas era organizado ao extremo. Havia uma estante alta no canto, e os únicos móveis da sala eram uma cadeira e uma mesa com um jarro de água e alguns cálices.

— Este é o seu escritório? — perguntou ela.

— Há, mais ou menos — respondeu Zain. — Eu o requisitei para mim faz um tempo. Tem a melhor vista de toda a Fortaleza.

Involuntariamente, Koffi olhou pela janela. O escritório de Zain dava vista para o jardim norte e, ao entardecer, as flores vermelhas pareciam estar em chamas. De fato, era uma bela vista.

— Então — prosseguiu ele, sentado na extremidade da mesa. — Vamos começar com coisas fáceis. O que você já sabe sobre a Ordem de Akili?

— Não muito — admitiu Koffi —, apenas que é a Ordem da Mente.

Zain assentiu.

— Tirando a Ordem de Vivuli, a Ordem de Akili é provavelmente a mais difícil de descrever, porque é cerebral. — Ele tocou a lateral da cabeça. — A mente é um lugar complicado.

— É.

— Agora, como o resto das ordens darajas, há subgrupos dentro da Ordem de Akili. Há alguns na minha ordem que simplesmente são muito inteligentes; conseguem se lembrar de coisas com uma velocidade sobrenatural. Outros são telecinéticos; podem mover objetos sem tocá-los. E ainda, há habilidades raras, como os poliglotas, que podem falar fluentemente qualquer língua que ouvirem. Enfim, você entendeu.

228

— Então qual é a sua afinidade dentro da Ordem? — perguntou Koffi.

— Sou o que chamam de ilusionista — explicou Zain. — Quando invoco e canalizo o esplendor em direção a uma certa pessoa, posso fazê-la ver o que quero, pelo tempo que eu quiser. Posso conjurar os mais doces sonhos ou os pesadelos mais terríveis de alguém. Também posso fazer pessoas verem coisas que não existem, ou vice-versa.

— Sério? Isso é... meio aterrorizante.

Os olhos de Zain brilharam.

— Olhe só.

Ele pegou um dos livros da estante e o colocou na mesa. Koffi encarou o objeto por um momento, se perguntando o que Zain faria com ele, e em seguida se pegou pensando por que estava encarando uma mesa vazia. Ela olhou para Zain, perplexa.

— Mas... ainda está ali, não está?

Zain assentiu, e quando Koffi olhou para a mesa de novo, lá estava o livro.

— Isso é incrível.

— Ah, por favor. — Zain se abanou, fingindo estar constrangido. — Não precisa puxar saco.

— Posso ver como é quando você cria ilusões em sonhos e pesadelos?

Zain ergueu as sobrancelhas.

— Há, acho que não.

Koffi franziu a testa.

— Por que não?

— Primeiro, porque é muito mais difícil trabalhar em uma pessoa acordada. Tenho que invocar mais do esplendor, o que torna a ilusão bem mais intensa — revelou ele. — E em segundo lugar, porque eu disse a Makena que ficaremos com o básico hoje. Você lembra o que ela me fez prometer?

Koffi bufou.

— *Zain.*

229

— Olha, *você* nunca viu Makena irritada — defendeu-se ele, sério.
— *Eu*, por outro lado, já vi. Confie em mim, um banho com um *porco espinho* é mais agradável.

— Não precisamos contar para ela. — As palavras rolaram para fora da boca de Koffi, surpreendendo-a. Corou quando Zain a olhou com mais interesse.

— Uuuh, segredos. — Ele balançou os dedos, sorrindo de um jeito travesso. — Bem, nesse caso, estou dentro. — Levantou-se da mesa e apontou para a cadeira atrás dela. — Está bem, você precisa se sentar.

Koffi conteve o zumbido de animação que percorria seu corpo e contornou a mesa para se sentar na cadeira. Era feita de um couro macio e desgastado que cheirava a pinheiro.

— Está bem, algumas regras — disse ele. — Só vou mantê-la na ilusão por alguns minutos. Vai parecer mais longo, confie em mim. Se eu vir que você está reagindo mal, vou tirá-la, sem fazer perguntas, e nós *nunca* falaremos disso com Makena. Combinado?

— Combinado — confirmou Koffi.

Zain sorriu novamente. Ele se aproximou da cadeira e se inclinou para que ambos os braços estivessem nas laterais dela. Koffi se obrigou a respirar quando seu coração disparou.

— Não preciso de contato físico — explicou ele. — Mas fica mais fácil se tiver. Porém, respeito limites, então… — Eles se encararam. — *Posso* tocar em você?

Um súbito calor se acumulou em algum ponto abaixo do umbigo de Koffi.

— O quê?

— Para fazer o exercício — explicou Zain. Ela não gostou do divertimento no olhar dela agora. — Posso tocar em você?

— Ah… — Koffi engoliu em seco. — Sim.

— Excelente. — Zain cobriu as mãos dela com as suas. — Só preciso que você *olhe nos meus olhos*…

Koffi olhou, e o mundo ao seu redor escureceu.

Nos sonhos, Koffi estava em uma selva.

Ela nunca vira aquela em particular, disso tinha certeza, mas de alguma forma era um local familiar. O ar era pesado, úmido; ela observou as gotas de condensação se acumularem em folhas gigantescas, grandes o suficiente para que Koffi se deitasse nelas. Quando fechou os olhos, ouviu a melodia das cigarras, e quando os abriu, besouros com asas cor de violeta profundo e prata passaram, seguidos por borboletas de todas as cores e formas. Ela inspirou o cheiro de flores frescas. *Casa.* Aquele estranho lugar era como estar em casa.

— Koffi.

O coração dela pulou no peito ao ouvir uma voz que conhecia, baixinha mas cálida. Devagar, ela se virou e perdeu o ar. A mãe estava diante dela, sorrindo.

— Mamãe!

— Sementinha, você conseguiu. — Ela murmurou as palavras no cabelo de Koffi enquanto as duas se abraçavam. — Depois de todo esse tempo, você chegou em casa. Eu sabia que você conseguiria.

— Mamãe. — Koffi tentou encontrar as palavras enquanto piscava com força uma, duas vezes, e deixava as lágrimas molharem suas bochechas. A mãe tinha o cheiro de sempre, o toque de sempre. — Mamãe, senti saudades. Mas onde...?

— Koffi!

Ela e a mãe ergueram o olhar ao mesmo tempo, e a garganta de Koffi fechou quando Jabir saiu de trás de uma das árvores da selva e acenou.

— Espero que vocês não se importem com a minha presença.

A mãe de Koffi estendeu o braço, dando boas-vindas a Jabir. Koffi chorou mais quando ele apoiou a cabeça na dela; estava mais alto do que ela se lembrava.

— Vamos ficar bem — tranquilizou a mãe em uma voz que só eles podiam ouvir. — Só nós três. Estamos juntos agora. Vamos ficar bem.

Koffi acreditava naquilo, mais do que acreditava em qualquer outra coisa. Aquele era o lar dela, no abraço das duas pessoas que ela mais amava. Aquilo era sua casa, e ela permaneceria.

— *Koffi.*

Koffi ficou tensa nos braços de Jabir e da mãe. A terceira voz que ouvira na selva não pertencia a nenhum deles e soava errada. Eles mantiveram os braços firmes ao redor dela, mas Koffi se virou e espiou por sobre os ombros deles. Então paralisou.

Outro garoto estava a alguns metros de distância, e não sorria. Tinha cabelo crespo e lábios cheios. Da última vez que Koffi o vira, ele estava enrolado em uma mortalha, mas agora não mais. Seu corpo estava coberto em feridas e lacerações terríveis. Ela o conhecia.

— S-Sahel? — gaguejou Koffi.

O Sahel prateado hesitou, como se estivesse surpreso por Koffi falar com ele. Encarou-a, curioso.

— Sahel, sou eu. Koffi — insistiu ela. — Do Zoológico Noturno.

Ela observou a expressão dele se contorcer em uma careta.

— Me dê. — A voz de Sahel soava errada. Era fraca como a brisa da noite, sussurrada. — Me dê.

— O quê? — Koffi tentou sair dos braços da mãe e de Jabir, mas eles ainda a seguravam. — Dar a você o quê?

— O pagamento — respondeu ele baixinho, como um amante. — Não posso ir para a terra dos deuses sem ele.

Sahel deu um passo à frente, andando com dificuldade. Koffi olhou para o resto do corpo dele e percebeu as feridas, as marcas de mordidas e arranhões. Tinha sido muito ruim quando Koffi pensara que aquelas feridas tinham sido causadas pelo Shetani, *um monstro.* Confirmar que Sahel na verdade morrera nas mãos de guerreiros as tornava impossivelmente mais sinistras.

— Sahel. — A voz dela mal era um sussurro. — Do que você está falando?

— Me dê. — O garoto fechou o espaço entre eles, um brilho estranho e faminto em seu olhar. Koffi reconheceu aquela fome; ela mesma a sentira. — Talvez ele aceite seu cabelo, seus olhos, seu sangue. Talvez eu o pague assim.

Um arrepio percorreu os braços de Koffi.

— Sahel, pare! — De novo, ela tentou se afastar do toque da mãe e de Jabir, mas eles a seguravam com força. Com força demais.

— Me solte, mamãe. — Koffi puxou com toda a força. — Jabir, por favor. Você precisa me deixar... — As palavras morreram na garganta dela. Quando se virou e olhou para seus braços, não era a mãe quem a abraçava.

Era Fedu.

Um grito subiu em sua garganta enquanto tentava se afastar do deus, mas os dedos dele afundaram em sua carne. Ele sorriu.

— Venha, Faca Sem Fio — disse ele baixinho. — Não resista.

Mais pessoas saíam da floresta, mas Koffi já entendia quem eram. Os Desprendidos. Ela viu homens, mulheres, idosos, jovens. Viu mães chorando carregando bebês natimortos, homens com feridas enormes de batalha. Crianças esquálidas vagavam na direção dela com barrigas distendidas e rostos vazios. Nenhum deles tinha olhos.

Nos dê. A voz deles era um coro horrível. *Nos liberte.*

Uma névoa subia da terra e o céu estava verde. Koffi olhou para os pés e observou quando espinhos serpentearam por seus tornozelos e a prenderam no lugar, segurando-a enquanto os Desprendidos se aproximavam.

Nos liberte... Nos liberte...

Sahel se aproximava outra vez, a boca aberta em um lamento silencioso. Ele estendia uma mão transparente, tentando tocá-la. A qualquer momento, ele ia...

— Koffi!

Koffi abriu os olhos de repente e os sentiu queimar. Zain estava ajoelhado diante dela, os olhos castanhos arregalados de medo. Koffi levou um instante para se reorientar. Não estava mais na selva, e sim no escritório de Zain. Nada daquilo — a mãe, Jabir, Fedu, os Desprendidos — tinha sido real. Por vários segundos ela só conseguiu encarar Zain, respirando com dificuldade.

233

— Aqui. — Zain se levantou e pegou a jarra de água da mesa, assim como um cálice. — Beba.

Koffi aceitou o cálice sem dizer nada e bebeu. Assim que a água fria tocou seus lábios, ela se sentiu mais calma. Por cima da borda do cálice, viu que Zain a observava, balançando a cabeça.

— Desculpe — murmurou ele. — Foi uma tolice fazer isso.

Koffi queria contradizê-lo, dizer que, por mais assustador que tenha sido, estava feliz de saber o que ele podia fazer. Queria dizer em voz alta, mas não podia. A língua não funcionava, e seu corpo estava incrivelmente pesado. Toda vez que olhava para Zain era atingida pela contradição. Como uma pessoa que parecia tão gentil podia criar algo tão monstruoso?

Zain apoiou a cabeça nas mãos, parecendo triste.

— Ah, é melhor eu fazer meu testamento — lamentou. — Makena vai acabar comigo.

— Ela... não... não vamos contar a ela.

Zain ergueu a cabeça, confuso. Com mais esforço que o normal, Koffi se endireitou na cadeira.

— Obrigada por me mostrar aquilo.

Zain a encarou, sem acreditar.

— O que estamos planejando fazer, deixar a Fortaleza de Espinhos, será perigoso — disse Koffi devagar. — Vai ser difícil. — Suspirou. — Não posso continuar tendo essas aulas quando tudo o que faço é brincar com o esplendor. Em algum momento, terei que me esforçar mais ou não estarei pronta.

A expressão de Zain mudou, ficou mais suave.

— Mas você não quer se esforçar demais, Koffi. O esplendor...

— Não quero que você pegue leve comigo. — Ela o encarou e esperou que parecesse mais forte do que se sentia. — Me prometa isso.

Um momento se passou antes que Zain assentisse.

— Prometo.

— Obrigada. Quanto tempo temos antes que Makena volte?

— Um bom tempo — respondeu Zain. — Mas acho que você fez o suficiente para uma aula.

Koffi não discutiu.

— Está bem. Mas podemos pelo menos falar do plano, de como vou nos tirar daqui quando a hora chegar?

— Sim. — Ele cruzou o espaço entre eles e se sentou na mesa outra vez. — Não sabemos onde a Fortaleza está situada em relação ao resto de Eshōza. Fedu consegue nos trazer aqui sem passar pela Floresta de Névoa porque é um deus e consegue viajar de maneiras que os mortais não conseguem.

— Óbvio que sim — disse ela, amargamente.

— Então não temos certeza de por qual direção devemos partir. Mas achamos que é melhor ir pelo norte.

— Então passaríamos pelo jardim norte — concluiu Koffi. — E entraríamos na Floresta de Névoa a partir dali.

Zain assentiu.

— Njeri ainda está fazendo o reconhecimento, tentando descobrir quais darajas são leais a Fedu e quais estão fingindo, mas querem ir embora. Por enquanto, há quinze darajas no nosso grupo, incluindo eu, Makena, Zola, Amun e Njeri.

Quinze. Não era um número enorme, mas provocava espanto em Koffi.

— O que você fará é criar um caminho com o esplendor, bem parecido com o que criou quando você e Makena estavam tentando sair da Floresta pela primeira vez — disse Zain. — Mas em vez de tentar voltar para cá, você vai direcionar o esplendor para mostrar um caminho para casa. Seguiremos você a partir de lá. Tenho certeza de que ela já contou, mas Zola está desenvolvendo armas que podem ser fortificadas pelo esplendor. Podemos usá-las se encontrarmos Desprendidos.

Koffi respirou fundo.

— O que foi?

— Quando usei o esplendor para me guiar a algo, sempre tinha um objetivo específico em mente — explicou ela. — Da primeira e da segunda vez, eu estava buscando uma pessoa apenas. Da terceira, estava tentando voltar à Fortaleza de Espinhos. Eu não... — Hesitou. — Não sei se o esplendor me mostrará um caminho à frente se eu sequer souber o que estou buscando. E se eu me cansar no meio da Floresta, e se eu me perder, e se o esplendor não funcionar? E se...?

— Koffi. — A voz de Zain era gentil. — Confie em si mesma.

Ela balançou a cabeça.

— Não se trata de confiar...

— Se trata, sim — insistiu ele. — Vou mostrar a você.

Zain foi ficar perto da janela, gesticulando para que Koffi também fosse. Devagar, com cuidado, ela se levantou. Seu olhar passeou pelas flores e fontes, até encontrar o começo da Floresta de Névoa. Mesmo dali, ela podia imaginar sua frieza.

— Quero que você tente invocar o esplendor outra vez — pediu Zain. — Obviamente, não podemos repetir o que você fez com Makena, então apenas foque na coisa mais essencial, invocá-lo, se acostumar com a sensação dele.

Koffi inspirou fundo. Zain fazia aquilo soar tão fácil, mas ela não sabia se conseguiria fazer. As lembranças do pesadelo ainda estavam em sua mente, e ela não tinha certeza se conseguiria desanuviar a cabeça o suficiente. Mas ele a olhava com expectativa.

— Está bem. — Ela deu um passo para trás, criando mais espaço. — Não sei se vai funcionar, mas vou tentar.

Koffi fechou os olhos e tentou limpar a mente, tentou fazer o que Badwa a ensinara. Uma por uma, ela reconheceu suas emoções. Estava cansada, às vezes triste, mas esperançosa, e se agarrou a isso. Inspirou fundo uma, duas, três vezes e então tentou tocar o esplendor. Fez uma pausa enquanto esperava por ele, pelo formigamento que começava em seus pés, mas não aconteceu. Fechou os olhos com mais força. *Vamos*, incentivou. *Por favor*. O esplendor não respondeu. Não ia vir. Koffi mordeu o lábio com força até sentir o gosto do sangue. Tinha mais poder no corpo do que os outros darajas dali, e o esplendor ainda não parecia considerá-la adequada o suficiente para responder ao seu chamado. Koffi sentiu a pressão fria da dúvida serpenteando em sua consciência, todas as vozes que lhe diziam para desistir.

Você é fraca. Você é burra. Você é covarde. Você não é digna desse poder.

Não. Koffi afastou aquelas vozes. Não eram reais, e ela se lembrou disso. Lembrou-se de que não tinha aquele poder por acaso; tinha porque Adiah lhe dera, confiara a ela. Adiah a considerara digna do poder, porque Koffi era digna. Ela não era fraca, era forte.

Invocou o esplendor outra vez, que veio com tudo. Sentiu a onda dentro de si, acumulando-se em seu peito até pressionar seu tórax. *É demais,* avisou uma nova voz na mente dela. *É demais,* mas ela não prestou atenção. Em vez disso, abriu os olhos e viu que o escritório estava agora cheio de pontinhos de luz que tremeluziam. Flutuavam preguiçosamente ao redor dela, lançando uma luminância dourada em tudo que tocavam: os livros, a mesa, o rosto de Zain. Ele a encarava, chocado. Koffi inspirou fundo e invocou o esplendor de volta para si. Um por um, os pontinhos de luz diminuíram, mas Zain não parou de olhá-la.

— Está tudo... bem?

Zain levou um momento para responder. Parecia petrificado.

— Isso — disse baixinho — foi a coisa mais bonita que já vi.

Koffi sentiu um novo calor em seu interior que nada tinha a ver com o esplendor. De repente, estava muito consciente da proximidade de Zain. Ela observou como a luz fraca acentuava um lado do rosto dele, os cachos de seu cabelo e o contorno de sua mandíbula. Se pegou imaginando o que aconteceria se desse um passo para mais perto. Deu o passo, e Zain olhou para seus lábios. Quando ela ergueu o olhar outra vez, havia uma pergunta nos olhos dele. Ela assentiu. Os dedos de Zain seguraram os pulsos dela, trazendo-a mais para perto. Ele inclinou a cabeça e Koffi fechou os olhos. Koffi prendeu a respiração, esperando, se perguntando o que aconteceria a seguir, se perguntando se...

Ouviu uma batida alta, e os dois se separaram em um pulo. Por um momento, Koffi não entendeu o que estava vendo. Amun estava na porta, de olhos arregalados. Não era Makena, era Amun. A mente de Koffi de um estalo. Aquilo não estava certo, Amun não devia estar ali. O rosto dele estava brilhante de suor, a respiração pesada. Parecia ter estado correndo, correndo por sua vida.

— Precisamos ir lá para fora — sussurrou ele, a voz trêmula. — Alguma coisa ruim aconteceu.

CAPÍTULO 16

A MATRONA E O PÂNTANO

Ekon conhecia bem o fedor do sangue.

Era um cheiro distintamente acobreado que ele logo aprendeu a reconhecer no Templo de Lkossa. Quando garoto, às vezes ele sentia o cheiro vindo do açougue, onde os cozinheiros iam a fim de cortar carne para as refeições que seriam servidas aos irmãos, guerreiros e outros funcionários do templo. Outras vezes, vinha de fontes menos saborosas, como os feridos e doentes que ficavam do lado de fora dos portões do Distrito Takatifu gritando pedidos de ajuda para o Kuhani. Era um cheiro que Ekon memorizara havia muito tempo, um que nunca esqueceria. Sentiu um cheiro denso em seus pulmões quando acordou.

Assim que ele abriu os olhos, semicerrou-os de imediato, piscando sob a luz da manhã. Devagar, se virou de lado, se encolhendo quando algo pressionou sua bochecha. Após afastá-lo, viu que era grama, manchada em um tom sinistro de marrom-avermelhado. Ele contou até três e então se levantou, tentando se orientar.

Estava em um campo aberto, plano até onde podia ver e interrompido apenas pela longa fileira de árvores à sua direita. A Selva Menor. De repente, lembrou de tudo da noite anterior, memórias de Damu e seus bandidos, o Empreendimento fugindo. Ele olhou ao redor. Não havia

239

sinais dos membros do Empreendimento em lugar algum. Ficou de joelhos e começou a limpar algo das pernas quando paralisou.

A alguns metros dele, mais da grama estava daquele tom de vermelho-escuro.

Enquanto se aproximava na ponta dos pés, sentiu arrepios percorrerem sua pele. O zumbido de moscas voando o fez parar, mas ele continuou a se aproximar do ponto até ver o que era. Seu estômago revirou.

Damu estava caído no chão, morto. A alguns metros dele estava o que sobrara dos outros corpos, todos terrivelmente contorcidos. Se Ekon não soubesse com certeza que algumas horas antes aqueles homens estavam vivos, teria jurado que os corpos estavam ali havia dias. Moscas sobrevoavam as carcaças, diferentemente dos besouros vermelhos e brilhantes que os havia matado, mas Ekon ainda assim as achou perturbadoras.

— Ekon? É você?

Ele se virou. O sol já pairava no horizonte ao nascer, tornando difícil olhar para o leste, mas ele distinguiu uma silhueta familiar que se aproximava. Deu um passo à frente e ergueu a mão.

— Safiyah?

Quando Safiyah se aproximou o suficiente, Ekon viu que a expressão dela era uma mistura de irritação e descrença.

— Como você chegou aqui?

— Do mesmo jeito que você — respondeu ela, irritada. — Caí da carroça quando aquele imbecil te puxou.

— Quase não lembro — disse Ekon. — Caí com força.

Safiyah olhou por sobre o ombro dele.

— Falando nisso, me diz que Damu não escapou. Tenho contas a acertar com ele.

— Ele não escapou, mas quanto a acertar as contas... — Ele gesticulou para o campo sangrento. — Acho que chegaram antes de você.

Pela primeira vez, Safiyah pareceu de fato perceber seus arredores. Estremeceu.

— Eu não sabia que os Walaji vinham tão longe no sul.

Ekon franziu a testa.

— O quê?

— Os Walaji. Os Devoradores. Há muitas histórias a respeito deles — explicou Safiyah. — A mais famosa conta de um rei que amava ouro mais do que qualquer coisa, tanto que o salpicava na comida e no vinho até que ficou desesperado com uma fome insaciável pelo metal. Ele passou o resto de seus dias devorando qualquer ouro que pudesse encontrar, até que seu corpo se partiu em um milhão de pedacinhos. Desses pedaços cresceram pernas e se transformaram em besouros, e os descendentes desses besouros ainda têm fome de ouro séculos depois.

Ekon arregalou os olhos.

— Essa é... uma história absurdamente macabra.

Safiyah deu de ombros.

— O sul é assim.

Ekon olhou para o gramado de novo.

— O Empreendimento foi embora. Não sei se vamos conseguir encontrá-los.

Safiyah revirou os olhos.

— *Bem*, nós poderíamos começar seguindo a estrada. — Ela apontou. As bochechas de Ekon queimaram quando viu um caminho de terra cruzando a grama. — Fiz rotas suficientes com a Ano para saber como ela pensa — prosseguiu Safiyah. — Ela não vai querer correr mais riscos com os temperos, então é provável que tenham ido direto para Bandari. É onde os encontraremos. Agora vamos. — Ela deu meia-volta, indo em direção ao caminho. — Com sorte, chegaremos lá tarde da noite.

Ekon reparou na paisagem ao redor enquanto viajava com o Empreendimento, mas a pé ao lado de Safiyah, sentia ver tudo de maneira diferente.

A terra parecia mudar diante de seus olhos conforme observava a riqueza tropical quente da Região Zamani dar espaço para algo mais fresco, algo com uma breve privação. Conforme as horas passavam, a grama ao redor deles pareceu ficar mais rala e perder a cor, se transformando em uma cor de âmbar pálido. O chão estava mais molhado, lembrando Ekon de que estavam indo em direção aos infames pântanos que caracterizavam o sul de Eshōza. Mas a mudança mais difícil era a temperatura. O sol continuava alto no céu, a luz batendo diretamente neles, mas Ekon não conseguia senti-lo através da brisa que parecia envolvê-lo. Uma rajada especialmente forte o atingiu bem no rosto, e ele resmungou, desconfortável. Os pântanos já invadiam a terra; poças marrons de água parada ficaram mais frequentes; na lama, era cada vez mais difícil seguir as marcas de roda que a caravana do Empreendimento deixara.

Eles chegaram em uma grande clareira com grama até onde a vista alcançava. Havia chovido o bastante para pequenos córregos aparecerem na grama. Safiyah parou bem na borda e praguejou.

— Bem, isso não é nada bom.

— O quê?

— A estrada. — Ela apontou e Ekon seguiu na direção de onde indicava, vendo que, à frente, o caminho em que estiveram havia submergido em dois centímetros de água. — Já nos aconteceu isso antes, quando as chuvas são muito fortes. Ano é uma pessoa prática, ela deve ter dito a Thabo para tomar um desvio, o que leva mais tempo, mas aquela estrada fica completamente acima da água. Para nós, a pé, provavelmente adiciona algumas horas extras, mas é melhor assim.

Ekon ficou desapontado. Olhou para o antigo caminho, franzindo a testa. Ainda estava visível sob a superfície.

— Não podemos apenas continuar seguindo o caminho? — perguntou.

Safiyah o olhou como se tivesse surgido chifres na cabeça dele.

— Você não está vendo os dois centímetros de água cobrindo ele? É péssimo para os sapatos.

— Então a gente tira — rebateu Ekon, tentando manter a irritação longe da voz. — Este caminho pode nos levar a Bandari esta noite, talvez mais ou menos ao mesmo tempo que o Empreendimento.

Safiyah franziu a testa.

— Também podemos ser mordidos por seja lá o que tenha nesses pântanos — contrapôs. — Não é seguro.

Ekon rangeu os dentes. Quando foi sincero consigo, uma pequena parte de si admitiu que Safiyah provavelmente estava certa, que o desvio seria mais seguro, mas era difícil resistir a um caminho tão livre bem diante deles. Para ela, chegar em Bandari em um dia não era um caso de vida ou morte — era, afinal de contas, o destino dela e do Empreendimento —, mas para ele e Themba, cada dia de viagem contava. Eles ainda não sabiam exatamente onde Fedu estava mantendo Koffi, nem o que faria com ela. Um dia poderia fazer toda a diferença. Foi quando se decidiu.

— Vou atravessar — rebateu, convencido. — Você é quem sabe se quer pegar o caminho longo. Chegarei a Bandari hoje à noite.

Safiyah revirou os olhos.

— Não seja burro.

Ekon fez cara feia.

— Olha, noite passada, vi um monte de homens serem devorados por besouros carnívoros. Estou cansado, com fome e com lama nos pés faz horas. — Ele estremeceu. — O que mais quero é chegar a Bandari antes que mais alguma coisa ruim...

De repente, um relâmpago cruzou o céu, assustando os dois. Quase imediatamente um trovão soou e a tempestade começou. Ekon sentiu o rosto queimar quando Safiyah olhou feio para ele.

— Antes que mais uma coisa ruim aconteça? É isso o que você ia dizer?

Ekon fez uma careta.

— Se você tiver um plano melhor...

— Espera! — Safiyah estava olhando em direção ao pântano. — O que é aquilo?

Ekon seguiu o olhar dela. Por um momento, não entendeu o que via. Na chuva, era difícil discernir qualquer coisa nos pântanos. Então, devagar, conseguiu enxergar melhor. A princípio, parecia uma pessoa, de pé no meio de um dos córregos, mas quanto mais perto chegavam, melhor Ekon discernia os detalhes. Era uma pessoa em uma jangada. Ele ficou tenso.

— Cuidado — alertou Ekon, baixinho. — Pode ser problema.

— Ah? O que vão fazer? — perguntou Safiyah, ríspida. — Roubar o dinheiro que não temos?

Eles observaram a figura se aproximar, e Ekon enfim conseguiu ver o rosto do estranho. Para a surpresa dele, era uma mulher. Estava usando uma capa marrom de aniagem e um grande chapéu de palha em formato de cone que parecia bloquear grande parte da chuva. Usava cordões de búzios em seu pescoço, balançando enquanto ela empurrava a jangada à frente com um longo remo, e os dreadlocks brancos como ossos que desciam pelas costas até abaixo da cintura. Ela acenou.

— Vocês estão bem? — gritou.

— NÃO! — gritou Ekon.

— SIM! — gritou Safiyah ao mesmo tempo.

Eles trocaram um olhar.

— Está frio — disse a velha. A voz dela era fina, aguda. Ela guiou a jangada até a ancorar na lama. — Vocês não deviam estar aqui fora num tempo desses sem capas adequadas.

— Nos separamos do nosso grupo — contou Ekon. — Estamos tentando encontrá-los.

— Ah, céus. — A velha arregalou os olhos em uma preocupação que parecia genuína. — Sinto muito por isso. Se eles estão viajando de carroça ou mula, devem ter pegado o desvio. — Ela gesticulou para o oeste. — Este aqui está inundado faz uma semana, está ruim.

Ao lado, Ekon quase pôde *ouvir* Safiyah dar um sorrisinho.

— Óbvio... — A mulher coçou o queixo. — Se estão tentando chegar a eles rápido, eu poderia atravessá-los. — Ela gesticulou para a jangada. — Não é chique, mas é eficiente para navegar pelos pântanos.

— Sim, por favor! — aceitou Ekon.

— Não, obrigada — disse Safiyah ao mesmo tempo.

Ele massageou a ponte do nariz e lançou um olhar de desculpas à idosa.

— Nos dê licença um minutinho. — Os dois se afastaram da idosa.

— *Qual é o problema?*

— Regra número um ao viajar pelos pântanos — retrucou Safiyah, semicerrando os olhos —: não aceite caronas de estranhos. Dá má sorte.

Ekon revirou os olhos.

— Está tomando uma decisão baseada em superstição?

— Estou tomando uma decisão baseada no senso comum — retrucou Safiyah friamente.

Ekon balançou a cabeça, sem acreditar no que ouvia.

— Olha, você está contando com o fato de que o Empreendimento estará em Bandari quando chegarmos lá. O que você não sabe é quanto tempo extra esse desvio vai nos custar a pé. E se acabar levando mais vários dias e Ano pensar que morremos? Pode ser que ela não espere em Bandari.

Safiyah parecia escandalizada.

— Mas é óbvio que ela esperaria...

— Você mesma disse que ela é uma pessoa prática. — Ekon deu de ombros. — Quanto tempo exatamente você acha que ela esperaria pela gente? — Antes que Safiyah pudesse responder, ele adicionou: — Você *me* quer mesmo como companheiro de viagem no futuro próximo?

Isso pareceu convencer Safiyah. Ela passou o peso do corpo de um pé ao outro, parecendo desconfortável.

— Tá.

— Ótimo. — Ekon já estava voltando à idosa. — Tia? — chamou ele. — Não temos dinheiro para pagar pela passagem.

A idosa sorriu.

— Está tudo bem — disse. — E vocês podem me chamar de Tia Matope. Venham, vou atravessar vocês rapidinho.

Ekon entrou na jangada e, depois de um momento, Safiyah também. Tia Matope pegou o remo e empurrou a jangada para longe do banco de lama, e eles começaram a travessia. O ar frio do pântano não diminuiu enquanto flutuavam para um dos córregos, mas Ekon pelo menos podia apreciar a paisagem. A grama no pântano variava entre tons de dourado e verde, vez ou outra interrompida por flores aquáticas selvagens. Ele se sentou e olhou sobre a extremidade da jangada. A água não era perfeitamente transparente, mas limpa o suficiente para que distinguisse cardumes e sapos. Ele se inclinou mais, tentando distinguir uma das espécies mais coloridas, quando de repente algo grande e escuro nadou por ali. Ele se afastou.

— Há... — Ekon tentou manter a voz calma. — Tia, não quero assustá-la, mas acho que há crocodilos na água.

Safiyah estremeceu, mas Tia Matope apenas gargalhou.

— Não são crocodilos — corrigiu. — São nanaboleles, dragões da água.

— Sabia que a gente devia ter caminhado — murmurou Safiyah baixinho.

A expressão de Tia Matope era irônica.

— Nanaboleles só são perigosos para quem ataca a mãe deles — disse ela.

Ekon ergueu as sobrancelhas.

— A... mãe deles?

— A Matrona do Pântano — contou Tia Matope. — A guardiã desta região.

Ekon estava muito confuso.

— A... Matrona do Pântano? — repetiu. — Nunca ouvi falar.

— Ela é chamada por vários nomes: Soberana dos Mares, Governante dos Rios, A Bruxa da Água.

— Espera — disse Ekon. — Você está falando da deusa Amakoya.

A mulher inclinou a cabeça e continuou a remar.

— Então você conhece a fé — percebeu ela, sorrindo mais. — Você tem um favorito entre os seis?

A pergunta fez Ekon hesitar; ele não achava que já tivessem questionado isso antes e precisou pensar no assunto.

— Bem — começou —, sempre me ensinaram a não ter um deus ou deusa favorito, mas... quando eu era pequeno, gostava de Atuno.

— O mais velho dos deuses — disse a mulher, sabiamente. — Uma escolha justa.

— Meu irmão mais velho sempre gostou de Tyembu. — Ekon não sabia o que o fez dizer aquilo em voz alta. — Acho que porque ele gostava fingir atirar fogo com as mãos, como Tyembu.

— E você, menina? — A mulher indicou Safiyah, que estava sentada na extremidade da jangada, abraçando os joelhos. — De que deus ou deusa você gosta?

— Nenhum — respondeu ela sem emoção. — Não... não sou religiosa.

— Não é religiosa? — A mulher parou de remar por um momento. — Você não cultua nenhum deus, nem mesmo a grande Amakoya?

Safiyah fez uma careta de zombaria.

— *Tsc*. Eu não a cultuaria nem se fosse devota.

A mulher não parecia mais curiosa; sua boca mal passava de uma linha fina. Algo em seus olhos mudara também. Ekon não sabia bem o quê, mas não gostou. Ele olhou para o pântano e ficou bem consciente de que já estavam no meio de um dos córregos, sem terra firme à vista. Ele tentou encarar Safiyah para comunicar sua preocupação, mas a garota se recostou, parecendo se divertir.

— Você falaria mal da deusa da água? — As palavras da mulher eram pausadas.

— Não falo mal dela — respondeu Safiyah, dando de ombros. — Só não acho que ela seja muito boa. Ouvi umas histórias. Uma vez, ela amaldiçoou uma vila com uma seca de cem anos simplesmente porque lá havia uma garota que diziam ser mais bonita que ela. Marinheiros rezam para ela antes de embarcar nos navios, mas se ela não gostar das orações ou achar que são curtas demais, envia monstros marinhos para devorá-los. Se você quer minha opinião, ela não parece o tipo de deusa que eu ia querer adorar.

Ekon se encolheu. Era verdade, dos seis deuses, certamente Amakoya não era conhecida pela bondade. Ele olhou de Safiyah para Tia Matope.

A idosa estava com uma expressão totalmente diferente; havia intensidade em seu olhar. Ela parou de remar e ficou bem quieta.

— Me diga seu nome, menina — disse ela. — Acho que não me disse antes.

Safiyah inclinou a cabeça.

— Safiyah.

— Safiyah. — O remo caiu barulhento ao deslizar das mãos da mulher.

Ekon observou horrorizado quando o objeto caiu na água e sumiu, mas a mulher não pareceu reparar. Estava se levantando.

— Você é uma menina corajosa — disse ela. A jangada estava à deriva. — Para me insultar enquanto cruza minhas águas.

Eles entenderam as palavras tarde demais. Houve uma batida, e os olhos de Ekon se fecharam automaticamente quando uma explosão de água do pântano atingiu seu rosto sem aviso. Ele ouviu um barulho alto que soava como uma onda e sentiu outra explosão de água tão poderosa que precisou desviar dela. Em algum lugar distante, pensou ter ouvido Safiyah gritar, mas não dava para ter certeza. Piscou várias vezes, prendeu a respiração e olhou para onde a mulher estava de pé. Os pulmões dele se contraíram.

Tia Matope desaparecera. No lugar dela havia outra pessoa. A mulher diante dele tinha uma pele cor de bronze que parecia reluzir e tranças pretas como a noite. O vestido que usava parecia ser feito de algum tecido azul iridescente que ondulava e se movia como as ondas do mar. Ela era facilmente a mulher mais linda que Ekon já vira, e também a mais aterrorizante. De cara, ele soube quem era.

— Amakoya... — Até sussurrar o nome o fez tremer. — Você é Amakoya. — Imediatamente ele abaixou a cabeça antes de erguê-la de novo.

Os olhos castanhos da deusa dispararam na direção dele, e por um momento Ekon pensou ver o vislumbre de um raio neles. Ela inclinou a cabeça em um cumprimento régio, e quando sorriu Ekon viu que ela tinha os dentes afiados feito um crocodilo.

— Muito bom, garoto.

O coração de Ekon martelava no peito. Ao redor, podia ainda ouvir as ondas da água do pântano, mas não conseguia parar de olhar a deusa nos olhos. Ela não era a primeira que ele conhecia, mas algo nela parecia diferente. Ele levou um momento para nomear o que sentia irradiando dela: poder.

— Ofereço gentileza — prosseguiu ela, friamente. — E ousam me retribuir com desrespeito e blasfêmia. Eu devia deixar meus filhos devorarem vocês.

— Nós... nós sentimos muito. — Ekon se virou, lembrando que Safiyah ainda estava ali. Ela estava na extremidade da jangada, encharcada. — N-nós não sabíamos...

— Mortais — interrompeu ela, inclinando a cabeça, divertida. Uma risada rouca subiu à garganta dela. — Sempre implorando, sempre suplicando, sempre desesperados para prolongar suas pequenas e curtas existências. — Ela parecia crescer a cada palavra, assomando acima deles. — Acham que, porque imploram, eu sentirei algo por vocês, talvez pena ou culpa. Estão muito enganados. Faz tempo que me livrei da inconveniência da emoção; não me serve de nada. Entendam que vocês não passam de um segundo nos meus séculos. Eu os matarei e isso não significará nada para mim. E quando vocês não passarem de pó ao vento, eu ainda viverei.

— Espere — pediu Ekon. As palavras deixaram sua boca antes que tivesse tempo de pensar. — Conheço sua irmã! — Ele ergueu as mãos, sabendo que nada adiantariam se a deusa decidisse jogar sua fúria nele. Observou enquanto Amakoya compreendia as palavras e semicerrava os olhos.

— Minha irmã? — repetiu ela.

— Badwa — disse ele rapidamente. — Faz pouco tempo que eu a encontrei na Selva Maior. Ela ajudou uma amiga e eu quando estávamos com problemas.

O ceticismo nos olhos da deusa não suavizou.

— Não acredito — disse ela. — Minha irmã jamais buscaria ou ajudaria mortais. Ela é melhor que isso.

— Não foi ela quem nos encontrou — explicou Ekon. — Foram os yumboes, eles nos levaram até ela.

Devagar, a expressão de Amakoya mudou. A raiva suavizou, e no lugar dela Ekon viu tristeza. A deusa pousou a mão no peito.

— Faz muitos anos que não vejo minha irmã. — Ela parecia falar consigo mesma. Tinha um olhar distante. Ekon aproveitou a vantagem para prosseguir:

— Quando minha amiga e eu estávamos na Selva Maior, falamos com Ba... sua irmã. Tem algo que você deve saber — ele hesitou —, a respeito do seu irmão, Fedu.

Amakoya despertou de seu devaneio de uma vez.

— O que tem meu irmão?

— Ele está planejando algo — revelou Ekon. — Ele quer limpar o mundo da presença de todos os não darajas e criar um novo. Mas o único momento em que ele teria poder suficiente para fazer isso seria...

— No Vínculo. — Amakoya arregalou os olhos. Lançou um novo olhar para Ekon. — Se o que você diz é verdade, mortal, meu irmão deve ser impedido.

Ekon assentiu.

— Ele levou minha amiga, uma daraja, de volta ao reino dele no sul. Estou indo até lá agora para resgatá-la.

A deusa inclinou a cabeça, analisando.

— Me diga o seu nome.

— Ekon. Ekon Okojo.

Ela se aproximou.

— Leste e oeste — murmurou. — Um sol nasce no leste. Um sol nasce no oeste.

Ekon ficou gelado. Eram as mesmas palavras que Sigidi dissera para ele em Lkossa. As mesmas palavras.

— Ekon Okojo — repetiu Amakoya. — Não vou impedi-lo em sua missão de encontrar sua amiga e deter meu irmão.

Ekon suspirou, aliviado, mas a deusa voltou sua atenção para Safiyah.

— No entanto — disse ela —, não há motivo para *você* viver.

Ekon não teve tempo de entender o que a mulher disse antes que sentisse uma guinada. Tentou agarrar algo quando a jangada tombou e então virou. Em um ponto distante, ouviu Safiyah arfar antes de afundar na água. Ouviu ondas quebrando, um breve segundo no qual Ekon foi arremessado no ar, e em seguida estava embaixo da água outra vez.

O mundo instantaneamente caiu em silêncio enquanto ele afundava nas profundezas. Ekon virou a cabeça e descobriu que tudo desacelerara. O mundo era um borrão de marrom e verde, formas turvas que se recusavam a tomar foco. Seus pulmões se exauriram, e ele tentou ficar calmo e pensar racionalmente.

Encontre Safiyah. Nade até a superfície. Chegue à terra firme.

Três tarefas. Ele se fez contar.

Um. Dois. Três.

Tarefa um, encontrar Safiyah. Ekon olhou ao redor outra vez; desta vez, teve sorte. A alguns metros, podia ver a forma borrada da garota chutando a água. Ele se impulsionou à frente com toda a força, ignorando a coisa que bateu em seu pé. Pareceu levar horas para alcançá-la, mas a segurou pelo pulso e puxou. Ela se virou e, quando seus olhares se encontraram, Ekon apontou para cima.

Encontrar Safiyah. Feito. Agora nade até a superfície.

Safiyah pareceu entender enquanto Ekon apontava; devagar, os dois nadaram em direção à superfície do córrego. Parecia bem mais distante do que ele se lembrava, e ficou consternado ao ver que, mesmo com a luz do sol iluminando as águas, não havia sinal da jangada.

Só mais um pouquinho, pensou ele. *Só mais alguns metros.*

Apertou o pulso de Safiyah com mais força enquanto movimentava as pernas e subia. No momento em que suas cabeças emergiram na superfície, uma onda enorme quebrou, e Ekon arfou quando seus pulmões inspira-

251

ram ansiosamente o ar fresco. Ao lado dele, Safiyah também arfava, mas fora isso parecia bem. Ela piscou várias vezes antes de olhar para Ekon.

— Me lembre de nunca mais irritar uma deusa.

— Pode deixar. — Ekon olhou para a esquerda e para a direita. A vários metros, viu a margem do rio. Indiciou a direção. — Você consegue chegar naquela margem?

Safiyah olhou e assentiu.

— Ótimo — disse ele. — Quando chegarmos lá, podemos…

Um rugido baixo ressoou no ar, interrompendo as palavras dele. Devagar, Ekon se virou na água e gritou.

A criatura que havia emergido à superfície parecia um crocodilo, mas era bem maior, com um aspecto de esqueleto. Escamas brilhantes do tamanho da cabeça de um homem adulto cobriam todo o corpo, e quando abriu a boca, Ekon viu fileiras de dentes amarelados.

Era um dragão da água. Um nanabolele.

— Safiyah. — Ekon manteve a voz baixa. O nanabolele se aproximava deles. — Vou contar. Quando chegar no três, nade o mais rápido que puder para a margem.

— O quê? — Safiyah quase não moveu os lábios. — Ekon, você enlouqueceu…?

— Vou distraí-lo — disse Ekon. — Ele não pode seguir nós dois ao mesmo tempo. Só espere a minha contagem.

Safiyah parecia querer discutir mais, no entanto, quando o nanabolele guinchou outra vez, ela fechou a boca com força e assentiu. Ekon se preparou.

— Um, dois…

No três, ele bateu as mãos na água com o máximo de força que conseguiu. O som foi satisfatoriamente alto, e Ekon ficou metade aterrorizado e metade aliviado ao descobrir que estava certo. O nanabolele deu meia-volta, os olhos amarelos presos em Ekon. De canto de olho, o rapaz viu Safiyah mergulhar outra vez, provavelmente para evitar agitar as águas. Mal teve tempo de pensar no assunto quando o nanabolele disparou para ele, e então teve que também mergulhar sob as ondas. A criatura o seguiu, e Ekon percebeu o erro tarde demais. Sob a água, no habitat natural da coisa, ela era mais forte, mais habilidosa. Ele observou em câmera lenta quando a fera balançou sua cauda longa e musculosa, a ponta atingindo o peito de Ekon. Uma explosão de dor reverberou por seu corpo e o empurrou para trás. Ele abriu a boca e absorveu a água. O medo se instalou quando os cantos de sua visão começaram a ficar borrados, não por uma crise de pânico, mas porque estava se afogando.

Um-dois-três.

Ele ficaria bem se pudesse voltar à superfície. O problema era que não importava com que força se debatesse, o corpo continuava a afundar. A escuridão que começara nos cantos de sua visão havia já dominava tanto que era como olhar por um túnel; a luz do sol se afastava, diminuindo. Ele fechou os olhos.

Vou morrer.

Duas palavras.

Ele contava, esperando que o corpo sucumbisse à escuridão do córrego, quando sentiu uma mão segurar seu pulso e apertar. Abriu os olhos outra vez. Safiyah o agarrara e nadava o mais rápido que podia até a superfície. Ekon tentou ajudar, tentou bater as pernas, mas seu corpo estava fatigado e ele não tinha ar suficiente nos pulmões. Quando eles emergiram na superfície, ele arfou.

— Vamos! — gritou ela. — Tente nadar!

Ekon focou, lutando contra a névoa nos cantos de sua visão. Safiyah meio que puxava, meio que o arrastava para a margem. Uma onda de alívio o invadiu quando encontrou tração na terra firme, quando ela o ajudou a ficar de pé, mas então a ouviu gritar. Os dois se afastaram do córrego.

O nanabolele emergia da água também, e Ekon via seu verdadeiro tamanho. Era maior que Ekon; só a cabeça era maior que os braços dele. Se movia sobre pés pequenos e em garra que eram levemente elevados enquanto se aproximava deles, parecido com um crocodilo. Ekon teve uma ideia.

— Para trás — disse ele. — Vou tentar uma coisa.

— O que você...?

Ele correu para a fera antes que pudesse ter tempo de ficar com medo. O nanabolele sibilou, obviamente surpreso com o movimento brusco, e balançou a cabeça para a esquerda. Ekon foi para a direita. Por uma fração de segundo, a criatura não estava olhando na direção dele, e Ekon aproveitou. Saltou, jogando todo o corpo nas costas escamosas do nanabolele. Tinha cheiro de peixe e água de pântano, as escamas eram escorregadias, mas Ekon se segurou. A criatura guinchou.

— EKON! — gritou Safiyah. — Você perdeu o juízo?

— Me ajude! — gritou Ekon. O nanabolele estava se contorcendo, desesperado ao tentar se livrar do rapaz. — Me ajude a virá-lo!

Ele não conseguia ver Safiyah, mas ouviu o que soou como um grunhido e então sentiu um corpo atrás de si, também se agarrando à fera. O nanabolele emitiu um som rouco e animalesco enquanto expunha seus dentes gigantescos, mas Ekon sabia que a criatura estava se cansando. Os movimentos desaceleravam, e havia um intervalo maior entre cada um.

— Da próxima vez que ele parar — instruiu Ekon para Safiyah —, jogue seu peso para a direita!

Safiyah não teve tempo de responder. O nanabolele se virou violentamente para a esquerda, jogando a cabeça para conseguir olhar nos olhos de Ekon. O rapaz viu as narinas da fera inflarem, e ouviu rugir antes que parasse.

— Agora!

Usando todo o impulso que tinha, ele jogou o peso; atrás, Safiyah o imitou. O mundo se revirou; as costas de Ekon bateram no chão. Ele teve o bom senso de sair de debaixo do nanabolele e puxar Safiyah consigo enquanto a criatura fazia um som terrível de guincho e então paralisou como uma pedra. Eles ficaram de pé e, por um instante, não fizeram nada além de encarar.

— Está... está morto? — perguntou Safiyah, confusa.

— Não. — Ekon balançou a cabeça. — Está inconsciente.

254

Ela se virou para ele.

— Como você sabia disso?

— Foi um palpite. — Ekon ainda observava o nanabolele. — Pode não ser um crocodilo, mas imaginei que pelo menos pertencesse à mesma família. Todos as criaturas assim podem ser derrubadas por imobilidade tônica.

Safiyah o encarou.

— Imobilidade o quê?

— É um fenômeno fisiológico no qual...

— Fale minha língua, por favor.

Ekon suspirou.

— Se você conseguir virar um crocodilo de barriga para cima, ele vai ficar catatônico e basicamente inútil.

Os dois olharam para o nanabolele de novo. Com certeza estava vivo — Ekon podia vê-lo respirar —, mas os olhos estavam dilatados e o corpo completamente parado.

— Imobilidade tônica — repetiu Safiyah. — Vou ter que anotar isso para referência futura.

— Tomara que não no futuro próximo — disse Ekon. Olhou ao redor. Parecia que Tia Matope, Amakoya, os levara até a metade do pântano. Ele suspirou. — Não v...nos conseguir voltar para as estradas — observou ele. — Teremos que ficar nas margens.

Safiyah suspirou.

— Eu estava com medo de você dizer isso.

— Venha. — Ekon inspirou fundo e começou a caminhar. — Temos um longo caminho pela frente.

PARTE TRÊS

A BOA SORTE AVANÇA COMO UMA TARTARUGA E FOGE COMO UMA GAZELA

UM PECADO TERRÍVEL

BINTI

Mamãe diz que mentir é um pecado terrível.

Mas esta noite é necessário.

Seguro Nyah com mais força enquanto caminhamos juntas pelas ruas lotadas de Lkossa, abafando risadinhas a cada passo. O ar está adoçado pelo forte aroma do perfume de Nyah, uma mistura de jasmim e cítrico. Não sei dizer se é esse cheiro ou o vinho de palma que pegamos mais cedo que me faz sentir um pouco tonta, mas percebo que não me incomodo com a sensação morna. Mesmo assim, na minha névoa agradável, *há* um ponto de preocupação.

— Você... — Minhas palavras são interrompidas por um soluço. — Tem certeza de que teremos permissão para entrar? Tecnicamente, nenhuma de nós tem a idade...

— Tenho certeza — Nyah me garante, me guiando em outra esquina. Ela está com aquele sorriso fácil, aquele do qual aprendi a desconfiar. — Confie em mim — prossegue ela. — É uma fogueira aberta ao público, ninguém vai estar sóbrio o bastante para fazer perguntas.

Não é exatamente a resposta mais reconfortante, mas é uma que sou forçada a aceitar. Como se invocado pelas palavras, passamos por um homem que nitidamente bebeu demais. Ele sorri, nos deseja um bom

Dia do Vínculo e coloca moedas de shaba em nossas mãos. Nyah dá um sorrisinho.

— Está bem — concordo. — Você provou o seu ponto.

Faz horas que o sol se pôs, mas as ruas de Lkossa ainda estão cheias. É um produto feliz da ocasião: Dia do Vínculo, um feriado religioso que dá a todos da cidade uma rara oportunidade para se reunir em festividades. Lembro-me de todos aqueles anos anteriores, quando mamãe e eu vagávamos por essas multidões, não para aproveitar as celebrações, mas para pegar restos. Parece uma memória distante.

— Chegamos — anuncia Nyah, apontando à frente.

Vejo várias estacas no chão, todas acesas no topo com tochas. Fitas azuis, verdes e douradas tremulam ao redor delas, e foram organizadas para formar um tipo pouco organizado de espaço fechado. Há pessoas lá dentro.

— Pronta? — Nyah me olha, de um jeito que diz que não há mais tempo para dúvidas. Nada de recuar. Engulo o nó na minha garganta.

— Pronta.

Nos aproximamos do homem grande diante da entrada da área cercada, um segurança, e assim que ele nos vê na escuridão, semicerra os olhos.

— Boa noite, senhor — cumprimenta Nyah em sua voz cantarolada. — Gostaríamos de duas entradas, por favor.

Ela estende o valor da taxa, um fedha cada, mas o homem não o pega. Ainda nos olha, cético.

— Quantos *anos* vocês têm? — pergunta, devagar.

— O suficiente. — A mentira de Nyah sai com facilidade, e ela pisca seus longos cílios pretos.

Depois de um momento, o guarda relaxa.

— Entendi... — O tom dele mudou completamente. — Qual é o seu nome?

— Daya — diz ela apenas, e embora eu saiba a verdade, quase acredito nela. Ela se vira para mim com expectativa. — E *esta* é a minha amiga...

— Rashida.

260

Não preciso mais praticar meu nome; já vem a mim com facilidade. Assim que o digo em voz alta, sinto um tamborilar. É a emoção de ser outra pessoa, outra *coisa*, mesmo que por apenas algumas horas. Esta noite, sou Rashida, não mais a filha da famosa Cobra, e não mais a garota tão pobre que teve que pegar emprestado o vestido que está usando.

O guarda nos olha de cima a baixo uma última vez, mas já sei que a batalha está ganha. Um segundo depois, ele sai da frente e assente para que entremos sem pegar as moedas que Nyah ofereceu.

— Só me deixe comprar uma bebida para você e sua amiga antes que a noite termine — pede ele com uma piscadela.

Nyah me puxa pelo braço.

— Você vai *adorar* isso — garante ela baixinho. Ouço a animação em sua voz.

Entramos na área cercada, e de repente alguma coisa entra nos meus pulmões. Tusso quando um odor estranho os preenche, difícil de descrever, mas é quase... frutado... doce. O ar é opaco, com tentáculos de algo no ar, tornando impossível ver mais que alguns metros à frente.

— O que... *é* isto? — Passo a mão pela fumaça com uma mistura de fascínio e espanto.

— Se chama matunda — diz ela, colocando sotaque na segunda sílaba. — É de fumar no cachimbo. É meio esquisito no início, mas não se preocupe, você vai se acostumar.

Ainda estou decidindo se matunda é algo que tenho interesse em "me acostumar" quando Nyah vê um grupo de pessoas sentadas em um tronco que foi disposto para fazer um círculo melhor. Elas gesticulam para nós, e fico aliviada em ver que a maioria parece ter pelo menos a minha idade. Faz com que me sinta um pouco menos sozinha aqui.

— Vem!

Nyah me guia até o grupo, dois garotos e três garotas, e me apresenta para eles enquanto nos sentamos em grandes almofadas no chão. Não ouço os nomes das garotas, mas ouço quando ela apresenta um dos garotos como Kibwe. Reconheço *esse* nome; faz duas semanas que ela fala

261

dele sem parar. Assim que se senta, ela começa uma conversa com ele, o que faz o segundo garoto ser a única pessoa disponível para conversar.

— Oi. — Ele acena. — Sou Lesego. — Ele precisa gritar acima da música alta, e dá um sorriso inocente em desculpas.

Rashida, faço com os lábios.

— Qual é o seu veneno?

— Como é?

Ele pega o que parece um cachimbo de prata conectado a uma mangueira. Há vários desses, percebo agora, e imagino que é *assim* que a matunda é fumada. Lesego parece ler a expressão no meu rosto.

— Gosto de morango — grita ele acima do barulho.

— O quê?

Ele abre a boca para tentar de novo, mas hesita, e então se aproxima de mim. Tem o cheiro dos sabões misturados a temperos que às vezes vejo no mercado.

— Morango — repete. — Mas se for a sua primeira vez, talvez você goste de algo mais leve, como menta.

Eu o observo preparar a matunda em silêncio, tentando ignorar o súbito aperto no meu peito que não tem nada a ver com a fumaça ao meu redor. O sabor de menta me lembra de folhas de menta, o que me lembra de mamãe. Graças à mãe de Nyah enfim encontramos um tipo de lar com uma velha dona de pousada que precisa de ajuda. O pagamento não é muito alto, mas temos um teto. Mamãe prometeu que as coisas iam melhorar, e melhoraram, mas... ainda menti para ela esta noite. Ela sabe que passarei a noite com Nyah; mas definitivamente não sabe que estamos em uma festa. A culpa me alfineta feita um espinho.

— Ei! — Me assusto quando Lesego se inclina para mim, parecendo preocupado. — Você está bem?

— Sim. — Assinto rápido. A fogueira lança uma luz vermelho-dourada em todos; nessa iluminação, posso apreciar a beleza de Lesego. A pele dele é marrom, e seu curto cabelo cacheado é preto como um corvo. Duas covinhas idênticas se formam em suas bochechas quando ele sorri outra vez.

— Está bem, vá devagar — instrui ele, me entregando um dos ca-
chimbos.

Não quero parecer uma boba, então o levo à boca e sugo imediatamente.

Meus pulmões parecem incendiar e tusso tão forte que tenho certeza
de que vou arrancar um pulmão.

— Opa, opa. — Lesego dá batidinhas nas minhas costas. — Calma.

— Desculpe. — Estou feliz pela luz baixa agora, pois pelo menos
esconde parte do meu constrangimento, mas Lesego faz um gesto de
"tudo bem".

— Não é nada de mais — tranquiliza ele. — A primeira vez é sempre
ruim. Você tem mesmo que ir com calma.

— Sinceramente — digo entre tossidas —, acho que ficarei bem se
nunca mais tentar.

— Justo. — O sorriso dele aumenta. — Então, o que você faz?

— Ajudo em uma pousada — digo com cuidado. — Com a minha mãe.

— Sério? — Há surpresa na voz dele. — Mas você fala tão bem!

Quando franzo a testa, ele ergue as mãos, alarmado.

— Espera, não… não é o que quis dizer! Só que você soa como se
fosse estudada, tipo, você lê livros. Quero dizer… Desculpe.

Uma onda agradável aquece minha pele. Tenho quase dezoito anos,
então certamente tive que lidar com garotos, e homens, mudando a
forma como me olham, mas garoto ou homem nenhum me olhou do
jeito que Lesego me olha neste momento. Ele não está olhando para o
meu corpo, me despindo com o olhar ou dizendo coisas que me fazem
querer revirar os olhos. Ele está corado, me olhando com admiração, e
até mesmo respeito.

— Como é que nunca vi você por aqui antes? — pergunta ele. —
Nyah sempre vem nessas festas.

Penso na resposta com cuidado. Na verdade, não sei o que dizer;
raramente tenho noites de folga.

— Acho que só costumo estar ocupada à noite.

Lesego assente solenemente.

— Que bom. Também me mantenho ocupado.

— Sério? — Quero muito mudar o foco da conversa. — O que você faz?

— Sou empreendedor, na maior parte do tempo. Tenho ótimas ideias de negócios. Só preciso encontrar alguns investidores para começar.

Dou um sorrisinho. Depois de anos nas ruas trabalhando com mamãe, é estranhamente revigorante ouvir alguém falar de uma empreitada legítima.

— Espero que você encontre um investidor que torne essas ideias realidade.

— Eu também. — Ele olha para as mãos. — Então talvez eu possa ter condições de... levar você para sair uma hora dessas?

— Ah. — Minhas bochechas coram de novo, mas não me importo. Minhas mãos estão suadas e meu coração bate como um tambor, mas nada disso parece ruim. Nunca fui chamada por um homem para sair, adequadamente ou não. — Obrigada — respondo. — Isso seria... muito bom.

Não sei se o novo zumbido na minha cabeça tem algo a ver com a maneira como Lesego me olha ou com a fumaça ainda no ar, mas de repente tudo ao nosso redor parece ficar calmo e distante. Um mar de rostos borrados flutua ao nosso redor, mas nenhum deles é discernível.

— Rashida... — Lesego está olhando para a minha boca. Não me importo muito; descubro que é fácil olhar para a dele. Quero saber o que vem a seguir, o que ele vai dizer, o que fará nos próximos preciosos segundos.

Então ouço um grito.

Todos se viram quando um segundo grito ecoa no ar, e então um gemido. Busco na multidão até ver, e é como se meu coração parasse de bater. Há um Filho dos Seis aqui, identificável pelo uniforme. Ele tem um narizinho achatado, olhos arregalados e um rosto contorcido no que parece uma careta permanente. Só a presença dele já me deixa nervosa, mas o que me dá medo não é ele, mas o que ele segura.

Um garoto.

O garoto parece ter onze ou doze anos, ainda jovem o suficiente para ser chamado de criança, apesar de seus braços e pernas esguios. Ele se balança frouxamente no toqué do guerreiro, e vejo o sangue escapando de seu lábio. Fico tensa quando olho para seu pulso, para o bracelete de prata enferrujado que está usando. É óbvio que já vi um bracelete desses, na minha mãe.

— Vou perguntar de novo — diz o guerreiro. A voz dele está cheia de ameaça fria. — O que você está fazendo aqui?

O garoto faz cara feia.

— Já falei, não é da sua conta.

É a coisa errada a se dizer. As palavras mal deixam os lábios dele quando o guerreiro puxa a adaga hanjari da bainha. Ele a aponta para um pouco abaixo do olho do garoto.

— Olha como fala comigo, garoto, ou não verá mais nada.

O resto da coragem do garoto some quando a ponta da adaga perfura a pele, arrancando uma gota de sangue vermelha que se parece inquietantemente com uma lágrima.

— Agora — continua o guerreiro. — O que você está fazendo aqui? Esta é uma festa privada. Darajas não são permitidos.

— Eu só queria comida. — O garoto fala baixo, mas no silêncio sua voz ressoa. — Só isso.

Várias pessoas que estão olhando contorcem o rosto de nojo, e o guerreiro semicerra os olhos.

— Você está, de fato, confirmando que invadiu conscientemente uma área restrita sob a lei DNSPA com a intenção de roubar?

O garoto se encolhe.

— Eu... eu não pensei que seria roubo, eu só ia pegar as sobras...

— Pelo poder garantido a mim pela mais alta autoridade desta cidade — anuncia o guerreiro em uma nova voz —, eu o considero culpado de invasão e roubo, e o sentencio a dez chibatadas a serem recebidas consecutivamente agora mesmo.

— Não, *por favor*.

Não há esperança para o garoto ou seus apelos quando o guerreiro tira o chicote do cinto. O metal preso no couro brilha à luz do fogo. Desvio o olhar quando ele ergue a mão, mas isso não me impede de ouvir o estalo agudo quando o couro encontra a carne.

Estalo.

Me encolho.

Estalo. Estalo.

O garoto grita.

— Rashida?

Dou um pulo. Nyah está diante de mim, chocada.

— Acabei de me lembrar, minha mãe precisa de mim em casa. Você fica comigo esta noite, não fica? — Ouço um tremor na voz dela, lágrimas brilhando em seus olhos. Ela se encolhe quando outro estalo do chicote corta a noite.

— Fico. — Mantenho minha voz firme enquanto me levanto, fingindo desamassar a frente do meu vestido. Minhas mãos estão pegajosas de suor e minha garganta está seca. O cheiro da fumaça de matunda não é mais agradável; só me enoja.

— Rashida! — Lesego se levanta também, parecendo preocupado. — Você já vai?

Ele parece triste, e não sei se estou feliz por ele estar triste por eu partir ou chateada por ser *isso* o que o incomoda, não o garoto sendo espancado a apenas alguns metros de nós.

Sinto Nyah pegar minha mão e puxar. Só tenho tempo de dizer: "Foi um prazer conhecê-lo" antes que ela me puxe pela multidão. Algumas pessoas já voltaram às suas bebidas e conversas, enquanto outras ainda observam o guerreiro punir o garoto. Nyah e eu não falamos quando passamos pelo segurança na entrada e adentramos na noite. A respiração dela está acelerada, em pânico, e não preciso perguntar por quê. Nós duas sabemos como foi por *um triz*. Aquele garoto é um lembrete: podemos até fingir, mas jamais faremos parte de verdade. Caminhamos em silêncio até que a fogueira fica para trás, mas ainda ouço o estalo do chicote.

CAPÍTULO 17

ICHISONGA

O coração de Koffi martelava no peito.

Cada respiração dificultosa parecia chacoalhar seus ossos enquanto ela lutava para manter o ritmo da corrida para fora da Fortaleza de Espinhos com Amun e Zain. Os garotos corriam à frente dela, e além deles ela via um grupo de darajas já reunido em círculo no jardim norte. Uma enorme fogueira fora erguida e Fedu estava ao lado dela. O horror se desenrolou dentro dela enquanto absorvia a expressão dele, a calma sinistra no rosto.

— Aqui — indicou Zain. Koffi deixou que ele pegasse sua mão e a conduzisse pelo círculo até que encontraram Makena. Viu sua própria preocupação nos olhos da garota.

— O que está acontecendo?

Makena balançou a cabeça.

— Não sei. — Ela olhava de Koffi para Zain, e então para Amun. — Ele não nos contou nada. Só nos disse para vir aqui.

Amun ficou chocado, e os músculos na mandíbula de Zain se retesaram.

— Será que ele sabe? — perguntou baixinho. — Do plano?

— Acho que não — sussurrou Makena. — Ninguém disse nada.

Koffi olhou para os darajas no círculo. Havia o suficiente deles ali para que a possibilidade de Fedu ouvir fosse mínima, mas ainda assim

267

estava nervosa. Tentou reconhecer as pessoas. Não sabia se estava faltando alguém. Olhou de novo para Fedu. Ele estava perfeitamente parado, com as mãos juntas, e parecia esperar por algo. De repente, pigarreou.

— Meus filhos. — Abriu os braços em sinal de boas-vindas, como se fosse uma festa. — Eu os convoquei aqui esta noite com um sabor agri-doce. — Ele olhou para o céu, as chamas dando um ar sombrio ao seu rosto. — Em noites assim, me lembro da beleza da Fortaleza de Espinhos, de como é única. Em uma era em que darajas são caçados como cães em certas partes deste continente, a Fortaleza é uma comuna, um porto seguro. Em um mundo defeituoso, isto é o mais próximo que cheguei de conhecer uma utopia.

Koffi olhou de Makena para Zain; eles observavam o deus, as expres-sões cheias da mesma confusão e incerteza. Havia um frio no ar. Koffi, por mais que tentasse, não conseguia se livrar da sensação de que algo estava errado, de que algo ruim estava prestes a acontecer. Ela se voltou para Fedu enquanto ele abaixava a cabeça.

— Mas — prosseguiu ele com tristeza — uma verdadeira utopia só pode permanecer assim quando seus habitantes se atêm às regras. — Ele juntou as mãos outra vez, como se deliberasse. — As regras que instaurei na Fortaleza são poucas, mas algumas são absolutas. Quando essas regras são quebradas, sou forçado a agir.

Ele olhou acima das cabeças dos darajas no círculo e sinalizou. Todos viraram a cabeça de uma vez. Na luz fraca, era difícil ver, mas Koffi viu três figuras abrindo espaço na multidão, duas caminhando rapidamente, e a do meio bem mais devagar. O medo se intensificou, e a respiração de Koffi ficou superficial enquanto ela, Zain, Amun, Makena e os outros darajas esperavam as figuras entrarem na luz. Quando foram iluminadas, Koffi quase se engasgou com um grito.

Zola estava entre dois darajas homens da Ordem de Kupambana. Seus dreadlocks geralmente perfeitos estavam bagunçados, a túnica amarela rasgada e o lábio inferior inchado. Koffi mal a reconheceu. Não havia mais o brilho alegre que ela vira nos olhos da garota; em vez disso, havia medo puro. Ao lado dela, Koffi ouviu Makena arfar baixo.

— Venha até aqui, Zola. — Do centro do círculo, a voz de Fedu estava inquietantemente agradável.

Koffi olhou dele para Zola. A princípio, ela torceu que a garota não se mexesse, que fugisse assim que os darajas a soltassem. Mas quando a soltaram, Zola não fugiu. Ela inclinou a cabeça para que o cabelo cobrisse os olhos enquanto cambaleava para a frente, e Koffi pensou que nunca vira alguém tão derrotado. O círculo de darajas se abriu um pouco para deixá-la passar, de uma maneira que apenas ela e Fedu se encontravam no centro. Fez-se uma longa pausa antes que o deus falasse.

— Muitos de vocês conhecem Zola. Ela é daraja da Ordem de Ufundi, uma das ferreiras mais talentosas da Fortaleza.

Zola não se mexeu, mal reconheceu que era seu nome. Seu olhar estava fixo na grama, e Koffi pensou que ela parecia se preparar para algo.

— Me lembro do dia em que encontrei Zola — prosseguiu Fedu, sorrindo. — Ela era uma criança pequena, talvez de apenas cinco anos. Era incomum ver uma menininha na forja, vagando entre homens grisalhos, mas ela parecia se divertir. Sempre teve um dom natural para lidar com ferro.

Ao lado, Koffi sentiu Zain ficar tenso. Estava óbvio que o desconforto dela era compartilhado. Fedu soava nostálgico; quanto mais falava, mais soava como se falasse de alguém no passado.

— Os pais de Zola foram vagos da primeira vez que a convidei para ser aprendiz aqui comigo — prosseguiu. — Eram protetores, e imagino que não gostavam da ideia de deixar Zola ir para longe. Mas o pai dela, que não era daraja, devo adicionar, tinha um desprendimento que permitiu que compreendesse o valor do sacrifício. Por fim, concordou em enviar Zola para a Fortaleza comigo. Vocês todos concordariam que ela tinha um lar e tanto aqui.

Ninguém ousou concordar ou discordar.

Com a menção ao pai, Zola ergueu a cabeça, os olhos brilhando com lágrimas, mas não disse nada. As palavras de Fedu faziam Koffi estremecer. Não tinha perguntado a Zola como ela chegara à Fortaleza de Espinhos. Soube por Makena que os darajas ali foram levados, mas ouvir a história de Fedu naquele momento pintou uma imagem arrepiante em sua mente. Ela viu Zola como a garotinha que fora descrita, uma garotinha com sua própria família, com suas próprias esperanças e sonhos.

— Recentemente, fiquei sabendo que Zola está trabalhando em projetos que são banidos na Fortaleza. — Fedu comprimiu os lábios, parecendo perturbado. — Poderia nos contar a respeito desses projetos, Zola?

A garota não respondeu.

— Talvez você precise de algo para refrescar a memória.

Ele estendeu a mão, esperando. Depois de um momento, Koffi viu um dos darajas de capa amarela sair da escuridão, um jovem. Ele tremia dos pés à cabeça enquanto se aproximava de Fedu, carregando uma caixa pequena. Koffi se sentiu enjoada. Reconhecia aquela caixa; Zola a mostrara a ela na primeira visita à forja. Quando Zola a viu, ficou tensa, mas Fedu apenas sorriu mais. Ele pegou a caixa e inclinou a cabeça.

— Vamos dar uma olhada. Zola, faça as honras. A não ser que alguém queira se voluntariar?

O estômago de Koffi revirou violentamente enquanto Zola erguia a cabeça, buscando ajuda na multidão. Ninguém deu um passo à frente. Devagar, ela pegou a caixa de Fedu e a abriu. Sob a luz do fogo, os papéis dentro brilhavam em um amarelo-alaranjado.

— Você quer nos dizer o que são esses papéis? — perguntou ele, baixinho.

Zola apenas os encarou. Ela parecia distante, anestesiada. Depois de um momento, Fedu prosseguiu.

— São desenhos... devo admitir, desenhos muito bons de armas — disse ele. — O problema é, Zola, que você não deve fazer armas. Elas são proibidas.

Zola encarou o deus, abrindo e fechando a boca. Parecia que ela tentava encontrar as palavras. Mais lágrimas se acumularam em seus olhos.

— Shhh. — Fedu aninhou o rosto de Zola entre as mãos. Ela estremeceu sob o toque. — Pronto, pronto, criança. Fique em paz. Até as ovelhas mais inocentes às vezes se desgarram do rebanho.

Zola fechou os olhos e Fedu limpou as lágrimas.

— Entendo se você cometeu um erro. — A voz dele era um murmúrio, mas se propagava. — E você pode retificar esse erro agora, ainda há a oportunidade. Tudo o que você precisa fazer é me contar para que são as armas.

Zola abriu os olhos. Koffi viu quando, de novo, ela olhou para o deus. Um nó em sua garganta se moveu quando ela engoliu em seco. Quando falou, a voz mal passava de um sussurro.

— Eu as desenhei... para mim mesma. Por diversão. Eu não ia fabricá-las.

Os olhos de Fedu brilharam.

— Agora, pequena Zola. — Ele balançou a cabeça, parecendo um pai indulgente. — Não vamos nos ofender. Você é uma garota esperta e eu sou um velho deus. Alguns dos seus desenhos, de fato, eram rascunhos fantasiosos, mas outros não. Alguns eram detalhados, continham notas, listas de materiais, exatamente as coisas que alguém precisaria incluir para armas que *tinha* a intenção de construir. — Ele tirou as mãos dela e as juntou. — Então, pergunto outra vez: *para que são as armas?* Talvez haja companheiros entre vocês que estão planejando uma tolice como um golpe ou uma rebelião?

Zola abaixou a cabeça.

— Se você me contar os nomes de seus colegas conspiradores, Zola, pode ser que eu a ajude — disse Fedu. — Não quero vê-la sofrer mais.

Koffi sentiu um arrepio quando entendeu a gravidade da palavra dele. *Sofrer mais.*

— Eu darei a você uma última chance de ser fiel a mim. — Fedu não havia erguido a voz, mas havia uma impaciência nela, afiada como uma faca. — Me diga para que eram as armas que você planejava fazer, e para quem eram.

Koffi esperou ver mais lágrimas quando Zola ergueu a cabeça outra vez. Mas o que viu nos olhos da garota era óbvio: desafio. Queimava em seu olhar e se pronunciava na mandíbula retesada, nos lábios firmemente comprimidos. A resposta era óbvia. Fedu balançou a cabeça.

— Lastimável — disse ele. — É mesmo lastimável.

Ele se virou e pela segunda vez estendeu a mão. Uma garota daraja vestida de verde deu um passo à frente. Ela tinha que ser da Ordem de Maisha. Koffi não a conhecia. O olhar da garota era duro ao encarar Zola, parecendo traído. Do bolso da túnica, ela pegou algo pequeno e entregou a Fedu. Koffi não viu o que era até que o deus o segurou entre os dedos: um pequeno apito prateado. Gritos dispararam na multidão ao vê-lo, e o desafio que Koffi vira nos olhos de Zola se apagou como uma vela quando ela viu.

— Não. — Ela balançou a cabeça. — Não, não, não, não!

— Me dói fazer isso, Zola. — Fedu parecia triste. — De verdade. Mas você não me deixa escolha. Se a ovelha se afasta muito do rebanho, se a ovelha se recusa a voltar para seu pastor, ela deve ser jogada aos lobos.

— Não! — urrou Zola, um som inumano. Ela deixou a caixa cair quando se pôs de joelhos, agarrando mechas de cabelo. — Não, por favor...

Fedu soprou o apito.

Um silêncio pesado caiu no jardim, descendo com a força de um machado. Foi seguido por uma batida alta.

Koffi começou a se virar, a olhar, e então sentiu: um ronco profundo sob os pés. Soava como um trovão se aproximando, mas com o céu limpo ela sabia que não era isso. Algo estava avançando, com pés gigantescos e pesados. Vinha dos estábulos e Koffi se lembrou vagamente de algo de sua primeira visita ali. Uma baia de porta fechada. Se lembrou agora do que Amun dissera quando ela perguntara o que havia atrás da porta.

Algo que com sorte você jamais terá que ver.

Ao lado dela, Makena estremeceu, e uma única palavra escapou de seus lábios.

— Ichisonga — arfou ela. — Ichisonga.

Koffi não teve tempo de perguntar o que era; em segundos, obteve a resposta. Da escuridão, emergiu uma criatura. À primeira vista, seu instinto era chamá-lo de rinoceronte, mas não era isso. O animal corria sobre quatro pernas, com seu corpo musculoso coberto de pele cinza e grossa que a lembrava de uma armadura. Havia cabelo fino e avermelhado em seus tornozelos, e os olhos eram inexpressivos e pretos. Mas não foi isso que assustou Koffi, e sim o gigantesco chifre branco saindo do crânio da fera. Tinha duas vezes o comprimento do braço dela, sua ponta manchada com uma crosta marrom-avermelhada. Ela sabia o que era.

Os darajas se espalharam enquanto o ichisonga se aproximava correndo, mas o olhar dele estava focado em Zola. Em um segundo, ela se pôs de pé e correu. O ichisonga rugiu, um som profundo e gutural, enquanto acelerava o passo.

Não. Koffi semicerrou os dentes. Um medo que nunca sentira antes subiu por sua garganta enquanto observava Zola disparar pelo jardim norte. Os passos dela eram desajeitados, fracos, mas ela corria o mais rápido que conseguia. O ichisonga acelerou, roncava enquanto a baixava a cabeça. Seu chifre encrustado de sangue se aproximava das costas de Zola. Ia atropelá-la. Zola se virou de repente, mal desviando do chifre, que lacerou seu braço. Sangue escuro voou pelo ar; ela gritou, mas não parou de correr. Koffi olhou para Fedu, que assistia à cena um pouco intrigado, da maneira preguiçosa com que alguém observaria uma borboleta passando.

O ichisonga acelerou e, com uma súbita onda de energia, atingiu Zola. Ela saiu voando e caiu de cara na grama. Por um segundo, Koffi pensou que ela não levantaria, mas levantou, parecendo sentir dor. O ichisonga a rodeou, passando a pata na grama. Abaixou a cabeça e, de repente, o olhar de Zola encontrou o de Koffi.

Sinto muito. A boca dela se movia, mas som nenhum saiu. *Sinto muito.*

De repente, a garota disparou outra vez. O ichisonga baliu de fúria, mas desta vez Zola não olhou para trás. Mesmo de longe, Koffi via que o olhar dela tinha uma resolução que não tivera antes. Ela não estava mais fugindo, mas sim correndo em direção a algo. Koffi entendeu tarde demais o que ia acontecer.

Viu horrorizada quando Zola correu para a Floresta de Névoa.

Houve um novo silêncio súbito e todos os darajas ficaram perfeitamente parados. Até o ichisonga pareceu entender que a perseguição chegara ao fim. Koffi se levantou, observando a névoa da Floresta se mover silenciosa, sem dar indícios de que Zola estivera ali. Segundos se passaram, mas para Koffi poderiam ser anos. Uma nota fria interrompeu a quietude: o apito de Fedu. Vários darajas da Ordem de Maisha dispararam para conter o ichisonga e levá-lo de volta aos estábulos. Fedu observou. Quando falou, sua voz era gentil.

— Que esta noite sirva de aviso das graças que ofereço àqueles na Fortaleza de Espinhos que obedecem às minhas regras, e da punição que aguarda aqueles tolos o bastante para quebrá-las. Vocês estão dispensados.

Um por um, os darajas se dispersaram. Enquanto passavam por ela, Koffi viu que alguns pareciam trêmulos, outros choravam e uns outros não pareciam perturbados. A brisa soprou, carregando o perfume das flores do jardim, a riqueza da madeira queimando e o fedor remanescente de sangue velho. Koffi não se mexeu, nem Makena, Zain, Amun ou Njeri. Os cinco ficaram ali em silêncio até serem os últimos no jardim, próximos à fogueira com chamas fracas.

— É culpa minha — sussurrou Zain primeiro. — Eu disse a ela para trabalhar nas armas. Ela fez aqueles rascunhos mais detalhados por minha causa.

— Não deveríamos falar disso aqui — avisou Njeri. — Alguém pode ouvir...

— Tô nem aí! — explodiu Zain, uma loucura em seu olhar. Sua voz estava estrangulada. — Não devia ter sido ela. — Ele balançou a cabeça. — Não devia ter sido ela.

Em silêncio, Makena o abraçou. Ela era mais baixa que ele, mas Zain colapsou em seus braços. Amun se juntou a eles, lágrimas molhando as bochechas enquanto abaixava a cabeça. Njeri puxou Koffi. Os cinco ficaram ali, respirando tremulamente sob a lua silenciosa.

— Vou nos tirar daqui — sussurrou Koffi. Não sabia se as palavras eram para os amigos ou para si, mas as disse como um juramento para as estrelas. — Vou nos tirar daqui e nós vamos para casa.

CAPÍTULO 18

O PASSO ZAMANI

Ekon nunca gostou de geografia.

Era, pelo menos para ele, um assunto ambíguo demais, imprevisível. Diferentemente dos números, que eram, é óbvio, inerentemente confiáveis e consistentes, a geografia podia mudar, mapas podiam ser manipulados e cartógrafos podiam mentir. Os livros que ele um dia lera no Templo de Lkossa, por exemplo, haviam descrito Kusini — a região sul de Eshōza — como amena, levemente aquática com ocasionais ventos temperados.

A descrição era uma mentira.

Depois do encontro com Amakoya, ele e Safiyah caminharam pelos pântanos por mais de cinco horas. Cinco horas e trinta e seis minutos, para ser exato. Ekon esperava que, em algum momento naquele tempo, suas roupas secassem ou que eles encontrassem uma fonte de água fresca para beber, mas não adiantou. A água do pântano parecia desesperada para se agarrar a qualquer pedacinho de pele que pudesse tocar, tornando os passos lamacentos. Ele olhou para o céu, observando enquanto o astro se aproximava da terra, e lutou contra o arrepio em sua pele.

— Q-q-quantos quilômetros faltam até Bandari? — perguntou ele.

Ao lado dele, Safiyah balançou a cabeça, trêmula. Suas roupas estavam encharcadas também.

275

— Pelo menos cinco — informou ela, batendo os dentes. — Não vamos chegar esta noite.

Ekon praguejou para si mesmo. Quanto mais demoravam para chegar a Bandari e encontrar Themba e o resto do Empreendimento, mais nervoso ele ficava.

— Então o que faremos agora?

— Ali. — Safiyah semicerrou os olhos para algo na distância. — Aquilo é uma vila?

Ekon apertou os olhos. À frente, podia ver luzes e prédios cobrindo o entardecer.

— É o que parece.

Safiyah esfregou os braços agressivamente.

— Devíamos parar aqui. Só vai ficar mais frio, e precisamos trocar de roupa.

Ekon abriu a boca para discutir, mas parou, e em vez disso olhou para o céu, que se tornava roxo. Safiyah estava certa; em menos de uma hora, o sol se poria de vez, e ele não queria ver o que uma noite com seus residentes traria. Apertou o passo, mantendo o olhar na vila à frente, que tomou forma conforme se aproximavam. Se tivesse que adivinhar, era provável que fosse uma cidade que produzia peixe ou arroz; havia mais de um barco de pescador ancorado por perto. A maior parte das construções eram elevadas em palafitas, e abaixo de algumas delas havia água. Ele e Safiyah passaram pela entrada modesta, e ele foi tomado pelo cheiro de arroz frio, fufu e ensopado temperado de peixe, se seu nariz estivesse certo. Seu estômago roncou.

— Ali — disse Safiyah, apontando —, é a placa de uma pousada.

Ekon seguiu enquanto subiam a rua lateral estreita, parando em uma construção pintada de branco com uma placa de madeira de POUSADA pendurada acima da porta. Safiyah bateu e um homem de meia-idade atendeu. Ele parecia cansado, mas havia rugas simpáticas ao redor de seus olhos. Ele olhou Ekon e Safiyah de cima a baixo e sorriu.

— Vejo que vocês conheceram bem o pântano.

— É uma forma de descrever — retrucou Safiyah, fatigada. — Tio, será que você tem um quarto, só por uma noite?

O dono da pousada os analisou de novo, ponderando.

— Tenho um quarto — disse ele depois de um instante. — Tem duas camas. Funciona?

Ekon se endireitou.

— Há, na verdade...

— Seria perfeito, só que... — Safiyah hesitou. — Nos separamos do nosso grupo e não temos dinheiro, mas estamos dispostos a trabalhar para pagar.

O homem gesticulou.

— Os deuses são misericordiosos com os misericordiosos — recitou, e Ekon se surpreendeu ao ouvir o provérbio do Livro dos Seis. — Entrem, entrem. Está frio aqui fora. Vamos aquecer vocês.

❧

Iyapo, o dono da pousada, manteve sua palavra. Em questão de minutos, ele colocara Ekon e Safiyah em banheiros separados e lhes emprestou roupas secas enquanto as deles secavam perto do fogo. Quando haviam se trocado, Iyapo os conduziu de volta para o andar principal da pousada, que parecia servir como uma pequena taberna. Havia apenas algumas mesas bambas apinhadas no espaço, mas as velas de cera no bar davam um ar alegre, quiçá caseiro.

— Meu marido é quem cuida da taberna — explicou ele. — Logo ele aparece com comida e bebida para vocês.

Ekon quase suspirou alto quando, minutos depois, um homem grisalho com um sorriso gentil se aproximou da mesa deles com dois pratos fumegantes de peixe em uma cama de arroz. Ekon fechou os olhos quando deu a primeira mordida, desfrutando a mistura de sabores. Ele não se lembrava da última vez que tivera uma refeição tão completa, tão boa. Momentos depois, o marido de Iyapo apareceu com duas grandes canecas de vidro. Ekon olhou com cautela para o conteúdo espumoso.

— Um brinde. — Safiyah pegou uma caneca. — Ao dia em que conhecemos o pântano.

Ekon se inquietou.

— Um brinde — disse ele. — Eu vou, há, esperar pela água.

Safiyah franziu as sobrancelhas.

— O que foi?

— Nada — respondeu Ekon, depressa. — Eu só, como regra, não... quero dizer, eu nunca...

— Espera. — Safiyah arregalou os olhos. — É a primeira vez que você bebe? Pensei que você tivesse dezessete anos ou algo assim...

— Tenho. — Ekon assentiu. — Mas no Templo de Lkossa consumir álcool é proibido.

Os olhos de Safiyah brilharam.

— Você está com sorte, então. É cerveja de banana... barata, mas espumante e doce. Prove.

Ekon olhou para a caneca. Ele não tinha qualquer reserva quanto a beber, só parecia estranho, outro passo para longe de tudo o que fizera. Contou até três, então pegou o copo e bebeu de uma vez. Safiyah deu a ele um olhar de quem estava achando divertido.

— Você definitivamente vai sentir isso quando levantar.

— Ficarei bem — garantiu Ekon, embora já pudesse sentir sua barriga aquecendo.

De repente, um violinista entrou na sala. Ekon o observou se sentar em um dos banquinhos no canto e tocar uma melodia animada. Por vários minutos, os dois comeram enquanto ouviam. Por fim, Safiyah falou:

— Então, essa garota que você está buscando — disse entre goles da bebida. — Ela é neta de Themba, mas você nunca contou como a conheceu, o que ela é sua.

— Há... — Ekon tamborilou na mesa. Não fazia ideia de como descrever tudo o que acontecera com ele e Koffi de uma forma sucinta que fizesse sentido.

278

— Ouvi o que você disse para Amakoya — prosseguiu Safiyah. — Parece que vocês dois tiveram uma aventura e tanto na Selva Maior. Espero que ela esteja bem.

Ekon se forçou a sorrir, embora soubesse que seus olhos não se alegraram.

— Tenho certeza de que ela está bem. — Ele se forçou a lançar isso para o universo. — Sabendo como ela é, imagino que já deva ter chutado o sequestrador algumas vezes. Ela... gosta de chutar pessoas.

— Parece uma garota bem legal.

— Ela é — confirmou Ekon. Ficou surpreso com como se sentia melhor ao falar de Koffi. — Exceto quando está sendo mandona, grosseira e não me ouve.

— Aí está uma garota que podia ser minha amiga. — Safiyah sorriu, mas Ekon viu algo brilhar nos olhos dela. — Então, você e ela eram...

— Ah, não — disse Ekon rapidamente. — Quero dizer, não, nós... não estamos juntos nem nada.

A expressão de Safiyah ficou ilegível por um momento, e então ela se levantou de repente.

— Você dança, Okojo?

— Dançar? — Ekon odiou como sua voz falhou. — Quer dizer, tipo, como uma coreografia?

Safiyah revirou os olhos de um jeito indiferente. Ekon sentiu um tranco quando, de repente, ela pegou sua mão e o puxou para ficar de pé. E como dito, a cabeça dele de imediato ficou um pouco confusa.

— Este é fácil — disse ela, batendo o pé no ritmo do violinista. — É chamado de passo rápido zamani. — Ela pulou graciosamente duas vezes em um pé só, deixando o calcanhar tocar o chão só um pouquinho, em seguida dobrou o joelho para que seu dedão passasse rente ao chão. Repetiu o movimento com o outro pé, depois deu uma pirueta rápida e assentiu.

— Viu? Nada mal.

Ekon balançou a cabeça.

— De jeito nenhum sou habilidoso o suficiente para fazer isso.

Safiyah lançou a ele um olhar ressentido.

— Tá, podemos fazer os dois passos, então.

Ekon não teve tempo de se opor enquanto Safiyah o puxava em direção ao meio da sala, agarrou uma das mãos dele e a colocou em sua cintura. A outra, entrelaçou na sua. As batidas do coração de Ekon dispararam.

— Espere aí...

— Este é simples — disse ela. — Só dois passos rápidos para a sua esquerda, depois um devagar para a direita e então você estará dançando os dois passos.

Ekon franziu a testa.

— Mas isso são três passos.

Safiyah fez um som irritado, mas não disse nada enquanto dançava. Ekon se surpreendeu ao entrar no ritmo dela. A princípio, teve que focar na contagem, garantir que seus pés se moviam junto aos dela, mas descobriu que, aos poucos, seu corpo naturalmente entrou na cadência do violinista.

Um-dois-três. Um-dois-três. Um-dois-três.

— Você está conduzindo — disse ele depois de um momento.

Safiyah fez uma careta.

— Não estou. — Ela os fez virar e pressionou os lábios em uma linha fina. — Está bem, talvez eu esteja conduzindo.

— Não tem problema. — Ekon sorriu. — Eu não sei o que estou fazendo mesmo.

Safiyah sorriu, e ele foi pego de guarda baixa por sua beleza. A luz da vela da taberna brilhava no centro dos olhos escuros dela, deixava metade do rosto em luz dourada e a outra metade permanecia suave. Ela fechou os olhos por um momento e o coração de Ekon disparou. Ele estava muito consciente do ponto onde os dedos de Safiyah tocavam seu ombro, o local cuidadoso da cintura dela onde sua mão repousava. De súbito, ele entrou em pânico. E se as palmas dele suassem? E se ela percebesse?

— Há... — Ekon olhou ao redor. — Safiyah, eu acho... deveríamos...

280

— Hum? — Safiyah ainda estava de olhos fechados.

— Acho que devemos nos recolher — disse ele depressa. — Vamos precisar de muito descanso se planejamos acordar cedo amanhã.

Safiyah abriu os olhos de repente e deu um passo para trás. Na ausência dela, Ekon sentiu frio.

— Certo. — A voz dela estava estranhamente tensa enquanto passava as mãos na frente da túnica, como se não soubesse o que fazer com elas. — Certo — repetiu, sem necessidade. — Vamos pedir a chave, então.

Ekon e Safiyah pegaram a chave e dois travesseiros de Iyapo, então subiram as escadas que ele indicara para chegar ao quarto. A cada passo, Ekon sentia o corpo ficar mais pesado. A adrenalina que sentira ao enfrentar o nanabolele havia passado, e ele só tinha energia para subir a escada. Safiyah enfiou a chave na fechadura da porta e a abriu.

— Ah.

Ekon olhou por cima do ombro dela e sentiu o coração dar uma cambalhota.

O quarto era pequeno e organizado, mobiliado com duas mesinhas de cabeceira, uma janela e um baú complementar que Ekon só podia imaginar servir para os ocupantes que ficariam mais tempo guardarem seus pertences. Também havia uma cama no meio do quarto. Apenas uma.

— O quê...? Nós...? — gaguejou ele. — Pensei que ele tinha dito que o quarto tinha duas camas? — O coração dele disparou. Ekon tentou não parecer surpreso.

Safiyah entrou no quarto e tirou as sandálias, dando de ombros.

— Parece que ele se confundiu.

Ekon olhou de Safiyah para a cama, então para Safiyah novamente.

— Bem, o que faremos?

Safiyah estava de costas para ele, mas olhou por sobre o ombro.

— Bom, eu vou me deitar. O que você fará com o restante de sua noite...

— *Quero dizer*, como vamos nos organizar para dormir? — Ekon estava cada vez mais entrando em pânico. Ele e Koffi haviam dormido lado a lado na Selva Maior sem problemas… mas ele olhou para a cama de novo. *Aquilo* parecia diferente.

Safiyah bufou.

— Bem, você pode dormir com…

— No chão, então — interrompeu Ekon, depressa, a voz um pouco alta. — Certo. Parece um bom plano.

Ele se deitou de costas no chão aos pés da cama, com as mãos cruzadas no peito. Percebeu que parecia ridículo, mas não se importou. Se estivesse ali, no chão, não teria que pensar no que se deitar na cama com Safiyah ia…

Não. Ele balançou a cabeça. Não, não ia pensar nisso.

— Está bem. — Safiyah olhou para ele, franzindo os lábios por um momento, antes de passar por ele e soprar a vela na mesinha. Na escuridão, Ekon ouviu o rangido suave da cama quando ela se deitou. — Boa noite, Okojo.

— … Boa noite.

O chão do quarto era frio e duro, mas Ekon o desfrutou. Ele não queria ficar confortável. Se ficasse confortável, começaria a pensar em Safiyah a alguns metros dele, na aparência dela lá embaixo na taberna à luz de velas. Começaria a pensar em sua mão na cintura dela, no jeito como…

— Okojo.

Ele se sentou de repente. Seus olhos haviam se acostumado com a escuridão, e ele mal podia distinguir a silhueta de Safiyah. Ela também estava sentada.

— Hã?

— Você está batendo os dentes, alto. Não vai me deixar dormir a noite inteira.

— Ah. — Ekon suspirou de alívio. Ela só conseguia ouvir os dentes dele batendo, mas era óbvio que Safiyah não podia ouvir seus pensamentos. Graças aos deuses. — Desculpe. Está um pouco frio. Você tem um cobertor extra que possa me dar?

282

— Não. — Ekon não conseguia ver o rosto de Safiyah, mas ouviu a exasperação. — Sinceramente, Okojo, sua honra não ficará comprometida se você dormir na cama.

Ekon ficou tenso.

— E-eu não posso — gaguejou.

— Por quê?

Ele buscou a desculpa, agitado.

— É… é impróprio.

— Okojo, diga uma coisa em mim que seja apropriada.

Ekon engoliu em seco, tentando pensar.

— Vamos. — Ele ouviu o sorriso na voz dela. — Tivemos um longo dia. Não é possível que esse chão seja confortável. — Ela suspirou. — Prometo que será uma noite de sono perfeitamente digna.

Ekon hesitou por mais um segundo.

— Está bem.

Ele se levantou carregando o travesseiro, se moveu com cuidado para o outro lado da cama e se deitou. Não via Safiyah bem no escuro, mas a sentiu se mexer e ficou tenso.

— Fique quieta.

— Relaxa, eu não mordo. — Ela fez uma pausa. — A não ser que…

Ekon ficou pálido.

— Safiyah!

— Calma! Estou só brincando!

— Você prometeu. — Na escuridão, a voz de Ekon soava mais séria do que gostaria.

De uma vez, Safiyah parou de se mexer.

— Tá, tá. — Ela bocejou, e Ekon a sentiu virar e ficar de costas para ele. — Boa noite. Vejo você de manhã, Okojo.

Ekon assentiu, embora ela não pudesse ver.

— Boa noite, de novo.

Nos sonhos de Ekon, o Templo de Lkossa ainda era lindo.

Ele passava pelos corredores deslizando com suavidade, absorvendo o piso polido, a beleza da arquitetura. Quando inspirou fundo, sentiu o aroma de cedro, o cheiro de casa, denso em seus pulmões, e em algum lugar na distância, pensou poder ouvir as cantorias matutinas dos irmãos do templo. Teve uma ideia. Ainda era cedo e ele podia ir à biblioteca ler antes de suas aulas com Irmão Ugo. Seria pouco tempo, mas...

— Ekon.

Ekon se virou na direção da voz. Quando viu a quem pertencia, seu coração se apertou. Havia um homem sentado em um dos bancos de pedra do templo. Ele tinha barba cheia, pele retinta e olhos gentis com rugas nos cantinhos.

— Pai?

Ekon não sabia como não vira o pai da primeira vez que passara pelo banco, mas também não importava. O pai dele estava ali. O pai dele estava inteiro. Quando se aproximou, o pai se levantou e o abraçou, e ele percebeu que havia esquecido como ele era alto. Mesmo agora, parecia grande demais para o corredor.

— Como é bom te ver, filho — disse ele em sua voz grave. — Sua mãe chegará logo.

— Minha mãe? — Ekon se surpreendeu. — Ela vem ao templo?

— Sim — respondeu o pai. Olhou para a cabeça de Ekon. — E se eu fosse você, arrumaria um pente antes dela chegar aqui. Você sabe que, quando ela o vir, vai pegar no seu pé para cortar o cabelo...

Ekon ouviu as palavras do pai, mas estava perdido demais em pensamentos para responder. O pai dele estava ali. A mãe dele estava ali. Os pais dele estavam juntos, no mesmo lugar.

— Onde vamos encontrá-la? — perguntou ele.

— Lá fora no gramado da frente — disse o pai. — Venha, vamos andando.

A antecipação tomou conta de Ekon enquanto ele e o pai caminhavam juntos pelos corredores do templo. De vez em quando, um Filho dos Seis passava, sorria e assentia para os dois em reconhecimento. Ekon balançou a cabeça.

— Não acredito.

— Não acredita em quê? — O pai ergueu a sobrancelha.

— Não acredito que você está aqui — disse Ekon. — Não acredito que a mamãe veio e...

— Traidor!

Ekon e o pai se viraram ao mesmo tempo, tensos. O olhar de Ekon passou pelo corredor e pousou em alguém. Kamau. O irmão dele estava com uma lança na mão, a fúria contorcendo seu rosto. Olhava firme para Ekon, expondo os dentes.

— Kamau? — O pai deles parecia alarmado. — O que é isto?

— Traidor! — Kamau bateu a lança no chão com tanta força que fez os dentes de Ekon tremerem. — Traidor do sangue!

— Kamau. — A voz do pai tornou-se séria. Ele se virou para Ekon e apertou o ombro dele. — É óbvio que seu irmão está chateado com algo.

Ekon sentiu a boca ficar seca.

— Pai, há algo que preciso contar a você...

— Não se preocupe, filho. Falarei com ele. — O pai soava tão calmo, tão certo, como se todo problema pudesse ser resolvido de cabeça fria e palavras racionais. — Vá para o gramado encontrar sua mãe. Eu irei...

Ekon observou o pai olhar para cima, vendo algo acima de seu ombro. Um horror vagaroso se espalhou pelo rosto dele, e quando Ekon se virou, viu o motivo. Deu um grito.

Não havia mais um homem onde Kamau estivera e, sim, uma fera. Tinha escamas esverdeadas, uma grande boca cheia de dentes e olhos da cor do mel. Ekon sabia o que era. Um nanabolele. A criatura sibilou enquanto olhava para Ekon e o pai dele, um som baixo vindo do fundo da garganta enquanto seus músculos se retesavam como uma mola tensionada.

— Ekon — sussurrou o pai. — Vá encontrar sua mãe. Eu seguro essa criatura.

— O quê? — Ekon sentiu um arrepio. — Não, pai, não vou deixar você.

— Vá, Ekon — insistiu o pai. — Está tudo bem, vou alcançar você. Eu vou...

O nanabolele pulou de repente, disparando pelo ar. Ekon viu a criatura passar por ele em câmera lenta e pegar o pai com sua bocarra. Ele ouviu um estalo nauseante, um grito de dor.

— Pai! — gritou Ekon. Agarrou o nanabolele pela cauda, ergueu com toda a força. Não adiantou. A coisa estava devorando seu pai. Ekon ouviu o mastigar da mandíbula poderosa, os gritos do pai, e começou a chorar. — Pai! — gritou. — Estou tentando! Estou tentando!

O nanabolele parou o ataque de súbito e, para a surpresa de Ekon, se virou para ele. A fera abriu a boca, mas desta vez não rugiu, e sim falou. Com a voz de Kamau.

— Traidor — sussurrou. — Você é um traidor.

Ekon se afastou de costas, apoiando as mãos no chão, o terror crescendo dentro de si.

— Não. — Ele balançou a cabeça. — Não, não sou.

— Traidor. — O nanabolele havia se virado completamente, abandonando o corpo do pai enquanto avançava para Ekon. — Traidor. Traidor. Você é um traidor do sangue, imundo.

— Não! — gritou Ekon. — Não. Não. Não.

— EKON!

Ekon abriu os olhos enquanto era arrancado do sonho e sentou-se.

Foram necessários vários segundos para sua respiração estabilizar, para seus punhos e mandíbula relaxarem. Ele olhou ao redor na escuridão, tentando encontrar seus pertences. Contou, tamborilando os dedos no joelho. Estava em um quarto, em uma pousada. Havia uma janela à esquerda, uma janela. Deixava entrar uma fresta de luar, que traçava a silhueta de

Safiyah ao seu lado. Ela também estava sentada, observando-o com preocupação. Uma das mãos dela, Ekon percebeu, estava em seu ombro. Ele respirou várias vezes, devagar, enquanto as batidas de seu coração se acalmavam.

— O que aconteceu?

— Você teve um pesadelo — respondeu Safiyah baixinho. — Estava se debatendo, falando sozinho.

A realidade de tudo atingiu Ekon de uma vez. Estivera falando dormindo. Corou ao imaginar o que Safiyah podia ter ouvido, e ficou grato pelo tom escuro de sua pele esconder o rubor.

— Desculpe — disse depois de um momento. — Eu não quis acordar você.

Era difícil ver a expressão de Safiyah na escuridão, mas ele pensou ver um franzir de testa.

— Desculpe? — repetiu ela. — Ekon, você não tem que se desculpar por isso. Não podemos controlar as coisas que nos assustam.

— Estou sempre assustado. — As palavras escaparam antes que ele pudesse impedi-las. — E queria não estar. Queria ser mais corajoso.

Por um longo tempo, Safiyah ficou em silêncio.

— Eu não acho que ser corajoso significa nunca ficar com medo — sussurrou ela. — Acho que ser corajoso significa que você sempre está com medo, mas tenta mesmo assim. E acho que você é muito corajoso, Ekon, quer reconheça isso ou não.

Ekon deu um sorrisinho. Deitou-se no travesseiro e escondeu a cabeça sob um braço.

— Então você acha que sou corajoso?

Safiyah se deitou também. Ele a ouviu suspirar.

— Bem, não é para ficar convencido.

— Tarde demais. O dano já foi feito e é irreparável.

Safiyah riu, e era um som musical. Ekon descobriu que gostava dele. Virou-se de lado, apoiando a cabeça na mão.

— Obrigado — disse com sinceridade. — Por dizer isso.

No escuro, a expressão de Safiyah ficou curiosa. Ela se virou de lado também.

— De nada — respondeu baixinho.

Ekon estava consciente da proximidade deles, perto o suficiente para que ele praticamente sentisse os lençóis entre eles se mexerem enquanto o peito dela subia e descia com a respiração. O luar iluminava uma das tranças dela e, sem pensar, Ekon estendeu a mão e enrolou o dedo na ponta da trança, uma, duas, três vezes. Ele puxou a mão de volta de repente.

— Desculpe, eu podia fazer isso?

Safiyah sorriu.

— Podia, sim. — A respiração dele falhou quando ela traçou o dedo por sua mandíbula, o toque leve como pluma. — E posso fazer isto?

Ekon abaixou o tom de voz.

— Pode... pode, sim

— Ótimo.

Sem aviso, ela eliminou a distância entre eles. Uma corrente elétrica como um raio passou por todo o corpo de Ekon quando os lábios dela encontraram os dele. Foi rápido e acabou antes mesmo de começar. Safiyah se afastou e apertou a mão de Ekon.

— Boa noite vezes três, Ekon.

Ekon fez uma pausa.

— Boa noite vezes três, Safiyah.

Três, um bom número.

Ekon focou no calor da mão de Safiyah na sua até que, por fim, entrou no mundo dos sonhos.

CAPÍTULO 19

FAQUINHA

Ataque. Desvie. Proteja.

Dentro de seus aposentos, Koffi piscou para livrar os olhos do suor, ignorando o ardor enquanto tentava segurar a espada de treino na posição vertical. Não ligava muito para o objeto — era antigo, pesado e nada afiado —, mas rangeu os dentes enquanto observava Njeri do outro lado do quarto. A garota estava sentada no sofá com a mão erguida, sinalizando para que ela esperasse.

— Vai.

Koffi fechou os olhos, invocando o esplendor com facilidade treinada. Abriu os olhos e observou a lâmina da espada de prática ficar iluminada e dourada, como se tivesse sido mergulhada em um raio de sol. Sentiu a vibração da energia que se movia por seu corpo, fluindo em um círculo perfeito de suas mãos para a lâmina de madeira e fazendo o caminho de volta. Ela olhou para Njeri e assentiu.

— Avance.

Koffi não precisava de mais instruções. Avançou, pronta para executar a primeira combinação de golpes com a espada.

Ataque. Desvie. Proteja.

Nas mãos dela, o esplendor na madeira tremeluzia quando ela executava cada movimento, mas Koffi ignorou conforme passava à segunda combinação.

Ataque. Desvie. Vire.

A espada tremeluziu de novo, mas Koffi rangeu os dentes, correndo para a frente. Havia mais uma combinação, mais uma para acertar.

Ataque. Desvie...

A lâmina na mão dela parou de brilhar quando o esplendor se apagou de repente, e Koffi estremeceu quando a energia que sobrou na madeira voltou para seu corpo. Por vários segundos, apenas encarou a espada sem fio — furiosa e sem palavras.

— Você não está se concentrando. — Do sofá, Njeri balançou a cabeça. — Está focada demais no jeito que acha que está quando se move. É como se você estivesse tentando parecer saber os passos em vez de só... saber os passos.

A avaliação magoou, mas Koffi controlou sua vergonha e voltou para o meio do quarto.

— Quero tentar de novo.

— Está bem. Em posição.

Koffi automaticamente separou os pés e flexionou os joelhos, preparando-se.

— Vai.

Dessa vez, ela foi mais rápida. Mal teve tempo de pensar enquanto invocava o esplendor e sentia uma quantidade gigantesca dele correr pelos ossos de seus braços e iluminar a espada. Ela respirou fundo e se preparou para repetir a primeira combinação.

Ataque. Desvie. Proteja...

A madeira diminuiu o brilho outra vez, daquela vez sem o tremeluzir de aviso. Quando Koffi jogou a espada no chão com mais força que o necessário, Njeri ergueu as sobrancelhas.

— Eu não te ensinei esse movimento.

— Não adianta. — Koffi cruzou o quarto e se jogou na cama. — Não consigo.

Quando ela ergueu o olhar, Njeri estava ao seu lado de braços cruzados.

— É isso, então? — perguntou a garota. — Você vai desistir de tudo e pronto?

— Não estou conseguindo — reclamou Koffi, irritada. — Estou piorando, não melhorando.

Koffi e Njeri estavam praticando no quarto pelas últimas três horas. Koffi ainda não conseguia usar as lâminas de esplendor, empurrar seu próprio esplendor por um cabo vazio, mas já sabia como empurrar o esplendor em uma lâmina existente, então deu um jeito com o que tinha. No entanto, tapou os olhos com as mãos.

— Não entendo. — Ouviu Njeri dizer. — Você nem teve a chance de treinar tanto assim... Por que está se pressionando tanto a ser perfeita?

— Porque tenho que ser! — Koffi se sentou de novo. Havia mais raiva na voz do que pretendera, mas não conseguia evitar. Baixou o tom de voz, só um pouquinho. — Porque todo dia em que não acerto isso é um dia em que ainda estamos aqui. É um dia em que um de nós pode ser pego por Fedu. Não vou deixar que aconteça.

Algo mudou no olhar de Njeri.

— Koffi — disse ela baixinho.

— Preciso acertar — disse Koffi, interrompendo-a. — Estou cansada de ser fraca, estou cansada de não conseguir fazer nada, estou cansada de...

— Koffi. — Njeri aumentou a voz um pouco, o tom mais sério. — Me escute. O que aconteceu com Zola... — Ela hesitou por um momento. — Você não pode se culpar por aquilo.

Koffi ouviu as palavras, mas não conseguiu absorvê-las. Fazia três dias desde a morte de Zola, desde a noite do ichisonga, mas as memórias ainda surgiam na mente de Koffi com cores vívidas demais. Ela viu aquela fera terrível, o sorriso de Fedu, o rosto de Zola... Algo nela se partiu de novo quando pensou em Zola correndo até a Floresta de Névoa, em direção à própria morte.

— Se eu tivesse aprendido mais rápido... — A voz dela estava rouca. — Se eu tivesse nos tirado daqui mais rápido...

— Não. — Njeri balançou a cabeça. — A culpa da morte de Zola começa e termina em Fedu. Não carregue essa culpa, ela não é sua. — Ela se sentou ao lado de Koffi na cama. — Vou contar uma coisa a você, algo que não contei a ninguém.

Koffi olhou para ela.

— O quê?

— Como vim parar na Fortaleza de Espinhos — disse Njeri baixinho. — Não é... uma história legal.

Ela cutucou linhas descosturadas na manga antes de prosseguir.

— Você apostou certo quando me conheceu. Sou baridiana, mas não das grandes cidades. Minha família morava em uma cidade rural, nas Cordilheiras Ngazi. — Ela olhou além de Koffi, relembrando. — Era uma comunidade muito grande, mas de pessoas muito próximas, então todos se conheciam. Cuidávamos uns dos outros. A vida era boa. — Ela franziu a testa. — Até que o Xamã chegou.

— O... o Xamã?

— Era assim que ele se autoproclamava. — A boca de Njeri se contorceu, como se tivesse provado algo amargo. — Foi uma atitude esperta. Ninguém em uma vila como a minha havia ouvido falar de uma pessoa assim. Lá vem ele com suas vestes que arrastavam no chão e colar de búzios pintados no pescoço, falando de deuses e poder. Ele era como um novo pássaro colorido que todos queriam admirar.

"No início, foi inofensivo. Ele ajudava as pessoas, fazia unguentos e bálsamos para os doentes, criava brinquedos para as crianças. Com o tempo, as pessoas o aceitaram, mas eu não. Nunca confiei nele. Meus pais não entendiam, mas sempre senti que havia algo estranho nele. Ele me deixava desconfortável. Então, comecei a adoecer."

Koffi observou enquanto a garota que sempre parecia forte abraçava a si própria e tremia. Seu olhar estava distante, preso em suas lembranças.

— Nunca me senti tão mal na vida. Eu tinha febre todos os dias, dores, alucinações. Nem sentia mais cheiro ou gosto. Meus pais estavam convencidos de que eu ia morrer. Mas o Xamã disse que podia me ajudar. Se ofereceu para me levar para uma cidade distante, onde havia remédios que podiam me curar. Implorei aos meus pais para não permitir que ele me levasse, mas eles pensaram que era melhor assim. Acho que acreditaram mesmo que era o certo a se fazer. — Ela piscou e pareceu sair de um transe. Olhou para Koffi. — Eu nunca mais os vi.

Koffi se sentiu anestesiada.

— E você nunca tentou fugir?

Njeri lançou a ela um olhar cínico, voltando ao seu estado normal.

— Óbvio que sim — respondeu. — Nos primeiros anos, eu devo ter tentado uma centena de vezes. Ele me capturou em todas. E quando percebeu que eu não era forte o suficiente para ajudá-lo em seu grande plano, ele também me puniu.

Ela ergueu os braços, e pela primeira vez Koffi viu as cicatrizes. Rajavam a pele retinta de Njeri, rosadas e brilhantes à luz de velas. Koffi as reconheceu de imediato: só um chicote ou chibata deixariam aquele tipo de marca permanente. Ela estremeceu.

— No fim, eu desisti — prosseguiu Njeri.

Koffi sentiu o coração doer.

— Sinto muito, Njeri.

Njeri deu de ombros. Era um gesto casual, mas que não contagiava o olhar da daraja.

— Minha história não é a única — ressaltou ela, resignada. — E nem deve ser a pior. Pergunte à maioria dos darajas na Fortaleza e eles contarão histórias similares de estranhos misteriosos aparecendo em suas cidades ou vilas e levando-os embora. É como ele conseguiu a maioria de nós.

Koffi pensou em algo que aconteceu na selva. Adiah. Houve um momento, logo após elas se encontrarem, em que Adiah contou parte de sua história, de como foi enganada por Fedu para criar a ruptura que destruiu Lkossa. Pensar nisso a deixou enjoada. Quantas crianças inocentes Fedu pegou ao longo dos anos, e destruiu do mesmo jeito que destruiu Adiah?

— Sinto muito. — Ela queria dizer mais, mas só conseguiu pensar nisso.

— Não sinta — disse Njeri, a voz feroz. — Fique com raiva. Não em meu nome, mas em nome dos outros darajas, de Zola, daqueles como ela, mas que não conhecemos. — Ela cutucou Koffi no peito com força. — Eles são os motivos de você não poder desistir. Você é a primeira chance real que temos de deixar este lugar para sempre. Você é a melhor de nós.

Koffi se encolheu.

— Não me sinto como a melhor de nada.

Njeri fez uma pausa.

— Quero te mostrar uma coisa. — Ela se levantou e cruzou a sala de novo para pegar algo da bolsa, olhando por sobre o ombro conspirativamente. — Feche os olhos.

Koffi olhou para baixo, e seu coração disparou. Ela reconheceu a simples adaga hanjari. Não era chique ou decorada com joias, mas havia um nome cravado no cabo: ASAFA OKOJO. Okojo. Ekon dera a ela sua adaga em Lkossa. Koffi acordara na Fortaleza de Espinhos sem ela, pensou que tinha sido descartada. Naquele momento... Ela ergueu a lâmina. Parecia a mesma, mas dava para ver que fora restaurada, cuidadosamente limpa e afiada. Seus olhos encheram de lágrimas.

— Encontrei na forja anteontem — comentou Njeri. — Aconteceu que Fedu a entregou para Zola destruí-la, mas ela a guardou, a limpou. Acho que planejava entregá-la a você.

Koffi pensou em quando conhecera Zola na forja. A garota mencionara que estava trabalhando em uma surpresa, mas Koffi esquecera. As lágrimas caíam livres.

Njeri cobriu a mão de Koffi com a sua, e por vários segundos ficaram ali sem dizer nada. Por fim, foi Njeri que rompeu o silêncio.

— Quero que saiba de algo, Koffi — murmurou. — Fedu ganhou seu poder ao fazer os outros se sentirem pequenos, ao fazê-los esquecer que são poderosos. Não deixe que ele faça isso com você. Não me importo com como ele se refere a você, você não é a faquinha dele, você não é ferramenta de homem algum. Você é sua própria arma.

As palavras reverberaram em Koffi. Ela ouviu o eco delas em sua mente, o começo de um mantra.

Não sou ferramenta de homem algum. Sou minha própria arma.

— Venha. — Njeri se levantou. — Quero mostrar algo a você.

Koffi também se levantou.

— É outro treino? Porque eu não acho que posso...

— Nada de treinamento hoje — negou Njeri, balançando a cabeça. Havia um brilho em seus olhos. — Vou te ensinar algo novo.

Koffi tinha toda a intenção de ir dormir depois que Njeri a deixou naquela noite, mas não dormiu. Em vez disso, foi para a biblioteca.

Esforçou-se para andar na ponta dos pés no caminho até lá, muito consciente do silêncio da Fortaleza durante o pôr do sol enquanto seus residentes se recolhiam. Pela primeira vez, ela percebeu que não sabia onde Fedu dormia — se é que ele dormia. Ela conteve um arrepio ao pensar como ele podia ocupar *suas* noites.

Logo, ela encontrou as portas da biblioteca e ficou aliviada ao abri-las com cuidado e entrar. Parte dela achou quase engraçado; na infância, nunca gostara muito de leitura ou de livros, um fato que Ekon achara terrível, mas depois isso mudara. A biblioteca de Fedu, macabra como era, continha informações, respostas, coisas de que ela precisava. Além disso, havia uma paz ali que era diferente de qualquer outra parte da Fortaleza. Ela suspirou. Fazia semanas que frequentava a biblioteca, em busca de qualquer coisa que pudesse encontrar a respeito de sua ordem, a Ordem de Vivuli, em vão. Não havia motivo para pensar que a busca daquela noite seria diferente, mas as palavras de Njeri permaneceram com ela.

Não me importo com como ele se refere a você, você não é a faquinha dele, você não é ferramenta de homem algum.

Se Koffi ia ser sua própria arma, a pessoa que lideraria os darajas para fora da Fortaleza de Espinhos de uma vez por todas, não podia desistir, nem mesmo de algo pequeno. Como sempre, foi até as prateleiras à direita, aquelas sobre a história de Eshōza, e correu os dedos pelas lombadas dos livros antigos. Era improvável que encontrasse algo útil ali, mas tinha que praticar a diligência e conferir cada uma das seções da biblioteca. Com cuidado, analisou a seguinte, volumes sobre ciência e anatomia médica, e então mais uma, botânica e biologia complexa. Estava prestes a passar para as biografias quando parou. Algo bem na base da prateleira da seção de biologia chamou sua atenção: um livro, iluminado pelo luar que entrava por uma das janelas da biblioteca. Estava um pouco fora do lugar com relação aos outros, como se tivesse sido enfiado ali e não exatamente se encaixasse. Sem pensar, Koffi o pegou para examinar. Começou a entender por que não o tinha visto antes, porque qualquer um buscando naquelas prateleiras não o teria visto. O livro era pequeno, de um tom escuro e desbotado de azul, e as letras da lombada e da capa estavam ilegíveis. Com cuidado, ela o abriu, se encolhendo quando a encadernação estalou. A tinta na página do título estava quase translúcida, mas ela podia discernir as palavras, escritas em uma caligrafia bonita.

ATRAVÉS DA HISTÓRIA: um Relato de Darajas Históricos

A boca de Koffi ficou seca enquanto ela encarava as palavras, enquanto as compreendia. Com dedos trêmulos, ela passou para a primeira página amarelada, e na seguinte encontrou um sumário. Em palavras em negrito ela leu ORDEM DE AKILI, seguida por uma lista de mais ou menos vinte nomes. Passou várias outras páginas até parar em uma com mais da fonte meticulosa ao lado da imagem impressa de uma mulher. Ela tinha cabelos curtos e um ar jovial no olhar. Koffi leu o texto ao lado.

Nome: Cyah
Status: Falecida
Ordem: Akili
Afinidade: Leitura de mentes
Observações: Nenhuma

O coração de Koffi disparou quando ela passou mais páginas, parando em outro rosto e nome. Desta vez, havia um garotinho chamado Kafele, outro daraja da Ordem de Akili. De acordo com o livro, ele estava morto, mas tinha sido um ilusionista poderoso como Zain, capaz de hipnotizar multidões. Uma por uma, Koffi passou pelas páginas. Havia uma seção para indivíduos notáveis dentro de cada uma das Cinco Nobres Ordens daraja. Koffi sabia que não devia se surpreender, mas sentiu o coração palpitar quando chegou no fim do livro e viu que não havia seção para a Ordem de Vivuli. Óbvio que não. Zain mesmo dissera que a Ordem de Vivuli não era sequer reconhecida formalmente pela maioria dos estudiosos. Ela estava prestes a devolver o livro ao lugar na prateleira quando percebeu mais uma coisa: uma dobra na última página, como se para marcá-la. Devagar, abriu o livro outra vez, semicerrando os olhos na escuridão. A caligrafia na última página era diferente do resto, rabiscada, mas ela ficou tensa ao ler as palavras:

ORDEM DE VIVULI
Para que não sejam esquecidos.

Não havia imagens ao lado dos nomes naquela única página, mas Koffi as leu avidamente. A primeira dizia:

Nome: Mansa, A Que Traz a Tempestade
Status: Falecida
Ordem: Vivuli
Afinidade: Invocação de relâmpagos e trovões
Observações: Favorecida pelo deus Atuno

Koffi leu o texto uma, duas, três vezes. Era uma sensação quase surreal. Ela queria desesperadamente saber de outros darajas como ela, e tinha prova de não apenas um, mas vários. Continuou lendo, tão rápido que as palavras ficaram borradas na página. Depois do nome de Mansa havia uma passagem a respeito de um daraja chamado Ona'je, que conseguia falar com os mortos. Ele não estava mais vivo, nem a daraja seguinte, uma mulher chamada Winta, que conseguia ver o passado usando objetos da época. Koffi suspirou. Aquelas pessoas, aqueles *darajas*, partiram havia muito tempo, mas ver os nomes deles a lembrou de que um dia existiram, e isso a fez se sentir menos sozinha.

Ela olhou para os dois últimos nomes da lista e leu devagar. O primeiro era um daraja chamado Sigidi, um vidente com a habilidade de ver o futuro. Seu paradeiro era desconhecido, mas seu status era listado como *Vivo*. Ela se assustou. Abaixo do nome dele estava a última daraja da lista. Koffi leu a inscrição duas vezes.

Nome: Akande
Status: Desconhecido
Ordem: Vivuli
Afinidade: Usa o esplendor como bússola
Observações: Vista pela última vez em Chini

Koffi ficou boquiaberta. Não podia acreditar no que via. *Usa o esplendor como bússola*. Era quase a habilidade dela. Ela se recostou por um momento, pensando. Era possível haver outro daraja com a mesma afinidade que ela? Alguém que podia ensiná-la, melhor que qualquer outra pessoa. Ela leu a passagem outra vez. *Status: Desconhecido. Observações: Vista pela última vez em Chini*. Não havia garantia de que Akande ainda estivesse viva, mas... também não havia garantia de que estivesse morta. Se, quando Koffi saísse da Fortaleza, conseguisse encontrar Akande de alguma maneira, poderia...

Ela paralisou quando ouviu um som a vários metros, perto das portas da biblioteca, passos, e foi tomada por pânico. Ela não havia fechado a porta, apenas encostado, e podia ouvir dois pares de pés se aproximando. Praguejou baixinho. Por um lado, *tecnicamente* não estava fazendo nada de errado. Se fosse pega ali, não havia muito que alguém pudesse fazer, exceto enviá-la de volta para os aposentos. Por outro lado, era bem provável que seu paradeiro fosse reportado a Fedu se a pessoa errada a flagrasse. Ela não precisava que o deus analisasse suas ações mais do que já estava analisando. Devagar, levantou-se, apertando o livrinho azul no peito enquanto avança. Uma fresta de luz amarela permeou a escuridão da entrada, e ela se moveu em direção à saída o mais silenciosamente possível. Tinha algumas opções. Podia tentar fechar a porta antes que alguém chegasse perto o bastante para perceber que estava aberta, e então esperar que a pessoa passasse. Ou, se fosse rápida o suficiente, podia sair e correr. Nenhuma das opções era ideal. Ela estava a centímetros das portas, mas os passos ecoavam mais alto, mais próximos. Ficou tensa quando estendeu a mão para as portas da biblioteca e espiou o corredor.

Dois darajas estavam se afastando pelo corredor. Koffi não conseguiu ver o rosto deles, mas pelas túnicas vermelha e roxa, soube que um era da Ordem de Kupambana e o outro era da Ordem de Mwili. Eles riam, distraídos. *Ótimo.* Em poucos segundos cruzariam o corredor e ela teria tempo de sair da biblioteca sem ser vista. No corredor silencioso, as vozes deles soavam altas.

— Tem certeza? — perguntou o de túnica vermelha. — Você o ouviu?

Koffi viu o daraja de roxo assentir.

— Eu não ouvi, mas Gamba sim. Ele disse que Fedu estará pronto para o próximo passo em breve.

Koffi paralisou.

— Pensei que ele estivesse esperando a Koffi — rebateu o cara da túnica vermelha —, esperando que ela descobrisse a afinidade dela ou algo assim.

— Não acho que Fedu se importe — respondeu o cara da túnica roxa.
— Eu o ouvi falando uma noite dessas. Ele está perdendo a paciência.

— Bem, não vou lamentar quando ele decidir que é hora de partirmos. Estou pronto para ir. Estou cansado de ver as mesmas garotas.

As risadas deles ecoaram pelo corredor bem depois que viraram a esquina e desapareceram, mas Koffi ficou onde estava. Seu coração martelava no peito, tanto que seu tórax doía.

Fedu estará pronto para o próximo passo em breve.

Ela soube, então.

Era hora de sair da Fortaleza de Espinhos.

CAPÍTULO 20

BANDARI

Era uma coisa curiosa comparar o desenho de uma cidade em um mapa à imagem apresentada na realidade.

Ekon sem dúvida lera a respeito de Bandari; em algum ponto de sua educação, até estudara parte de sua história e arquitetura. Mas quando foi sincero consigo, soube que — enquanto ele e Safiyah escalavam o último pico que levava aos portões da frente — os livros e missivas escritos pelos estudiosos de Lkossa não faziam jus à velha cidade. Era um pouco menor que Lkossa, distinta por sua cantaria cinza-clara que parecia comprimir grande parte da cidade. Em alguns pontos, havia videiras penduradas nas estruturas mais altas, e a forma como os prédios se aglomeravam em uma linha pelo Rio Ndefu Oriental lembrou a Ekon os molares de alguma criatura mística de antigamente.

Ele e Safiyah se juntaram às multidões que entravam na cidade, e enquanto atravessava as estradas, as diferenças entre ela e Lkossa ficaram ainda mais evidentes. Devido à proximidade com a água, havia bem mais pescadores nos mercados, e uma variedade maior de barraquinhas de peixe fresco. A brisa sempre fresca da Região Kusini pareceu permanecer ali e, consequentemente, os mercadores que passavam por aquelas ruas usavam roupas de tecidos mais pesados. Assim que entraram na cidade, Safiyah os direcionou para longe do tráfego pesado e por ruas menos cheias. De acordo com ela, o Empreendimento costumava fazer negócios longe dos mercados principais e mais próximo dos portos. Ekon ficou satisfeito com a desculpa para visitar o lugar.

— Os turistas sempre vão ao mercado comprar peixe — estava dizendo Safiyah —, mas os melhores pescadores ficam nos cais a leste. Se tivermos tempo, vou levar você.

Ekon sorriu, mas não disse nada. Era raro ver Safiyah de bom humor assim. Ela não era de Bandari, mas estava nítido que gostava da cidade. Ele a observou, o jeito que ela fechava os olhos quando falava de um cheiro agradável, o jeito que franzia o cenho quando encontrava algo estranho. Na mente dele, não conseguia evitar voltar à noite anterior, ao que acontecera.

Ele a beijara.

Havia sido uma coisa rápida e passageira, mas... também havia sido boa. Ekon despertara naquela manhã pensando nisso, mas não sabia o que dizer a Safiyah. Ela também não dissera nada, o que tornou tudo ainda mais confuso. Eles deviam falar do assunto? Ou não? Uma pontada de culpa permeava a mente dele também, quando pensou em outra coisa.

Koffi.

Não muito tempo antes, na Selva Maior, Ekon beijara Koffi também e gostara. Ele franziu a testa enquanto caminhava. Tinha passado de beijar ninguém para beijar duas pessoas em um curto período de tempo. Aquilo era permitido? Ele pensou na pergunta de Safiyah na pousada, quando ela perguntara se ele e Koffi estavam juntos. Eles não estavam, mas... o que tinham passado juntos significava algo. Ela era, pelo menos, amiga dele, alguém com quem ele se importava, mas... Safiyah se tornara uma amiga também. Ele não queria ferir nenhuma delas, mas teve a incômoda sensação de estar se aproximando de algo, de uma decisão.

Cedo ou tarde, você terá que escolher, disse uma voz na mente dele. *Não dá para escolher as duas.*

Ekon suprimiu aquele pensamento triste enquanto caminhava.

Safiyah os conduziu por uma estrada estreita e coberta por tecidos coloridos. Na luz do sol, eles lançavam triângulos e quadrados coloridos no chão, dando à rua uma sensação mágica que parecia de outro mundo. Alguns vendedores estavam em barraquinhas, enquanto outros que não podiam pagar expunham seus produtos no chão. Passaram por uma jovem exibindo contas em um cobertor esfarrapado, segurando o que parecia ser um baralho de cartas sobre o joelho. Ekon tentou passar por ela sem parar, mas ela o viu olhando e sorriu.

— Leitura de tarô! — anunciou. — Leitura de tarô grátis! Escolha três cartas e descubra seu futuro!

Ekon olhou para Safiyah, esperando ver humor em seu olhar, mas para sua surpresa, e tristeza, ela parecia curiosa.

— O que você acha? — perguntou, erguendo a sobrancelha. — Pode ser divertido.

— Hã... — Ekon olhou de uma para a outra, desconfortável. — Eu não.

— Ah, vamos — insistiu ela, e Ekon sentiu uma onda de calor passar por seu corpo quando ela pegou sua mão, puxando-o até que se aproximassem da mulher. Os dois se sentaram no cobertor, e ela sorriu.

— Para qual de vocês eu lerei primeiro? — perguntou ela, gentil.

— Eu — disse Safiyah. — Meu amigo é um pouco tímido.

A mulher assentiu e começou a embaralhar as cartas com mãos habilidosas. Elas faziam um som agradável enquanto ela as passava entre os dedos, e Ekon se pegou tentando contar quantas havia no baralho. Por fim, a mulher parou e espalhou algumas cartas no cobertor, assentindo.

— Escolha três, querida.

Safiyah pensou e pegou uma carta no meio e duas nas laterais. Ela as entregou à mulher, que levou um tempo analisando-as.

— Humm. Sua primeira carta é o chacal fugindo, o que significa que você embarcará em uma jornada perigosa.

Ekon e Safiyah se entreolharam.

— Sua segunda carta — prosseguiu a mulher — é a borboleta-cauda-de-andorinha dourada, o que pode significar prosperidade ou riquezas.

— Aceito as duas — disse Safiyah, alegre.

— E quanto à última... — A expressão dela suavizou. — O musa-ranho-elefante.

— O que significa?

— Amor — disse a taróloga. — Musaranhos-elefantes estão entre as raras criaturas que se juntam pela vida inteira. Simbolizam um ótimo e duradouro amor. Quando colocamos suas cartas juntas... — Ela deslizou as três na direção de Safiyah. — As cartas nos dizem que você terá uma aventura perigosa, mas próspera, e no fim encontrará seu verdadeiro companheiro de vida.

No cobertor, Ekon se inquietou, de repente incomodado. Safiyah sorriu para ele.

— E você, jovem? — Para o desconforto dele, a taróloga o olhava agora. — Gostaria que eu lesse suas cartas?

Ekon gaguejou.

— Bem, quero dizer... não é exatamente necessário...

— Por que não? — retrucou Safiyah, empurrando-o com o ombro. Ela se levantou e bateu a poeira das roupas. — Vou pegar água de um dos poços. Já volto.

Antes que ele pudesse reclamar, ela se foi, e Ekon viu que a mulher o encarava, cheia de expectativa. Ele suspirou.

— Está bem — aceitou, resignado. — Vamos lá.

O sorriso da mulher aumentou enquanto pegava o baralho e o em-baralhava de novo. Mais uma vez, Ekon olhou para as mãos, tentando memorizar a cadência com a qual ela movia as cartas com os dedos. Era quase hipnotizante. Ela parou segundos depois e, como antes, espalhou as cartas no cobertor, viradas para baixo.

— Escolha três.

Ekon hesitou. Safiyah tinha sido muito estratégica com a seleção; ela pegara uma de cada lado e uma no meio. Ele decidiu tentar a mesma estratégia. Uma por uma, ele pegou as cartas e as deslizou de volta para a mulher. Ela as pegou, os olhos enrugando, mas quando as virou, parou de sorrir. Exibia uma expressão que Ekon não conseguia ler. A mulher segurava as três cartas, encarando-as, confusa. Uma nova onda de ansiedade eclodiu em Ekon enquanto os segundos passavam.

— Tem... tem algo errado?

A mulher ergueu o olhar devagar, fitando Ekon com uma cautela que não existia antes. Seus olhos pareciam vazios, distantes, e quando falou, as palavras mal passavam de um sussurro.

— Leste e oeste.

— O quê? — Ekon se inclinou à frente, incapaz de conter o pânico que disparou dentro de si. — O que você disse?

— Um sol nasce no leste. Um sol nasce no oeste — disse ela, a voz sem emoção. — Leste e oeste.

Ekon se arrepiou. *Leste e oeste. Um sol nasce no leste. Um sol nasce no oeste.* As palavras eram específicas. Sigidi as dissera para ele no beco, depois Amakoya as dissera no pântano.

Um sol nasce no leste. Um sol nasce no oeste.

Por que as pessoas ficavam dizendo aquelas palavras para ele? O que significavam? Ele se levantou, afastando-se da mulher, perturbado, ao mesmo tempo que Safiyah voltou. Ao olhar para ele, ela parou de sorrir.

— Ei, o que foi?

— Nada — respondeu Ekon, mais ríspido do que pretendia. — Está ficando tarde. Vamos encontrar o Empreendimento. — Ele se virou para partir sem esperá-la, sentindo-se um tanto enjoado.

— Está tudo bem? — Safiyah correu para alcançá-lo. — Mas não entendi, o que aconteceu lá atrás?

— Eu já disse, não foi nada. — Ekon desviou do assunto. — Só uma taróloga estranha. Ela deve ser uma fraude mesmo.

— Ekon. — Havia uma seriedade na voz de Safiyah que o fez arrepiar. — Se alguma coisa aconteceu lá atrás...

— Nada aconteceu! — Ekon se virou para ela, sentindo a raiva envolver sua pele. — Olha, Safiyah, sei que passamos os últimos dias juntos, mas isso não significa que você me conhece. E não dá a você o direito de me pressionar depois que eu disse que estou bem.

A mágoa surgiu no rosto de Safiyah.

— Ekon...?

— Só vá embora, Safiyah — pediu Ekon, frio. Ele não reconheceu a própria voz. — Foi divertido, mas agora preciso encontrar Themba. Ela e eu temos uma missão de verdade que sequer começamos. Temos que encontrar Koffi. Ela é a coisa mais importante agora, o único motivo de eu estar aqui.

Ekon viu as palavras caírem como flechas, uma por uma. Safiyah franziu o cenho, semicerrando os olhos como se, olhando por tempo bastante, pudesse arrancar algo dele, talvez a verdade. Quando o rosto dele permaneceu igual, a expressão dela mudou. Havia uma tristeza, um momento de dor real, e então nada. Safiyah ajustou a expressão para que não entregasse nada.

— Está bem, então. — Ela foi curta. — Vamos encontrar o Empreendimento. — Se a voz dele estava fria, a dela era glacial. Ela se virou, descendo a rua rápido.

De repente, Ekon sentiu uma culpa gigantesca.

— Safiyah, espere!

Mas os passos dela não desaceleraram, não falharam enquanto ela desaparecia nas multidões de Bandari e deixava Ekon sozinho no meio da rua.

PESO

BINTI

Nunca estive tão nervosa na vida.

Observo a sala pequena e vazia diante de mim, tentando acalmar a ansiedade. Está quente e, apesar dos meus esforços, o suor já se acumula nas minhas axilas. Me faz sentir pegajosa.

Não há muito o que se ver: três caixas viradas servem como cadeiras e estão ao redor de uma velha mesa bamba com um pano jogado em cima para cobrir as manchas. Eu queria adicionar uma vela como centro de mesa, mas temi que, com o teto baixo da sala e a falta de ventilação, acabaríamos sufocando até a morte, então não coloquei.

— Mamãe! — Minha voz acaba com os meus nervos, subindo várias oitavas enquanto olho por sobre o ombro, para a porta. — Rápido! Está quase na hora!

Alguns minutos depois, mamãe entra na sala segurando uma bandeja de madeira com comida. Quero ficar irritada com ela, por ter demorado a tarde inteira, mas quando ela destapa a comida minha boca saliva. Há uma tigela enorme de arroz jollof e outra cheia de saborosa sopa egusi. Sob um pano simples, vejo que vários bolinhos banku fumegam ao lado de um potinho de pimenta-preta. É um arranjo surpreendentemente impressionante.

— Você fez tudo isso?

Mamãe me lança um olhar crítico.

— Não seja ridícula. Tia Lota disse que podíamos ficar com as sobras da pousada, ela está ficando mole depois de velha e gosta de você, então concordou em fazer parte dessa bobagem. — De repente, ela enfia o dedo no molho e o coloca na boca. — Ah! Está muito bom!

— *Mamãe*.

— Pare com isso. — Mamãe franze a testa. — Você está velha demais para choramingar assim. Se quer algo, fale como adulta.

Endireito meus ombros, repreendida. Embora eu odeie admitir, ela está certa. Esta noite é importante, e se quero ser tratada como adulta, preciso agir de acordo. Respiro fundo para me acalmar e recomeço.

— Mamãe, eu gostaria muito se você não começasse a comer até que Lesego chegue — peço, com educação. — Quero muito que as coisas corram bem esta noite. Eu... eu gosto muito dele.

— Por quê? — pergunta mamãe, o olhar sagaz.

— Ele é gentil, inteligente, ambicioso...

— Você não acha *estranho* que a família dele não vai se juntar a nós nesse jantar *tão especial*? — questiona mamãe quando começa a distribuir pratos e utensílios na mesa. — Ou *estranho* ele dizer que não tem família nesta cidade?

Fico inquieta. A verdade é que acho que essas coisas a respeito de Lesego são um pouco estranhas, mas definitivamente não quero admitir agora.

— Os últimos anos foram difíceis para muita gente, mamãe. Quem somos nós para julgar as circunstâncias de outras pessoas?

— Esperta.

Lanço a ela um olhar, e ela solta um muxoxo.

— Ainda acho que é muita confusão por um garoto que você só conhece há o quê, duas semanas?

— *Meses* — corrijo, incapaz de manter a amargura fora do meu tom. Mamãe percebe mesmo assim e franze os lábios.

307

— Um garoto bom e decente devia estar levando *você* para jantar — diz ela. — Não o contrário. Se você me perguntar, acho que esse garoto está apenas em busca de uma janta grátis.

Engulo em seco, me sentindo culpada. Mamãe não sabe que Lesego e eu estamos nos vendo há muito mais tempo do que contei, que ele tem, na verdade, me cortejado. Lesego tem sido bem mais que apenas "decente", ele já me levou para jantar várias vezes e até me comprou alguns presentes. Eu não esperava; tinha certeza que, depois da minha fuga no Dia do Vínculo, ele não ia querer me ver outra vez, mas foi o oposto. Depois daquela primeira noite, Nyah nos ajudou a nos encontrar de novo. Desde então, tem sido maravilhoso. Lesego cresceu aqui na cidade, assim como eu, mas a visão dele da vida é muito diferente da minha. Como só costumo ir a lugares se for necessário, quando estou com Lesego nós vagamos pela cidade, pegando becos e estradas onde nenhum de nós esteve só para ver o que há do outro lado. Ele me deixou entrar em seu mundo. De certa maneira, este jantar é minha forma de deixá-lo entrar no meu, ao menos em parte.

— Gosto *muito* dele, mamãe — repito.

Mamãe arfa em resposta.

— Bem, então espero que ele valha a pena. Faz tempo que eu não a vejo colocar tanto esforço em algo.

Ela está certa; foi necessário muito trabalho para fazer esta noite acontecer. Mamãe e eu ainda trabalhamos para Tia Lota, a dona da pousada, mas não ganhamos muito dinheiro. Foi necessário prometer trabalhar várias noites de graça para convencer a velha senhora a nos deixar usar esta despensa para a ocasião. Depois de horas, óbvio. Pessoalmente, eu preferia encontrar Lesego em um dos restaurantes mais baratos de Lkossa, ou mesmo em uma das barraquinhas de comida perto dos mercados centrais, mas não podemos pagar por esse tipo de luxo, então isto é o melhor que pudemos fazer. Não quero que Lesego saiba a vida difícil que mamãe e eu levamos.

— Nós devíamos ficar lá fora — digo. — Daqui a pouco ele chega.

Mamãe ergue uma sobrancelha que me informa que eu serei a única a recepcionar Lesego. Por mim, tudo bem. Eu a deixo fingindo reorganizar pratos e guardanapos na mesa e desço o corredor estreito. Lá fora, o sol já se pôs e o céu está salpicado com as primeiras estrelas da noite. Embora eu não me importe tanto que minha mãe não tenha vindo comigo, estou um pouco triste por ela não estar aqui para vermos juntas as estrelas. Era uma coisa que amávamos fazer. Sinto saudades daquela versão da minha mãe; ela está mudada. Começou com a primeira vez que mencionei Lesego, e só piorou. Mamãe está mais irritada, mais impaciente. Queria entender o motivo.

— Ei! — Uma voz me arranca dos meus pensamentos. — Rashida!

Meu coração dá uma cambalhota. Lesego vem na minha direção ao luar, usando sua melhor túnica e sandálias. Seu modo de andar costuma de alguma forma ser ao mesmo tempo casual e confiante; assim como todo o restante, ele faz parecer fácil. Eu queria poder fazer as coisas parecerem fáceis. De certa maneira, eu queria ser mais como ele.

— Oi.

Lesego sorri e, de repente, me sinto estranhamente autoconfiante. Quando ele se inclina para me beijar, viro a cabeça um pouquinho para que seus lábios rocem na minha bochecha em vez de nos meus lábios. Ele se afasta, perplexo.

— Eu... *não* devia beijar você?

— Não! Quero dizer, sim! Quero dizer... — Nervosa, cutuco um dos meus twists. Gosto quando Lesego me beija, e normalmente eu ia querer, mas não sei como explicar a ele como me sinto agora. — É só que, com a minha mãe...

— Ah, certo! — Lesego se endireita na hora, e gosto que ele faça o esforço visível para parecer mais sério antes de me dar uma piscadela. — Vou me comportar de agora em diante, prometo. Vá na frente.

Entramos na pousada e vamos ao nosso salão de jantar improvisado. Pouco antes de entramos, olho por sobre o ombro.

— Então, quanto à minha mãe — sussurro. — Não leve nada que ela faça para o pessoal, está bem? Ela é legal, mas pode ser um pouco... — Busco a palavra certa. — Estranha.

Lesego dá de ombros.

— Ela não pode ser *tão* ruim assim — diz ele. — Ela fez você.

Minhas bochechas enrubescem. Lesego sempre sabe o que dizer para me fazer sentir melhor, mais calma. Desta vez, não penso demais quando pego a mão dele e abro a porta. Mamãe já está sentada à mesa. Instantaneamente, ela olha para nossas mãos entrelaçadas e franze a testa antes de olhar para Lesego.

— Você deve ser Masego.

Empalideço, mas Lesego não perde tempo. Ele fica ao meu lado e inclina a cabeça.

— Boa noite, tia. Na verdade, sou *Lesego*, e estou muito grato e honrado em compartilhar sua mesa hoje à noite. Espero que não se importe, eu trouxe um pequeno símbolo da minha gratidão.

Ele busca no saco que trouxe consigo e tira algo enrolado em guardanapo. Mamãe e eu observamos, com o que suspeito ser a mesma surpresa, quando ele o desenrola para revelar um pequeno caule do que parece ser lavanda amarrada em fita branca. Quando ele o oferece para a minha mãe, ela parece de fato chocada.

— O que é isto?

— Rashida me contou que você é uma entusiasta da horticultura — conta Lesego, com uma curta reverência. — Vi isto no mercado hoje mais cedo, e o vendedor disse que estava fresco, então peguei para você. Por favor, considere como um presente, um agradecimento por me receber em sua casa hoje.

Meu coração acelera. Eu não sabia que Lesego ia fazer isso, mas também não posso dizer que estou totalmente surpresa. Este é o tipo de pessoa que ele é: impulsivo, mas atencioso.

Minha mãe se levanta devagar e pega a lavanda, inspecionando-a.

— *Rashida* — ela me lança um olhar significativo — está certa.

Ela gira o talo entre dois dedos e o leva ao nariz para inspirar longa e profundamente. Depois de um momento, ela nos olha, sorrindo.

— Espero que você não tenha gastado muito nele — diz ela. — É de qualidade mediana, você teria encontrado um melhor nas vilas mais afastadas.

E então a alegria no meu coração orgulhoso some, substituída pela raiva. Sei que mamãe está apenas fazendo cena; até *eu* sei que a lavanda não apenas foi cara, mas é de excelente qualidade. Ela está provocando Lesego, vendo como ele vai reagir. Em sua defesa, o sorriso de Lesego falha por apenas um momento.

— Obrigado pelo conselho. Pensarei nisso na próxima vez que trouxer um presente para você, tia — diz ele, gentil.

— *Se.* — Mamãe arqueia a sobrancelha. — *Se* houver uma próxima vez.

— Tá bom! — Bato palmas, provavelmente mais alto que o necessário. — Quem está com fome? Porque *eu* estou!

— Eu também — concorda Lesego. Ele gesticula para que eu me sente primeiro, e então se senta por último. — Qual é a comida de hoje?

— Rashida, antes de começarmos, preciso de você na cozinha rapidinho — diz minha mãe.

O medo se acumula na minha barriga quando nos levantamos juntas, deixando Lesego sozinho à mesa. Assim que a porta da despensa se fecha, mamãe se vira para mim.

— Não gosto dele.

— Mamãe! — Jogo as mãos para o alto. — Faz só *cinco minutos* que ele está aqui!

— Ele chamou você pelo nome errado — diz ela com uma careta. — Ele a chamou de Rashida.

— Meu nome não está errado — confesso tentando ignorar meu constrangimento que só aumentava. — É o nome que eu *pedi* para que ele me chamasse.

Quero me bater por ter esquecido de dizer a ela como quero ser chamada durante a visita de Lesego, mas compartimentei tanto a minha vida que Binti e Rashida parecem duas pessoas distintas.

Mamãe pisca várias vezes.

— *O quê?* Por que você *pediria* para ser chamada pelo nome errado?

— Não é o nome errado, é só diferente — retruco. — O que eu prefiro. Gosto mais que Binti, soa mais estiloso.

— Soa como uma *besteira*.

— Me deixa *feliz* — insisto. — Por favor, mamãe.

Minha mãe me dá mais um olhar impassivo antes de balançar a cabeça e ir em direção à despensa. Quando entramos juntas, Lesego ainda está sentado à mesa, parecendo não saber nada.

— Acho que estamos prontos para comer — diz mamãe em uma voz bem doce. Minha suspeita cresce quando ela se recosta e serve comida nos pratos. — Temos uma refeição deliciosa diante de nós. Masego, você já provou bantu?

— Ah, com certeza, tia. — Lesego assente fervorosamente enquanto mamãe oferece a ele um bolinho. — Cresci comendo bantu. Minha mãe tinha uma excelente receita, embora estes possam ser ainda melhores.

— Sua *mãe?* — Mamãe se endireita, interessada. — Rashida me disse que seus pais não estavam na cidade. Se estiverem, eu gostaria de conhecê-los.

Não digo em voz alta que acho que mamãe conhecer os pais de Lesego é uma *péssima* ideia, mas antes que eu diga algo, Lesego balança a cabeça. Pela primeira vez esta noite, ele parece um pouco triste.

— Infelizmente não será possível — diz ele. — Meus pais não moram em Lkossa. Eles se mudaram para o sul, para Bandari, há muitos anos.

Mamãe junta as mãos.

— Seus pais decidiram se mudar para longe e deixar o próprio filho para trás? — Ela não esconde a descrença.

Lesego dá de ombros.

— Meus pais e eu discordamos, debatemos, e no final decidimos seguir caminhos opostos, literalmente. Foi uma separação amigável, e ainda escrevo para eles com frequência.

Minha mãe inclina a cabeça.

— E a respeito de que, se me permite perguntar, você e seus pais discordaram?

— Na verdade, foi a respeito de Lkossa — responde Lesego enquanto come. — Meu pai e principalmente minha mãe ficaram cada vez mais preocupados com a segurança da cidade, com os ataques nos limites da selva e o avanço do crime daraja.

Quase engasgo com o arroz, e mamãe semicerra os olhos no mesmo instante. Percebo que o bracelete dela está escondido sob a manga, que ela cuidadosamente puxa para cobrir sob o braço.

— Desculpe, acho que não ouvi. Você disse... crime *daraja?*

— Sim. — Lesego prossegue, completamente inconsciente da mudança de humor no ambiente. — Minha mãe está convencida de que os darajas são perigosos, instáveis, e que a cidade precisa voltar a ter medidas mais sérias para mantê-los regularizados e separados do resto da sociedade.

Meu coração martela no peito. Lesego e eu falamos da família dele antes, mas nunca assim. Suor se acumula na minha nuca e não ouso olhar para a minha mãe. A raiva dela está quase emanando de seu corpo; sinto o calor.

— E — diz ela em uma vozinha — quais são as *suas* opiniões a respeito do crime daraja, jovem?

Lesego dá de ombros.

— Bem, não conheço pessoalmente nenhum daraja — responde ele. — Mas eles parecem pessoas honestas. Quero dizer, desde que permaneçam em seus lugares, não vejo problema em viver com eles.

Permaneçam em seus lugares.

Enfim arrisco olhar para a minha mãe. Centenas de emoções passam apressadas pelo rosto dela: raiva, humilhação, medo e, pior de tudo, sofrimento. Posso ver o exato momento em que ela percebe o que fiz, o que *não* fiz. Lesego não sabe que ela é daraja porque eu não contei para ele, porque não quero o que vem com isso. Não quero o peso.

— Ah!

Olho para Lesego a tempo de vê-lo apoiar a cabeça nas mãos, com dor. Ele fecha os olhos por um instante, e quando os abre outra vez, seus olhos semicerrados encaram o prato, como se tentasse enxergar algo pequeno.

— Lesego! — Me levanto. — Você está bem?

— Sim, Lesego — cantarola mamãe. — Você parece *mal*.

— Ah, não, estou bem. — Lesego massageia as têmporas com força. — Eu só... acho que estou com dor de cabeça. É estranho... veio do nada.

Meu sangue gela quando olho de Lesego para minha mãe. Ela o encara, sem piscar. Me dou conta da verdade terrível.

— Talvez você deva mandar seu amigo para casa, Rashida? — diz ela, afável. — Ele não parece nem um pouco bem.

— Não, não. — Lesego agita a mão, tentando lutar contra a dor. — É só uma enxaqueca. Tenho certeza que passará em alguns... Ai. — Ele fecha os olhos com mais força, encolhendo-se. — Pensando bem, sinto muito, mas... acho que é melhor eu ir.

— *Sim* — concorda mamãe. — Acho que é melhor mesmo.

Estou sem palavras enquanto ajudo Lesego a ficar de pé, então com cuidado o conduzo pela porta e pelo corredor. Há várias coisas que *quero* dizer, mas apenas duas palavras vêm a mim quando saímos para a noite.

— Sinto muito.

— Não se preocupe, Rashida. — Lesego pisca algumas vezes e esfrega os olhos. — Repetiremos isso outro dia, está bem?

Esse é Lesego, sempre gentil, sempre esperançoso.

— Está bem.

Ele me dá um beijo rápido, agora deliberadamente na bochecha, antes de partir. Uma parte de mim se preocupa com ele caminhando por essas ruas com uma dor de cabeça, mas suspeito que assim que ele se afastar o suficiente da minha mãe, todos os traços da dor desaparecerão misteriosamente. Espero ele desaparecer antes de voltar para dentro, pisando duro. Quando chego na despensa, estou cuspindo fogo.

— Como você *pôde?*

Mamãe ainda está sentada à mesa, mergulhando um pedaço de banku no molho de pimenta. Ela me encara com olhos arregalados em que não acredito por um instante.

— Não sei do que você está falando.

— Eu... eu... — Estou com tanta raiva que mal consigo falar. — Você usou o esplendor nele, para *machucá-lo*!

— Uma troca justa pelas coisas que ele disse — grita mamãe, todo o fingimento desaparecendo. — Você sequer *ouviu* o que ele disse? — Ela se levanta também, com uma fúria similar à minha. — Ele falou de crime daraja, de darajas saberem seus lugares. Ele não é melhor que o Kuhani, ou os Filhos dos Seis, ou que o resto dos preconceituosos desta cidade!

— Ele *não* é preconceituoso! Ele é gentil, solidário e... e ele não sabe a verdade.

— Porque você mentiu para ele — rebate mamãe baixinho, e ouço a mágoa na voz dela. — Porque ele sequer sabe que está apaixonado pela *filha* de uma daraja. — Mamãe dá a volta na mesa e segura minhas mãos. — Eles são o nosso povo, Binti — diz ela, desesperada. — Quando pessoas depreciam darajas, estão depreciando a mim, a *você*.

Não é a primeira vez que mamãe me diz algo assim; na verdade, ela diz isso a minha vida toda. Mas algo parece diferente hoje. Antes que eu possa dizer qualquer coisa, ela me abraça e chora.

Não, mamãe, quero dizer enquanto ela me aperta com força. *Não o nosso povo. O seu povo, mamãe. Não sou daraja, e jamais serei.*

CAPÍTULO 21

CASA

Nos sonhos de Koffi, ela visitava a Floresta de Névoa.

As acácias sempre apareciam primeiro, erguendo-se da névoa como muitos homens esguios e curvados, a casca cinzenta brilhando prateada ao luar. Seus espinhos, maiores que um dedo, não a tocavam enquanto ela passava entre elas, e ela não fazia nenhum barulho durante a caminhada pela terra da floresta. Quando respirou, o cheiro de seiva de pinheiro encheu seus pulmões; quando exalou, vozes vieram a ela.

Nos ajude.

Como um coro, eles cantavam palavras às vezes em um choramingo, às vezes em um rosnado. Apenas duas palavras, mas tinham fome, desespero.

Nos ajude.

— Quem são vocês? — perguntou Koffi para as árvores, mas elas não responderam, os troncos apenas balançaram na brisa silenciosa.

Ela fechou os olhos e invocou o esplendor adormecido em seu corpo, puxou à superfície até que vibrou em seu ser, aqueles pontinhos familiares de luz dourada aparecendo no ar ao seu redor, brilhando, à espera. Ela se virou devagar, absorvendo tudo o que era a Floresta de Névoa. Devia estar no coração dela, embora não se lembrasse de decidir ir até ali. Os sonhos eram assim. Seus músculos se retesaram enquanto esperava pela

316

voz (as vozes) chamar outra vez, mas quando olhou para as árvores de novo, viu um rosto. O rosto de uma menininha.

Suas tranças pretas e grossas estavam se desfazendo nas pontas, e as roupas rasgadas se penduravam frouxas em seu corpo esquelético enquanto ela se aproximava de Koffi com cuidado, cobrindo a boca com a mão. Ela inclinou a cabeça, incerta, e o instinto fez Koffi se ajoelhar para ficar na mesma altura da garotinha.

— Você está bem? — Ela tentou falar baixinho, mas no silêncio perpétuo da Floresta de Névoa a voz reverberava como se alguém puxasse a corda de um corá. A menina parou e se encolheu.

— Quero ir para casa. — A voz dela, em contraste com a de Koffi, era fina como papel, um mero sussurro quase perdido ao vento. Koffi observou as lágrimas encherem os olhos dela, repassando as palavras da menininha em sua mente.

Casa. Quero ir para casa.

— Está tudo bem. — Koffi estendeu os braços, e a garota deu alguns passos à frente. — Está tudo bem, não vou machucá-la.

A menina hesitou por um momento. Havia uma cautela em seu olhar que não parecia certa para um corpo tão pequeno. Koffi pensou nisso. A menina ficou perfeitamente parada por um segundo, dois, três, então pareceu tomar uma decisão. Em passos cuidadosos, encurtou o espaço entre elas até estar à distância de um braço de Koffi.

— Quero ir para casa.

— Está tudo bem — repetiu Koffi. — Vou levar você para casa.

Ela olhou ao redor e se levantou. Os pontinhos de esplendor ainda flutuavam ao seu redor, lançando luz dourada nas árvores.

Sei o que fazer, pensou Koffi. *Posso ajudar.*

— Tenho um dom especial — disse para a menininha. — E posso usá-lo para nos tirar daqui, está bem?

A menina assentiu, e quando Koffi estendeu a mão de novo, ela aceitou. A mão dela era fria ao toque, como um vestido que fora deixado no varal a noite toda, mas Koffi a apertou. A Floresta de Névoa era assustadora;

não se sabia quanto tempo havia que a menina estava perdida ali. Ela invocou o esplendor e ele voltou, pairando ao redor de seus braços e pernas e rosto, ainda esperando.

Nos mostre a saída daqui, pediu ela, *o caminho para casa.*

Sem hesitar, o esplendor começou a se mover. Como pérolas douradas presas em um colar invisível, formaram uma linha, uma que parecia se esticar para sempre. Ela olhou para baixo outra vez e viu que a menina arregalara os olhos, embora a emoção por trás deles fosse difícil de discernir.

— A luz nos levará para casa — informou Koffi. — Só temos que segui-la, está bem?

Desta vez, a menina não respondeu. Parecia fixada no esplendor, observando os pontinhos de luz, um tanto maravilhada. Devagar, ela tirou os dedos da boca e tentou tocá-los, mas eles dançaram para longe de seu alcance. Ela franziu a testa.

— Quero ir para casa.

— Venha — disse Koffi, dando um puxão gentil na mão dela. — Vamos lá.

A Floresta de Névoa permaneceu silenciosa durante a caminhada das duas.

Um passo após o outro, Koffi seguiu a luz dourada. A cada passo, sentia um crescente alívio e confiança. Aquele era o seu dom de daraja, a sua afinidade. Era incomum, mas útil. Depois de todo aquele tempo, depois de todo o treinamento, ela o dominara.

Estamos indo para casa.

Havia poder naquelas palavras, Koffi sentiu a força delas na sola de seus pés. Casa. Ela podia ver as ruas de Lkossa se desenrolarem diante de si, seus sons, seus cheiros, seu povo. Ela fora roubada da chance de conhecer Lkossa de verdade — fora trancada no Zoológico Noturno por tanto tempo —, mas quando enfim voltasse, quando chegasse em casa, tudo estaria diferente. Ela encontraria a mãe e Jabir, e eles construiriam juntos uma vida dos restos que receberam. Não seria grandiosa, mas seria bonita; seria deles.

Casa.

As luzes do esplendor piscavam; à frente, Koffi viu que conduziam a uma clareira nas árvores, uma luz mais pálida. Viu os primeiros indícios de estrelas no céu escuro, a lua baixa. Acelerou os passos.

— Venha — chamou ela, puxando a garotinha. — Vê aquela luz lá em cima? Estamos quase fora da Floresta de Névoa, estamos quase em casa.

Koffi se surpreendeu com um puxão em seu braço. Quando se virou, a garota parara de andar. Estava de olhos arregalados. Seus lábios tremiam.

— Quero ir para casa.

Koffi apaziguou a breve irritação.

— Estamos indo para casa — disse com gentileza. — Está vendo, bem ali na frente? Aquilo é casa.

A garota balançou a cabeça.

— Não, quero ir para casa.

Elas estavam perto, tão perto. Koffi respirou fundo, ajoelhando-se diante da menininha de novo. Tentou uma tática diferente.

— O que é casa para você?

A menininha inclinou a cabeça, como se estivesse confusa, e Koffi suspirou. Talvez a criança não soubesse onde era a casa dela.

— Você me entende, o que significa que fala zamani — disse ela. — Você é da Região Zamani?

A menininha não respondeu. Em vez disso, estendeu a mão e tocou a bochecha e o cabelo de Koffi.

— Casa — sussurrou ela. — Quero ir para casa.

— Estamos indo. — Koffi teve que se esforçar para esconder a frustração na voz. — Vamos para casa, está logo ali. — Ela olhou por sobre o ombro e apontou para a luz de novo. — São só mais alguns...

As palavras se tornaram cinzas na língua dela enquanto se virava e olhava para a garotinha. Ela mudara, de uma centena de pequenas maneiras. A pele não era mais marrom, como a de Koffi; era cinza, descascada em certos pontos. As tranças não estavam mais grossas, mas fininhas e brancas. Pior que tudo, onde os olhos castanhos da garota estiveram, havia apenas dois buracos pretos insondáveis. Koffi estremeceu, tentando puxar o braço.

— Me solte.

— Quero ir para casa. — Quando a garotinha falou, a voz não era mais única e frágil; era o mesmo coro frio e exigente. — Nos leve para casa.

— Quem são vocês? — Koffi sentiu o início de um novo terror começar a mordiscar suas extremidades, seus dentes pequeninos e afiados ficavam mais famintos. Ela se arrepiou. Estava frio, frio demais, e a menininha não soltava o aperto. A dor subiu pelo braço de Koffi enquanto a pegada ficava mais forte, enquanto os músculos e juntas do ombro dela protestavam. Havia fome no rosto da menina, nas linhas ao redor de sua boca escancarada.

— Ela tem dois olhos. — As vozes vinham da boca da menina, mas Koffi as ouvia ao seu redor, ecoando entre as árvores. — Mas ela não precisa dos dois, pode nos dar um. Só precisamos de um, para o pagamento, e então podemos ir para casa. Queremos ir para casa.

— Não!

Koffi puxou o braço, ignorando a dor. Ela se levantou e se afastou rápido, esforçando-se para não tropeçar nas raízes das acácias. Os espinhos longos e brancos delas arranhavam a pele nua de Koffi, e sangue quente descia pelos braços e pernas da garota. Ela olhou por sobre o ombro de novo. Para o seu desespero, a luz à frente estava ficando mais fraca, os pontinhos de esplendor estavam se apagando, mas se conseguisse chegar neles, se conseguisse correr...

O corpo dela se encolheu quando uma mão fria como gelo agarrou seu tornozelo, fazendo-a cair. A boca se encheu com o gosto de terra, grãos entre seus dentes. Ela tentou se apoiar nos cotovelos, se levantar, mas algo a segurou. Quando se virou, viu que a menina ainda estava ali, deitada de barriga para cima agarrando Koffi com ambas as mãos. Ela sorriu.

— Me solte! — Koffi tentou, mas não conseguiu manter o medo longe de sua voz. — Me solte! Me solte!

Mas a menina não a ouviu, e quando Koffi ergueu o olhar, viu que elas não estavam mais sozinhas. Outros se moviam entre as árvores, pessoas descarnadas com pele da cor do lodo e buracos cavernosos no lugar dos olhos. As bocas sem dentes sorriam sorrisos frouxos, os dedos curvados como garras prontos para dilacerar pele.

— NÃO! — Koffi gritou e se debateu, em vão. Os espinhos estavam crescendo, e os rostos dos Desprendidos pareciam cercá-la por todos os lados. Eles iam...

— Koffi?

Koffi abriu os olhos, assustada. Ela levou vários segundos para se situar, perceber onde estava. Percebeu que estava fora da Floresta de Névoa; estava no escritório de Zain. A compreensão voltou a ela devagar. Estava sentada na poltrona de Zain e ele estava ajoelhado diante dela, as mãos pairando acima das dela. Koffi o olhou.

— Como fui?

— Melhorou — disse ele. — Foi mais ou menos um minuto a mais que da última vez.

Um minuto, apenas um minuto. Koffi afundou no assento, franzindo a testa.

— Foi bom, Faca de Manteiga — disse Zain, levantando-se. Foi se sentar na beirada da mesa. — Você está melhorando, aos pouquinhos, a cada tentativa.

Koffi ficou em silêncio, tentando acalmar a irritação. Ela ainda estava treinando com os darajas da Fortaleza de Espinhos durante o dia, mas as noites tinham um propósito diferente. Se ela ia liderar todos para fora da Floresta de Névoa, precisava de algum tipo de prática para se acostumar a estar lá. Fora Zain quem concordou em ajudá-la a simular como preparação.

— Estamos ficando sem tempo. — Koffi fechou os olhos e massageou as têmporas. — Preciso acertar. Não posso ficar paralisando e entrando em pânico toda vez que vejo os Desprendidos.

Fazer nos sonhos era uma coisa, mas ela não queria pensar no que aconteceria quando fizesse na vida real, com todos a seguindo, contando com ela. Aquelas pessoas iam colocar suas vidas nas mãos dela. Toda vez que Koffi pensava nisso, sentia o estômago revirar.

— Por que não tentamos outra coisa, como trabalhar com o esplendor? — Zain olhou para o teto abobadado do escritório. — Não temos muito espaço aqui, mas podemos tentar alguns exercícios?

Koffi suspirou.

— Está bem.

— Certo. — Zain olhou ao redor. — Quero que escolha três coisas nesta sala, o que quiser.

Os olhos de Koffi pousaram no cálice na mesa, no livro de lombada vermelha na estante e em uma maçã verde que Zain estivera segurando mais cedo. Ela disse a ele suas escolhas.

— Agora, feche os olhos e conte até três — instruiu Zain. — Vou esconder essas três coisas em partes diferentes da sala. Quando você chegar a dez, quero que invoque o esplendor. Pense nos três itens, encontre-os e veja se o esplendor vai mostrar a você onde estão.

Koffi franziu os lábios.

— Então é esconde-esconde?

— Em essência, sim.

Ela o encarou, mas quando ele ergueu a sobrancelha, deu de ombros.

— Está bem.

— Feche os olhos e conte — disse ele com um sorrisinho. — Enquanto conta, tente pensar nos três itens. Pense neles com o máximo de detalhes que puder.

Koffi obedeceu, fechando os olhos e respirando fundo. Por trás das pálpebras não havia nada além de escuridão, mas ela tentou fazer o que Zain disse.

Um, dois, três...

Imaginou o cálice primeiro; era pequeno, de cobre, com ouro na borda.

Quatro, cinco, seis...

Pensou no livro na estante, a lombada vermelha como sangue; havia letras brancas chiques nele, mas ela não estivera perto o bastante para saber o que diziam.

Sete, oito, nove...

Imaginou a maçã por último: verde-clara, pequena, mordida em um lado.

— Dez.

Koffi abriu os olhos. Zain estava no meio do escritório, parecendo triunfante.

— Boa sorte — disse ele. — Vai precisar. — Havia uma provocação em sua voz, mas não era o que havia no resto de sua expressão.

Koffi fechou os olhos de novo, então tentou focar. Njeri estivera ensinando a ela exercícios de respiração, naquele momento ela praticava segurar o ar tanto no peito quanto no diafragma. A cada vez que o soltava, ela se sentia mais centrada, mais consciente da complexidade de seu corpo, a forma como tudo funcionava como uma máquina cuidadosamente feita. Quando invocou o esplendor, não pediu, ordenou.

Venha até mim.

Apressada, a energia deslizou por ela, quente em seus ossos e contra sua pele. Ela o imaginou deixando seu corpo, formando pontinhos de luz no espaço ao seu redor. Novamente, ela imaginou o cálice de cobre.

Encontre-o, ordenou. *Me mostre onde está.*

Ela abriu os olhos e observou os pontinhos de luz girarem no ar como folhas erguidas pela brisa. Devagar, elas se reorientaram para formar um tipo solto de linha conduzindo-a para um ponto na prateleira de cima da estante. Ela a seguiu, arrastando um banquinho para que pudesse subir. Fazia um tempo que os livros naquela prateleira não eram tocados, uma camada fina de poeira os cobria. Não havia evidência de que Zain os movera, mas os pontinhos de luz flutuaram no espaço entre eles. Com cuidado, Koffi deslizou dois ou três deles para a frente, tocando o ar. Seus dedos se fecharam na haste de metal frio e, quando ela retirou o cálice, sentiu uma forte emoção. Olhou para trás e sorriu para Zain.

— Legal — admitiu ele. — Agora o livro.

Com cuidado, Koffi desceu do banquinho e colocou o cálice na mesa. Outra vez, fechou os olhos e tentou imaginar o que queria que o esplendor visse também, as páginas do velho livro, as marcas na encadernação de couro.

Encontre-o, ordenou. *Me ajude a encontrá-lo.*

Os pontinhos que pairaram ao redor do cálice subiram no ar, piscando como pequenas estrelas por um segundo antes de se moverem para criar uma nova linha. Desta vez, conduziam à mesa. Koffi sentiu o olhar de Zain enquanto dava a volta na mesa uma, duas vezes... e então ela abriu uma das gavetas e ficou animada quando viu o livrinho vermelho. Ela o ergueu, vitoriosa. Zain abriu a boca para falar, mas ela ergueu a mão. Sabia o que ele ia dizer: a maçã. Onde estava a maçã? Koffi observou a sala. Na verdade, haviam sobrado poucos esconderijos. Um fraco latejar começou na base de sua cabeça, e ela sentiu o pouquinho de pavor ficar mais intenso. Aquele latejar era o primeiro sinal do corpo dela, um aviso de que se aproximava de seu limite. Rangeu os dentes.

Não. Koffi não tinha certeza de com quem falava, com o corpo ou consigo. *Não, agora não. Vou encontrar a maçã.*

Com um grunhido baixo, empurrou a dor e tentou aquietar a mente. O esplendor ainda estava no ar, ainda esperava o comando. Ela fechou os olhos e ergueu as mãos.

A maçã. Não disse as palavras, mas soavam estrondosas em sua mente. *Me mostre onde a maçã está, me conduza a ela.*

Houve um momento longo e terrível no qual o esplendor tremeluziu, no qual ela não tinha certeza se havia sido ouvida. Ela se perguntou se o esplendor poderia estar abandonando-a; talvez sentisse sua fatiga. Ela ergueu as mãos um pouco mais alto.

Me mostre, ordenou. *Agora.*

De repente, uma nova onda de energia explodiu em algum ponto nas costelas dela, mais quente do que ela já sentira antes. Era como engolir carvão; uma pressão se acumulou na garganta, atrás de seus olhos, em seus poros. Ouviu um breve estouro, e então o mundo pareceu ficar mudo e um rugido preencheu o ar. As partículas douradas cresciam, tremendo enquanto se moviam para formar uma linha pela terceira vez. Ela observou enquanto elas subiam e desciam no ar até conduzi-la diretamente para Zain. Ele não saíra do lugar em que estava no meio do escritório, e com os olhos arregalados, presos em Koffi. Ela sentiu que levou eras para alcançá-lo, para vencer o pequeno espaço entre eles. Desta vez, foi ela quem deu um sorrisinho enquanto pegava a maçã do bolso dele e a erguia. Como se entendesse que o trabalho estava feito, o esplendor começou a desaparecer.

— Três itens. — Koffi sorriu. — Tenho que dizer, me senti muito... — Ela parou ao ver a expressão de Zain mudar. Ele parecia perplexo. — O que foi?

— Koffi, você estava... — Ele pareceu estar sem palavras. — Você estava muito diferente quando fez aquilo.

Koffi franziu a testa.

— Diferente?

— Seu corpo inteiro brilhava — disse ele baixinho. — Até seus olhos.

As palavras pegaram Koffi de surpresa. Ela havia, sim, se esforçado, sentiu aquele último vestígio de energia ir até ela quando o invocou, mas não sentira nada tão diferente do comum. A expressão de Zain a fez se sentir estranha. Via espanto e apreciação no olhar dele, mas também havia algo que parecia desconfortavelmente com medo. Ela viu a boca dele se abrir, viu o breve franzir de sua testa.

— Koffi, sei que você está se sentindo muito pressionada agora, mais do que qualquer pessoa na Fortaleza de Espinhos — prosseguiu ele com cuidado. — Mas você tem que lembrar que está segurando o esplendor que pegou de Adiah. Essa quantidade de energia a torna poderosa, mas... — Hesitou. — Não deixe que consuma você, está bem?

Na hora Koffi não soube o que dizer. Havia preocupação verdadeira nos olhos de Zain, uma preocupação que ela mesma nunca sentira. Depois de um momento, assentiu.

— Tomarei cuidado. Prometo.

Com a mão livre, ela pegou a de Zain e apertou. Ele se assustou com o toque, mas não pareceu achar ruim. Seu olhar suavizou, e todos os músculos de seu corpo pareceram relaxar.

— Acho que você mais do que se provou por uma noite — disse ele, gentil. — Vamos, vou levá-la de volta ao seu quarto.

Koffi se deixou ser levada sem dizer nada. Ficou feliz quando as velas foram apagadas, colocando-os em na escuridão novamente. Uma escuridão na qual ela não tinha que admitir o que acabara de sentir quando invocara o esplendor.

Fome.

Koffi passou o dia seguinte com Makena, e quando o sol se pôs, elas foram para o lugar onde Njeri, Amun e Zain esperavam. Assim que entrou, sentiu a animação palpável estalando no ar. Amun e Zain estavam sentados em cadeiras, mas Njeri se sentava no chão de pernas cruzadas diante de um pergaminho enorme. A princípio, Koffi não entendeu o que estava vendo, mas quando espiou por trás do ombro de Njeri, reconheceu... era um mapa malfeito da Fortaleza de Espinhos.

— Temos um plano — anunciou Njeri, usando as palmas para alisar o rascunho. — Falei com os últimos darajas em que confio, e parece que teremos dezoito pessoas vindo conosco, isso é pouca coisa, menos de dez por centro dos darajas da Fortaleza.

Koffi controlou o nó no estômago. Dezoito não era um número enorme, mas pareceu grande para ela.

— O plano em si é fácil — prosseguiu Njeri. — Passaremos por um dia normal e jantaremos. — Os olhos dela brilhavam. — Ou pelo menos fingiremos. Com o olhar confuso de Koffi, ela abaixou a voz e prosseguiu. — Izem vai colocar um ingrediente especial na comida e na bebida de todos, uma preparação de lavanda. Não machucará ninguém, mas os fará dormir muito profundamente. Ninguém nos ouvirá ou verá partindo.

— Vou reunir todas as garotas dos alojamentos e Amun reunirá os garotos. Estamos bem divididos. Enquanto isso, Makena e Zain levarão você ao jardim norte. Nos encontraremos lá e...

— E então partiremos para a Floresta de Névoa — Koffi terminou a frase.

Makena assentiu.

— Não sabemos quão fechada é a Floresta, então precisamos nos preparar. Não podemos viajar com muita coisa, Fedu perceberá se estocarmos muita comida, mas se começarmos a racionar pequenas quantidades de alimentos não perecíveis agora...

Koffi parou de ouvir as palavras de Njeri enquanto ela repassava outras logísticas do plano. Depois de uma conversa, ficou acordado que partiriam em quatro dias. Isso dava a eles tempo suficiente para se prepararem, mas nem tanto para alguém se descuidar e alertar Fedu. Koffi ficou em silêncio enquanto, um por um, os darajas deixavam o esconderijo. Até se despediu de Makena. Por fim, apenas ela e Zain restaram na sala.

— Você está bem? — Ele ainda estava sentado na cadeira, observando-a.

— Sim. — A mentira veio com mais facilidade do que Koffi admitiria para si, mas isso não a impediu de contá-la. — Só nervosa, acho.

— Você vai ficar bem. Praticou quase todos os dias. Estamos fazendo as simulações...

— Mas simulações não são iguais à realidade. — Ela balançou a cabeça. Assim que proferiu as palavras, soube que eram elas que estiveram no fundo de sua mente, perturbando. — Zain, não importa o que aconteça, não vou me sentir pronta para fazer isso a não ser que eu saiba que posso estar na Floresta de Névoa por um longo tempo sem entrar em colapso. — Ela fez uma pausa. — E é por isso que... que preciso pedir um favor a você.

Imediatamente, Zain franziu os lábios.

— Por que estou com a sensação de que não vou gostar do que você vai dizer?

— Porque é provável que não goste — admitiu Koffi. — Mas tenho que perguntar.

Zain apertou a ponte do nariz.

— Vá em frente.

Koffi se preparou antes de falar.

— Quero voltar para a Floresta de Névoa hoje à noite.

CAPÍTULO 22

ARREPENDIMENTOS

Ekon tentou falar com Safiyah.

Tentou exatamente três vezes, ele contou. Mas não importava como combinasse as palavras em sua mente, elas caíam por terra quando olhava para ela.

Eles encontraram o Empreendimento exatamente onde Safiyah dissera que estaria; as carroças estavam organizadas perto da fronteira de Bandari do Leste, na parte da cidade onde os mercadores ficavam. Ekon se lembrava agora da expressão no rosto dos membros do Empreendimento ao vê-los descendo a rua. Esperara que estivessem felizes em ver Safiyah, mas não esperara pelos gritos e palmas. Não esperara que Thabo o puxasse para um abraço, nem que Abeke batesse palmas e desse socos no ar. *Eles não estão felizes em ver Safiyah*, ele se deu conta. *Estão felizes em me ver.*

— Pensamos que vocês estavam mesmo mortos — assumiu Thabo, quase parecendo culpado. — Como chegaram aqui a pé?

— É... uma longa história — disse Ekon, mas quando os outros membros continuaram a encará-lo, ele olhou para Safiyah. — Ah, Safiyah provavelmente pode contar melhor do que eu.

Safiyah olhou feio para ele antes de falar. Contou tudo o que aconrecera depois do ataque de Walaji: o encontro deles com Amakoya, o nanabolele, a excursão pelo pântano. Ekon percebeu que ela tomou o cuidado de não contar sobre a vila de pescadores, e a culpa o cutucou novamente enquanto se lembrava da suavidade da mão dela na dele, no rosto dela quando estava adormecida. Quando ela terminou, Kontar deu um tapinha no ombro de Ekon.

— Um homem que passa por tudo isso e ainda volta para nós é um homem que quero ao meu lado — disse ele. Virou-se para falar com o resto do Empreendimento. — Eu gostaria de pedir um voto formal — anunciou. — Um voto para tornar Ekon um membro permanentemente empregado do Empreendimento de Comércio do Leste de Eshōza, começando agora mesmo.

Uma salva de palmas soou enquanto até Ekon se assustava. Ele olhou ao redor, para todos eles.

— Vocês... querem que eu trabalhe permanentemente com vocês? O tempo todo?

— Não vai ser nada muito glamoroso — disse Abeke. Havia um brilho em seu olhar. — Mas você me ajudou muito com o inventário e as contas; é fato que tem um talento natural para os números. Precisamos mesmo de um contador júnior.

Contador júnior. Ekon brincou com o título em sua mente. Contador júnior. O trabalho dele, o trabalho *remunerado* dele, seria com números. Ele se permitiu imaginar uma vida na estrada com o Empreendimento, viajando de uma cidade a outra. No Templo de Lkossa, ele passara horas na biblioteca lendo livros sobre o restante do continente; nunca sonhara que um dia teria a oportunidade de ver com os próprios olhos.

Essa é a vida que vem com essa oferta, disse uma voz na mente dele. *Essa é a oferta real, liberdade.*

Em todos os seus anos no Templo de Lkossa, com seus irmãos e Filhos dos Seis, ele nunca fora elogiado pelas coisas que fazia bem, as coisas que amava. Uma boa recitação de versos do Livro dos Seis? Uma vitória no treinamento de combate? Essas eram as coisas que eram valorizadas e elogiadas. Pensar em uma vida em que pudesse ser valorizado e elogiado por fazer o que o deixava feliz era quase demais. Algo brotou no peito dele, quente, como um raio de sol surgindo. O Empreendimento sorria para ele, à espera. Ekon olhou para todos, e então seu olhar pousou em alguém sentado em uma das carroças. Themba.

No mesmo instante, o raio de sol em seu peito esfriou.

A velha senhora não sorria como os outros, mas também não fazia careta. A expressão dela era pensativa, curiosa, como se também esperasse para ouvir qual seria a resposta dele. Ela não precisava dizer nada; naqueles olhos castanhos, Ekon ouviu um único nome.

Koffi.

O rosto dela queimou em sua mente, junto a todo o resto. Ele se lembrou da crueldade no sorriso de Fedu, do grito de Adiah enquanto lutava com o deus até a morte. Com uma pontada de dor, ele se lembrou da promessa que fizera a Koffi. Quantas vezes ele jurara que a encontraria, que a salvaria? Ele soube então qual seria a resposta; estava balançando a cabeça antes de dizer as palavras.

— Sinto muito — disse baixinho. — A oferta é generosa, mas não posso aceitá-la.

Houve um longo silêncio. Ekon queria olhar para o chão, para o céu, para qualquer lugar exceto ali. Por fim, uma voz quebrou o silêncio.

— Muito bem, então.

Ekon ergueu a cabeça e avistou Ano. Ela estava perto de uma das carroças, segurando um bule de chá. A expressão dela era de completa indiferença.

— Parece que você tomou uma decisão. Ekon não se juntará ao Empreendimento. — A voz dela não tinha emoção. — Agora que essa parte está resolvida, podemos voltar ao trabalho real. Vamos almoçar e determinar com quais mercadores teremos tempo de nos encontrar esta tarde...

Outro momento se passou antes que os membros do Empreendimento parecessem sair de um transe. Um a um, eles se afastaram para se juntarem a Ano para o almoço ou se ocupar com suas tarefas pelo acampamento.

Safiyah lançou a ele mais um olhar impassivo antes de ir se juntar aos outros. Ekon foi se sentar com Themba. Ela nada disse enquanto ele se sentava e enterrava a cabeça nas mãos.

— Deu tudo certo — disse ela, com suavidade.

— Por que eles não pediram a você para se juntar ao Empreendimento? — perguntou Ekon entre os dedos. — Você é a Cobra, é para ser infame ou algo assim.

Quando ele abaixou as mãos, Themba o olhava, sagaz.

— Na verdade, eles me pediram, pouco depois que fugimos daqueles bandidos — disse ela. — Eu também recusei, mas acho que nem esperavam que eu aceitasse. Com você, talvez eles tivessem mais esperança. Pareciam mais decepcionados.

— Você não está fazendo com que eu me sinta melhor.

Themba deu de ombros.

— Sabe, se você quisesse ir com eles, eu não o culparia.

— O quê? — Ekon a encarou. — Como você pode dizer isso?

Themba ergueu as mãos.

— Desculpe, garoto, eu não quis ofender. Sei que você se importa muito com a minha neta. Na verdade, de muitas maneiras você a conhece melhor do que eu.

Ekon relaxou, de repente se sentindo um tanto mal. Por mais que se importasse com Koffi, ele entendia que o jeito que Themba a enxergava sempre seria diferente. Elas tinham o mesmo sangue. Quando tornou a falar, seu tom estava mais leve.

— Você devia saber que eu nunca, jamais abandonaria Koffi. Eu nunca a deixaria com Fedu. Eu...

— Ama ela? — Themba ergueu as sobrancelhas, quase se divertindo. — Tem certeza? Pelo que me contou, você e Koffi só passaram dias juntos na Selva Maior. Não duvido que vocês dois se conheçam de uma maneira especial, afinal foi uma situação intensa, mas você pode mesmo dizer que a conhece, que a ama?

Ekon abriu a boca, mas Themba continuou.

332

— Você não precisa me responder essa pergunta, garoto — disse ela, erguendo a mão. — A única pessoa a quem você deve uma resposta é a si mesmo e... — Ela fez questão de olhar nos olhos de Ekon e em seguida para o acampamento, para onde Safiyah estava sentada com os outros membros do Empreendimento — ... aqueles que podem ser afetados pela sua resposta.

Apesar de tudo, Ekon riu.

— Esse parece o tipo de conversa que uma mãe teria com o filho.

Themba franziu a testa.

— O que aconteceu com a sua mãe? Acho que nunca o ouvi falar dela.

— Ela deixou nossa família quando eu era muito pequeno. — Ekon disse rápido, como se pudesse fazer as palavras doerem menos. — Não me lembro mais dela.

Themba assentiu, balançando-se para a frente e para trás no chão.

— Sinto muito, Ekon.

— Eu, não. — Ele deu de ombros. — Estou melhor sem ela mesmo.

Themba deu um sorriso que não iluminou seu olhar.

— *Tsc*. Agora, você falou igualzinho à minha filha — disse ela.

Ekon se endireitou. Por um momento, lembrou-se da primeira vez que vira Koffi. Ela estivera correndo pelo terreno em chamas do Zoológico Noturno com outra mulher, uma com um rosto borrado que ele não conseguiu ver direito. Encolheu-se ao lembrar-se do que acontecera naquela noite. Shomari, o antigo cocandidato dele, havia derrubado a mulher com o estilingue. Ekon ainda conseguia lembrar o choque de quando a pedra atingiu a nuca e ela caiu do muro do zoológico. Nem ele nem Shomari pararam para ver como ela estava, para ver se... Ekon estremeceu.

— Você e ela... hã, se dão bem? — Ekon esperou um instante antes de acrescentar. — Desculpe, você não tem que falar desse assunto. Eu não quis ser enxerido.

Themba balançou de um lado a outro por um momento em silêncio.

— Acho que eu devo a você a verdade tanto quanto devo a qualquer um — disse por fim. — Afinal de contas, de certa maneira, o que aconteceu entre a mãe de Koffi e eu é o motivo de estarmos aqui. O motivo de você estar aqui.

Isso deixou Ekon completamente curioso.

— Como assim?

Themba se recostou.

— A primeira coisa que você deve saber a respeito da mãe de Koffi é que ela é teimosa feito uma mula. Acho que não posso culpá-la por isso, é provável que tenha puxado de mim, mas... tornou a infância dela difícil e a vida adulta ainda mais difícil. Pensei que as coisas fossem mudar quando Koffi nascesse, mas... — A emoção começava a aparecer na voz dela. Não era exatamente raiva, mas algo mais triste, uma velha frustração, uma fatiga. — É minha culpa — murmurou ela. — Tudo.

Ekon tinha mil perguntas. Queria fazer todas, mas algo lhe disse para segurar a língua e esperar. Observou Themba se balançar e esfregar o dedão no medalhão que nunca tirava. Por vários segundos, não houve nada além do silêncio pesado. Então ela ergueu o olhar de uma vez.

— Koffi não sabe que eu existo — disse ela de repente. — Mas não é culpa dela. — Esfregou as têmporas. — As primeiras décadas depois da Ruptura foram tempos bem incertos. Havia violência, pobreza, ninguém confiava em ninguém e as coisas só pioraram. Quando a mãe de Koffi nasceu, os sentimentos antidarajas eram fortes. As leis eram severas. Darajas foram segregados do resto da sociedade. Não podíamos comer, dormir nem viver junto a não darajas.

Ekon engoliu em seco.

— A mãe de Koffi era daraja também?

Themba balançou a cabeça.

— Não, mas era como se fosse. Outras cidades tinham regras diferentes, óbvio, mas em Lkossa, o Kuhani decretou que qualquer parente de daraja compartilharia o status de daraja e estaria sujeito à mesma condição de segunda classe, a não ser que renunciasse publicamente a todos os laços com o daraja ou darajas em questão. — Ela lançou a ele um olhar cético. — Bem, você pode imaginar como foi isso.

— O que aconteceu? — perguntou Ekon.

Themba pressionou os lábios em uma linha fina.

— Óbvio, as pessoas resistiram no início. Ninguém queria renunciar aos parentes por conta de algo com que nasceram e não podiam evitar. Essas famílias "misturadas" tentaram criar comunidades para contornar as leis, e funcionou por um tempo.

"Mas então o Kuhani e os Filhos ficaram mais rigorosos. Baniram reuniões de mais de três pessoas por vez, nos forçou a usar braceletes de identificação. Depois, havia os ataques noturnos. As casas eram saqueadas, ruas inteiras de lojas de darajas queimavam misteriosamente durante a noite, sem investigação. Era praticamente uma guerra. E nos destruiu como uma doença por dentro."

Ekon se encolheu. Já fizera as contas e descobrira que seu pai sem dúvida estava vivo quando coisas assim aconteceram. Não queria imaginá-lo fazendo aquilo.

— O que você fez? — perguntou baixinho.

Themba se balançou para a frente e para trás.

— A mãe de Koffi e eu sobrevivemos, persistimos apesar de tudo. Mesmo quando algumas pessoas, mais fracas, desistiram e renunciaram à própria família, permanecemos juntas. Ela era uma garota habilidosa, nunca reclamava quando tínhamos que nos mudar, sempre aceitava trabalhos extras para me ajudar com o dinheiro. — Themba olhou para a distância. — Não tínhamos muito, mas tínhamos uma à outra.

Ela balançou a cabeça.

— Porém, por fim, ficou difícil demais de aguentar, e um dia ela me pediu para nunca mais falar com ela de novo, fingir que eu não era sua mãe. — Lágrimas brilhavam nos olhos de Themba. — Eu a avisei. — Ela parecia falar mais consigo mesma do que com Ekon. — Avisei que ela poderia passar o sangue daraja para uma criança, e se passasse, precisaria de mim ou outro daraja para ajudá-las a lidar com o poder. — Abaixou a cabeça. — Minha filha não ouviu. Em vez disso, casou-se com um não daraja e torceu pelo melhor. Eu fiquei longe, como prometi. Vi quando o jovem otimista com quem ela se casou começou negócio atrás de negócio, e pegou empréstimo atrás de empréstimo. Vi quando ele gastou todo o dinheiro que tinham em sonhos e deixou minha filha desamparada. — O olhar dela encontrou o de Ekon, e ele via raiva para valer ali. — Eu não tinha dinheiro para ajudá-la, e suponho que ela não teria aceitado mesmo se eu tivesse. Mas as coisas pioraram. O marido dela, Lesego, pai de Koffi, se envolveu com as pessoas erradas e foi levado a assinar contratos de servidão para si mesmo, para minha filha e a filha deles para pagar sua dívida enorme. Desde então, elas estão presas nesse contrato.

Ekon franziu a testa. Ele não sabia definir o que sentia. Nas poucas semanas que ele passara com Koffi, pensara que a conhecia, ou que pelo menos havia começado a conhecê-la. Mas ouvir Themba o fizera perceber que quase não a conhecia. Ele se lembrou da história que Koffi lhe contara uma noite na fogueira, depois de tratar das feridas dele. Contara a ele a respeito de seus pais e como acabaram no Zoológico Noturno, mas fora apenas uma fração da história.

— Por que você não os ajudou? — Ele fez a pergunta antes que pudesse se interromper.

Themba abaixou a cabeça.

— Porque fiz um juramento eterno. É o tipo mais poderoso de promessa que um daraja pode fazer.

— Uma promessa? — repetiu ele. — Você não ajudou sua filha e sua neta por causa de uma promessa?

Os olhos de Themba se incendiaram.

— Eu me arrependi assim que prometi, e me arrependi todos os dias e noites depois disso. Na época, pensei que fosse o certo, pensei que a dar a ela a liberdade que ela sempre quisera a faria feliz. No fim das contas, acho que o que consegui dar a ela foi a única coisa que eu não queria: uma vida cheia de arrependimentos.

— Não tenho certeza se isso é verdade — disse Ekon antes de conseguir se interromper. Quando Themba ergueu a cabeça, ele deu de ombros. — Nunca conheci sua filha, obviamente, mas conheço Koffi, apesar do que você pensa.

336

— Como ela é? — A pergunta era casual o suficiente, mas Ekon sentiu a pressão.

— Previsivelmente teimosa — disse Ekon com uma risada que o surpreendeu. — Às vezes, ela é frustrante. Não planeja nada e tende a chutar pessoas quando elas a irritam. — Ele franziu os lábios, pensativo. — Mas também é gentil, engraçada e leal até o fim. É uma boa pessoa. — Assentiu para Themba. — E suspeito que ao menos uma parte disso seja por sua causa, de certa maneira.

Themba pressionou os lábios em uma linha fina por um longo tempo, olhando para as mãos. A voz dela era suave quando tornou a falar.

— É muito gentil da sua parte dizer isso, garoto. — Ela deu uma batidinha no ombro dele enquanto se levantava e voltava para o acampamento. — Que bom que minha neta pode chamar você de amigo. Espero que sempre seja assim.

— É — disse Ekon baixinho. — Eu também espero.

A tarde com o Empreendimento passou sem muita conversa. A cada hora mais ou menos, Ano e Kontar levavam temperos ou ervas para vender ou trocar com os mercadores de Bandari; o restante do acampamento se ocupava com os preparativos para a próxima parte da jornada. De Bandari, o Empreendimento pegaria um navio a oeste pelo Rio Ndefu, até que parassem na capital da Região Kusini, uma cidade chamada Chini. Ano deixou que Ekon e Themba passassem a noite, e os grupos se separariam pela manhã. Ekon não dormiu bem naquela noite. Quando tentava adormecer, seus sonhos e pesadelos se enrolavam como linha. Ele teve visões que não tinha certeza serem reais ou imaginárias, e rapidamente essas visões abriram espaço para imagens grotescas de monstros. Primeiro, o nanabolele, depois o Walaji. No fim das contas, ele optou por permanecer acordado, ouvindo o estalar do fogo. Ao amanhecer, estava desperto e vestido. Ele e Themba tiveram a última refeição com o Empreendimento antes que Ano entregasse a eles capas de viagem.

— Vocês vão precisar — explicou ela. — A partir de agora, só fica mais frio. — Ela olhou de um para o outro. — Espero que encontrem sua amiga.

— Obrigada — disse Ekon. — Por tudo.

Um por um, ele e Themba se despediram dos membros do Empreendimento, e Ekon se surpreendeu ao achar cada adeus mais triste que o anterior. Viajar com o Empreendimento não tinha sido luxuoso ou sequer fácil na maior parte do tempo, mas em retrospecto Ekon percebeu que fora a primeira vez na vida em que de fato sentira que pertencera e fora aceito. Ele se deu conta de que Safiyah era a última pessoa diante deles esperando para se despedir. Ela deu a Themba um abraço rápido antes que a idosa se afastasse para que os dois ficassem sozinhos. Segundos desconfortáveis passaram sem que nenhum deles conseguisse olhar o outro nos olhos. No fim das contas, Ekon se obrigou a falar primeiro.

— Fui um babaca. — Ele não se deu ao trabalho de amenizar as palavras. — Desculpe.

Safiyah assentiu, embora Ekon achasse que havia uma tristeza no gesto.

— Eu perdoo você — disse ela — e espero que encontre o que está buscando no sul. Se mudar de ideia, o Empreendimento está por aí. Tenho certeza de que a oferta para se juntar a nós sempre estará de pé.

— *Tsc*, duvido — disse Ekon. — Tenho certeza que Ano está mais que satisfeita em me ver partir.

Safiyah ergueu uma das sobrancelhas.

— Não tenha tanta certeza — disse ela. — Falei com Kontar ontem. O convite formal para o Empreendimento pode ter vindo dele, mas a ideia veio de Ano. Ela disse que você seria uma excelente adição para o Empreendimento.

— Sério? — Ekon franziu a testa, surpreso de verdade agora. — Por que ela diria...?

— Ekon? — A alguns passos deles, Themba estava com os pertences deles em mãos. — Está pronto?

Ekon olhou entre ela e Safiyah.

— Eu...

Safiyah rompeu o espaço entre eles antes que Ekon pudesse dizer mais uma palavra, beijando a bochecha dele tão depressa que ele tinha certeza se foi apenas imaginação. A pele dele queimava onde o beijo pousara.

— Até nos encontrarmos de novo, Ekon — disse ela enquanto se virava e voltava para o acampamento —, que os deuses estejam com você.

As estradas pareciam diferentes, e Ekon não sabia se era porque ele e Themba estavam viajando sozinhos ou se algo intangível havia mudado.

Pelo menos na mente dele, parecia haver bem menos pessoas pelo caminho, e antes pareciam bastante movimentadas e largas, mas naquele momento pareciam estar ficando mais estreitas e sinuosas conforme prosseguiam. Enquanto ele viajava ao sul com o Empreendimento, na interseção onde a Região Zamani se tornava a Região Kusini, a paisagem mudava a cada dia, alternando entre pântano e savana. Mas depois que os dois embarcaram na balsa que atravessava o Rio Ndefu, não havia mais dúvida: estavam de fato no sul de Eshōza.

Uma névoa quase constante tomava conta do ar. Às vezes, as nuvens de névoa ficavam tão grossas que parecia uma massa de algodão na estrada, esperando para consumi-los. Outras vezes, era prateada e fina, tão imperceptível que ele sequer percebia que estavam passando por ela até que emergiam e reencontravam a luz do sol. A névoa não era o único novo elemento; começaram a sentir frio quase imediatamente após saírem de Bandari e, horas depois, Ekon ainda o sentia nos ossos. No início, Themba e ele haviam falado do assunto, fazendo piadinhas para aliviar os ânimos, mas conforme as horas passavam, eles pararam de falar e se aproximaram um do outro para que pudessem pelo menos conservar um pouco de energia enquanto caminhavam. Por fim, Themba semicerrou os olhos para o céu. O sol estava ocultado pelas nuvens, em um tom cinzento.

— Olha. — Ela apontou. — Lá na frente.

Ekon semicerrou os olhos e tentou seguir a direção que o dedo dela apontava. Quase não dava para discernir na distância, mas ele pensou ver algo que parecia uma torre de vigilância à frente. Eles se entreolharam antes de voltar a atenção para a construção mais uma vez.

— Se é uma torre, pode nos dar um ponto de observação melhor — observou Ekon.

Themba assentiu, e eles foram em direção à torre. A cada passo, o coração de Ekon batia mais forte no peito. A torre ainda estava coberta de névoa, ainda distante, mas algo nela ao mesmo tempo o repelia e o atraía. Se ele pudesse apenas chegar nela...

— Ekon. — A voz de Themba o arrancou do devaneio. — Pare.

Ekon obedeceu, mas hesitante.

— Achei que íamos até a torre.

— Íamos... — O olhar de Themba estava cauteloso ao observar o espaço ao redor deles. — Mas estamos caminhando na direção dela por dez minutos e não estamos chegando mais perto. — Ela franziu os lábios. — Acho que é uma ilusão, criada por um daraja muito habilidoso e poderoso.

Ekon olhou de Themba para a torre de vigilância. Ele percebeu que ela estava certa; a torre não havia se aproximado nem um pouco.

— O que fazemos, então?

— Voltamos — decidiu Themba, já se virando. — Descobriremos nossa localidade e de lá tentaremos encontrar...

— Themba.

— Agora não, Ekon. Estou tentando pensar...

— Themba!

A idosa abriu a boca para discutir, então parou de uma vez. Viu a mesma coisa que Ekon: uma gigantesca parede branca de névoa, tão alta quanto o olhar alcançava. Quanto mais Ekon encarava, mais frio sentia.

— É aqui. — Mesmo enquanto dizia as palavras, ele sabia que eram verdade. — Este é o reino dos mortos.

CAPÍTULO 23

OS DESPRENDIDOS

— Só para constar, eu não gosto disto.

Koffi caminhava ao lado de Zain em silêncio. Ao redor deles, o ar estava frio e com o leve aroma das flores do jardim. Ela inspirou fundo, acalmando-se.

— Ficarei bem, Zain.

As árvores da Floresta de Névoa assomavam cada vez mais alto conforme se aproximavam, como se observassem, esperassem. Koffi lembrou da primeira vez que vira a Floresta pelas janelas da Fortaleza de Espinhos, do medo que sentira. Tanta coisa mudara.

Koffi olhou para Zain quando, juntos, pararam a vários metros dos primeiros tentáculos de névoa. Ele tinha uma expressão resoluta que ela não gostou.

— Então... — começou ela. — Você fica aqui para garantir que daraja algum me veja, e vou...

— Nem tente, Koffi. — Zain lançou a ela um olhar impaciente. — Você acha mesmo que vou ficar sentado aqui enquanto você entra sozinha na Floresta de Névoa?

Koffi ficou tensa.

341

— Zain. — Ela tentou esconder o medo na voz. — Meu objetivo ao entrar na Floresta agora é ver se consigo aguentar me manter dentro, ver se o esplendor vai se segurar quando eu o invocar. Se eu falhar... — Ela deixou as palavras morrerem de propósito, mas em resposta Zain apenas deu de ombros.

— Todo mundo vai morrer um dia. Se o meu for hoje, prefiro morrer fazendo algo interessante.

Ele disse as palavras casualmente, com uma pitada de humor, mas Koffi não riu. Diante deles, a brisa levantou a névoa um pouco, fazendo seus tentáculos brancos e translúcidos dançarem contra as árvores. Ela engoliu em seco.

— Tem certeza?

— Tenho certeza, Koffi.

Ela assentiu, arfou e seguiu em frente. Não se importou quando os longos passos de Zain entraram em sintonia com os seus, e não se afastou quando ele pegou sua mão. Zain a apertou quando caminharam pelos últimos metros até a Floresta de Névoa. Estavam tão perto que Koffi podia ver os espinhos das acácias, e foi necessária toda a sua força de vontade para não se afastar delas enquanto se aproximavam.

— Fique firme, Faca de Manteiga — sussurrou Zain.

Firme. Foi nisso que Koffi focou naqueles últimos centímetros. Manteve os pés firmes e a respiração contínua enquanto entravam na névoa, enquanto um silêncio caía ao redor deles.

E assim se viram dentro da Floresta de Névoa.

O frio veio primeiro, como Koffi previra. Estava preparada desta vez e segurou a capa mais firme com a mão livre. Ao redor dela, não havia nada além da névoa. Ela sabia que as acácias tinham que estar por perto — lembrava-se muito bem de como fora cortada por elas da primeira vez —, mas não conseguia vê-las agora. Ao seu lado, era difícil ver Zain, e de repente ficou grata por estarem de mãos dadas.

— Você está bem? — perguntou ela.

Na opacidade, viu Zain assentir, apenas por um curto momento.

— Este lugar é pior do que pensei — disse ele. — Não consigo imaginar como Makena deve ter se sentido, sozinha aqui.

Koffi assentiu. Parecia que a Floresta de Névoa era inacreditavelmente mais assustadora à noite.

— Você quer ir até onde? — perguntou Zain.

— Não muito longe — respondeu Koffi. — Só quero saber que consigo invocar o esplendor. Pedirei para me mostrar o caminho para casa, e depois o caminho até a Fortaleza de Espinhos.

— Simples — disse Zain. Koffi pensou ouvir um tremor na voz dele.

— Tenho uma ideia — disse ela. — Mas... precisarei das duas mãos.

— Ah. — Ela ficou surpresa quando Zain largou sua mão de imediato, parecendo envergonhado. — Sim.

Na ausência do toque dele, Koffi sentiu um frio mais uma vez gelar seu sangue, mas focou na tarefa enquanto parava.

— Fique por perto — pediu para Zain e então fechou os olhos.

Na escuridão, ela tentou se lembrar de tudo o que aprendera dos darajas da Fortaleza de Espinhos. Inspirou e expirou devagar, tentando ouvir o próprio corpo, reconhecer cada emoção.

Estou com medo. Não há razão para mentir. Estou com medo de falhar. Mas também tenho esperança de que funcione.

Quando ela invocou o esplendor, não o chamou em voz alta em sua mente. Simplesmente o tocou, de um local abaixo de seu coração. Sentiu a ascensão dele, o calor que invadiu seu corpo. Abriu os olhos e viu quando não muitas, mas apenas uma esfera de luz dourada se formou entre suas mãos, uma esfera perfeita. Ao lado, Zain arfou baixinho.

— Eu não sabia que você podia fazer isso.

— Nem eu.

Ela olhou para Zain a tempo de vê-lo semicerrar os olhos, mas então ele sorriu.

— Sempre uma caixinha de surpresas, Faca de Manteiga.

Com a luz diante deles, se aventuraram mais para dentro da Floresta de Névoa. Era difícil ver muito à frente, mas pelo menos conseguiam evitar os galhos e espinhos. Por fim, chegaram a uma área onde as árvores se espaçavam um pouco, e Koffi parou.

— Aqui — disse ela. — É aqui que quero tentar.

Zain assentiu.

— Você consegue — sussurrou. — Sei que sim.

Ele deu um passo para o lado para abrir caminho.

Koffi olhou de volta para o orbe de luz ainda pairando entre suas mãos. Era luz, isso ela entendia, mas era outra coisa: uma energia viva e pulsante. A energia de Adiah, a mesma energia que vivera no corpo dela por noventa e nove anos, a mesma energia que a transformara no Shetani. Quando Koffi ouvira aquilo, imaginara uma entidade maligna e horrível possuindo Adiah como um demônio; a energia dourada era muito mais difícil de caluniar. Koffi sentiu a pulsação da luz, sincronizada com as suas próprias, aguardando. Devagar, abriu as mãos cada vez mais, torcendo para que sua ideia funcionasse. Fechou os olhos de novo e tentou imaginar aquele único orbe de luz quebrando, estilhaçando, formando as pequenas partículas de luz com as quais ela estava acostumada. Quando abriu os olhos, o orbe tremia muito.

Vamos, rogou, observando. *Vamos... funcione...*

De repente, o orbe de luz explodiu. Não houve som, mas Koffi deu um pulo mesmo assim quando uma explosão de luz preencheu seus olhos. De algum lugar ao lado dela, ouviu Zain dar um grito e automaticamente protegeu os olhos. Quando abaixou as mãos, seu coração martelava no peito.

O que parecia milhares de pontinhos de luz enchia o espaço ao seu redor. Alguns dançavam entre os galhos de árvore, outros giravam no ar bem a frente de seus olhos. Koffi soltou o ar.

— Koffi! — A voz de Zain ecoou na névoa. — Koffi, você conseguiu!

— Ainda não. — Koffi ergueu a mão. Ainda encarava o esplendor. Estava ali, a ouvira até então, mas... — Há mais um teste — disse ela —, mais uma coisa que preciso fazer para ter certeza.

Ela olhou ao redor, para todos os pontinhos de luz, e pensou em uma única palavra.

Casa.

Zumbiu por ela, gentil, mas Koffi sentiu o poder naquela palavra.

Casa. Me mostre o caminho de casa.

O esplendor começou a descer e então se transformou em uma fila. Koffi perdeu o ar quando a fila apontou para o interior da névoa à frente dela, na direção de casa.

— Sim!

Koffi perdeu o ar quando recebeu um grande abraço, Zain tirando-a do chão. Ele a balançou uma, duas vezes, e então a pousou outra vez, sorrindo.

— Você conseguiu, Koffi — sussurrou ele, apoiando a testa na dela. — Eu sabia que você conseguiria, sabia que você...

Koffi ficou gelada quando as palavras morreram na garganta de Zain e ela viu a expressão dele mudar. Ele olhava por sobre o ombro dela, horrorizado. Koffi sabia o que veria quando se virasse para seguir o olhar dele, mas ainda assim não estava preparada.

Um Desprendido estava entre as árvores, a vários metros de distância. A pele dele era cinza e translúcida, o cabelo, cacheado e branco. Ele não falou enquanto os encarava, como se analisasse.

— Koffi. — Zain apenas arfou o nome dela. — Não entre em pânico.

Koffi ouviu as palavras, mas elas soaram distantes; o olhar dela estava focado no Desprendido. Como o restante deles, ele não tinha olhos, mas ela sentiu seu olhar. Ele deu um passo na direção dela e vários dos pontinhos de esplendor tremeluziram. A garota sentiu o sangue gelar.

— Koffi! — Zain estava gritando agora. — Não perca o foco, não...

Mas era tarde demais. O Desprendido se aproximava, e cada passo parecia puxar algo dela. Ao redor, mais das luzes do esplendor diminuíam. Zain se aproximou quando ficaram no escuro. Em segundos, o Desprendido estaria diante deles; se movia mais rápido. Koffi se preparou.

E foi então que ouviu um grito de guerra.

Era diferente de um grito normal, havia poder nele. Koffi abriu os olhos a tempo de ver que, do lado oposto das árvores, alguém se juntara a eles na clareira: uma mulher. Ela parecia ser bem mais velha que Koffi, com cabelo cacheado curto da cor das nuvens e usava uma túnica cinza simples. Koffi nunca a vira antes, mas ela parecia familiar. Koffi levou um tempinho para entender o que havia de diferente: a pele da mulher não era cinza como a do Desprendido; era marrom. Quando ela entrou na luz, Koffi viu que certamente não era translúcida, mas... semicerrou os olhos. A mulher parecia normal, mas também parecia Desprendida. Ela e Zain observaram quando a mulher circulou o Desprendido, segurando o que parecia ser uma iklwa, a lança zulu.

— Vá embora! — ordenou ela. — Saia daqui!

O Desprendido voltou seus olhos vazios para o rosto da mulher. Deu um passinho para a frente, mas quando ela esfaqueou o ar com a lança outra vez, ele se encolheu.

— Vá!

Koffi observou maravilhada quando, de repente, o Desprendido se virou e foi embora tão rápido quanto havia chegado. Sem se mexer, a mulher o observou partir por vários segundos antes de se voltar para Koffi e Zain.

— Vocês estão bem?

Os dois assentiram.

— Fiquem tranquilos. — A mulher abaixou a lança. — Não vou machucá-los.

— Quem é você? — perguntou Koffi. Ao lado dela, Zain se mexeu.

— Sou Ijeoma — disse a mulher. — Significa "boa jornada".

— Ijeoma — repetiu Zain. — Como você veio parar aqui?

A mulher sorriu.

— Depende do que você quer dizer com "aqui". Faz décadas que estou na Floresta de Névoa. — Ela assentiu para Koffi. — Mas estou aqui agora por causa de você.

Koffi franziu a testa.

— De mim?

Ijeoma endireitou a postura.

— Há grande poder nos laços de sangue, ossos e alma — disse ela.

— Pensei que você teria aprendido isso quando comungou com a deusa da selva.

A ficha de Koffi caiu como um raio.

— Espere. — Ela hesitou. — Você é uma delas? Uma das antepassadas?

Ijeoma sorriu.

— Somos separadas por várias gerações, mas sim. Meu sangue é seu, e o seu é meu.

Zain deu um passo à frente, olhando de uma para a outra. Parecia chocado.

— Se vocês duas são parentes, isso quer dizer que você também é daraja? Você é da Ordem de Vivuli?

— Sim para a primeira pergunta — disse Ijeoma —, mas não para a segunda. Durante minha vida, eu era da Ordem de Maisha.

— Mas não estou entendendo — disse Koffi. — Se você vive aqui, significa que está… morta.

Ijeoma assentiu, solene.

— Estou.

— Mas você não é como aquele homem Desprendido. Você não é cinza e ainda tem olhos.

Ijeoma suspirou, e pela primeira vez Koffi acreditou que a mulher estava na Floresta de Névoa havia anos. Não havia nada envelhecido nela. Ijeoma olhou para a distância por um momento, e depois para Koffi.

— Venham comigo — disse ela, baixinho. — Quero mostrar algo a vocês.

Koffi e Zain trocaram olhares. Nos olhos do rapaz, Koffi viu as emoções que tinha certeza estarem refletidas nos seus — cautela, medo persistente, hesitação e também curiosidade. Eles chegaram a um acordo não dito, e Koffi se virou para Ijeoma.

— Está bem, vá na frente.

Havia um silêncio sinistro enquanto eles caminhavam pela névoa, Ijeoma a apenas alguns passos à frente. Koffi não entendia, mas a mulher caminhava com determinação, dissolvendo os tentáculos de névoa apenas de vez em quando. Dez minutos passaram até que ela se voltasse para eles outra vez. Koffi percebeu que haviam parado em outra clareira na qual pessoas estavam reunidas em um círculo pequeno. Pessoas de pele cinzenta. Ficou tensa na hora, mas Ijeoma ergueu a mão.

— Está tudo bem, ninguém vai machucar vocês.

Koffi viu Ijeoma passar entre os Desprendidos, acenando e cumprimentando baixinho, até seus músculos relaxarem aos poucos. Via agora que, contando Ijeoma, havia cinco deles: um garotinho, um idoso, uma mulher de meia-idade e um homem deitado de costas, que Koffi não conseguia ver bem. Eles ergueram a cabeça enquanto ela se aproximava, aparentemente tão surpresos em vê-la quanto Koffi e Zain estavam em vê-los.

— Estas pessoas são como eu — explicou Ijeoma, sentando-se entre eles. Depois de um momento, Koffi e Zain se sentaram também.

— Ainda não estou entendendo — disse Zain, olhando para eles. — Vocês não são como o homem que ia nos atacar.

— Nem como as pessoas que nossa amiga Makena descreveu — adicionou Koffi. — Eu os vi, eles tentaram arrancar partes do corpo dela... Eram monstruosos.

Uma nova tristeza tomou conta do rosto de Ijeoma.

— É fácil transformar homens em monstros — observou ela. — Se você souber como fazer.

— Como assim? — perguntou Koffi.

Ijeoma gesticulou para a Floresta de Névoa.

— As almas que ocupam a Floresta estão presas em um purgatório. Somos aqueles que Fedu não permitiu nem permitirá passar para a terra dos deuses no pós-vida. Algumas dessas almas, ao perceber que estão presas aqui, enlouquecem e se tornam as criaturas que vocês encontraram. — Os olhos dela brilharam. — Mas há um outro grupo menor que ainda acredita haver esperança para nós e para qualquer outra alma que é jogada aqui por engano ou maldade. Ao nos apegar a essa esperança, mantemos uma pequena parte da nossa humanidade, e é isso que mantém nossos corpos e mentes inteiros.

Koffi abriu a boca para responder, mas foi interrompida por um gemido baixo. Deu um pulo e percebeu que o som vinha do homem caído no chão. Ao observá-lo mais de perto, encolheu-se. Ficou imediatamente óbvio, pelo uniforme e pelas cicatrizes terríveis em seu corpo, que ele fora um soldado, perdido em campo de batalha.

— Ele está sempre com dor — explicou Ijeoma, baixinho. — Mas ainda se agarra à esperança de que, algum dia, chegará à terra dos deuses.

Koffi sentia uma emoção florescer no peito enquanto via o Desprendido gemer e respirar com dificuldade. Levou um momento para nomear a emoção, mas era tristeza. O guerreiro parecia jovem; podia ser alguns anos mais velho que ela. De certa maneira, lembrava a ela de Ekon. Sem pensar, ela tocou o peito dele, ele se aquietou, a respiração se tornando regular.

— Sinto muito — sussurrou Koffi para ele. — Sinto muito.

E sentia. Sentia muito pelo sofrimento daquele jovem, sentia muito que ele não encontrara a paz que merecia na morte. Teve uma ideia de repente. Não sabia se ia funcionar, mas queria tentar. Fechou os olhos e puxou um pouco do esplendor em si, direcionando os pontinhos de luz para que pairassem acima do corpo do guerreiro. Ele ficou quieto, tão quieto que Koffi se preocupou de tê-lo ferido. De repente, ele abriu os olhos. Como Ijeoma, ele ainda tinha olhos, mas estavam sem cor. Ele olhou ao redor para os pontinhos dourados, maravilhado por um momento, e então se sentou devagar. Quando eles começaram a se erguer, ele se levantou, depois — para o choque de Koffi — pisou no ar. Como se subisse degraus invisíveis, ascendeu, seguindo a luz para a névoa no alto até não estar mais visível. Sem palavras, Koffi encarou o ponto onde conseguira vê-lo pela última vez.

— Koffi. — Zain ainda estava sentado no chão, olhando de Koffi para o céu. — Como você fez isso?

— E-eu não sei. — Pânico se remexia no estômago de Koffi enquanto olhava para o chão onde o homem estivera deitado. Ela se virou para Ijeoma, que parecia igualmente chocada. — Para onde ele foi?

Ijeoma também olhou para o céu.

— A não ser que eu esteja errada — disse devagar —, acho que foi para a terra dos deuses.

Koffi levou um instante para entender a seriedade das palavras. Encarou Ijeoma, confusa, por vários segundos. A terra dos deuses.

— Como isso sequer seria possível? — perguntou. — Não sei como enviar ninguém para a terra dos deuses.

— Koffi — disse Zain devagar. Ele olhava para as próprias mãos, de sobrancelha franzida, como se estivesse tentando resolver uma equação difícil. — Acho... acho que posso ter errado quando disse a você qual era a sua afinidade.

— Como assim?

Ele ergueu o olhar.

— Achei que sua habilidade permitia que você usasse o esplendor para guiá-la até as coisas que mais desejava — disse. — Mas... e se for mais que isso? E se o esplendor funcionar como uma bússola, algo que a ajuda a encontrar as coisas que quer, mas também ajuda outros a encontrar o que eles querem? — Ele apontou para o local vazio onde o guerreiro estivera. — Aquele homem queria ir para a terra dos deuses. Você deu a ele um pouco do esplendor e ele foi guiado, mas porque você o ajudou. Você o ajudou a partir para o outro mundo, como uma ponte, um conector.

— Se isso for verdade — disse Ijeoma —, você seria a primeira daraja do seu tipo, se me lembro bem. Você seria a Dira, a bússola, a resposta de cada esperança à qual nos agarramos aqui na Floresta de Névoa.

Dira. A bússola. Koffi pensou nas palavras, lembrando-se do que acabara de ver o esplendor fazer. Ficou muito animada.

— Eu poderia ajudar o restante dos Desprendidos como ajudei o guerreiro, não é?

Ijeoma assentiu.

Koffi se voltou para Zain.

— Todo esse tempo, pensamos que eu precisava me preparar para lutar contra os Desprendidos — disse ela. — Mas entendemos errado. Eles não são os monstros que pensamos que eram, ao menos não todos. Posso ajudá-los.

— E ainda podemos sair da Fortaleza de Espinhos — adicionou Zain.

Os dois se levantaram.

— Precisamos retornar — disse Koffi para Ijeoma. — Mas prometo que voltaremos. Você estará aqui?

Ijeoma se levantou também.

— Ficarei na Floresta de Névoa até que a última alma Desprendida seja libertada.

Zain assentiu.

— Voltaremos — garantiu ele. — Prometo.

Ijeoma abaixou a cabeça.

— Então, por enquanto, me despeço.

Koffi e Zain se despediram de Ijeoma antes de voltarem à Fortaleza de Espinhos. Embora na primeira vez estivesse nervosa com a invocação do esplendor, Koffi dessa vez achou fácil seguir as luzinhas tremeluzentes até os dois passarem pela névoa outra vez e entrarem nos gramados da Fortaleza. Era estranho ver o lugar intocado apesar de tudo o que acabara de acontecer. Koffi lutou para recuperar o fôlego, para ficar calma.

— Não acredito no que acabamos de ver.

— Nem eu. — Os olhos de Zain estavam brilhando. — Isso muda tudo.

— Desde que cheguei aqui, tudo o que eu queria era ir embora — disse Koffi, andando de um lado a outro na grama. — Mas agora tenho a chance de fazer a diferença, não só para mim e para os darajas que querem partir, mas talvez para todos os Desprendidos. — Ela fez uma pausa. — Preciso contar para Makena.

Zain inclinou a cabeça.

— E preciso contar para Amun.

— Podemos nos encontrar amanhã, no esconderijo, e bolar um plano. — Ela segurou a mão dele e apertou um pouco. — Obrigada por vir comigo.

Ficou surpresa quando Zain ergueu a mão dela e a beijou gentilmente.

— A essa altura, Koffi, acho que iria a qualquer lugar com você.

Koffi sorriu e então cruzou o jardim norte, de volta à Fortaleza. Correu pelos corredores, sem se preocupar que alguém a visse. Só conseguia pensar em Makena, no que ela faria e diria quando soubesse o que acontecera. Chegou à porta do quarto e entrou nele apressada.

— Makena, você não vai acreditar...

Ela paralisou.

Makena estava sentada na cama, lágrimas escorriam pelo rosto. Ao lado dela, Fedu segurava seu braço.

— Olá, Koffi.

Koffi não sabia o que dizer. Aquilo não fazia sentido. O que Fedu fazia ali? O sorriso dele fez o sangue dela gelar.

— Que coisa mais engraçada... — disse ele baixinho. — Agorinha mesmo, olhei lá para fora e vi algo peculiar no jardim norte.

O olhar dele reluziu no mesmo instante em que Koffi sentiu o estômago revirar.

— Vi duas pessoas saindo da Floresta de Névoa, o que é óbvio, devia ser impossível porque ela é impenetrável. — Ele semicerrou os olhos. — E mesmo assim, lá estava você. Como?

As palavras se acumularam em sua garganta, mas Koffi nada disse. Se contasse a Fedu qual era sua afinidade com o esplendor, o plano estaria acabado antes mesmo de começar. Não haveria como sair da Floresta de Névoa, e sem dúvida vários dos darajas que ajudaram no plano seriam punidos. Mas se ela não falasse... Olhou nos olhos desesperados de Makena.

— Sei que você gosta de acordos, Koffi — prosseguiu Fedu. — Então proponho mais um: você tem até a meia-noite para vir até mim por livre e espontânea vontade e me dizer qual é a sua verdadeira afinidade. — De repente, Fedu se levantou, arrastando Makena. — Senão, Makena morrerá.

CAPÍTULO 24

O VALE DA MORTE

Ekon encarou o vasto muro de branco diante de si, sem se mexer.

Por alguns segundos, enquanto o observava, teve uma estranha sensação de familiaridade que não entendia; certamente nunca vira aquele lugar antes. Devagar, no entanto, foi reconhecendo. O muro parecia uma versão maior daquele que escalara no zoológico de Baaz Mtombé na noite em que perseguira Koffi. Ele se lembrou de tudo tão vividamente, da determinação que tivera para escalá-lo.

Não era o que sentia naquele momento.

Themba se aproximou até estar a centímetros da névoa. Ekon queria puxá-la, dizer a ela para se afastar, mas não sabia o motivo. Até então, a névoa não fizera nada além de se assomar diante deles em uma massa giratória de branco. De certa maneira, era quase bonita, mas Ekon não confiava nela. Observou enquanto Themba se aproximava, de mão erguida.

— O que você acha que é? — perguntou ele.

— Não tenho certeza. Esta névoa... não é natural. Foi criada, mas pelo quê, não sei.

— Esta é a melhor pista que temos para encontrar Koffi — disse ele.

— Então, como passamos por este muro?

Themba franziu os lábios.

— Não acho que vamos passar — disse ela por fim. — Acho... que vamos atravessar ele.

Ekon engoliu em seco. Estivera com medo de que ela dissesse aquilo.

— Escuta, garoto — acrescentou ela. — Não sei o que exatamente vai acontecer quando atravessarmos, mas seja lá o que for, *não* desista. Mantenha seu olhar à frente e não pare por nada. — Ela o encarou. — Não importa *o que* aconteça, entendeu?

— Sim. — Para enfatizar, apertou a mão dela. — Estou pronto.

Themba inspirou fundo antes de fechar os olhos. Devagar, a mão que segurava a de Ekon começou a aquecer.

— Como você...?

— Shhh — repreendeu ela.

De súbito, deu um passo à frente, a centímetros da névoa. Como antes, a neblina pareceu querer tocá-la, os círculos branco-prateados dançando ao redor do rosto dela, mas Themba não prestou atenção neles enquanto dava outro passo para dentro, puxando Ekon consigo. Quando a névoa tocou a pele, Ekon estremeceu. Era mais fria que qualquer coisa que ele já tivesse sentido. Até seus poros pareceram gritar enquanto ele e Themba davam outro passo à frente, e desta vez Ekon quase submergiu na névoa. Resistiu ao impulso de olhar em volta, de dar uma última olhada nos campos abertos atrás deles, antes que Themba desse mais um passo e ele ficasse completamente imerso. De repente, o mundo ficou em silêncio.

— Themba? — murmurou ele. — Você... está bem?

— Shhh. — Com a mão livre, ela levou um dedo aos lábios. Ainda estava ao lado de Ekon, mas na névoa estava ficando cada vez mais difícil ver. — Mantenha o olhar à frente.

Ekon obedeceu. Diante deles, não via nada além da claridade, girando e se enrolando no ar como fitas transparentes. Era perturbadora. Os dois estavam sozinhos ali, mas ele não conseguia se livrar da sensação de que estavam sendo observados, de que algo poderia

355

estar esperando a apenas alguns passos à frente. Ekon estendeu a mão, tentando sentir o caminho através da opacidade.

E então uma mão agarrou seu pulso.

Ekon gritou e se afastou quando a pessoa pareceu flutuar em sua direção pela névoa. A figura diante de si era aterrorizante. Ele não sabia se era masculina ou feminina. A pele tinha um tom um tanto cinzento, e no lugar dos olhos havia buracos vazios. A coisa não se mexeu enquanto o encarava, com a boca frouxa; só ficou com os braços estendidos, tentando tocá-los. Pensou ter ouvido um gemido baixo e fraco escapar da boca da figura.

— Mas que…?

— Afaste-se!

Ekon sentiu uma mão diferente, mais quente, agarrar seu antebraço e puxá-lo. Era Themba. Ela abrira os olhos e encarava a figura com cautela.

— E fique quieto.

Ekon abaixou a voz.

— O que era aquilo?

— Algo que não queremos perturbar — respondeu Themba.

Devagar, os dois deram a volta na criatura, que ainda encarava o nada como se tivesse se esquecido de quem era. Alguns passos e ela desapareceu outra vez. Ekon lutou contra um arrepio.

Eles continuaram a caminhar com calma, em passos lentos. Aos poucos, Themba fechou os olhos de novo.

Siga em frente, pensou ele. *Siga em frente.*

Mas era impossível ter qualquer senso de direção na névoa; eles podiam estar seguindo em frente ou andando em círculos e não saberiam a diferença. Quanto mais andavam, mais incomodado Ekon ficava. Parou de repente quando viu um leve movimento a alguns metros acima dele, muitos murmúrios.

— Themba…

— Silêncio, garoto. — Themba ainda estava de olhos fechados.

Ekon começou a espiar, mas se conteve. Tinha visto outro movimento, desta vez, à esquerda. A distância, ouviu um som estridente e ansioso, como um falcão ou águia.

— Themba — chamou ele, o mais baixo que conseguiu. — Acho que deveríamos...

As palavras dele foram interrompidas por um grito, e então Ekon os viu.

Uma multidão de pessoas se aproximava deles. Pelo menos, Ekon pensou que eram pessoas — ou tinham sido em algum momento. Como a figura que vira antes, aquelas pessoas não tinham cor. Não pareciam correr, mas Ekon ainda estava perturbado pela velocidade com que pareciam diminuir o espaço entre eles. Ele balançou o braço e Themba abriu os olhos. Seu queixo caiu em horror.

— Ekon, corra!

Ekon não precisou de outro aviso enquanto soltava a mão de Themba e disparava. Sentiu mais que ouviu Themba se mover com ele, voltando para o caminho de onde vieram. Ele ergueu os braços para cobrir o rosto enquanto as pessoas cinza caíam sobre eles, encolhendo-se quando as mãos o agarraram. Algo não estava certo no toque, as mãos deles eram duras e rígidas como ossos, frias demais. Um deles agarrou as costas da túnica de Ekon com um toque surpreendentemente forte e puxou, desequilibrando-o. Ekon ouviu gemidos da multidão. Ouviu sibilos, dentes rangendo e um constante choro no fundo. Ele se sentiu sendo virado quando alguém o segurou, de maneira que ficaram cara a cara. Para seu horror, se viu olhando não para um homem, mas para uma criança. O garoto não devia ter mais de doze anos, com a barriga inchada e distendida. Expôs os dentes enquanto encarava Ekon com buracos enormes onde os olhos deveriam estar.

— Não! — Ekon tentou puxar, mas o aperto do garoto era firme. Outras figuras se aproximavam, e estariam em cima dele em segundos.

— *Para trás!*

Ekon virou a cabeça para a direita. Themba corria em sua direção, de braços abertos, como se empurrasse algo invisível das laterais do corpo. Havia uma fina camada de suor em sua testa.

— Fique ao meu lado! — disse ela, arfando. — Vamos!

As figuras cinzentas ergueram os braços enquanto Themba e Ekon corriam, protegendo-se. Ekon imaginou que o que quer que Themba estivesse fazendo, algo com o esplendor, repelia as figuras e as mantinha distante. Ele ficou atrás dela e tentou acompanhá-la em sua corrida pela multidão. Mas era difícil; Themba era mais baixa e mais lenta que ele, e a cada poucos metros Ekon tinha que se forçar a desacelerar pra evitar esbarrar nela. Ele olhou por sobre o ombro de Themba. Não sabia se era sua imaginação, mas à frente a névoa parecia estar mudando de cor; se tornando mais viva e menos opaca. Ele achou que conseguia ver algo além, o começo do que parecia grama verde. Estavam quase lá.

Só mais um pouquinho, encorajou uma voz na cabeça dele. Themba continuava abrindo espaço na multidão, e as figuras cinzentas ainda mantinham certa distância. Mais um pouquinho.

Ekon deixou os dedos tamborilarem no ar, tentando encontrar a contagem. Podia medir a distância entre eles e aquela abertura. *Dez metros... oito metros...*

— *Ekon.*

Ekon parou de repente quando ouviu seu nome. Themba continuou correndo, e sentiu o escudo de proteção que ela criara desaparecendo enquanto se afastavam, mas não conseguiu fazer os pés se mexerem. Aquela voz que chamava o nome dele era distinta e familiar, mesmo que ele não quisesse que fosse.

Impossível, disse algo na cabeça dele. *Não é possível.*

Mas quando Ekon se virou, viu o rosto que sabia que veria. O homem estava entre as figuras cinza, a pele com a mesma característica que a deles. A barba estava perfeitamente aparada, e as roupas que usava — rasgadas e cobertas de silveiras — um dia foram majestosas. Usava o uniforme de guerreiro. Ekon encarou a figura fantasmagórica do pai.

— P-pai?

A figura não respondeu, apenas o encarou. De canto de olho, Ekon viu que as outras figuras o rodeavam, observando o que ele ia fazer.

358

Ekon sabia que devia correr, alcançar Themba de novo, mas ainda não conseguia se mexer. Não conseguia nem contar. Só conseguia encarar. A figura que se parecia com o pai ergueu a mão, apontando para Ekon. Abriu a boca escancarada e, em uma voz horrível e rouca, disse:

— *Você... me... matou.*

— Não. — Ekon balançou a cabeça enfaticamente enquanto sentia o olhar vazio das outras figuras cinzentas. Parecia haver uma mudança palpável no ar enquanto alguns deles lambiam os lábios, outros inclinavam a cabeça e davam um passo à frente. — Não! — repetiu Ekon, mais alto. — Não, pai, eu não matei você. O Shetani também não matou você. Foi...

Mas suas palavras sumiram enquanto as figuras se aproximavam. O rosto do pai se contorceu, e Ekon viu as cavidades oculares dele ficarem maiores, a boca aberta se alongando. A pele ficou cerosa, o grunhido em sua garganta soou mais alto e ele deu um passo à frente. Desta vez, ninguém precisou agarrar Ekon para mantê-lo parado. Ele caiu de joelhos.

— *Me matou...* — repetiu a figura do pai. — *Você me matou.*

Eu não matei, pensou Ekon. *Não fui eu.* Sabia que era verdade, mas isso não parecia importar mais. A névoa estava ficando mais grossa e mais escura; ele não conseguia ver nada além das figuras cinzentas ao seu redor. A respiração ficou curta enquanto a boca se escancarava. De repente, o ar não parecia mais tão frio.

— Ekon!

Outra pessoa o chamava de longe, mas Ekon não se moveu. Era mais fácil agora ficar parado, como o pai dele.

— Ekon, levante-se! — Themba estava de pé perto dele, implorando. Pingava de suor, o turbante torto na cabeça. Ela se inclinou e o puxou para ficar de pé. — Levante-se!

As figuras cinzentas ainda se aproximavam, mas, desta vez, Themba não estava conjurando um escudo para mantê-las afastadas. Talvez não conseguisse. Ekon a deixou ajudá-lo a levantar. Ela olhou para as figuras cinzentas, respirando com dificuldade.

359

— Entendo que você não pode deixar nós dois irmos. — Ela ergueu a voz para que se propagasse, mas Ekon ainda ouviu o tremor nela. — Mas ofereço uma barganha. Deixe o garoto ir e me leve no lugar dele.

Ekon saiu de seu devaneio de súbito.

— Themba, não...

— Quieto, garoto — irritou-se Themba. Ela olhava bem para a frente, para a figura que se parecia com o pai de Ekon. Ele seguiu o olhar dela e viu que a figura a observava com uma expressão curiosa, como se estivesse pensando a respeito. Themba levantou a cabeça. — Você aceita?

Houve uma longa pausa antes que a figura do pai assentisse devagar. Ergueu a mão, como se estivesse dando algum tipo de comando, as outras figuras cinzentas se afastaram de Ekon e pegaram Themba. Ela tremeu quando as mãos a tocaram, agarrando seus braços, pernas e pescoço, mas ela não se mexeu. Ekon observou, aterrorizado.

— Themba! Não...

— *Vá*, Ekon. — Themba estava fechando os olhos, e havia uma resignação perturbadora em sua voz. — Vá.

— Mas...

— Encontre minha neta — disse ela calmamente. — *Encontre-a* e leve-a para casa; para a mãe dela.

Ekon começou a tremer.

— Tem que haver outra forma de fazer isso. Tem que haver...

— A barganha está feita, garoto — interrompeu Themba. Ela se encolheu enquanto as figuras cinzentas puxavam suas roupas, seu cabelo, mas permaneceu parada. — Está tudo bem, *vá*.

Ekon se afastou, embora todo o seu ser quisesse permanecer. Observou Themba diminuir, perdida em um mar de cinza enquanto as figuras continuavam a enxamear acima dela. Ele se obrigou a se virar e correr quando ouviu o primeiro grito.

Correu até não ouvir mais gritos e gemidos.

Themba está morta.

Três palavras, e Ekon as sentiu pesar no fundo de seu estômago como uma pedra. Tremeu quando cada uma delas se encrustava nas paredes da mente dele e criava raízes que não poderiam ser arrancadas sem causar dor. Ele as sentiu polinizar e crescer, se espalhando até consumir os pensamentos dele.

Morta. Themba estava morta.

Ekon não conseguiu apagar a última imagem do rosto de Themba da memória. Decerto havia uma calma, uma determinação que ele se acostumara a ver na velha senhora, mas sabia que havia outras emoções também: medo, dor, agonia. Não sabia o que aqueles seres fantasmagóricos haviam feito com Themba e, sendo egoísta, não queria descobrir.

Covarde, disse uma voz em sua mente.

Ekon ignorou e seguiu em frente, apressado. Tão embrenhado na névoa, mal conseguia ver suas próprias mãos. Era enervante e muito semelhante a outro tipo de névoa: aquela de seu tempo com Koffi na Selva Maior. Naquela ocasião, ele e Koffi ficaram inconscientes e quando acordaram descobriram que suas coisas tinham sido roubadas por uma aranha gigante. Ekon apressou os passos, contando cada um enquanto avançava.

Um-dois-três. Um-dois-três. Um-dois-três.

A cada passo, o ar ficava mais frio, provocando arrepios e o fazendo bater dentes. Em questão de minutos, a sensação nas pontas dos dedos passou e as narinas dele começaram a queimar. Ele balançou a cabeça até que a tentação de se sentar e se encolher feito uma bola passou.

Koffi estava em algum lugar naquele lugar estranho e Ekon a encontraria, ele só precisava seguir em frente. *Um-dois-três.* A cada passo à frente, ele se imaginava se aproximando mais e mais dela. Ele a encontraria e a levaria para as Planícies Kusonga, exatamente como planejado. Ele a encontraria, precisava encontrar.

Mas e se não conseguir?, perguntou uma voz sinistra na mente dele.

Você falhou com tantas pessoas, tantas vezes. Ekon ouviu a zombaria na voz. *Você falhou com Koffi quando não impediu que Fedu a levasse. E agora falhou com Themba. Ela morreu por sua causa.*

As vozes e os monstros na cabeça eram só o que ele podia ouvir, tudo o que podia sentir enquanto seu peito era rasgado. Naquela névoa, naquele lugar desolado, seria fácil demais ceder a eles. A respiração de Ekon desacelerou e ele sentiu que começava a se render.

E então viu uma luz à frente.

A princípio, não tinha certeza se era real ou só mais uma ilusão, mas não... Quanto mais perto chegava, mais conseguia discernir; as árvores e a névoa estava começando a ficar esparsas, e ele pensou ter visto o mais breve vislumbre de gramado verde à frente. Acelerou o passo e por fim correu. Disparou pelas últimas árvores, se preparando para fosse lá o que fosse que encontraria do outro lado, e então parou. Estava na extremidade de um jardim.

Havia diversos tipos de flores, mas todas eram de um tom de vermelho--escarlate intenso. À direita, Ekon viu uma construção parecida com o estábulo no Templo de Lkossa, e bem depois dela — e em frente — viu uma enorme construção de pedra preta, suas muitas janelas iluminadas em tons de amarelo e laranja.

Que lugar era aquele?

— Pare.

Ekon deu um pulo quando a voz preencheu o silêncio. Era baixa e sonora, e havia um pouquinho de rosnado nela, mas pelo menos não era de Fedu. Devagar, ele virou a cabeça para quem falava. Era um jovem que parecia ter a idade dele, com pele marrom e cabelo preto. Ele franzia a testa.

— Quem é você? — Havia um tremor na voz do jovem enquanto seu olhar passava de Ekon para as árvores de onde ele emergira. Ekon não entendia o medo do jovem; era ele quem estava desarmado na situação. Devagar, ergueu as mãos vazias.

— Sou Ekon Okojo — explicou. — Sinto muito, eu não tive a intenção de invadir. Estou procurando minha amiga. Acho que ela talvez esteja aqui.

Isso pareceu pegar o jovem de guarda baixa.

— Amiga? — perguntou, incrédulo. — Quem é a sua amiga?

— Koffi. O nome dela é Koffi.

Ekon viu o jovem arregalar os olhos. Parecia estar se dando conta de algo devagar.

— Olha. — Ekon deu um passo à frente. — Com todo o respeito, preciso *mesmo* encontrar minha amiga. Acho que ela pode estar em perigo...

— Koffi está em perigo.

Um novo medo subiu pela garganta de Ekon.

— Você a conhece? Conhece Koffi?

O jovem assentiu, e Ekon pensou ter visto fatiga nos olhos dele, um medo que combinava com o seu.

— Sou Zain — disse o jovem. — Venha comigo.

PARTE QUATRO

O AMOR É UM CROCODILO NO RIO DO DESEJO

O ZOOLÓGICO NOTURNO

RASHIDA

Olho para a minha filha e odeio seus olhos.

Não que sejam feios; são de um adorável castanho-escuro e, dependendo da incidência da luz, vejo pontinhos de dourado. Não, eu não os odeio por causa da cor, eu os odeio porque não pertencem a mim ou ao meu marido. Esses olhos são inconfundível e inegavelmente da Cobra. Não há dúvida de que, se eu colocasse minha filha ao lado dela, poderiam até pensar que Koffi é filha *dela*.

— Mamãe!

Meu coração palpita quando vejo Koffi sorrir para mim. Há uma admiração e um amor nesse olhar que eu nunca quero deixar de ver.

— Podemos ir?

Houve uma época em que eu era como ela, quando ficava ansiosa pelos dias de mercado. Passo os olhos pela nossa casa minúscula, para o tapete de boas-vindas que está muito desgastado e para as cortinas que estão muito esfarrapadas. Koffi não repara nessas coisas, ela só enxerga seu lar. Ela não sabe que não será nosso lar por muito mais tempo.

— Um minuto, sementinha — peço, com o máximo de doçura que consigo. — Só um momento.

Vou ao quarto e olho para Lesego. Ele está sentado, cercado por caixas. Quando sente meu olhar, me olha de volta e dá um pequeno sorriso.

— É isso — diz ele com um suspiro. — Os novos donos concordaram em levar tudo, então não temos com o que nos preocupar. Vamos passar a noite e partiremos pela manhã.

Então não temos com o que nos preocupar. Ele fala como se tivéssemos escolha em deixar nossas coisas para trás. Me seguro para não dizer o que penso e, em vez disso, assinto.

— Vou levar Koffi ao mercado comigo. Ainda tenho algumas tarefas de última hora para fazer antes do... nosso compromisso.

— Está bem, estarei aqui. — Ele se levanta e, com algumas passadas, cruza o quarto e pega minha mão. Ele beija o dorso e me olha. — Eu te amo, Rashida.

— Eu também.

O olhar dele perde um pouquinho do brilho e uma culpa familiar se acumula dentro de mim, mas ignoro. Ainda amo Lesego, mas há dias em que não tenho certeza se ainda estou *apaixonada*. Não sei como dizer esse tipo de coisa em voz alta, então não digo nada.

— Mamãe!

A voz de Koffi nos chama de volta à realidade. Dou um último beijo na bochecha de Lesego antes de forçar um sorriso e ir ao encontro de Koffi. Ela está na soleira da porta, parecendo impaciente.

— Vamos, mamãe!

Pego a mão dela e saio da casa, fechando a porta com cuidado atrás de nós.

Koffi não segura minha mão por muito tempo. Me lembro de quando ela estava aprendendo a andar, costumava segurar a bainha do meu vestido para tentar ficar de pé. Apertava o tecido gasto em punho com uma determinação que eu admirava, mas ela não faz mais isso. Agora, anda e corre sozinha, olhando cada vez menos para trás. É uma coisa bonita e assustadora vê-la se tornar uma pessoa completa diante dos meus olhos. Senti tanto medo quando soube que estava grávida, mas estou começando a acreditar que aquela foi a parte fácil. Quando Koffi estava

368

dentro de mim, nós estávamos inextricavelmente ligadas, o coração dela batendo junto ao meu. Agora, ela está no mundo, sentindo, crescendo, vivendo e assim um pedaço de mim está no mundo — exposto, frágil.

— Mamãe, olha! — Koffi para de saltitar apressada e me olha. Sua linguinha rosa aparece entre os lábios enquanto ela semicerra os olhos em concentração e balança os dedos. Fico tensa quando pontinhos de luz pairam ao redor das mãos dela.

— Koffi!

O sorriso dela some quando corro e cubro suas mãos com as minhas.

— Não faça isso de novo, está ouvindo?

Koffi franze a testa.

— Por que, mamãe?

— Porque... — Procuro as palavras certas. — Porque é ruim.

Koffi inclina a cabeça, e o gesto lembra tanto a minha mãe que preciso me controlar para não me encolher.

— Mas não *parece* uma coisa ruim.

— Mas é. — Agarro a mão dela de novo e a conduzo pela estrada.

Vai passar, uma voz na minha cabeça me garante. *É só uma fase. Não vai durar. Ela não é como a minha mãe. Ela não é daraja. Não pode ser.*

Repito essas palavras para mim mesma até que as batidas do meu coração se acalmem.

Ela não é daraja. Não pode ser.

Não quero pensar no que será se eu estiver errada.

Koffi puxa meu braço enquanto passamos pelas ruas serpenteantes do mercado, mas a mantenho próxima de mim.

Este lugar costumava me deixar tão alegre quando eu era pequena, e mesmo quando eu era moça, no entanto, não mais. Passo pelas lojas que eu costumava visitar na adolescência, aquelas que Nyah me apresentou quando éramos mais jovens. O luto aperta meu peito quando penso na minha velha amiga.

Faz um ano que o corpo dela foi encontrado na fronteira da Selva Maior, desde que foi morta por uma criatura que chamam de Shetani. Sei que ela não ia querer, mas coloquei duas shabas nas palmas de suas mãos antes que eles enrolassem seu corpo, moedas para pagar a entrada na próxima vida. Sinto saudades dela o tempo todo.

Andamos pelo mercado rapidamente e com cuidado. As pessoas estão dizendo que houve outro ataque do Shetani, e as notícias correm as ruas com uma sensação palpável de ansiedade. Ouvi dizer que a culpa é dos darajas, que os poucos que permanecem na cidade estão invocando a criatura da selva. Embora eu saiba que é mentira, não corrijo mais. Quase não há darajas em Lkossa agora; os que viviam aqui se foram há muito tempo, estão escondidos ou mortos.

Koffi pula ao meu lado quando me aproximo do carrinho do vendedor. Na minha cabeça, preparo um discurso.

Não temos seu dinheiro desta vez, mas Lesego tem um novo emprego em potencial. Ele terá todo o dinheiro devido em breve...

Engulo um nó na garganta enquanto nos aproximamos do vendedor e endireito a postura. Ele é um homem enrugado com um nariz que me lembra um tomate amassado. Assim que me vê na multidão, ele semicerra os olhos. Paro diante dele.

— Você trouxe o restante do dinheiro?

Inspiro fundo.

— Ainda não. Mas quis vir informar que está chegando muito, muito em breve. Lesego pode ter uma nova proposta de emprego...

— *Pfff.* — O vendedor já está balançando a cabeça e fazendo um gesto de "nem se dê ao trabalho". — Nem venha com outra desculpa, garota, sei que nunca receberei meu dinheiro. Para começo de conversa, eu jamais deveria ter emprestado para o seu marido imprestável. Não confio nem um pouco em Lesego.

O insulto não é para mim, mas me encolho mesmo assim.

— Espere. — Abro a alça da minha bolsa e a reviro. — Eu... não posso cobrir toda a dívida de Lesego hoje, mas posso começar.

Meus dedos reviram o conteúdo da bolsa até alcançarem o tecido bem no fundo, e sinto meu coração parar. Minha bolsinha de moedas sumiu. Olho ao redor, me perguntando se, distraída, fui furtada. Mas não, assim que o pensamento perpassa minha mente, sei que é verdade. Em casa, minha bolsa e a bolsinha de moedas ficam debaixo da fronha do travesseiro, e apenas uma pessoa sabe disso.

Lesego.

Ele não veria como furto; provavelmente nem quis fazer aquilo. Ele se esquece de me dizer coisas às vezes, pega dinheiro emprestado para seus negócios e não se lembra de me contar, mas... mas ele é meu marido. O que é meu é dele, e o que é dele é meu. Somos casados, o que significa que compartilhamos muito. Mas agora isso significa que não tenho dinheiro algum, nem para um pão dormido.

— O que foi, mamãe?

Meu coração dói ao ver os olhos arregalados e preocupados de Koffi. O vendedor observa, esperando.

Lágrimas queimam nos meus olhos, mas me livro delas antes que ela possa ver.

— Nada, sementinha. — Não olho para o vendedor quando sussurro: — Voltaremos depois.

É necessário todo o meu controle para permanecer calma enquanto me afasto do vendedor e entro na multidão.

Este dia não tem como piorar.

Estamos quase no fim do mercado quando ouço. A princípio, tenho certeza de que é minha imaginação, mas então... não. Ouço outra vez. Meu nome.

— Binti!

Não. Não pode ser, não aqui. Me viro, olhando para trás enquanto ao mesmo tempo tento fazer Koffi seguir em frente, mas então vejo o rosto dela.

Mamãe.

Minha mãe se move pela multidão o mais rápido possível, indo contra a corrente.

371

— Binti! Binti, espere!

Não. Uma memória me atinge, de um dia, não faz muito tempo, em que deixei minha mãe conhecer Koffi. Ela levou minutos para começar a me atormentar, a me avisar que Koffi poderia ser uma daraja como ela. Não posso permitir que Koffi ouça coisas assim, não posso permitir que elas se encontrem de novo.

— Binti!

Minha mãe está perigosamente perto agora. É provável que não consiga ver minha filha, que é baixa demais, mas verá em um instante. Faço a única coisa em que consigo pensar: me viro e chuto a perna de uma das barracas de frutas. Uma cascata de melões desce pela rua, e as pessoas se mexem para sair do caminho enquanto o vendedor lamenta seus produtos estragados. É a distração momentânea de que preciso. Apressada, conduzo Koffi para longe. Ainda posso ver minha mãe, esticando o pescoço enquanto tenta nos encontrar, olhando na direção errada. Meu coração martela a cada passo que dou para longe dela, e imagino o que ela poderia fazer comigo se nossos olhares se cruzassem. Talvez me fizesse parar de andar, me fizesse entregar Koffi para ela. Penso em algo ainda pior: e se ela usar seus poderes contra Koffi e a fizer me deixar? Apresso o passo.

— Mamãe! Mamãe... ai! Você está me machucando!

— Hã?

Olho para baixo, confusa. Meu aperto no braço da minha filha é forte e doloroso. Ela faz uma careta para mim com uma ferocidade que me lembra tanto de minha mãe que quero me afastar dela.

— Desculpe, pequena. — Me forço a acariciar o seu cabelo, a soar calma. — Eu só não queria ficar presa naquela confusão.

— Tudo bem, mamãe — diz minha filha, tranquila. Ela já me perdoou, mas eu não mereço.

— Esqueci meu dinheiro — minto. — Teremos que fazer nossas compras depois.

— Está bem, mamãe. — Minha filha olha por sobre o ombro, visivelmente confusa. — Mamãe, quem era aquela mulher nos chamando?

Fico tensa.

— Que mulher?
— A senhora legal. Aquela que nos seguiu.

Agarro a mão dela.

— Não tinha mulher nenhuma, Koffi.
— Tinha, sim! — Koffi se esforça para caminhar comigo. — Por que ela chamou você daquele nome, mamãe?
— Ela me confundiu com outra pessoa.

Não digo nada mais enquanto a puxo, tentando manter minha expressão neutra. O colarinho do meu vestido está encharcado de suor, uma tontura ameaça minha visão e quero vomitar. Fico imaginando minha mãe vindo na minha direção. Minha mãe, que nunca conheceu minha filha; minha mãe, que eu não vejo há quatro anos.

— Quem era ela, mamãe?
— Ninguém — sussurro. — Ninguém mesmo.

Quando volto para casa, Lesego está esperando do lado de fora da porta.

Ele acena e eu também, com cuidado para não olhar para a placa presa no que um dia foi nossa porta da frente: vendida. Aquela única palavra faz tudo parecer bem mais real.

— Como foram suas tarefas? — pergunta ele.

Koffi me olha, incerta, mas balanço a cabeça.

— Bem — digo enquanto solto a mão dela e a deixo correr até o pai. — Foram bem.
— Ótimo. — Lesego muda o foco de mim para Koffi. Ele se agacha para ficar da altura dela antes de lançar a ela um olhar severo. — Está pronta, Koffi?
— Pronta para quê, papai?
— Você, sua mãe e eu vamos ter uma pequena aventura — diz ele. Meu coração bate forte quando ela pega a mão dele e aperta; ela confia totalmente nele. — Vai ser muito divertido.
— Que tipo de aventura? — pergunta Koffi.

Observo Lesego com cuidado. Ele ainda precisa me dizer como planeja explicar tudo para Koffi, mas ele me olha por apenas um momento antes de, de repente, erguer Koffi e a colocar sobre os ombros. Ela grita, feliz.

— Essa é a surpresa! — diz ele, fingindo fazer cócegas nela. — Vamos!

Lesego vai na frente, com Koffi nos ombros, até chegarmos no começo do Distrito Kazi. Meu coração dói quando olho para as ruas. Faz tanto tempo desde a época em que minha mãe e eu moramos aqui que às vezes parece que nem foi real. Por um momento, tenho a mais estranha tentação de continuar seguindo a estrada e pelo caminho que um dia foi nosso lar. Eu reprimo o impulso quando Lesego para diante de uma das menores e mais acabadas construções da estrada principal. A julgar pela escuridão das janelas, está vazia. Olho para Lesego, confusa.

— Tem certeza de que é aqui?

Lesego assente.

— Ele me disse para encontrá-lo aqui depois do meio-dia. — Ele dá de ombros. — É agora.

Mais alguns minutos se passam antes que eu perceba uma figura vindo da estrada em nossa direção. É difícil distinguir sua feição contra a luz do sol da tarde, mas de imediato sei que esse homem é maior do que qualquer outro que já vi. Suas vestes balançam em torno de seus tornozelos enquanto ele avança com passos pesados. Quando nos avista, seus passos vacilam.

— Posso ajudá-los? — A voz dele é rouca.

— Há... — Ao meu lado, Lesego de repente soa incerto. — Há, olá. Sou Lesego. Nos conhecemos há alguns dias e você me disse para vir aqui conversar sobre... oportunidades de emprego?

O homem se aproxima mais, e agora posso vê-lo melhor. Ele tem dreadlocks tingidos de loiro que vão até os cotovelos e uma pele marrom que quase certamente já viu dias melhores. Ele nos observa por um momento, franzindo a testa, como se estivesse tentando se lembrar da tal conversa. Então:

— Ah, sim, Lesego. Sim. Por favor, perdoe meu lapso momentâneo, eu estava mesmo esperando você. — Ele olha para Koffi. — E esta deve ser sua filha e — ele se vira para mim — sua adorável esposa, Bashida.

— *Rashida.*

— Sou Baaz Mtombé — apresenta-se ele rapidamente. — Por aqui. Desculpe, se você me deixar passar...

Ele se espreme entre nós e tira uma chave do bolso para abrir a porta do prédio. Dá uma volta e então gesticula para que entremos.

O interior da loja de Baaz não é mais promissor do que o exterior; na verdade, nem tenho certeza se isto é uma loja. O cômodo tem poucos móveis e apenas uma mesinha redonda e cadeiras em vários estados de má conservação no meio da sala. Baaz se senta primeiro, e vejo que pegou as melhores três cadeiras para si.

— Por favor, sentem-se.

Com cuidado, Lesego tira Koffi dos ombros e a entrega para mim. Koffi parece nervosa, mas eu a pego e a seguro nos meus braços. Então, Lesego e eu nos sentamos.

— Agora — começa Baaz —, agradeço por vocês dois virem falar comigo hoje. Já tive uma conversa rápida com Lesego, e ele me contou que...

— *Cabeça de caca!* — grita Koffi, olhando feio para Baaz.

Lesego e eu trocamos um olhar horrorizado antes que eu me vire para a minha filha.

— Koffi! O que deu em você?

— Desculpe, senhor — diz Lesego rapidamente. — Ela só tem cinco anos, ainda está aprendendo.

— Imagina, imagina — diz Baaz. Ele sorri para Koffi, mas vejo que ele não está bem-humorado. — Crianças são... assim.

Em resposta, Koffi dá a ele um olhar feio que lembra tanto a minha mãe que quase engasgo. Até Baaz parece perturbado por um momento antes de falar com a gente de novo.

— Lesego, Bashida, quero ir direto ao ponto — diz ele. — Sei que vocês dois estão enfrentando dificuldades financeiras, e sinto muito pela situação.

Dificuldades financeiras. Quando ele diz as palavras em voz alta, não há mais espaço para eu me esconder da realidade. Me sinto menor a cada segundo.

— O que estou oferecendo é bem direto.

Baaz tira um pergaminho amarelo um tanto amassado da bolsa, o endireita e o coloca na mesa diante de nós. Grande parte da página é coberta por texto de letras bem pequenininhas, mas meus olhos se fixam nas palavras em negrito escritas em caligrafia vermelha bem no topo.

O LENDÁRIO ZOOLÓGICO NOTURNO DE BAAZ MTOMBÉ

— O acordo é simples — prossegue ele. — Primeiro, darei a vocês o dinheiro de que precisam para pagar todas as dívidas.

Olho para ele de súbito.

— Todas?

— Todas — repete Baaz. — Lesego me disse que vocês devem cinquenta mil dhabus. Essa quantia é fácil de pagar.

Meu coração martela, e até Lesego está visivelmente animado.

— Em troca, vocês assinarão acordos prometendo pagar a dívida que eu resolver em seu nome. Vocês não terão que me pagar em dinheiro, mas em trabalho justo no meu zoológico. Preciso de zeladores, às vezes chamados de "cuidadores", para manter o local e vez ou outra cuidar dos animais que tenho lá.

Hesito.

— Os animais do zoológico são... perigosos?

— Ah, *com certeza* não. — Baaz me dá um sorriso que tenho certeza que devia ser amigável, mas só consigo focar no brilho demasiadamente intenso de seus caninos de ouro. — No geral, são feras domadas e domesticadas. Se você já cuidou de um cachorro ou de um gato, tem toda a experiência necessária.

Quando nenhum de nós responde, ele diz:

— Além disso, ofereço treinamento e apoio aos novos funcionários.

Lesego assente, mas eu tenho perguntas. Antes que eu possa começar a falar, Baaz prossegue:

— Sempre procuro garantir que aqueles que trabalham para mim se sintam valorizados, então, além do emprego, vocês receberão alojamento e três refeições por dia; desde que completem o trabalho mínimo requerido no dia.

— E nossa filha? — interrompo. — Ela tem cinco anos. Eu... quero que ela estude, não apenas trabalhe o dia inteiro.

Baaz me lança um olhar tranquilizador.

— Sim, sim, Bashida, entendo sua preocupação. Vocês certamente terão tempo, depois do trabalho, para educar a criança o quanto quiserem.

Não é a resposta que eu queria, mas Lesego me dá um tapinha reconfortante nas costas.

— Agradecemos muito sua oferta, Baaz Mtombé — diz Lesego. — Parece uma oportunidade promissora. Se minha esposa e eu pudermos pensar por um tempo...

— Ah, infelizmente não será possível. — Baaz sorri de novo. — Há outros candidatos que estão tão interessados quanto você e sua esposa. Posso dar alguns minutos para que pensem, mas terão que tomar a decisão esta tarde.

— Ah. — Vejo Lesego hesitar. — Entendo... Bem, então, podemos ter um momento para discutir?

— Óbvio! — Baaz bateu palmas. — Vocês terão cinco minutos.

Ele se levanta e vai para o outro canto da sala. Percebo que é o máximo de privacidade que teremos e me aproximo de Lesego.

— Meu amor, não tenho certeza — digo baixinho, torcendo para que Baaz não ouça. — Não tivemos muito tempo para analisar. — Gesticulo para o contrato. De alguma maneira, a fonte parece ainda menor e mais difícil de ler agora. — Parece um compromisso longo.

— Não será. — Lesego sorri. — Só até pagarmos nossa dívida. Se você multiplicar o salário por hora pelas horas do dia, verá que pagaremos rapidinho.

Olho para Koffi nos meus braços. Está com os olhos praticamente fechados, e algo pesa em meu peito ao vê-la tão vulnerável. Ergo o olhar para Lesego.

— Tem *certeza* de que é o certo a se fazer?

Lesego assente.

— É a forma mais rápida de pagarmos nossas dívidas, Rashida — assegurou ele. — As outras opções são… não muito honestas.

Ele não precisa dizer mais para que eu entenda. Há, é óbvio, outras maneiras de fazer dinheiro rápido, mas nenhuma que seja legal. Passei anos tentando ficar longe desse tipo de coisa; não vou mudar de ideia agora.

— Está bem. — Assinto devagar. — Vamos, então.

Lesego se levanta, segura minha cabeça com ambas as mãos e beija minha testa.

— Este é o nosso recomeço — murmura ele contra a minha pele. — Você verá. As coisas vão melhorar.

Com todo o meu coração, quero acreditar nas palavras dele. Mas não consigo explicar o mau pressentimento que tenho quando Lesego se vira para Baaz e o chama. Quando Baaz se vira para ele, Lesego se corrige.

— Há, Bwana Mtombé?

— Sim?

— Minha esposa e eu… tomamos uma decisão. Aceitamos sua oferta.

— Excelente — diz Baaz, se aproximando de nós com uma pena e tinta. — É só assinar aqui.

Na manhã seguinte, nos levantamos ao amanhecer.

Há um silêncio no ar enquanto organizamos os últimos preparativos, amarrando caixas que não levaremos e dobrando roupas que não vestiremos de novo. A partir de hoje, nossa casa não é mais nossa; esta é nossa última manhã aqui. Começo a reunir o que restou de nossa comida — alguns pedaços de pão e fruta que não estão exatamente estragados —, mas Lesego cobre minha mão com a dele.

— Não vamos precisar — diz ele, alegre. — Baaz disse três refeições por dia.

Hesito e então coloco a comida na mesa.

— Mamãe. — Koffi tropeça quando sai do nosso quarto e vem até mim, ainda esfregando os olhos. — Aonde vamos?

Dou um pequeno sorriso e a pego nos meus braços.

— Você lembra que ontem seu pai disse que vamos viver uma nova aventura? — Inspiro fundo. — Bem, enfim, é hora de essa aventura começar.

— Ah. — Por vários segundos, Koffi não diz nada. Ela apoia a cabeça no meu ombro, e não consigo ver o rosto dela. Outro momento se passa antes que ela diga: — Mamãe, estou com sono.

— Eu sei, sementinha.

— Posso voltar a dormir?

— Agora não, querida.

Já que não vamos levar qualquer pertence nosso, por conta do contrato, estamos prontos para partir em poucos minutos. Lá fora, Lesego deixa a chave da nossa casa sob o tapete da porta da frente, e então se vira para mim. Vejo animação em seus olhos, a expressão que ele sempre transmite quando começa qualquer nova aventura.

— Precisamos ir — diz ele. — Baaz diz que o trabalho começa ao amanhecer.

Ele vai na frente, descendo a rua em passos rápidos e animados. Estou menos disposta. Tenho a sensação estranha de que levará um tempo para que eu caminhe por esta estrada outra vez. Nos meus braços, Koffi se contorce.

— Será divertido, mamãe? — Ela inclina a cabeça para me olhar. — A nova aventura?

— Será a *mais* divertida.

Antigamente eu pensava que não havia gosto pior que o da fome; entendo agora que mentir para minha filha é bem pior.

Satisfeita, Koffi coloca a cabeça sob o meu queixo e se aninha. Sinto o coração dela batendo contra o meu. Talvez ela esteja tão nervosa quanto eu.

Lesego e eu não conversamos enquanto saímos de Lkossa, mas sinto as construções observando minha passagem. O ar está mais seco agora, o prelúdio de um dia que tenho certeza que será de calor implacável. Me dou conta de que, por mais que Baaz tenha nos contado dos nossos empregos, não faço ideia de como é o lugar; espero que tenha sombra.

— Estamos quase lá — alerta Lesego, apontando.

Estamos fora da cidade, e à frente, subindo uma colina, vejo a imagem borrada do que parece ser uma fortaleza de tijolos murada.

— Mamãe. — A vozinha de Koffi soa contra o meu pescoço. — Ali parece *assustador*.

— Eu sei, querida. — Passo a mão na cabeça dela. — Mas prometo que ficará tudo bem. Você vai gostar.

Ela não diz nada enquanto caminhamos.

— Vamos nos divertir, você vai ver. — Não tenho certeza se estou dizendo essas palavras para mim ou para ela. — E estaremos seguros lá.

Seguros. Enrolo a palavra ao meu redor como uma armadura enquanto meus passos aceleram.

Seguros. Me agarro à palavra como se fosse minha última esperança porque, na verdade, é.

Seguros. Embainho a palavra como se fosse uma arma enquanto endireito minha postura e me aproximo dos enormes portões da frente do Zoológico Noturno.

CAPÍTULO 25

UM NOVO PLANO

Quando Koffi fechava os olhos, ela via o rosto de Makena.

Estava entalhado na mente dela, queimando a cada vez que ela se lembrava do medo que vira nos olhos da garota enquanto Fedu a arrastava para longe. As palavras do deus ecoavam nos pensamentos dela.

Você tem até a meia-noite para vir até mim de livre e espontânea vontade e me dizer qual é a sua verdadeira afinidade. Senão, Makena morrerá.

Koffi ficou sentada na beirada da cama, se lembrou dos primeiros dias na Fortaleza de Espinhos, da vez que Makena fora levada para a Floresta de Névoa. O que foi dito naquele dia retornou a ela livremente:

É culpa sua. É culpa sua.

Daquela vez, ela conseguira retrucar, ir atrás de Makena, *fazer* algo. Daquela vez, não. A escolha era limitada. Fedu deu a ela apenas uma hora para decidir, e qualquer decisão causaria uma perda. Se ela confessasse qual era sua afinidade, se mostrasse a ele, Fedu saberia que poderia começar seu trabalho, ele a usaria e aquele continente seria derrubado. Ela pensou nos idosos do Zoológico Noturno, na forma como falavam da Ruptura. Pura destruição. Puro caos multiplicado por dez. Era o que esperava que acontecesse se contasse a Fedu o que podia fazer. Mas se não contasse... Makena morreria.

Lágrimas ardiam nos olhos de Koffi, que tentou segurá-las, mas elas rolaram por suas bochechas mesmo assim. Quanto mais tempo passava em silêncio, mais pensamentos terríveis vinham à sua mente. Se Fedu sabia que ela havia entrado na Floresta de Névoa, qual era a garantia de que ele já não estava atormentando com perguntas os darajas que ela vira? Ela pensou em Njeri, Amun e os darajas que eles recrutaram para o plano; alguns haviam acabado de concordar em sair da Fortaleza de Espinhos. *Essa* era a recompensa pela coragem deles.

Os pensamentos dela foram interrompidos quando ouviu algo tilintar. Koffi olhou para as portas do quarto, nervosa. Não era meia-noite, era? Soluçou quando uma das portas abriu, revelando a silhueta de duas pessoas. Nem teve tempo de entender o que estava acontecendo antes que elas entrassem. A luz iluminou o rosto delas e a boca de Koffi ficou seca.

— Koffi?

Ekon estava diante dela, de olhos arregalados.

Koffi tentou abrir a boca, mas tudo o que pensou em dizer foi esquecido quando Ekon encurtou o espaço entre eles em apenas três passos. Segundos depois, estava nos braços dele, perdida em seu abraço, em todos os aromas que havia esquecido: manteiga de carité, couro e cedro. Novas lágrimas se acumularam nos olhos dela enquanto Ekon a apertava com tanta força que ela pensou que suas costelas quebrariam, mas não se importou.

Ekon. Ekon estava ali. *Ekon*.

Ekon a soltou, mas manteve as mãos nos ombros dela. Um sorrisinho surgiu em seus lábios, mas não alcançou seu olhar, que estava sombrio.

— Você está bem — sussurrou ela.

— E você está presa, *de novo* — disse ele, triste, olhando ao redor. Ele balançou a cabeça. — Precisamos parar de nos encontrar assim.

— Como? — A palavra escapou de Koffi em um soluço. — Como você chegou aqui?

Ekon tamborilou no ombro dela três vezes. *Uma-duas-três*. E esse simples gesto a fez querer chorar de novo. Ele a olhou nos olhos enquanto falava.

— Koffi, eu estava te procurando — disse ele baixinho. — Desde o segundo em que você desapareceu.

Koffi levou um tempinho para entender as palavras.

— Estava?

Ekon assentiu.

— Encontrei alguém... sua avó.

Koffi levou um susto.

— O quê?

— É muita coisa, eu sei. — Ekon tamborilou de novo contra a pele dela. — Ela... ela era daraja, e ela *sabia* de você, sabia quem você era e queria te encontrar também. Recebemos uma pista de que você poderia estar aqui e nos juntamos a essa gangue ilegal de contrabando de temperos, e... — Ele se interrompeu, provavelmente ao ver a expressão de Koffi.

— Você se juntou a uma *gangue*?

Ekon sorriu outra vez, e desta vez contagiou seu olhar.

— Sou uma caixinha de surpresas.

Koffi voltou a algo que Ekon dissera.

— Minha avó — começou ela. — Você disse que ela *era* daraja. Ela está...?

Ekon perdeu um pouco o brilho no olhar.

— O nome dela era Themba. Ela me ajudou a passar pela névoa para encontrar você — murmurou ele. — Mas não sobreviveu. Sinto muito.

Koffi sentiu um emaranhado de emoções. Confusão. Perda. Luto. Ela não sabia como vivenciar o luto por alguém que não conhecera de verdade, mas mesmo assim... a dor estava lá. Todo aquele tempo ela quisera saber por que era daraja, de onde vinha a parte que faltava. Mas essa parte se fora.

— Koffi.

Ela ergueu o olhar e viu que Ekon a observava, sério.

— Vim buscar você, afastá-la de Fedu. Não sei se há outra maneira de fazer isso a não ser pela névoa, mas...

— Espere aí.

383

Koffi e Ekon ergueram a cabeça. Zain ainda estava na soleira da porta de braços cruzados, e Koffi se assustou. Em meio a tudo, ela se esqueceu completamente da presença dele. Era difícil entender a expressão de Zain. O brilho divertido de seu olhar desaparecera, mas ele também não parecia com raiva. Ele olhava fixamente para Ekon.

— Você não devia primeiro perguntar a Koffi em vez de presumir que ela quer ir embora?

Koffi viu o rosto de Ekon se transformar em uma careta enquanto se virava a fim de olhar para Zain.

— Do que você está falando? — Havia um rosnado em sua voz. — Não estou *presumindo* nada. Koffi nunca quis vir para cá. Vou levá-la embora. — O rosto dele ficou sombrio. — Se você tentar nos impedir…

— Espere. — Koffi odiou ter que falar, odiou sua voz fraca. Ekon se voltou para ela, confuso. — Espere um momento.

Ela ficou entre os dois. Era uma sensação estranha e incômoda observar a forma como se olhavam, as expressões cheias de desconforto, de desconfiança. Ela ergueu a mão para Ekon, mas pensou melhor.

— Você está certo, Ekon — disse devagar. — Eu *quero* sair da Fortaleza de Espinhos o quanto antes, mas… — Ela olhou para Zain. — Mas não posso simplesmente partir, não sem os outros darajas. Eles também estão presos aqui contra a vontade. E tem mais uma coisa.

Ela inspirou fundo e contou a eles a respeito de Makena, do ultimato de Fedu. Zain ficou horrorizado, e embora Ekon não estivesse na Fortaleza havia tempo suficiente para conhecer os outros darajas, pareceu entender a gravidade da situação. Quando Koffi terminou de falar, Ekon se sentou na cama e Zain se apoiou na parede. Por vários segundos, ninguém disse nada, até Ekon quebrar o silêncio.

— Há outra forma? — perguntou ele. — Outra forma de sair da Fortaleza?

Koffi assentiu.

— Há algo que você precisa saber a respeito da minha afinidade com o esplendor. Não… é o que nós pensamos. — Rapidamente, ela explicou

384

o que acontecera da primeira vez que entrara na Floresta de Névoa e o que acontecera naquela noite, quando fora até lá com Zain.

Ekon arregalou os olhos.

— Bem, isso muda tudo, não é? — disse ele. — Ainda podemos tirar todos, se alguém conseguir encontrar Makena.

— Se Fedu está com Makena, será quase impossível chegar até ela — destacou Zain, balançando a cabeça. Começou a andar de um lado a outro. — Ele vai garantir que não haja um jeito de salvá-la, exceto fazendo o que ele quer.

— Mas mesmo assim — pressionou Ekon. — Se pudermos chegar até ela, se pudermos sair da Fortaleza com Koffi nos liderando, como faremos isso?

— A princípio, planejamos caminhar — contou Koffi. — O plano era sair no meio da noite, quando todos estivessem dormindo, mas é óbvio que não podemos mais fazer isso.

Ekon franziu a testa, pensativo.

— Então a única maneira de sair da Fortaleza é entrando naquela névoa? — perguntou em voz alta, embora não parecesse esperar resposta. — Quero dizer, não há túneis ou passagens subterrâneas, e não podemos sobrevoá-la...

— Espere. — Zain se endireitou, os olhos febris. Ekon o olhou, surpreso, mas Zain olhava para Koffi. — *Não* podemos sobrevoar a Floresta de Névoa, mas...

Ele deixou as palavras morrerem, mas Koffi entendeu. Ela disse uma única palavra.

— Kongamato.

— Congo-*o-quê?* — Ekon olhou de um para outro, confuso.

— Deixa para lá. — Koffi inspirou fundo, olhando de Ekon para Zain. — Tenho um novo plano, mas preciso que confiem em mim.

Ekon e Zain se encararam, como se para ver quem responderia primeiro.

— Confio na Koffi — disse Zain. — Me diga do que você precisa.

— Eu também — respondeu Ekon.

Koffi assentiu.

— Está bem. Eis o que vamos fazer.

Quando os dois darajas entraram no quarto de Koffi, ela já estava pronta.

Ela manteve a cabeça abaixada enquanto eles abriam a porta, se esforçou para parecer derrotada enquanto eles a arrastavam à força pelos corredores da Fortaleza de Espinhos.

— Não venha com gracinhas — disse um deles, um daraja baixo da Ordem de Mwili. Dumi. Koffi havia treinado com ele uma vez, e ele mostrara a ela como podia limpar e revitalizar o sangue de alguém; fora gentil, porém, não mais. Estava olhando para a frente, frio. A outra daraja era da Ordem de Akili, a ordem de Zain, mas Koffi não a conhecia. Ela abaixou a cabeça.

— Sim.

Com cuidado, ousou olhar para trás, para os aposentos vazios. Fazia tempo que Zain e Ekon tinham saído para cuidar de suas partes do plano. Koffi fechou os olhos.

Por favor, rezou Koffi. *Por favor, que isso funcione.*

O caminho até o jardim norte pareceu muito mais curto do que Koffi se lembrava. Em um minuto, estava sendo levada para fora do quarto; no seguinte, caminhava pela grama imaculadamente cuidada. Outra fogueira havia sido montada, mas desta vez havia algo mais ao lado dela: o que parecia ser um longo tronco cravado no chão. O coração dela martelou ao ver Fedu, parcialmente banhado pela luz crepitante do fogo. Os darajas da Fortaleza haviam sido convocados outra vez; dali, Koffi não sabia dizer quais. Logo depois do círculo de darajas, nas sombras, ela pensou ter visto a sombra de algo grande e com chifres, à espera. Estremeceu.

— Koffi. — Fedu deu um passo à frente, a voz agradável como sempre. — Que bom que você conseguiu se juntar a nós.

Os dois darajas a conduziram ao centro do círculo e a fizeram ajoelhar ao lado de Fedu. Os olhos do deus brilharam, mas não havia calor neles.

— A meia-noite está chegando — anunciou ele. — Fiz uma barganha com Koffi, e agora chegou a hora da escolha dela. Ela me dirá qual é a afinidade dela com o esplendor ou...

Ele gesticulou e Koffi enfim foi forçada a olhar para o tronco perto do fogo. Makena estava amarrada a ele, a boca dolorosamente amordaçada. Lágrimas secas manchavam suas bochechas, e quando olhou para Koffi, balançou a cabeça devagar. Koffi entendeu a mensagem implícita.

Não. Não conte a ele.

— Mas antes que você tome sua decisão — disse Fedu, os olhos brilhando —, há outra questão que quero comentar. Parece que há um intruso na Fortaleza de Espinhos.

Koffi ergueu a cabeça.

— O quê...?

Ela se virou enquanto, das sombras do jardim, dois darajas apareceram, prendendo os braços de Ekon para que ele não relutasse. Ele estava de olhos arregalados e febris quando olhou para Koffi.

— Koffi, me desculpe...

— Silêncio! — A voz de Fedu estalou no ar como um chicote. Quando ele se voltou para Koffi, não havia mais humor em seus olhos. — Você achou mesmo que um *mortal* podia entrar no meu reino sem que eu soubesse? — A voz dele mal passava de um sibilo. — Achou mesmo que bastava escondê-lo? Mais uma vez, você me subestima.

Ele assentiu para os darajas que seguravam Ekon.

— Tragam ele até mim.

CAPÍTULO 26

UM BOM GUERREIRO

Ekon sentiu o olhar intenso do deus da morte em si enquanto marchava à frente. Mesmo assim, manteve a cabeça abaixada.

— Ekon, faz um longo tempo.

Depois de um momento, olhou furtivamente para cima e descobriu que Fedu o encarava com um olhar que poderia ser chamado de afetuoso. Sentiu um arrepio. Os darajas que o seguravam pararam vários metros diante do deus e então retrocederam, de modo que apenas Ekon e Fedu ficaram parados no meio do gramado. À direita, Koffi estava sendo segurada por dois outros darajas. Seus olhos estavam enfurecidos enquanto passavam entre Ekon e Fedu, mas o deus parecia despreocupado.

— Você viajou tudo isso por Koffi? — perguntou, curioso.

— Sim — confirmou Ekon da maneira mais corajosa que conseguiu, mas mesmo assim podia sentir suas mãos, presas na lateral do corpo, começando a se mexer sozinhas. Seus dedos tamborilavam num ritmo mais vagaroso e cuidadoso que o normal.

Um. Dois. Três.

Fedu estava diante dele vestindo um dashiki e calças brancas, o brilho de sua corrente de ouro refletindo a luz da fogueira. Não se parecia em nada com o idoso que Ekon conhecia e do qual se lembrava do Templo de Lkossa, o homem que se autodenominava Irmão Ugo. O deus diante dele era alto, imaculado, sem rugas. E, no entanto, Ekon pensou ter captado um indício da velha alegria nos olhos de Fedu, o mesmo brilho que tinha quando se disfarçou de velho. Unir os dois personagens totalmente diferentes foi confuso.

— Estou impressionado — elogiou Fedu, massageando o queixo. — Sempre soube que você estava à frente dos outros candidatos com os quais competiu, os garotos que você chamava de companheiros, mas... — Ele gesticulou. — Essa determinação, essa *tenacidade*. Foi por isso que eu o escolhi, Ekon. Você sempre foi um bom guerreiro.

Ekon olhou para cima por um instante, mas com as palavras tornou a abaixar o olhar. Estava envergonhado por sentir as lágrimas ardendo em seus olhos. Um bom guerreiro. As palavras eram muito recentes, muito reminiscentes da última conversa que teve com Fedu no jardim do céu.

Você era a combinação perfeita. Interessado, desesperado por aprovação. Foi fácil moldá-lo ao que eu precisava.

Fedu foi ficar mais perto do tronco onde uma garota estava amarrada. Ekon nunca a tinha visto antes, mas, pelo que Koffi lhe disse, devia ser Makena. Era uma menina magra, com olhos grandes e cabelos escuros e cacheados. Ela só teve meio segundo para olhar para Ekon antes que Fedu a alcançasse. Ekon observou quando o deus agarrou o queixo dela e forçou sua cabeça para cima, para que ela o fitasse. Ekon sentiu medo enquanto um sorriso cruel aparecia nos lábios de Fedu.

— Makena — disse ele baixinho —, está vendo aquele garoto ali? Quero que preste muita atenção nele. *Ele* vai decidir se você vive ou morre.

Ekon se arrepiou. Em algum lugar na multidão, ouviu alguém gritar.

— O quê?

— A princípio, achei que fosse deixar para Koffi. — Fedu se afastou de Makena enquanto novas lágrimas desciam por seu rosto. — Afinal de contas, ela é amiga de Makena. Mas quando você apareceu aqui, tive uma ideia mais interessante. O guerreiro valente vem salvar sua heroína, mas é forçado a fazer o impensável para completar sua missão. Já fiz um acordo com Koffi, Ekon. Agora, farei um acordo com *você*. — Os olhos dele brilharam. — Mate esta garota e eu liberto Koffi.

— NÃO!

Ekon se virou a tempo de ver Koffi tentando dar um passo à frente, relutando contra os darajas que ainda a seguravam.

— Não, Ekon, não faça isso... Ele está mentindo!

— *Estou?* — Fedu inclinou a cabeça, como se pensasse em uma charada.

— Você não se livraria de Koffi tão facilmente — rebateu Ekon entre dentes. — Você ainda precisa dela.

— Verdade. Mas tenho a sensação de que Koffi será útil para mim, quer esteja presa aqui ou não.

Ekon franziu a testa. Como assim, quer ela *estivesse presa ali* ou não? O deus não lhe deu mais tempo para pensar nas palavras.

— Faça sua escolha *agora*, Ekon Okojo. A vida dela — ele apontou para Makena — ou a liberdade *dela*. — Ele assentiu para Koffi.

Ekon olhou para as duas, em pânico. Engoliu em seco.

— Está bem, tomei minha decisão.

Os olhos de Fedu brilharam ao mesmo tempo que os de Makena se arregalaram de terror, mas ele não olhou para ela.

— *Venha* — disse Fedu. — Ajoelhe-se diante de mim.

Ekon olhou para a distância entre ele e Fedu, contando.

Um-dois-três. Um-dois-três. Um-dois-três. Nove passos.

Ele ignorou a batida frenética em seu peito e se concentrou nos números. Números sempre fizeram sentido. Números sempre fariam sentido. Ele deu um último suspiro e começou a caminhada.

Um-dois-três. Um-dois-três. Seis passos.

Em sua imaginação, ouviu a voz de Fahim, uma súplica diferente.

Você precisa voltar para casa.

Se aquela oferta um dia estivera de pé, já não estava mais. A garganta de Ekon apertou. Mesmo depois de tudo, os Filhos dos Seis não o expulsaram dos alistados; ofereceram a ele uma última ponte para a redenção.

390

Ele a queimou. Ele jamais poderia voltar. Só restava um caminho para a honra.

Um-dois-três. Três passos.

Ekon deu os últimos passos até ficar diante de Fedu. Como um velho, como Irmão Ugo, ele era muito mais baixo; naquele instante, o deus da morte tinha exatamente a altura dele. Os olhos de Ekon dispararam para a criatura que ainda esperava nas sombras. O ichisonga. Koffi havia falado da criatura, do que fazia com as pessoas. Ele olhou para o chifre e tentou controlar a náusea que se revirava em seu estômago.

— Sua escolha? — perguntou o deus.

— Preciso de uma faca. — Ekon falou baixinho, mas teve a sensação de que o jardim inteiro podia ouvi-lo. De longe, ouviu um soluço seco, mas não olhou para saber de onde vinha.

Fedu sorriu, seus dentes brancos brilhando perversamente. Assentiu para um dos darajas mais próximos a ele, um jovem vestindo amarelo. Quando o rapaz deu um passo à frente, Ekon viu que ele tinha uma faca nas mãos. Ele fez uma reverência ao estendê-la a Fedu, que por sua vez ofereceu o cabo a Ekon. Ele olhou para o deus várias vezes, deliberando.

— Você quer me matar? — murmurou Fedu. Ainda sorria. — Você poderia tentar. Mas lembre-se de que sou imortal. Será necessário bem mais que uma faca comum para acabar comigo.

Ekon sabia que era verdade desde o momento em que pediu a faca, mas ainda sentiu algo dentro de si murchar ao ouvir as palavras em voz alta. Pegou a faca em silêncio, sentindo o novo peso na palma da mão. Girou-a, observou sua lâmina brilhar em dourado e depois laranja à luz do fogo do jardim. Olhou para Makena e descobriu que os olhos dela já estavam nele, esperando. Ambos estavam a apenas alguns metros de distância. Ele poderia chegar até ela em questão de passos. Seis passos, talvez cinco...

— Mate-a — ordenou o deus.

Ekon se virou e inspirou fundo, contando devagar.

Um-dois-três. Um-dois-três. Um-dois-três.

O aperto na faca ficou mais firme enquanto ele ignorava o suor descendo por sua mão. Uma brisa soprou seu rosto, esfriando o calor da fogueira. Com a mão livre, tamborilou e contou mais uma vez.

Um-dois-três. Um-dois-três. Um-dois...

— O que você está fazendo? — perguntou Fedu. — Eu disse...

De repente, Ekon girou. O movimento não requeria esforço — ele executara a duara centenas de vezes —, mas parecia acontecer lentamente. Ele observou enquanto sua lâmina cortava o ar da noite em um círculo perfeito, e sentiu o mundo ficar turvo enquanto girava. Teve um vislumbre do rosto de Fedu, uma fração de segundo de choque, antes de enterrar a lâmina no peito do deus, no lugar onde deveria estar seu coração. Fedu engasgou.

— Zain! — Ekon olhou por cima do ombro. — AGORA!

Uma lâmina não mataria o deus da morte, mas Ekon não precisava disso; só precisava amedrontá-lo por tempo suficiente. Zain estava correndo, com as mãos erguidas. Ekon não viu o esplendor quando o daraja parou de repente, mas sentiu a onda quando os olhos de Zain se arregalaram, enquanto ele erguia as mãos. Um por um, os darajas ao redor da fogueira caíram de joelhos, gritando, as mãos pressionadas contra os ouvidos, como se quisessem bloquear um som terrível. Ekon sabia disso e esperava que acontecesse, mas não foi fácil assistir. Por vários segundos, ele só conseguiu olhar para os darajas no chão, perplexo, paralisado.

— EKON!

Ekon acordou de seu estupor. Koffi passou correndo por ele, em direção a um dos darajas no chão.

— Makena! — gritou ela. — Ajude-a!

Ekon não esperou outro aviso. Virou-se e viu Makena ainda lá, amarrada ao tronco, de olhos arregalados de terror. Ekon correu até ela, encurtando o espaço entre eles e tirando a mordaça da boca de Makena o mais gentilmente possível. Ela tossiu.

— Desculpe — disse ele inocentemente, indo para trás do tronco para soltar as amarras.

— Espere. — Makena ainda tossia e arfava. — Você — *tossida* — não ia — *tossida* — me matar? Foi tudo *fingimento*?

Ekon franziu os lábios.

— Koffi acha que minhas habilidades de atuação deixam muito a desejar — respondeu ele, puxando os nós. — Mas eu acho que *essa* performance mereceu alguns prêmios.

No fim das contas, tinha sido o plano de Koffi; Ekon só não sabia se funcionaria. Ele deu mais um puxão nos nós e eles afrouxaram o suficiente para cair aos pés de Makena. Ela se afastou do tronco e esfregou os braços.

— Desculpe de novo — disse ele — por ter fingido que ia matar você.

— Está tudo bem — respondeu Makena. — Tenho certeza de que quando nos conhecermos melh... NÃO!

Ekon seguiu o olhar aterrorizado de Makena, pavor subindo por sua garganta. Do outro lado do gramado, viu Fedu se levantando devagar, puxando a adaga do peito. Ele a jogou no chão, parecendo não notar enquanto o sangue escorria da ferida. Não sangue vermelho, observou Ekon. O sangue de Fedu era dourado. Encharcou a camisa quando ele se levantou, mas seus olhos estavam fixos em algo à frente: Koffi. Ela havia se ajoelhado ao lado de um dos darajas que gritavam e parecia estar procurando por algo, sem notar Fedu.

— Koffi! — gritou Ekon. — Cuidado!

Koffi ergueu a cabeça e se encolheu. Fedu já havia se aproximado dela. Ele não estava andando como costumava — apesar de ser simples, a faca com a qual Ekon o esfaqueou parecia ter surtido algum efeito —, mas avançava com um foco único. O olhar de Ekon se voltou para Koffi, e ele ficou surpreso ao ver que ela não havia se mexido. Por quê? Fedu se aproximava dela, tropeçando, mas com aquela mesma fome sinistra. Koffi o encarou, ficou agachada até ele estar a apenas alguns metros dela e então se levantou abruptamente. Ela lançou a Fedu um último olhar fulminante e levou algo aos lábios — algo pequeno e prateado. Ekon a viu retirá-lo do bolso do daraja que estava no chão e não prestara atenção;

mas ele via naquele momento que era algum tipo de apito. Fedu parou ao vê-lo, chocado.

— Não — disse ele, olhando ao redor. — Não...

Ekon viu Koffi semicerrar os olhos, inspirar fundo e soprar.

Um rosnado baixo encheu o ar, e Ekon sentiu o chão tremer sob seus pés. Um arrepio percorreu seus braços quando o ichisonga avançou, mas a fera não tinha olhos para ele ou qualquer outra pessoa no gramado, apenas para Fedu. O deus se virou quando a criatura se aproximou, tentou correr, mas não foi rápido o suficiente. Aconteceu em segundos. O ichisonga atacou, sua grande cabeça cinza abaixada enquanto acelerava em um galope. Alcançou Fedu, e um som úmido e esmagador tomou conta do ar quando o longo chifre da criatura empalou o deus, a ponta atravessando seu peito. Fedu soltou um terrível grito de dor, mas o ichisonga não freou o ataque. Ekon sentiu outra onda de náusea quando a criatura jogou a cabeça para a frente e para trás, o corpo flácido de Fedu ainda espetado por ela e jogado no fogo. Uma chuva de faíscas voou, e as enormes toras da fogueira desabaram, as chamas lambendo avidamente a grama verde do jardim e começando a se espalhar. Ekon recuou, observando por um segundo terrível antes de gritar uma única palavra na escuridão.

— *Corram!*

CAPÍTULO 27

FERAS DE RUÍNA

Havia algo assustador e calmante no fogo.

Talvez porque não houvesse critério quanto ao que — e a quem — ele consumia. De seu lugar nos gramados do jardim norte, Koffi observava as chamas da fogueira subirem cada vez mais alto. Ao redor dela, os darajas que estavam sob a ilusão de Zain ainda gritavam e, de algum lugar ainda mais distante, era possível ouvir os roncos violentos do ichisonga, os gemidos enquanto fugia com Fedu para a escuridão. Ela ouviu o grito de Ekon, uma ordem para correr, mas não conseguia se mexer. Ficou paralisada quando as chamas vermelho-alaranjadas começaram a se espalhar além dos limites da fogueira em que estavam contidas. O cheiro acre de fumaça enchia o ar, queimando seus pulmões e lembrando-a de outra época, no Zoológico Noturno. Houve um incêndio lá também, com gritos como os que ela ouvia agora.

— Koffi!

Ela se assustou quando alguém a chamou e agarrou seu braço.

Preparou-se para o ataque, mas relaxou quando viu que era Amun. Ele estava lindo como sempre, mas havia terror gravado em cada detalhe de seu rosto.

— Temos que ir — gritou ele acima dos barulhos à volta deles. — Agora! Zain não pode segurar os darajas leais a Fedu por muito tempo.

Zain. O nome trouxe Koffi de volta ao foco. Olhou para a direita e viu que ele estava parado no mesmo lugar de antes. Percebia que, em todas as sessões de prática juntos, ele sempre criou ilusões e delírios para ela; nunca o tinha visto quando ele mesmo usava o esplendor. O rosto de Zain era a imagem da calma; ele poderia estar dormindo. Ainda assim, quando Koffi olhou mais de perto, ela viu: a mandíbula de Zain tremia e uma camada de suor brilhava em sua testa. Nenhum dos músculos de seu corpo estava rígido, mas ele parecia estar sob enorme tensão. Koffi olhou em volta. Havia pelo menos vinte darajas no chão, ainda sob a influência de Zain. Ele havia explicado antes que manter até mesmo uma pessoa em uma ilusão era exaustivo; não queria saber o que isso poderia custar a ele.

— Temos que sair daqui — instigou Amun, olhando de Zain para ela. — Njeri está reunindo os darajas que querem ir embora. Você tem um plano?

Um plano. As palavras agitaram algo na mente de Koffi. Um plano, sim, ela tinha um plano. Olhou por sobre o ombro mais uma vez e gritou:

— Por aqui!

Não esperou para ver se Amun a estava seguindo antes de partir na direção dos estábulos da Fortaleza de Espinhos. De esguelha, viu Ekon e Makena correndo para carregá-la, e atrás ouviu mais passos que torcia para que pertencessem a Amun ou Njeri. Os estábulos assomavam conforme ela se aproximava; mesmo a distância, podia ouvir os gritos de pânico e balidos dos animais. O som coletivo foi como uma facada entre suas costelas. Ela parou diante das portas dos estábulos e se virou. Ekon, Makena e Amun estavam com ela, porém, ninguém mais. Sentiu o coração doer, mas se endireitou enquanto falava.

— Não tenho a força nem a confiança para atravessar todos pela Floresta de Névoa a pé agora — afirmou ela. — Então nossa melhor opção é pegar os kongamatos.

As reações que recebeu foram exatamente as que esperara. Amun assentiu, sério, enquanto Makena encarava, aterrorizada. Ekon parecia confuso.

— Alguém vai me dizer o que é um kongo...

— Koffi, não é seguro! — interrompeu Makena. — Os kongamatos da Fortaleza não são treinados. E mesmo que saibam o que estão fazendo, como saberão para onde ir?

— Eles saberão se eu liderar — respondeu Amun. Não parecia feliz com o plano, mas estava resoluto. — Posso montar em Mjane. Ela é a mais velha e eles a respeitam. Junto a minha afinidade... acho que posso persuadi-los a segui-la pela Floresta de Névoa.

— Temos que tentar — insistiu Koffi. Olhou para o terreno da Fortaleza. O fogo ainda ardia na fogueira, mas os outros jardins ainda estavam escuros, nas sombras. — E precisamos ir embora rápido.

— Certo — disse Amun. — Vou preparar os kongamatos.

Ele desapareceu nos estábulos sem dizer mais nada.

— Encontre Njeri e os outros darajas que querem ir embora — disse Koffi para Makena.

A garota assentiu e foi em direção à Fortaleza, deixando Koffi e Ekon sozinhos. No silêncio, o rugido da fogueira era um estalar suave. Koffi se virou para Ekon e viu que ele sorria.

— O que foi?

— Você mudou. Está mais confiante agora.

Koffi pensou no assunto. Ela não se sentia necessariamente diferente de antes, mas pensou que talvez tivesse mudado. Da última vez que viu Ekon, ela sabia tão pouco a respeito de ser uma daraja, de sua afinidade com o esplendor. Não se sentia nada confortável com a ideia de liderar qualquer outra pessoa. Mas talvez esse fosse o ponto, talvez ninguém nunca se sentisse pronto para liderar, talvez fosse algo que alguém simplesmente tivesse que fazer. Apesar de tudo, ela olhou para Ekon.

— Obrigado, Ekon.

— De nada, Koffi.

Um estrondo repentino fez os dois darem um pulo: Amun vinha pelos estábulos com um dos kongamatos na frente. Koffi não tinha visto este na primeira vez que foi aos estábulos; era de um azul profundo como o mar, e suas escamas brilhavam alternadamente à luz do fogo distante e ao luar. Ela ouviu um arfar.

— *Isto* é um kongamato? — Ekon encarava a criatura, horrorizado.

— Mais especificamente, este é Wingu — apresentou Amun, sorrindo. — Ele não é tão velho e maduro quanto Mjane, mas é grande, então conseguirá carregar várias pessoas tranquilamente.

Koffi olhou por cima do ombro. Do outro lado dos gramados do jardim norte, havia dois grupos diferentes de pessoas correndo em direção aos estábulos, e ela reconheceu os dois. Njeri estava correndo com darajas logo atrás, um grupo de cerca de doze, ao que parecia. Ligeiramente para a esquerda, Makena também corria, porém, mais devagar, enquanto ajudava a manter alguém em pé. Zain. Ele devia ter retirado suas ilusões sobre os darajas leais a Fedu, o que significava…

— VAMOS! — O tempo deles era limitado; Koffi não queria estar ali quando os darajas que estiveram sob a influência de Zain enfim entendessem o que estava acontecendo. — Precisamos ir agora!

Amun disparou para os estábulos ao mesmo tempo que Njeri e os outros os alcançavam. Koffi olhou para os darajas que vieram; estavam aterrorizados.

— Vamos! — Ela os conduziu para os estábulos. — Não temos muito tempo.

Seus pés pareciam carregá-la por vontade própria pelos corredores sinuosos e baias até chegarem à parte de trás e à baia do kongamato. Ela deslizou as portas para abri-las e ouviu um suspiro coletivo.

— Sigam as instruções de Amun e escolham um kongamato! — ordenou ela. — Vamos segui-lo para fora da Fortaleza.

Houve uma pausa na qual ninguém parecia capaz de se mexer, e então Njeri começou a conduzir os darajas para a frente. Koffi observou Amun designar darajas para diferentes kongamatos com base em seu tamanho e peso. Havia kongamatos mais do que suficientes para tirá-los dali. Ela sentiu alívio.

— Koffi!

Ela virou-se para ver Makena e Zain cambaleando pelas portas do estábulo. Makena estava sem fôlego, e os olhos de Zain quase não se mantinham abertos.

— Ele se exauriu segurando todos aqueles darajas — explicou ela.

— Vá com ele — disse Koffi, tentando controlar a dor repentina no peito ao ver Zain daquele jeito. Ela observou enquanto Amun os direcionava em direção a um kongamato que parecia mais velho, tentando ficar calma.

— E você?

Koffi ergueu o olhar e viu Ekon perto das portas do estábulo. Parecia cauteloso.

— Você vem comigo — disse ela.

— Por aqui, Koffi! — Amun acenava para ela.

Juntos, Koffi e Ekon atravessaram a baia. A maioria dos darajas havia subido em seus kongamatos, e os olhos de Koffi se arregalaram quando eles montaram sobre aquele ao lado de Amun. As escamas dele eram de um amarelo dourado, seus olhos da cor do âmbar; mesmo sob o céu noturno parecia brilhar.

— Esta é Njano — informou ele. — Ela é jovem, mas rápida, e gosta de voar.

Koffi ficou diante da kongamato, maravilhada.

— Ela é linda.

— Ela é *enorme* — sussurrou Ekon.

— Vou montar em Mjane — prosseguiu Amun. — Estaremos prontos quando você estiver.

Koffi o observou ir antes de se virar para Ekon, que ainda olhava para Njano.

— *Estou* pronta — sussurrou. — E você?

Os olhos de Ekon continuavam presos na kongamato.

— Tão pronto quanto possível.

Teria que ser o suficiente. Koffi se aproximou de Njano lentamente, com a cabeça baixa. Antes de se abaixar, a criatura a encarou com um olhar que Koffi quase chamaria de divertimento em outras circunstâncias. Mesmo com a barriga no chão, suas costas batiam no peito de Koffi.

— Venha.

— De onde exatamente surgiram essas coisas? — Ekon ajudou Koffi a montar.

— Falamos disso depois.

Koffi olhou mais uma vez ao redor da baia e os outros darajas. Cada um deles a observava, esperando, e ela sentiu que deveria dizer alguma coisa, mas não sabia o quê.

Algo inspirador, encorajou uma voz em sua mente. *Algo motivador*.

— Quando entrarmos na Floresta de Névoa, não haverá volta — disse ela em voz alta. — Fiquem juntos, não importa o que aconteça.

Não eram as palavras que planejava dizer, ela nem tinha certeza se eram as certas, mas eram as únicas que tinha. Deu um último suspiro antes de se inclinar e dizer o comando, alto o suficiente apenas para Njano ouvir.

— *Kapunda*.

Um grito irrompeu do corpo da kongamato, que deu uma guinada súbita e, em seguida, o mundo ao seu redor ficou borrado quando eles foram catapultados no ar.

O vento era tão forte que fustigava sua pele e passava por seus cabelos, mas ela se deliciou quando Njano voou cada vez mais alto. Deu uma última olhada para trás, observando a Fortaleza de Espinhos ficar pequena. Dali, já não conseguia ver as janelas douradas nem as árvores e flores dos jardins. Quanto mais se afastava do terreno, mais viva se sentia. Um sorrisinho tocou seus lábios.

Casa. Estamos indo para casa.

Os braços de Ekon a apertaram enquanto Njano mergulhava, e Koffi tentou se lembrar da maneira como Zain se moveu quando a levou em seu primeiro passeio. Era bastante simples; só tinha que se inclinar um pouco na direção em que queria ir, ou se inclinar para a frente para ganhar velocidade. Ainda estava se acostumando com a sensação dos comandos quando algo passou por ela em um grande borrão preto: Mjane. Amun estava nas costas dela. Ele virou a kongamato no ar para que ficassem de frente para Koffi.

— Se você indicar o caminho, eu liderarei — disse ele.

Koffi assentiu e fechou os olhos. Era muito mais difícil se concentrar, bloquear o que estava acontecendo ao seu redor, mas quando alcançou o esplendor, ele respondeu. Ela o sentiu se mover por seu corpo, formando fragmentos de luz em volta de suas mãos.

Casa, ordenou. *Mostre-me o caminho de casa.*

Ela não se perguntava mais se o esplendor a obedeceria; naquele momento, sabia que sim. Em uma onda, os pedaços de luz se multiplicaram para formar linhas no céu. Atrás dela, ouviu Ekon suspirar, mas se concentrou naquela luz. Passou por Amun e Mjane e desapareceu nas nuvens.

— Siga a luz! — gritou Koffi, e Amun assentiu.

Ela observou enquanto outros darajas em seus kongamatos passavam em rajadas de cores, um por um. Esperou até estar atrás do grupo para avançar outra vez. Perdeu o ar quando se inclinou para a frente, e Njano gritou novamente, rasgando o céu noturno.

— Levei horas a pé para cruzar a Floresta de Névoa — gritou Ekon atrás dela. — Nesta velocidade, chegaremos em minutos!

Koffi ouviu-o de longe, mas focou na luz. Vários metros à frente, Amun ainda a seguia, então ela tinha que manter o caminho do esplendor iluminado. Atrás dele, ela podia ver a névoa começando a diminuir, as estrelas do céu de uma noite diferente brilhando ao longe.

— Koffi! — disse Ekon. — Estamos quase lá!

Ela já conseguia ver; a névoa estava passando. Comemorações soaram dos darajas ao redor dela quando viram: liberdade, esperança, casa. À frente, viu Amun começar a guiar Mjane para baixo.

— Vamos pousar — anunciou para Ekon, inclinando-se para a frente.

Era muito fácil lembrar o que havia acontecido na última vez que pousara em um kongamato com Zain, mas desta vez ela estava pronta. Preparou-se, apertando os joelhos de cada lado de Njano enquanto o corpo da kongamato despencava abruptamente. Ouviu Ekon gritar, mas manteve o olhar fixo no chão, focado. Já podia ver a grama, não o verde bem-cuidado do gramado da Fortaleza de Espinhos, mas um tipo amarelo mais selvagem. Ela fechou os olhos e se preparou para o impacto naqueles últimos segundos, mas quando Njano pousou, sentiu apenas um leve baque. E então acabou.

— Conseguimos! — Ekon saltou de Njano e comemorou. — Conseguimos!

A sua volta, Koffi ouvia outros darajas comemorando enquanto via os últimos vislumbres do caminho esplendoroso se dissipando. Viu que a névoa estava atrás deles, que haviam parado em uma planície aberta que se estendia por quilômetros em todas as direções.

— Onde estamos? — perguntou.

— No sul, na Região Kusini — respondeu Ekon. — De carroça, Lkossa está a algumas semanas ao norte.

Lkossa. Até ouvir o nome da cidade fazia o coração de Kofi palpitar. Lkossa. *Casa.* Ela poderia ir para casa.

— Ei! — Um dos darajas apontava para algo ao longe, e Koffi ficou tensa. Era difícil distinguir, mas quase podia dizer que pareciam carroças de uma caravana vindo em sua direção.

— Precisamos ir — apressou ela, rápido. — Pessoal, de volta aos kongamatos…

— Espera aí. — Ekon ergueu a mão, semicerrando os olhos. Parecia não acreditar. — Espera. Acho que conheço essa caravana… são amigos.

Amigos. Koffi considerou a palavra. Eles precisariam de todos os amigos que pudessem encontrar para chegar em casa, para descobrir como remover o esplendor do corpo dela. Ela estava observando a caravana se aproximar quando ouviu um grito.

Girou, seu sangue gelando.

Uma figura estava saindo da névoa atrás deles, lenta e deliberadamente. Ela reconheceu sua estrutura, a maneira confiante como avançava, mas nada a preparou para ver Fedu emergir dos tentáculos brancos como um fantasma. Suas roupas estavam rasgadas e ensanguentadas, e seus olhos estavam selvagens.

— Olá, Koffi! — disse ele com um sorriso sombrio.

Koffi não viu os outros darajas recuarem, mas sentiu o abandono, ouviu seus passos enquanto se afastavam. Um medo como ela nunca sentiu antes estremeceu seu corpo enquanto observava o deus. Havia um buraco horrível no meio de seu peito, tão grande que ela podia ver através dele. Ele seguiu o olhar dela, e seu sorriso se alargou.

— Uma ferida séria — ressaltou ele, apontando. — Mas será necessário mais do que isso para me matar, *bem* mais. Me curarei rápido e então continuarei meu trabalho, quer você colabore ou não.

— Koffi. — Ela ouviu Ekon sussurrar seu nome. Ekon. Ele fora o único a ficar ao lado dela quando Fedu apareceu. Ela o olhou e viu que ele encarava o deus, a expressão chocada. — Quero que você fuja, vou tentar segurá-lo.

Fedu olhou para Ekon como se só agora o visse ali.

— Ah, Ekon Okojo. — Havia quase uma afeição na voz dele. — Parece que o julguei mal. Não achei que fosse capaz de fazer o que fez. Admito que estou impressionado.

— Fuja — insistiu Ekon entre dentes. — É você quem ele quer. Você precisa sair daqui.

— Sim, Koffi. — Os olhos de Fedu estavam frenéticos, sinistramente brilhantes à luz das estrelas. — *Fuja*. Fuja e vou pegar você, como peguei Adiah, como peguei o restante dos meus darajas. Você passará o resto da vida *fugindo*.

Era verdade. Koffi sabia disso. Ekon tentaria protegê-la, e talvez ela pudesse escapar de Fedu naquela noite, mas ele sempre a perseguiria; ela passaria o resto da vida fugindo. Ele a aterrorizaria, garantiria que ela sempre vivesse com medo. Ela olhou nos olhos do deus da morte, e ele sorriu como se soubesse no que ela estava pensando. Uma raiva repentina explodiu no peito dela. Ele achava aquilo, *tudo aquilo*, divertido.

Ela enfiou as unhas com força nas suas palmas enquanto uma raiva renovada crescia dentro dela como uma maré cheia. Sentiu o esplendor de seu corpo crescendo, tomando forma, e imaginou as coisas que poderia fazer com ele. Fervia seu sangue, provocou suor em sua testa, deixou-a superaquecida. Ela se sentia como um inferno que respirava, uma tempestade viva. E naquele momento, quando um novo poder surgiu através dela e se chocou contra seus ossos, ela soube o que podia fazer, o que queria fazer. Distantemente, pensou no que Amun uma vez disse a respeito dos kongamatos. Ele os chamou de "feras de ruína", criaturas de guerra que só podiam destruir. Muito bem, então. Talvez fosse no que ela se tornaria. Koffi abriu uma das mãos e imaginou o que queria. O esplendor emanou dela, formando e fundindo até que estivesse segurando uma lança, inteiramente feita de luz dourada. A energia zumbia quando ela a ergueu.

Destrua, uma voz dentro dela pediu enquanto o esplendor em seu corpo crescia. *Destrua-o.*

— Excelente — elogiou Fedu com ternura. Seus olhos, ainda focados em Koffi, brilhavam de alegria. — Absolutamente maravilhoso.

A surpresa na voz dele deixou Koffi ainda mais furiosa. Soltou a lança com uma pontaria perfeita, observando com satisfação enquanto ela o atingia no meio e se partia como raios. Fedu gritou e Koffi sorriu.

Destrua, aquela voz disse novamente. *Destrua-o.*

Ela invocou mais do esplendor de seu corpo, mais do que jamais invocou antes. Uma lança mais longa se formou em sua mão, e ela a jogou com prazer em direção ao deus. Desta vez, a lança espetou a coxa de Fedu, que uivou de dor ao cair. Ele começou a se apoiar nos cotovelos em direção à Floresta de Névoa.

Ele diz que é imortal, sussurrou a estranha voz. *Vamos ver se é mesmo.*

Fedu quase conseguiu se esconder, ainda recuando para o abrigo da Floresta. Koffi abriu a mão outra vez, sentindo o calor de uma terceira lança que aquecia sua pele.

É esta. Esta vai matá-lo.

Fedu não estava mais visível, havia desaparecido na névoa, mas Koffi descobriu que não se importava mais. Ela se sentia, pela primeira vez, verdadeiramente poderosa.

Destrua. A voz estranha não era mais única, mas um coro alegre. *Destrua, destrua, destrua tudo...*

— Koffi!

Outra voz, uma voz familiar, silenciou o coro instantaneamente. Koffi piscou, sentindo o esplendor desaparecer tão rapidamente quanto havia surgido quando se virou na direção daquela voz. Viu que Ekon a olhava, mas não reconheceu a expressão em seu rosto. Ele parecia chocado, apavorado.

— Volte — pediu ele baixinho. — Volte.

Volte. Koffi ouviu a palavra, mas soava fraca. Sentiu o esplendor que havia rasgado seu corpo continuar a desaparecer, mas algo mais também desaparecia com ele. Um rugido abafado encheu seus ouvidos, um som que tornou impossível ouvir o resto das palavras se formando nos lábios de Ekon. Os joelhos tremeram quando tentou dar um passo à frente, e ela sentiu que estava caindo. Ao longe, pensou ter ouvido alguém gritar, mas não tinha certeza. Do chão, olhou para as estrelas no céu, mil minúsculos diamantes salpicados no manto escuro da noite.

Ela os observou até que o mundo escureceu, até não sentir mais nada.

CAPÍTULO 28

LESTE E OESTE

Ekon estava contando outra vez.

Um-dois-três. Um-dois-três. Um-dois-três.

Sentado diante de uma fogueira, sob as estrelas, observava os fragmentos brilhantes das chamas vermelho-douradas saltando e dançando contra o céu noturno. Fazia uma hora desde que ele havia se movido e, em sua mente, só havia um rosto.

Nem nove, nem seis, nem três. Apenas um.

Koffi.

Mesmo naquele momento, seu coração ainda disparava com um medo palpável quando se lembrava do que ela havia feito, da aparência dela ao enfrentar Fedu. Ele tinha visto um novo tipo de raiva em seus olhos... um ódio. Viu as lanças brilhantes se formarem em sua mão, viu como ela as arremessou com um deleite misterioso. Naquele momento, Koffi não parecia nem um pouco com ela mesma. Parecia outra pessoa. Outra *coisa*.

Ele lançou um olhar involuntário para trás, para uma tenda que os membros do Empreendimento montaram a alguns metros de distância. Curandeiros daraja entravam e saíam dela desde que Koffi fora levada, inconsciente, lá para dentro, mas ela não havia despertado. Um medo profundo tomou conta de Ekon. E se ela não despertasse? Não. Ele não se deixaria pensar nessa possibilidade. Koffi tinha que acordar. Ela acordaria, e quando acontecesse eles pensariam no que fazer. Ele olhou ao redor, para os campos que os rodeavam.

O acampamento estava diferente.

Contou trinta pessoas em seu grupo, uma mistura de membros do Empreendimento e darajas. As diferenças entre os dois grupos eram gritantes. A maioria dos darajas ainda estava agrupada, com os olhos arregalados, pois pareciam estar tentando se orientar. Teriam que descobrir o que fazer com eles também. Ele tamborilou no joelho.

Um-dois-três. Um-dois-três. Um-dois-três.

Ao som de passos, ergueu o olhar, esperançoso, então ficou tenso quando viu uma sombra. Zain. O garoto se sentou em um tronco próximo, um pouco perto demais para o gosto de Ekon, mas ele não disse nada.

Depois de um momento, Ekon rompeu o silêncio.

— Como ela está? — Não precisava dizer o nome de quem.

— Sem novidades. Ela ainda está inconsciente. Eles não sabem o que ela tem.

Ekon se obrigou a contar, a respirar. *Um-dois-três.* Para cada problema, havia uma solução. Não seria diferente dessa vez.

— E agora? — perguntou Ekon, gesticulando. — Aonde você e os outros darajas vão?

— Não sei o que eles farão — disse Zain. — Eles são livres para ir aonde quiserem, mas... ficarei com Koffi. O Vínculo está chegando. — Ele lançou um olhar significativo para Ekon. — E ela ainda precisa chegar às Planícies Kusonga e depositar o esplendor lá antes disso.

Ekon assentiu.

— Antes que ela fosse capturada e trazida aqui, tínhamos... um plano parecido.

Zain olhou para trás, para a tenda onde Koffi e os curandeiros estavam.

— Se Koffi despertar...

— *Quando* ela despertar. — Ekon quase não conseguiu manter a hostilidade fora da voz.

Zain lhe deu um olhar irritantemente paciente.

— *Quando* Koffi despertar, teremos que ser rápidos. Não podemos ficar aqui.

Em meio ao medo, à ansiedade e à fatiga, uma nova pontada de raiva tomou conta de Ekon enquanto absorvia as palavras de Zain. Ele o encarou, incrédulo.

— Você não pode estar falando sério. Acabamos de sair da névoa, e Koffi está ferida. Ela precisa de tempo para se recuperar...

— Sim, e sabe quem não vai esperar? — Os olhos de Zain brilhavam. — Fedu. Ela o feriu muito, mas ele é um deus e não ficará incapacitado para sempre. Assim que puder, virá atrás de nós, de *todos* nós. Não podemos deixar que ele pegue Koffi.

Ekon encarou o chão por um longo tempo antes de falar outra vez.

— Fedu conseguiu viajar de Lkossa à Fortaleza de Espinhos em segundos — comentou, mais para si mesmo que para Zain. — De jeito nenhum vamos conseguir nos esconder dele.

Zain balançou a cabeça.

— Temos darajas talentosos que podem ajudar a manter nosso grupo escondido por um tempo. Não é uma solução permanente, mas se tivermos sorte, podemos durar o suficiente para chegar às Planícies Kusonga.

Ekon ficou quieto, ainda contando nos dedos.

— E o que acontece... se *não* conseguirmos ser rápidos o bastante? Zain respirou fundo.

— Pelo que Koffi me contou, Adiah segurou o esplendor por quase um século e foi desfigurada por ele, transformada em um monstro. Koffi é mais forte que Adiah, mas o que ela está fazendo requer uma quantidade enorme de força. Se ela não conseguir manter esse autocontrole, talvez tenhamos que considerar... outras opções.

Cada músculo do corpo de Ekon enrijeceu.

— O que *exatamente* você está dizendo?

Zain se virou devagar para olhá-lo.

— Estou dizendo que Koffi é uma bomba-relógio, Ekon. Não é uma questão de *se* ela vai explodir, mas de quando. Se ela mesma tomar a decisão...

— *Não.* — Ekon balançou a cabeça. — Você não pode estar falando sério.

— Fale baixo — pediu Zain. Havia tom frio em suas palavras. — Não é seguro alguém nos ouvir.

Ekon mordiscou o interior da bochecha, pensando.

— Você... você não pode estar dizendo o que acho que está dizendo. — Ele se forçou a sussurrar. — Me diga que você não está dizendo que Koffi tem que morrer, ou... ou se *sacrificar.*

— Se ela não conseguir segurar o esplendor a tempo para a cerimônia do Vínculo, pode ser que aconteça. — O tom de Zain não tinha emoção, era direto.

— Ela não é uma mártir — retrucou Ekon entre dentes. — Ou uma arma que pode ser usada e descartada.

Zain ergueu uma sobrancelha.

— Você tem razão, ela não é uma arma — disse ele. — Ela é *a* arma, aquela que Fedu deixou bem óbvio que usará alegremente. E se você acha que Koffi não dirá a mesma coisa quando estiver consciente, talvez você não a conheça tão bem quanto pensa. — Ele partiu sem dizer mais nada.

Ekon começou a tremer. Porque estava cansado, com fome, porque Koffi estava em uma tenda a metros de distância e ele ainda não sabia se ela sobreviveria. Mas principalmente por causa do que Zain dissera. As palavras ecoavam na mente dele de novo e de novo, como o sibilo baixo de uma cobra.

Talvez você não a conheça tão bem quanto pensa.

— Ekon?

Pela segunda vez ele ergueu a cabeça, de punhos fechados e pronto para a segunda rodada com Zain. Mas, desta vez, era Ano quem o encarava. Ela parecia hesitante.

— Posso me sentar? — O rosto dela era sombrio, mas a voz era suave.

— Vá em frente.

Por longos minutos, nenhum deles disse algo enquanto encaravam as chamas. Ekon preencheu o silêncio primeiro:

— Você seguiu Themba e a mim.

Ano assentiu.

— Soubemos quase imediatamente que foi um erro deixá-los ir. Votamos e viemos. — Ela olhou ao redor, a expressão séria. — Themba não está mais com você.

— Ela morreu. — As palavras de Ekon eram mais ríspidas que o pretendido. — Na Floresta de Névoa.

Por vários segundos, Ano não disse nada.

— Sinto muito. Ela era… uma mulher excepcional, e sei que se importava com você.

— *Ela*, sim. — Havia amargor na voz de Ekon. — Mas *você*, não.

Ano ficou chocada.

— O quê?

— Quero saber o verdadeiro motivo — disse Ekon. — Quero saber por que você concordou em vir aqui, atrás de nós. Você deixou bem óbvio que não queria que eu viajasse com vocês, e agora devo acreditar que mudou de ideia? — Ele balançou a cabeça. — Não acredito e quero saber a verdade.

Fez-se uma longa pausa. Quando Ano falou outra vez, a voz estava embargada.

— Voltamos — disse devagar — porque eu não podia deixar nada acontecer com você. Eu não podia abandoná-lo outra vez.

— Outra vez? — Ekon ficou tenso. — Do que você está falando?

— Você pediu a verdade, Ekon — murmurou ela. — E você a merece. — Ela suspirou. — A primeira verdade é que meu nome não é Ano.

Ekon ficou imóvel.

— Meu nome é Ayesha Ndidi Okojo. Sou sua mãe.

— Não. — Mesmo enquanto falava, sabia que ela dizia a verdade. Fazia treze anos, mas quanto mais encarava o rosto de Ano, mais certeza tinha. O cabelo preto e curto de que ele se lembrava era diferente, havia linhas finas onde não havia antes, mas era ela.

A mãe dele.

— Sinto muito. — Ela abraçou o próprio corpo e Ekon se assustou com quão pequena ela pareceu, quão frágil. — Sinto tanto, tanto. Mas você precisa acreditar que eu nunca quis deixá-lo.

No choque, a raiva demorou um instante para vir, mas então Ekon sentiu. Era uma coisa grande e sufocante, preenchendo o espaço entre as costelas dele. Ele tentou encontrar as palavras — as palavras cruéis, as palavras desesperadas — para explicar as emoções atravessando seu corpo. Descobriu que só tinha três.

— Precisávamos de você. — A voz dele falhou na última palavra. — Kamau e eu... Depois que meu pai morreu, eles tentaram... eles iam nos separar, nos enviar para longe.

— Eu estava tentando proteger vocês. Eu juro. Se eu soubesse de outra forma...

— Nos proteger de quê? — explodiu Ekon enfim. Ele reprimira tudo, a raiva, o luto, a dor, por treze anos; não tinha mais forças. — O que pode ser tão perigoso a ponto de você nos deixar?

Ano abaixou a cabeça.

— Leste e oeste.

Ekon paralisou.

— O quê?

— Você não se lembraria. — Ela ainda encarava o chão. — Da noite que o levei para Sigidi.

Sigidi. Ekon sentiu um arrepio enquanto se lembrava de algo, um homem saindo da botica, um amigo de Themba, um daraja.

— Por que você foi ver Sigidi? — A voz dele soava rouca mesmo para seus ouvidos, soava estrangulada.

— Eu não quis fazer isso — argumentou Ano. — Queria levar você para uma parteira. Você chorava sem parar, e pensei que poderia ser cólica. Seu irmão teve a mesma coisa. Eu levei você à mulher que o tratou, mas quando cheguei, ela me disse que outra pessoa me esperava, um homem que já sabia meu nome, embora nunca tivéssemos nos visto. — O olhar dela ficou distante, logo depois ela fechou os olhos e estremeceu. — Naquela noite, encontrei Sigidi pela primeira vez, e ele me disse que podia ver o futuro. Me deu uma profecia: "Leste e oeste. Um sol nasce no leste. Um sol nasce no oeste. Um sol vê apenas triunfo. Um sol vê apenas morte".

Ekon balançou a cabeça.

— Não estou entendendo, está falando de dois sóis. Não tem nada a ver com...

— Você não fala a língua da profecia — interrompeu Ano. O sorriso dela era triste. — Você levou ao pé da letra. Os sóis não se referem àqueles do céu, mas dois meninos; *filhos*. Um filho nasce no leste. Um filho nasce no oeste. É uma referência a você e ao seu irmão.

— Mas... — Ekon franziu a testa. — Não, não faz sentido. Kamau e eu nascemos na Região Zamani, no leste...

— De novo, ao pé da letra — disse Ano, balançando a cabeça. — Kamau nasceu na manhã em que o sol nasceu no leste. — O olhar dela ficou sombrio. — Mas você... eu fiquei em trabalho de parto por quase um dia inteiro, do nascer ao pôr do sol. Quando dei à luz, era fim de tarde, e o sol estava no...

— *Oeste.* — Ekon nada disse enquanto um nó surgia em sua garganta, um medo que ele nunca sentira. — O que a profecia de Sigidi disse?

Ano encarou Ekon por um longo tempo antes de tornar a falar.

— Um filho nasce no leste, um filho nasce no oeste. Um filho conhecerá a glória, um filho conhecerá a morte. — Ela hesitou. — Pedi a Sigidi que me dissesse mais sobre a profecia, qualquer coisa que me ajudasse a entender. Ele só me falou que, no fim, um dos meus filhos cresceria e mataria aquilo que mais amava. — Ela balançou a cabeça. — Foi em vão; pensei que talvez pudesse significar que um de vocês me mataria, então parti. Mas agora... vi a forma como você olha para ela.

— Ela? — Ekon se assustou.

Ano nada disse, mas olhou para a direita. Ekon seguiu o olhar. Juntos, eles encararam a tenda onde Koffi estava.

NOTA DA AUTORA

Quando me sento para começar uma nova história, dificilmente sei, desde o início, quais temas encontrarei em seus fios enquanto a teço. No caso de *No coração da selva*, eu esperava escrever uma história que celebrasse a história rica e diferenciada da qual minha herança e identidade se originam. Eu esperava repetir isso em *Na Fortaleza de Espinhos*, mas também esperava que — talvez nos confins das paredes metafóricas desta história — eu tivesse a oportunidade de escrever sobre assuntos mais difíceis, temas mais desafiadores. Assim sendo, esta é mais uma vez a história de duas pessoas em aventuras muito distintas, mas também é a história de duas pessoas lutando e perseverando apesar da traição, do medo e da incerteza a cada passo. É uma narrativa que examina, às vezes de maneira desconfortável, a relação tensa que alguém pode ter com sua herança quando essa herança foi deliberadamente apagada ou difamada. Portanto, quero destacar dois livros que influenciaram parcialmente a criação do ponto de vista de Binti em específico: *Identidade*, de Nella Larsen, e *Imitation of Life*, de Fannie Hurst.

Em *Na Fortaleza de Espinhos*, há um personagem chamado Sigidi, que nomeei em homenagem a Sigidi kaSenzagakhona (1787-1828), um guerreiro e rei zulu formidável que é creditado como fundador do povo Zulu da África do Sul. Mais conhecido como Shaka Zulu, Sigidi é universalmente considerado um dos estrategistas militares mais brilhantes do mundo, e conhecido por popularizar o uso da iklwa, uma lança curta. Embora os relatos sobre sua infância sejam inconsistentes, foi sugerido que uma profetisa chamada Sithayi previu que ele seria um grande guerreiro. Ela estava certa.

Não escondo o fato de que amo animais, míticos ou não, e adoro ter a oportunidade de escrever histórias que apresentem alguns dos quais os leitores talvez nunca tenham ouvido falar. Quero usar este espaço para compartilhar um pouco de informação sobre as criaturas que você conheceu em *Na Fortaleza de Espinhos*.

Você vai gostar de saber (ou vai ficar horrorizado) que o escorpião perseguidor da morte mencionado neste livro é bastante real e venenoso. Seu nome científico é *Leiurus quinquestriatus*, e é encontrado com mais frequência no norte da África e em partes do que costuma ser chamado de Oriente Médio. Embora o veneno de seu ferrão nem sempre seja letal, uma criança, um idoso ou uma pessoa imunocomprometida pode ser morta por ele.

No idioma suaíli, a palavra *walaji* (ua-LAH-gi) significa "devoradores". Embora os walajis mencionados neste livro — e a lenda assustadora por trás deles — sejam fictícios, parte da ideia para eles foi inspirada por abelhas e borboletas. A maioria das pessoas não sabe disso, embora ambos os insetos comam pólen e néctar, abelhas e borboletas também bebem sangue, lágrimas, suor e até mesmo os fluidos da carniça.

O nanabolele (nah-nah-boh-LEI-lei) mencionado neste livro foi inspirado por uma criatura de mesmo nome cujas origens podem ser atribuídas ao povo Basotho (ou Sotho) do sul da África. Às vezes chamados de "dragões da água", são descritos como predadores luminescentes, e alguns relatos afirmam que eles têm as manchas de um leopardo. O mito Basotho mais conhecido sobre nanaboleles é a história de uma princesa chamada Thakané, que foi enviada para recuperar a pele de um deles. Em *Na Fortaleza de Espinhos*, alterei ligeiramente o nanabolele para se parecer mais com um crocodilo, de acordo com a conhecida afinidade de Amakoya por esses animais.

Vale a pena mencionar que a imobilidade tônica que Ekon e Safiyah usam para derrotar o nanabolele é baseada na ciência real. Os biólogos pouco sabem a respeito do motivo de a imobilidade tônica fazer com que os reptilianos se tornem catatônicos. Costumar durar de quinze a vinte segundos na natureza, mas para esta história estendi um pouco para dar aos nossos bravos heróis tempo para escapar!

Da mesma forma, os kongamatos mencionados neste livro são inspirados por uma criatura de origem menos certa, mas são referenciados no folclore de vários países africanos, incluindo Angola, Zâmbia e Congo. Notavelmente, seu nome se traduz por "quebrador ou destruidor de barcos"; eles eram mesmo feras de ruína e conhecidos por sua lendária devastação. Os cientistas sugeriram que o kongamato pode ter se originado da ordem dos pterosauria, que engloba todos os répteis voadores (dinossauros) que viveram na era mesozoica há mais de sessenta milhões de anos. Embora poucos tenham ouvido falar do kongamato, muitos estão familiarizados com os pterodátilos, que são outra espécie dentro da ordem dos pterosauria.

O ichisonga (itch-i-SŌNE-ga) presente em *Na Fortaleza de Espinhos* vem dos mitos do povo Lamba na Zâmbia. Descrito como uma formidável besta aquática com um grande chifre na cabeça, conta-se que o ichisonga odeia hipopótamos e protege os elefantes. Tomei algumas liberdades com suas características nesta história, mas nem preciso dizer que é uma criatura muito assustadora.

AGRADECIMENTOS

Criar do nada é algo mágico. Outra questão é criar do nada dentro de um período de tempo limitado, uma das exigências da escrita de *Na Fortaleza de Espinhos*. Para simplificar, o livro não existiria sem as muitas pessoas que continuam a me oferecer o apoio, o amor e o incentivo de sempre. É possível que eu não tenha espaço para nomear cada um deles aqui, mas o que verão a seguir é minha brava tentativa.

A Stacey Barney, minha editora verdadeiramente entusiasmada: obrigada, em primeiro lugar, por acreditar em mim nos momentos em que duvidei de mim mesma. Obrigada por ser paciente comigo, e obrigada pela sua risada maravilhosa, que sempre me lembra que tudo vai ficar bem. Além disso, obrigada por me ensinar sobre o dinheiro do ladrão! Como sempre, sou muito grata ao meu agente literário, Pete Knapp, que continua sendo meu mais fervoroso guerreiro e protetor no mundo editorial. Pete, obrigada por quem você é e por sempre sorrir por dentro. Meus agradecimentos adicionais a Stuti Telidevara, Emily Sweet, Andrea Mai e à fenomenal equipe Park & Fine, por seu cuidado contínuo, profissionalismo e perspicácia incomparável no setor.

A Olivia Russo, minha publicitária e extraordinária fada-madrinha: obrigada por fazer tantos desejos se tornarem realidade, pelos e-mails com muitos pontos de exclamação, pela gentileza contagiante e por ser uma amiga durante toda essa jornada. Sou muito feliz por ter te conhecido.

A Kim Ryan, obrigada por permitir que Koffi e Ekon viajassem mais longe do que jamais poderiam ter imaginado e por permitir que tocassem a vida de leitores em todo o mundo.

À minha fantástica equipe do Reino Unido: Natalie Doherty, Charlotte "Lottie" Halstead, Harriet Venn, Michael Bedo e Rowan Williams-Fletcher, muito obrigada por seu apoio e paixão ao longo desta jornada. Obrigada também a todos os meus editores fora dos Estados Unidos, que trabalharam com tanto entusiasmo para dar novos lares aos meus livros!

Eu admiro muito a equipe criativa imensamente talentosa responsável por fazer de *Na Fortaleza de Espinhos* um livro lindo, por dentro e por fora. Obrigada, Virginia Allyn, por criar mais uma vez os belos mapas que fazem Eshōza e a Fortaleza de Espinhos parecerem lugares reais. Obrigada, Marikka Tamura e Theresa Evangelista, pelo profundo entendimento para o design deste livro, tanto a capa quanto o miolo, respectivamente. E por fim, obrigada a Elena Masci, por criar a brilhante capa americana de *Na Fortaleza de Espinhos* e, assim, permitir que crianças negras vissem rostos como os deles na capa de um romance de fantasia.

Meu mais sincero agradecimento às equipes inigualáveis da Penguin Young Readers e da G. P. Putnam's Sons Books for Young Readers, que transformam em ouro tudo o que tocam: James Akinaka, Kara Brammer, Trevor Bundy, Vanessa Carson, Colleen Conway Ramos, Felicia Frazier, Alex Garber, Jacqueline Hornberger, Cindy Howle, Carmela Iaria, Todd Jones, Jen Klonsky, Misha Kydd, Jen Loja, Lathea Mondesir, Shanta Newlin, Summer Ogata, Sierra Pregosin, Emily Romero, Shannon Spann, Caitlin Tutterow, Felicity Vallence, Chandra Wohleber e o indomável Bezi Yohannes ("em meio ao inverno sombrio").

Também sou muito grata à equipe da Penguin Random House Audio, por transformar minhas palavras em audiolivros de uma forma linda fazendo com que alcancem ainda mais leitores: Heather Dalton, Katie Punia e Julie Wilson. Obrigada também aos maravilhosos narradores de audiolivros que deram vida aos meus personagens, dando-lhes vozes: Keylor Leigh, Tovah Ott e Ronald Peet.

Eu realmente não acho que este livro poderia ter sido escrito sem o auxílio de Natalie Crown, que me apoiou de todas as formas durante o ano passado. Natalie, obrigada por todos os seus áudios e por me deixar reclamar e resolver todos os nós confusos até que fizessem sentido. Obrigada por ser a melhor amiga e crítica que poderia imaginar e por sempre estar ao meu lado, você é a melhor. (*Forza Ferrari!*)

Dizer que é difícil encontrar amizades duradouras e significativas nos vinte e poucos anos seria eufemismo; encontrar amigos que entendam a aventura singular que é ser um escritor é ainda mais difícil. Dito isto, agradeço muito aos amigos que entendem o que significa ser escritor e que me forneceram uma rede de apoio insubstituível: Lauren Blackwood, Lane Clarke, J. Elle, Maiya Ibrahim, Emily Thiede e Amélie Wen Zhao. Eu amo cada um de vocês. Um obrigada do fundo do coração também aos amigos que considero uma grande família: Adrie, Robyn, Jarret, Kris, Kim e Michelle, Billie, Bricker e Ashley, FA'12, Brumett e Bates.

Devo um agradecimento genuíno aos autores que estão neste caminho há mais tempo e me ofereceram orientação, compaixão e empatia durante a dificílima tarefa de escrever o segundo livro de uma série: Dhonielle Clayton, Brigid Kemmerer, Margaret Rogerson e Samanta Shannon. Em especial, meus agradecimentos a Renée Ahdieh, Sabaa Tahir e Roshani Chokshi — superei o ano passado principalmente porque, nos momentos em que tropecei, elas me seguraram. Outro agradecimento sincero a Daniel José Older e Brittany N. Williams, por estarem presentes nos momentos mais importantes.

Obrigada aos amigos maravilhosos que fiz na comunidade de escritores que se juntaram a mim, permaneceram comigo e me inspiraram nesta jornada: Daniel Aleman, B. B. Alston, Rena Barron, TJ Benton-Walker, Ronni Davis, Alechia Dow, Brenda Drake, Kristin Dwyer, Namina Forna, Kellye Garrett, Adalyn Grace, Jordan Gray, Sonia Hartl, Isabel Ibañez, Taj McCoy, Becca Mix, Shelby Mahurin, Sarah Nicolas, Claribel A. Ortega, Molly Owen, Krystal Sutherland, Catherine Adel West e Margot Wood. Sou muito grata também aos educadores, bibliotecários, livreiros, agentes sociais e influenciadores de conteúdo e leitores que defenderam meus livros onde eu não conseguia. Todos os dias posso fazer o que amo para viver por causa de vocês, obrigada. Uma mensagem especial para dois dos maiores defensores de *Na Fortaleza de Espinhos:* Brittney Threatt e B. McClain.

Como sempre, obrigado à minha família — mãe, pai, Corey e Ashley — por serem meus fãs mais animados e as bússolas que me guiam quando me encontro totalmente perdida. Obrigada aos meus avós, minhas madrinhas e minha família australiana pela quantidade absurda de amor e apoio. A Oscar H. e Elissa T. — suas histórias estão apenas começando e é uma honra fazer parte delas, mesmo do outro lado do oceano. Muito amor sempre às minhas muito amadas irmãs da Alpha Kappa Alpha, que me inspiram todos os dias.

Por último, mas não menos importante, obrigada, Pudinzinho. Este mundo é muito mais belo e muito mais divertido com você nele. Obrigada por aguentar todas as noites em que adormeci no sofá com meu notebook no colo e por dançar comigo mesmo quando a música se encerra.

(Brincadeira, meu último agradecimento é para Dolly, por fazer minha vida ser muitas coisas, mas nunca chata. Vou te contar um segredo: minhas melhores ideias para *Na Fortaleza de Espinhos* nasceram de minhas caminhadas com você.)

Este livro foi composto na tipografia Adobe
Garamond Pro, em corpo 11,5/16, e impresso
em papel off-white no Sistema Cameron da
Divisão Gráfica da Distribuidora Record.